사랑을 색칠하는 사람들

石坂洋次郎(이시사카·요지로) 著
曺 信 鎬 譯

도서출판

이 册을 내면서

『사랑을 색칠하는 사람들』은 本名은 『光る海』이다. 日本年號 昭和 37年 11月부터 38年 11月까지 아사이(朝日) 新聞에 連載된 作品이다. 譯者가 日本에 滯留했던 1965年 日本 新聞에 베스트셀러로 宣傳하고 있었기에 한 卷 球해 보았다. 무려 11版으로 百萬部를 突破했다는 大大的인 宣傳이었다. 別로 期待는 하지 않았지만 읽어갈수록 册 속으로 빠져 들어가는 것은 어쩔 수 없었다.

흔히들 日本小說은 화끈한 뭔가가 있다고 한다. 그러나 이 册에는 그런 것은 찾아 볼 수가 없다. 親舊들과의 흐뭇한 對話, 父母와 子息들 間의 따스한 이야기. 그리고 남이면서도 이웃하는 우리들 社會. 그 속에 사랑이 있고 유머가 있고 한편으로는 가슴을 울렁거리게 하는 警告도 있다. 어른들의 가슴을 울렁이게 하는 틴·에이저 들의 놀라운 發言들, 舊世代라고 점 찍혀진 父母들의 발버둥. 그러면서도 조용하게 굴러가는 우리들 家庭. 父母가 子女들에게 膳物할 수 있는 册. 子息이 父母에게 기꺼이 膳物할 수 있는 책은 그렇게 흔하지 않다. 그러나 譯者는 自信있게 勸해드릴 수 있다. 이 册이 바로 그런 册이라고. 譯者가 이 册을 飜譯하여 우리 讀者들에게 紹介하고 싶어 하길 於焉 30餘年. 冒險은 始作되었지만 自信이 없다. 果

然 著者가 意圖하는 만큼의 內容을 充分히 傳達할 수가 있을는지 걱정이 앞선다. 그러나 나름대로 最善을 다했다고 自負 하고 싶다. 讀者 여러분의 끊임없는 忠告를 기다린다.

                              2016년 05월
                              譯者 曺 信 鎬

차 례

上卷

7人의 사무라이(侍＝武士) …… 5
그 女人………………………… 61
노사카(野坂)집의 사람들……… 114
女性描寫………………………… 167
어느 찬스……………………… 255
結婚·出産……………………… 347
附 錄…………………………… 423

7人의 사무라이(侍＝武士)

三月 末인데도 초여름을 聯想 하리만치 有別나게 따뜻한 날씨이다. 7輛 連結의 요꼬하마(横浜)行 電車가 A驛에 到着 하자마자 깨끗이 손질한 검은 制服을 입은 男子學生들, 기모노나 洋裝을 하고 그런대로 제 各其 端正한 차림새를 한 保護者들이 홈으로부터 쏟아져 나오고 있다.

그 中에는 후리소데(振り袖＝소매가 긴 기모노-未婚女性의 禮服)를 입은 女子學生들도 더러 섞여있어 메마른 荒蕪地에 薔薇라도 피어 있는 듯 華麗한 印象을 주고 있다. 오늘은 驛 건너편의 널따란 언덕위에 자리 잡고 있는 B大學의 卒業式 날이다. 緩慢한 비탈로 되어있는 入口의 街路樹 길에는 學生들과 保護者들의 無秩序한 行列이 玄關 앞 廣場으로 徐徐히 움직이고 있다. 이들 行列 가운데에서도 후리소데의 女學生들이 두드러지게 눈에 뜨인다. 自家用으로 오는 사람도 있고 入口의 道路에는 오늘의 交通을 擔當하는 交通巡警이 交通整理에 餘念이 없다. 街路樹의 비탈길을 올라간 로터리(Rotary)에는 오늘의 式典을 돕고 있는 下級生들이 册床을 整理하고 있고 保護者와 卒業生들에게 式順과 校歌를 印刷한 册子를 配付하거나 所持品을 맡기도 하고 있다.

玄關에는 校旗와 히노마루(日の丸＝日本 國旗)가 揭揚되어 있고 校內에는 무언가 부산한 雰圍氣에 들떠있다.
英文學科 敎室은 로터리의 오른쪽 建物의 二層에 있다. 이 크라스는 요즈음에는 神奇하게도 女子 33名 男子 7名의 比率로 編成되어 있다. 一學年 때에는 男子 學生이 12名 있었으나 敎室안에 充滿 되어있는 女子 體臭에 壓倒된 탓인지 하나 둘 脫落되어 다른 科로 옮겨 가고 結局 7名만이 남아 있게 되었다. 女學生들은 그들을 『구로사와·아카리(黑澤明』 映畵監督의 有名한 映畵 題目을 따서 『7人의 사무라이』 라 부르고 있다. 女學生들 自身들도 女性 特有의 體臭에 머리가 돌아 버릴 것 같은 敎室에서 苦樂을 함께 해온 그들이기에 그들은 一種의 사무라이(侍＝武士)임에 틀림없다. 그들 사무라이들은 敎室 앞 廊下에 모여 있다가 후리소데의 同級生이 나타나면 急히 一列로 서서 누군가가 "敬禮"하고 口令하는 것을 信號로 一齊히 擧手 敬禮를 한다. 그러면 "아이, 싫어요."하고 종종걸음으로 지나가 버리는 者가 있는가 하면 "댕큐, 氣分 좋네요." 하고 가슴을 내밀고 뽐내며 지나가는 者도 있다. "女子란 정말 變化無雙한 動物이야. 꼭이 다른 사람을 보는 것 같다니깐.
그러는 가운데 오늘의 華麗한 卒業式에서 文科의 優等生으로 優等賞을 받게 되어있는 하야마·가스꼬(葉山和子)가 나타났다. 168 Cm의 후리후리한 키에 천에다 큰 모란꽃을 수놓은 후리소데에 金실, 銀실을 박은 같은 色의 오비(기모노를 입을 때 매는 띠)를 매고 볼륨(Volume)있게 빗어 올린 머리에는 흰色의 造花를 꽂고 굽이 높은 조리를 신고 있다. 정말이지 그 洗練된 모습이 움직일 땐 몸 周圍에서 빛이 뿜어 나오는듯한 氣分이든다. "敬禮"하고 7人의 사무라이들은 只今까지 했던 것보다도 더욱 興感스럽게 擧手 敬禮를 하였다. 하야마·가스꼬(葉山和子)는 잘 造化된 갸름한 얼굴에 微笑를 띠우면서 自身도 손을 들어 答禮를 하고,

「感謝합니다. -어머,-나의 기모노 모습. 잘 어울리나요. 女王 같다 구요. 아이 기뻐. 무까이(向井)氏 바지 앞 大門단추가 끌려져 있군 요 오늘은 손님들이 많이 오므로 모든 것을 淨潔하고 端正히 하지 않으면 안 되는데……」

이런 말을 남겨놓고 하야마·가스꼬(葉山和子)는 조리 탓인지 그 豊滿한 뒷모습을 퉁기는 것처럼 敎室안으로 들어가 버렸다.

「제길 헐…, 하필이면 나의 그쪽을 볼게 뭐람, 男子들이 모여 있는 앞을 지나가는데도 普通이군. 난 말이야, 女子라는 動物을 여편네로 삼지 않으면 안 되는 것이 只今부터 걱정이야.」

무까이·다쓰오(向井達夫)는 옆으로 돌아 선채 단추를 채우면서 중얼거리고 있다.

「그렇지만 그女, 아주 堂堂하지.……기모노를 입고 있는 탓이겠지. 洋裝은 後에도 그런 華奢한 느낌을 주지 못 할거야.」

「특히 하야마(葉山)는 멋있었다. 나 말이야, 군침이 절로

나더라니까.」

「야 인마!, 너 하야마(葉山) 보다 키가 작으니까 쓰잘데 없는 劣等感을 갖고 있구나. "山이 높으니 그곳을 넘는 까마귀라." 그건…….」

「너의 格言 引用法이 틀리지 않나. 그것의 그것이 어쨌다는 거야.」

「쉿, 왔다」

7人의 사무라이들은 姿勢를 바로 하고 다음에 오는 후리소데 孃에게 敬禮를 한다,. 그때 조금 사이를 두고 하야마·가스꼬(葉山和子)와 首席자리를 놓고 競爭을 했던, 검은 수-쓰에 끌어 붙인 듯이 착 달라붙은 헤어·스타일을 하고 한 손에는 亦是 검은 色깔의 레인 코-트를 걸친 모습으로 이시다·미에꼬(石田美枝子)가 들어왔다. 褐色의 굵은 테 안경을 걸치고, 있는데, 그 그늘에서는 때때로 銳利한 빛을 發散시키고 검고 潤氣있는 눈알을 번쩍거리고 있다. 얼굴엔 살이 適當히 붙어 있고, 턱이 넓으며 潤氣가 있어 때로는 매우 深味가 있는 아름다움을 느끼게 하는가 하면 살결이 거칠어 蒼白한 얼굴을 할 때도 있다. 性格은 內向性으로서 若干 변덕스럽고 所聞에 듣기로는 小說工夫를 하고 있다고 한다, 이시다·미에꼬(石田美枝子)가 웬 일인지 오늘이 卒業式인데도 몸집이 작고 귀여운 검은 코카스파니엘 種의 愛玩犬을 얇고 가느다란 가죽 끈으로 매어서 끌고 있다.

「安寧하세요.」

하고 미에꼬(美枝子)는 빙긋하고 웃지도 않고 먼저 사무라이들에게 人事를 한다.
「이시다(石田)君은 어째서 후리소데를 하지 않았지.?」
「그런 거 箇箇人의 趣味 나름이지 뭐. 當身들 눈요기 실컷 했겠네요.」
미에꼬(美枝子)의 하얀 얼굴에는 嘲弄 섞인 微笑의 그림자가 瞬間 비춰 보였다.
「개는 또 웬일이지.? 式場에 데리고 들어가지 못하는 것쯤 잘 알고 있을 텐데…….」
「좋아요. 저쪽 나무에 매어 놓을 테니까요. 집에서 나오려고 하니까 내 뒤를 졸랑졸랑 따라오면서 깽깽 거리기에 데리고 나왔을 뿐이에요」
「아-, 너의 집은 이 近方이랬지. 그렇지.?」
하고 작은 몸집에 눈꼬리가 若干 쳐진 快活하고 화끈한 얼굴을 한 무까이·다쓰오(向井達夫)가 검은 코카스파니엘에 다가앉는다. 이시다·미에꼬(石田美枝子)는 사무라이들을 하나씩 하나씩 훑어보다가,
「노사카(野坂)氏 制服 입은 모습 처음 보네요. 언제나 쉐타나 서-츠등 簡便한 服裝을 하고 있었는데, 形式을 갖추고 보니 當身답지 않게 달라 보이는군요.」
어깨가 떡 벌어지고 머리는 짧게 깎아 햇볕에 그을린 孟浪한 생김새이지만 눈만큼은 穩和하게 보이는 노사카·다까오(野坂孝雄)는,

「이 學生服, 下級生에게서 빌렸단다. 男學生은 制服으로 登校하라기에⋯⋯. 그 녀석, 三學年인데 學生結婚을 한 놈이란다. 옷을 빌릴 때 주머니 안에 있는 것은 全部 끄집어 낸 줄 알았는데, 오늘 아침 입고서 나도 모르게 안주머니에 손을 넣어 보았더니 뭐가 들어 있었단다. 뭐가 들어있었다고 생각들 하니.?」

「내가 알 수가 없지 뭐에요. 一萬円짜리 紙幣라도 들어 있었으면 좋았을 텐데⋯⋯.」

「⋯⋯⋯⋯⋯⋯⋯⋯.」

노사카(野坂)는 曖昧한 웃음을 띠우면서 미에꼬(美枝子)의 表情을 읽고 있다.

「넌 作家 志望이라 했겠다. 그래서 말 해 주지. 어린애가 태어나지 않게 하는 고-무 製品이 들어 있었단다.」

미에꼬(美枝子)는 눈을 뻔쩍이면서 노사카(野坂)의 얼굴을 노려보다가 하이-힐 끗으로 相對의 정강이를 事情없이 걸어 차 버리고,

「무까이(向井)氏, 개를 저곳에 매어 놓고 와요.」

하고선 敎室 안으로 들어가 버렸다.

「아얏! 아이쿠 아퍼! 저 子息⋯⋯. 조금도 失禮되는 말이 아닐 텐데.」

노사카(野坂)는 허리를 굽혀 채인 정강이를 문지르고 있다. 모두가 와-하고 웃었다.

「정말, 그런 말은 레디 앞에서는 해선 안 되지. 차이는 것

은 當然한 거야. 난 말야 그女와 눈이라도 마주 치거나 가까이 있거나 할 때에는 몸이 떨려 온단다. 무엇을 생각하고 있는지 도무지 알 수가 없단 말씀이야.」

하고 사무라이들 中 누군가가 말했다. 노사카(野坂)는 沈着해 져서,

「그 계집애도 젊은 女子야. 머리를 두 갈래로 잡아매고 검은 色깔의 洋服으로 온 것은 후리소데의 그女들과 달리 逆 手法으로 自身의 存在를 두드러지게 보이려고 한 거야. 저 개를 봐 보라 구. 저것도 일종의 액세사리 야. 난 그女의 그러한 비뚤어진 氣質에 魅力을 느껴 좋아 하지만도, 眞짜 魅力이 있단 말씀이야, 저 子息은……」

「정강이를 걷어 채이고서도 熱을 올리는 걸 보면. 제법 醉한 것 같은데. 넌 매저키즘(Masochism＝被虐待 淫亂狂)의 傾向이 있단 말씀이야」

오늘로서 四 年間을 살아 온 學校와도 訣別이다. 돈을 벌지 않아도 좋았고, 泰平스럽던 靑春의 나날도 오늘로서 끝난다. 이런 類의 感慨가 누구나의 가슴 속에 숨겨져 있는 까닭인지 너 나 할 것 없이 떠들고는 있었지만 말이 끊어지자 그 어떤 空虛感이 周圍의 大氣에 흘러 퍼지는 것 같이 느껴져 온다.

벨 소리가 교내에서 흘러 퍼졌다. 式이 始作되는 信號다. 여기저기의 敎室에서나 庭園에서 學生들이 천천히 大講堂으로 모여 들었다. 4, 5 日前, 한번 豫行 鍊習을 해 두었으므로 千

名이 넘는 學生들은 아무런 混亂 없이 指定된 座席으로 가서 着席했다. 二層의 階段으로 되어있는 座席에는 保護者들로 꽉 채워져 있다. 男子와 女子가 半半 程度다. 講堂의 왼편에는 在學生들로 構成된 樂團이 30餘名 모여 섰고 그 뒤에는 하얗고 긴 소매의 가운을 입은 女學生들과 같은 數의 男學生들의 合唱團이 자리 잡고 있다.
넓은 壇上의 中央에는 擴聲器를 裝置한 테이프·레코드가 있고 그 왼편에는 츄우립, 완상국화, 스위트-피, 아네모네와 수선화 등 季節의 꽃들을 豊盛하게 섞어 놓은 큰 花盆들이 놓여있는 테이블이 있고, 오른편 階段을 올라간 正面에는 進行係用의 마이크가 세워져 있다.
二層에서 내려다보면 넓은 講堂은 검은色 하나로 꽉 채워져 있다고 해도 좋을 程度로 制服의 男學生들로 파묻혀 있는데 그런데도 왼편의 앞줄에 자리 잡고 있는 文學科 女學生들의 후리소데 모습이나 女子 合唱團의 하얀 衣裳이 두드러지게 보인다.
「놀랍군요」
「우리도 다시 젊어져서 女子애들과 한번 뒤섞어져서 工夫하고 싶구나.」
學父兄들의 부러움에 찬 소리가 간혹 들리곤 한다, 樂團이 느린 行進曲을 演奏하자 正面의 通路를 學長을 先頭로 部長級의 敎授陣과 來賓등 30餘名의 一團이 차례로 壇上으로 올라와서 두 줄로 나란히 椅子에 着席한다. 場內는 갑자기 조용해 졌다.

講堂 옆 壁에 걸려있는 時計가 긴 餘韻을 남기면서 10時를 알리고 있다. 그 後에도 振子의 소리가 들릴 程度로 式場은 조용해 있지만 때가 때이니 만큼 振子의 얼마간 鈍濁한 소리에서 우리들 人生은 흘러가 버리기 쉬운 存在라는 瞬間的인 感傷을 불러일으키는 學生들도 얼마간 있으리라.

式은 式順에 따라 進行 되었다. 학장(學長)의 잘 다듬어 졌지만 若干 지루한 式辭, 優等賞 受與----,

여기에서 若干 우스꽝스럽고 재미있는 일이 있었다.

經濟學部, 醫學部, 工學部, 法學部의 優等生은 勿論 男子學生 뿐이었으나 文學部의 차례에는 優等生으로 먼저 하야마·가스꼬(葉山和子)라는 女學生의 이름이 불리어졌던 것이다.

場內에서는 참다가 터져 나오는 듯한 웃음소리가 들렸다. 文學部의 男學生들은 머리를 숙이거나 긁적거리면서 外面하는 것이 二層의 保護者 席에서는 똑똑히 보였다.

하야마·가스꼬(葉山和子)는 자리에서 일어나 가슴을 활짝 펴고 步武도 堂堂하게 잰 걸음으로 講堂 앞으로 걸어간다. 沈着하고 믿음직스러웠다. 半白의 수염에 山羊수염이 잘 어울리는 學長은 壇을 올라온 하야마·가스꼬(葉山和子)에게 賞狀을 건네고 손을 내어 밀어 握手를 한다. 男子學生에게는 하지 않는 짓이다. 學長의 부드러운 윗트(Wit＝機智)에 場內는 와-하는 웃음소리로 꽉 찼고, 지루하게 느껴지던 雰圍氣를 一瞬間 情이 넘쳐흐르게 했다. 하야마·가스꼬(葉山和子) 다음으로 이시다·미에꼬(石田美枝子)의 이름이 불리어졌다.
깜찍 스럽게 兩쪽으로 붙여 맨 머리에 검은 수-쓰를 입은 키가 크고 빼빼마른 이시다·미에꼬(石田美枝子)는 自身 없는 듯이 느껴져 왔다. 후리소데의 가스꼬에 뒤지지 않는 沈着性을 보이려는 勞力이 內向性인 그女를 한층 더 不安한 心境으로 만들었는지 도 모르겠다. 賞狀이 傳해지고 學長과 握手를 나눈 다음 반쯤 몸을 돌려 내려오던 미에꼬(美枝子)는 발을 잘못 디뎌 마루에 굴러 떨어졌다. "앗"하고 갑자기 場內가 騷亂스러워졌다. 그 瞬間 文學部 席에서 많은 學生들 가운데서도 勇敢性이 두드러진 노사까·다까오(野坂孝雄)가 벌떡 일어서서 앞으로 뛰어 나가 일어서려는 미에꼬(美枝子)를 가볍게 안아 일으켜 안고서 自己들의 자리로 돌아갔다. 이것 亦是 그렇게 하는 것이 式順의 一部인양 퍽 自然스럽고 재빠른 動作이었다.
授賞式이 끝나고 敎授와 來賓들의 祝辭가 있었다.
學生들을 다루는데 익숙해있는 敎授의 祝辭는 適當히 유-머(Humour)를 섞어 빨리 끝내었으나 어느 銀行의 頭取라는 來賓의 祝辭는 內容은 平凡한데다가 너무 지루하여 式場의 이쪽 저쪽구석에서는 雜談이 새어 나오고 있었다.
드디어 來賓(내빈)의 祝辭도 끝나고 講壇의 오른쪽에 기다리고 있던 樂團이 브라암스의 "大祝典序曲"을 演奏 하였다. 이어서 合唱團이 헨델의 메시아(Messiah＝救世主)를 노래했다.
그 다음 卒業生 代表의 答辭가 있었고, 마지막에는 모두 起立하여 合唱團의 리드(Lead)에 따라 校歌를 合唱했다. 젊은 男學生들의 바리톤(Baritone)은 힘 있게 하나로 融合되어 넓은 講堂內에 울려 퍼졌고 中間中間에 二百 餘名의 女學生들의 소프라노(Soprano)와 調和를 이루면서 合唱에서만이 맛 볼 수 있는 부드럽고 調和스러움을 나타내었다.

二層의 保護者 席에서는 손수건으로 눈을 누르고 있는 學父兄도 보였다.

式은 順調롭게 끝났다. 樂團이 호다루노·히까리(螢の光=離別의 노래)를 演奏하는 가운데 學長을 先頭로 해서 敎授, 來賓, 保護者의 順으로 退場하였다. 講堂안은 갑자기 騷亂스럽게 되었고 學生들도 천천히 門밖으로 빠져 나갔다.

文學部의 卒業生 席에서는 이시다·미에꼬(石田美枝子)가 若干 蒼白한 모습으로 椅子에 앉아있고, 그 둘레에는 하야마·가스꼬(葉山和子), 무까이·다쓰오(向井達夫), 노사까·다까오(野坂孝雄) 등 5, 6名의 同級生이 남아 있었다.

「어떻니? 이시다(石田)君. 아직도 발목이 아프면 于先 敎室로 가자구나.」

하고 하야마·가스꼬(葉山和子)가 이시다·미에꼬(石田美枝子)의 어깨에 손을 얹으면서 말했다.

「응, 발목은 아무렇지도 않아. 그때 조금 貧血症이 일어났어. 난 亦是 글렀는가 봐. 머릿속에서는 "幼稚하구나", 等等 同級生의 일을 觀念的으로 輕蔑(경멸)하고 있는 주제에 조금도 根性이 없어, 먼저 이름이 불리어 졌을 때 몸이 떨려오더니 結

局에는 나둥그러져 醜態를 보여주고 말았지 뭐니.」
미에꼬(美枝子)는 自身을 嘲弄하는 듯이 차가운 微笑를 띠우며 말했다.
「醜態가 뭐니. 노사까(野坂)氏가 타이밍(Timing)도 좋게 재빠르게 뛰어나가서 너를 일으켜 안고서 여기로 데리고 왔단다. 바로 그것도 오늘의 式順의 一部로 보일 程度였다니깐.」
「노사까氏, 정말 고마워요. 난 노사까(野坂)氏는 스포츠만 해왔으므로 머릿속이 텅텅 빈 사람이라고만 생각하고 있었는데…….」
이런 말의 裏面에는 妙하게도 誠實한 마음이 充滿해 있었다. 노사까(野坂)는 빙글빙글 웃으면서,
「아 아니, 나야말로 人事를 하지 않으면 안 되는데. 젊고예쁜 女性의 몸뚱아리를 完全히 안아보기는 난생 처음이니까.」
「저런! 괘씸한……. 그래서 미에꼬(美枝子)女史를 그것도 너무 천천히 運搬했군 그래.」
「야 인마!. 數 千名의 사람들이 보고 있는 앞에서 假令 일러 발가벗은 女子를 안았기로서니 섹쓰의 感覺을 조금이나마 느낄 줄 아니.?」
모두 와-하고 웃었다.
「敎室로 가자구나. 미에꼬(美枝子), 내어깨에 기대어도 좋아.」
하야마·가스꼬(葉山和子)는 이시다·미에꼬(石田美枝子)를 안아 일으키려고 다가갔다.
「고마워. 이젠 혼자서도 걸을 수 있을 것 같아. 발목을 若干

삐었을 뿐이니까.」

미에꼬(美枝子)는 일어서서 걸을수 있는가 한번 딛어 보고나서,
「조금 아프기는 하지만 가스꼬(和子)의 깨끗한 옷에 손때를 묻혀서는 안 되니까, 나, 노사까(野坂)氏의 어깨에 기대어 가겠어. 노사까(野坂)氏 될 수 있는 한 천천히 걷도록 해 요.」

미에꼬(美枝子)는 노사까(野坂)의 어깨에 기대고서 別로 발을 절룩거리는 氣色도 없이 걸어갔다.

「아까 정말 고마워요. 마치 내가 壇에서 넘어질 것을 前부터 豫測했던 것 같네요.」

「그렇게 듣고 보니 그런 氣分이었는지도 모르겠네. 너가 검은 수-쓰를 입고 머리를 아무렇게나 쳐 매고서 場所에 어울리지도 않게 개를 끌고 나타났을 때 "아 아니, 自意識 過剩(과잉)의 作家志望인 이 계집애가 至極히 嚴肅(엄숙)한 이 式場에서 무언가 일을 저지르고 말리라"…….그렇게 느꼈었지. 나도 確實하게 意識했던 것은 아니지만…., 그래서 네가 賞狀을 받으러 자리를 떠날 때 나는 나의 온 神經은 너의 一擧一動에 集中해 있었단다. 때문에 네가 넘어지고 내가 재빠르게 너를 일으키려 달려 나가고, 하는 일이 스무스(Smooth) 하게 이루어졌다는 거다. 그런데 말이야, 아까 番에는 나의 정강이를 차 버린 네가 이번에는 自己의 발목을 삐었다는 것(아-주 멋지다)하고 혼자서 感心해 있었지…….」

「바보 같은 소리 작작 하라 구요. 그런 因果論은 난센스(Non-sense＝터무니없는 일)에요.」

두 사람은 同僚들과 떨어져서 出口의 廊下 있는 곳에 다다르니 아직도 그곳에서 웅성거리고 있는 많은 사람들 틈에서 中年쯤 되어 보이는 女人이 가쁜 숨을 돌리면서 두 사람 곁으로 다가왔다.

「미에야!, 괜찮으냐? 마마는 네가 넘어졌을 때 어떻게 했으면 좋을지 가슴이 미어지는 것 같았단다.」

기모노와 머리型은 훌륭한데도 化粧을 하지 않은, 若干 검은 끼가 감도는 얼굴을 한 이 女子는 첫 눈에 이시다·미에꼬(石田美枝子)의 어머니라는 것을 알 수 있었다. 그런 程度로 얼굴뿐 아니고 若干 마르고 쭉 곧은 몸매까지도 꼭 닮아 있었다.

「이젠 괜찮아요, 엄마. 나 올라버렸어요. 엄마의 딸 인데도 엄마의 三分의 一도 大膽性이 없어요, 나에겐…. 이 사람, 노사까·다까오(野坂孝雄)氏. 나를 일으켜 주었던 사람. 좋아요, 禮儀 자리지 않아도 요…. 노사까(野坂)氏는 젊고 예쁜 女人의 몸을 송두리째 안아보기란 오늘이 처음이었다고 感激해 있어요. 꼭 닮았지요, 노사까(野坂)氏. 엄마와 나와…..」

「失禮아니냐, 얘야!. 노사까(野坂)氏, 나 미에꼬(美枝子)의 에미로 유끼꼬(雪子)라 합니다. 오늘, 수고를 끼쳐 대단히 未安하고 고맙습니다.」

유끼꼬(雪子)는 노사까(野坂)를 向하여 鄭重히 머리를 숙였다.

노사까(野坂)는 몸이 굳어진 채로,

「아닙니다. 當然한 일을 했을 뿐입니다.」

고 對答했다. 미에꼬(美枝子)는 무엇을 생각했는지 어머니의 몸

에 손을 이리저리 훑어 보이며,

「우리 엄마 젊죠. 電燈불빛 아래에서 본다면 나와 姉妹라고 생각할 程度예요. 服裝의 趣味도 高尙하죠. 이 기모노 감, 린즈(綸子=고운 生絲로 무늬있게 짠 윤이 나는 高級 絹織物)라 하는 最高級品이에요. 희고 얇은 쥐色으로 꽃과 새의 무늬를 넣었어요, 어울리죠.? 오비(帶=띠)는 銀실로 뜨고 오비 끈은 古代 色깔 豐富한 일곱 무지개色을 섞어 맨 끈. 오비 푸는데도 핑크色의 린즈, 백(Bag)은 검은 色이고, 조리는 흰色. 그리고 머리는 짧게 해서 목 언저리에만 살짝 웨이브(Wave)를 넣어 꼭 매어져 있죠. 淸潔한 느낌이죠, 그것까지는……」

미에꼬(美枝子)는 說明에 따라 오른편 왼편으로 어머니의 몸을 돌려 세웠다.

「무슨 짓이냐, 사람을 人形 取扱을 하면서…. 이애의 多少 異常한 性格을 4年間 함께 지내온 노사까(野坂)氏는 잘 알고 있겠지만…….」

「네, 좀 다르죠. 그러나 나쁘게 느껴지는 점은 없습니다. 저는 只今의 服裝에 對한 說明은 하나도 모르겠습니다만 한군데 異常하다고 생각한 점이 있습니다.」

그 말을 미에꼬(美枝子)가 어머니를 代身해서 따져 묻는 듯이,

「異常한 곳이라 구요, 어디가 異常하죠? 當身이 女子 몸에 對해서 무엇을 안다고……. 무엇이 異常하죠?」

「그건 말이야, 기모노와 머리와 奢侈品은 모두 洗練되게 잘 어울리지만 얼굴에는 조금도 분을 바르지 않았는데 이것은 무

슨 理由지.? 입술만은 엷게 칠 해져 있지만 서도…‥」

「그 다음은 검고 거친 皮膚를 들어내어 놓았다고 하는 거겠죠. 이 애가 그렇게 하라고 했기 때문이에요. 化粧을 하려거든 卒業式에 오지 말라구 요. 그래서 나는 미에꼬(美枝子)의 要求대로 하고 왔습니다.」

유끼꼬(雪子)는 엷은 微笑를 띠고 있었으나 若干 씁쓸한 表情이었다.

「넌, 아직도 어머니에게 그런 無理스러운 注文을 하는 거니.? 늙은 할머니가 아닌 바에야 아무리 엄마라고는 하지만, 女子에게 化粧을 하지 말라 고 하는 것은 人權을 無視한 注文이라 생각하는데.」

「아―, 女子의 心理에 매우 理解가 깊구먼요. 그렇지만 우리 둘만의 프라이버시(Privacy＝私生活)에 關한 問題에는 입을 열지 말아주세요…‥.」

「異常한 프라이버시도 있는 게로군. 그럼 듣지 않기로 하지. 얼굴에 化粧을 하지 않았어도 너의 엄마는 充分히 아름다우시니까.」

「싫어요.」

하고 미에꼬(美枝子)는 흰자위로 노사까(野坂)를 흘겨보면서,

「엄마, 얼른 돌아가세요. 敎室 앞 庭園의 나무에 개를 매어놓았으니 데리고 가세요.」

「네, 네. 엄마는 돌아가요, 개를 끌고 요.」

그렇게 말하면서 유끼꼬(雪子)는 미에꼬(美枝子)가 四,五 메터

앞을 걸어가고 있는 사이에 속삭이듯,

「노사까(野坂)氏, 깨끗한 式場에서 미에꼬(美枝子)가 넘어진 것을 안아 일으켜 준 그때의 當身의 印象은 저 애의 에미로서의 나의 가슴 깊숙이 永遠히 남아있을 거 에요…. 좋으시다면 집에도 종종 놀러 와서 저 애와 親해 주세요. 文學 書籍을 읽거나 스테레오(Stereo)의 音樂을 듣거나 하는 저 애는 너무나 孤獨한 生活을 하고 있어요.」

「저는 미에꼬(美枝子)氏의 性格에 이끌리고 있습니다만 저 自身은 文學이나 音樂에 對해서는 조금도 理解할 수 없으며 마시거나 먹거나 스포츠를 즐기는 人間이므로…..」

「그렇게 性格이 다른 型의 男子가 저 애에게는 負擔이 되지 않고 잘 어울리지 않을 까요…. 當身에 對한 여러 가지 所聞은 저 애로부터 때때로 들어 잘 알고 있습니다만…..」

「뭐 라 구요?」

「크라스의 男學生들 中에서 조금이라도 食慾을 느끼는 것은 노사까(野坂)氏 한 분 뿐이라 구요. 나머지는 모두 쓰잘 데 없는 存在들이랍니다. 이런 말버릇 써서 未安합니다.」

「제 멋대로 군요….. 食慾이란 表現을 썼습니까. 정말 사람을 상어나 금창어 取扱이군요. 그러나 그女다운 表現이기도 하군요.」

유끼꼬(雪子)는 부드러운 微笑를 띠우면서 노사까(野坂)의 얼굴을 뚫어지게 바라보았다.

「저 애가 當身에게 食慾을 느낀다는 것, 잘 알 것 같네요. 當

身 兩親께서는…….」

「아버지께서는 P市에서 醫師를 하고 있습니다. 제가 長男으로, 아래에 男同生과 女同生이 하나씩 있습니다. 어머니도 계시구요.」

「卒業 後의 일은.?」

「A放送局에 就職 되었습니다.」

「兩親께서는 아버지의 뒤를 이어 주었으면 하고 바랬을 텐데…….」

「한 밤중에 두들겨 깨우거나 늘 不景氣를 만난 것 같은 얼굴을 한 患者를 相對로 하는 職業, 하고 싶은 마음이 없었어요. 언젠가 같은 이야기를 미에꼬(美枝子) 한테 했더니 "그런 슬쩍 꽁무니를 빼는 핑계는 하지 말기. 事實은 머리가 나빠서 醫學部에 應試할 自信이 없었던 거겠죠. 文學에 趣味가 없으면서도 文科에 들어 온 것은 무엇보다도 그 證據인 걸요." 하고 말했습니다. "제길 헐" 하고 그 瞬間에는 화가 났습니다만 異常하게도 저 애의 毒舌은 얼른 이쪽의 氣分을 부드럽게 만들고 말지요. 結論으로 말하자면 그때 저는 "이런 계집애를 낳은 어머니가 보고 싶다."고 생각했습니다. 그런데 오늘 만나 뵙게 되어서…….」

「그럼 이 錯亂症의 계집애를 낳은 어머니의 印象은….?」

「85점!」

하고 노사까(野坂)는 卽席에서 對答했다. 유끼꼬(雪子)는 하얀 이를 드러내어 보이면서 (그것이 모두 깨끗하게 整頓되어 있는 것을 보니 義齒인지도 모르겠다.) 소리를 내어 웃었다.

「85점이라 구요. 上流에 속하는군요. 感謝 합니다…. 자, 그럼 난, 當身에겐 95점 드려요. 저 애의 失手를 求해주었으므로 조금 讓步를 하여…..」

「아주머니께서 좀 더 젊지 못한 것이 섭섭합니다.」

「그럼 할머니 게요. 불쌍해라. 그렇지만 노사까(野坂)氏, 男子들도 나 같은 中年의 女子에게서 그 價値를 認定받는 것이 眞짜랍니다. 미에꼬(美枝子), 미에꼬(美枝子).」

유끼꼬(雪子)가 앞서 걸어가서 미에꼬(美枝子)를 불러 세웠다.

「엄마는 敎授室에 잠깐 들려 와다베(渡部) 先生님께 人事를 드리고 돌아가겠다. 너희들은 送別會를 마음껏 즐기고 천천히 오거라.」

「네, 엄마. 개를 끌고 가는 것 잊지 말아요.」

「자, 그럼…….」

유끼꼬(雪子) 女史는 노사까·다까오(野坂孝雄)에게 가볍게 머리를 숙이고 敎授室이 있는 오른쪽 建物 쪽으로 빠르게 걸어가 버렸다.

「엄마와 무슨 이야기를 했어요.?」

하고 미에꼬(美枝子)는 노사까(野坂)와 어깨를 나란히 하고 천천히 걸으면서 물었다.

「別로…. "나 미에꼬(美枝子)의 어머니로서 모자라게 보이지는 않았는지요" 하는 意味로 물으시길래 아니요, 어머니의 印象은 85점입니다, 하고 對答했지. 정말 그렇게 느꼈기에 말씀이야….」
「그러니까 엄마는.?」
「當身은 미에꼬(美枝子)를 도와주었기 때문에 95점 주겠다 더 군. 女子도 中年쯤 되니까 사람 볼 줄 아신 단 말씀이거든, 에헴.」
「當身의 텅 빈 머리치고는 제법이네요.」
「다만 한 가지, 너와 너의 엄마와 닮았다고 생각한 点은 相對方에게 失禮되는 말을 해도 異常하게 이쪽편의 氣分을 傷하지 않게 해주는 才能의 所有者 라는 点이야.」
「치켜 주는 法이 제법 能熟하군요. 當身, 때때로 나와 이야기하고 있으면 熱이 오르는 것 아니에요.?」
「그것 보라 구. 그런 말을 지껄여도 火를 낼 수 없단 말이야. 斷言해 두지만 난 말야, 너에겐 熱을 올리지 않는다. 다만 소크라테스를 못살게 굴 었던 이 地上의 惡妻의 標本인 【쿠산칫페】라는 女子는 너와 꼭 닮은 性格의 女子가 아니었든가 하고 생각하는 것뿐이다.」
「그거야 當身이 이야기를 받아 드리는 方法이 틀리기 때문이야. 哲學者들에게 있어서는 모든 女子는 惡妻라 구요. 反對로 말하자면 妻子와 圓滿하고 平凡한 家庭生活을 보낼 수 있는 사람에게는 哲學者로서의 資格이 없다는 거 에요. 女子란 結婚하면 自身을 못살게 들볶는 일 以外는 大概 能力이 없다는 것을 알면서 한편 性의 慾望을 克服할 수 없는 곳에 人間으로서의 哲學者의 限界와 悲劇이 있다고 생각하는데요.」

「아주 멋들어진 말만 골라가며 하는 군. …… 事實은 네가 只今 말한 그대로인지도 모르겠네…….」

노사까(野坂)는 그렇게 말하면서 暫間동안 생각에 잠기더니 갑자기 이시다·미에꼬(石田美枝子)의 어깨에 손을 올려놓으면서,

「너 말이야, 事物을 그렇게 深刻하게 받아들여 아직까지 社會的으로 窮色한 位置에 놓여있는 日本 女性의 立場으로서 自身을 어떻게 살려나가려고 생각하고 있는 거니?」

「덮어씌우지 말아요. 只今 段階에서는 생각하고 있는 것을 솔직히 털어내어 놓는 것뿐이에요. 實은 어떤 生活을 하며 살아갈 것인가는 나에게도 未知數 에요.」

「그렇겠지.」

「話題를 바꿔요. 暫間 여기 앉지 않을래요.?. 送別會 準備는 아직 덜 되었을 테니까요….」

두 사람은 로-타리의 작은 噴水터의 벤치에 걸터앉았다. 周圍에는 아직도 많은 사람들이 웅성거리고 있다.

「노사카(野坂)氏, 우리 엄마가 一級品의 裝飾을 몸에 두르고 있으면서 얼굴에는 化粧도 하지 않고 거무스레한 민 낯 그대로를 들어내어 놓은데 對하여 異常하게 생각했겠죠.?」

「勿論이지. 그렇지만 그것은 當身들만의 프라이버시에 關係되는 問題이니 묻지 말라 했지.? 女子가 華麗한 기모노를 걸치고 얼굴에는 化粧도 하지 않고서 사람들 앞에 나타난다. 이것은 眞짜 一種의 非正常的인 行爲라고 생각 하는데…….」

「그렇게 생각했다면 내가 프라이버시 云云할 때 왜.?지 왜 그

렇지.? 하고 내 입이 열리도록 끈덕지게 물어봤어야만 했어요.」
「그렇다면 왜.? 지, 왜 그렇지.?」
「只今은 김빠진 麥酒에요. 하지만 對答 해 드리죠. 그것은 엄마를 刺戟시켜 엄마를 困窮에 빠트리기 爲해서예요.」
「알 수없는 일이야. 무언가 確實한 것을 이야기 해 봐요.」
「우리 집은 엄마와 나, 단 둘 뿐이에요. 엄마가 아빠와 結婚하여 내가 태어난 5 年後 아빠와 離婚 했어요. 그 後부터 强한 性格의 엄마는 여러 가지 일을 하시면서 둘만의 生活을 꾸려 나갔어요. 내가 아무런 不便없이 大學을 卒業할 수 있을 程度까지 말에요. 엄마는 긴좌(銀座) 뒷골목에서 茶房이라기보다는 빠-를 經營하고 계세요. 그 方面에서는 제법 高級으로서 꽤나 붐비고 있는 것 같아요. 그렇지만 少女때부터 나는 엄마의 職業에 對하여 마음 깊숙이 어떤 劣等感을 품고 있었어요. 그런 不滿은 내가 자람에 따라 점점 强하게 되어 버렸어요. 結局 마마가 그렇게 하는 것밖에는 母女 두 사람이 살아가는 길이 없다는 것을 알았지만……. 또한 있는지, 없는지 모르겠으나 엄마는 男子關係에 對해서 나의 눈에 띠인 적은 只今까지 한 번도 없었지만요……. 하지만 노사까(野坂)氏, "化粧을 조금이라도 하시려거든 卒業式에 오자 말아요." 하고 말한 그 裏面에는 엄마에 對한 나의 愛情이 歪曲되고 비뚤어져 나타나고 있는 것인지도 모르겠어요. 엄마도 내가 그렇다는 것을 어름푸시 알고 있는 것 같아요. 노사까(野坂)氏 도 알 것 같아요?.」
노사카(野坂)는 아무 말 없이, 오늘 아침, 廊下에서 自身의 정강이를 걷어 찬 미에꼬(美枝子)의 하이힐 끝이 조금씩 左右로 흔들리고 있는 것을 내려다보고만 있다. 暫時 後, 갑자기 스스로 미에꼬에게 말을 건넸다.
「아버지께서는 只今 어떻게 하고 계시지.?.」
하고 물어본다.
「다른 女子와 結婚하여 幸福한 家庭生活을 하고 있어요. 애들도 둘 있구요. 위가 계집애, 아래가 사내애.」
「만나 본 일이라도 있는 거니.?」
「내가 中學校 二學年일때, 어느 날 受業이 끝나고 校門으로 나가는데 아빠가 校門 밖에서 기다리고 있다가 얼른 自家用에 태워서 어딘가 茶房으로 데리고 갔어요. 그리고 용돈을 듬뿍 주셨지요. 그 後로부터 오늘날까지 몇 번인지는 모르겠으나 서로 電話로 連絡해서 만나고 있어요. 아빠는 어느 큰 電氣器具會社 下請工場의 社長이세요. 만날 때 마다 용돈을 주거나 高級 핸드·백이나 구두 等等 여러 가지 高級 物件을 사 주세요.」
「엄마는 그런 일을 알고 계시나.?」
「알고 있는 것 같아요. 그렇지만 나도 이야기 하지 않았고 엄마도 모르는 척 물어보지도 않아요. 아빠는 親切하신 분이세요.」
「엄마와 너를 내어 던져 버렸는데도…….」

하니까 只今까지 어떤 切實한 狀態에서 재잘거리고 있던 미에 꼬(美枝子)는 어깨를 움츠리면서 急히 입을 다물어 버렸다.
　바로 이런 때였다. 눈동자의 빛이 蒼白하게 變하고 살갗이 거칠어지며 미에꼬(美枝子)의 容貌가 더없이 초라하게 보이는 때가……. 마음의 門이 닫혀 지고 차돌같이 차가운 그 무엇이 몸뚱아리 全體를 휘감아 나란히 앉아있는 노사까(野坂)의 가슴에ㅡ, 라기 보다 全身의 皮膚에 똑똑히 느껴져 왔다. 노사까(野坂)는 미에꼬(美枝子)의 허리에 팔을 돌려 일으켰다.
「자, 그만 가자구나. 모두가 기다릴 텐데. 너의 이야기, 오늘은 여기까지 듣기로 하지. 너무 詳細히 알고 나면 社會의 一員으로서의 나까지도 너와 너의 엄마에 對하여 어떤 責任感 같은 것을 느끼게 될 테니까…….」
「그렇군요. 나 모르는 사이에 當身에게 빠져 버렸군요. 아무리 이야기 해 봤댔자 좋은 어드바이스(Advice) 하나 얻어들을 수 없는 텅 빈 머리의 所有者인 當身에게…….」
「事事件件 꼬집지 말아요. 내 말 좀 들어보라 구. 뜨거운지 차가운지 무엇을 생각하고 있는지 통히 알 수없는 너와 같은 계집애는 숲속에서나 들에서나 人기척이 없는 곳에서 暴力으로 해 치워버리는 것이 제일 適合한 取扱法이 아닌가 하고 두세 번 생각한 적이 있었다. 집구석에 짐승냄새가 꽉 쩌러있는 잠도 오지 않는 어느 날 밤에 말이야. 좀 지나친 거냐.?」
「女子란 그런 妄想의 對象으로 自己 自身이 擇해지는 것을 內心 기뻐하고 있을는지 모르겠군요. 하지만 나 의 卽席 對答은 한 番 더 이것뿐이에요.」

미에꼬(美枝子)는 노사까(野坂)의 正面에 서서 구두 끝으로 이번에는 더 세게 相對의 정강이를 걷어 차 버렸다. 그리고 또닥또닥 구두소리도 擾亂(요란)스럽게 먼저 걸어가 버렸다.

「어이 기다려요. 어이……」

노사까(野坂)는 허리를 굽혀서 바지 정강이에 붙은 흙을 털었다. 實은 발의 겨냥이 빗나가 구두 끝은 정강이를 살짝 스쳤을 뿐 아프지도 아무렇지도 않았다.

二層의 教室로 들어가 보니까 教壇을 向해서 테-블이 ㄷ자 모양으로 놓여 있고, 그 위에는 오토볼, 샌드윗치 等等 맛있는 飮食들이 놓여 있다. 그 外 女學生들의 册床 위에는 쥬-스, 男學生들의 册床위에는 麥酒가 한 瓶씩 놓여 져 있다. 이 配當에 있어서 女學生 側에서는 같은 會費를 냈는데도 男子들에게만 값이 비싼 麥酒로 하는 것은 不公平하다고 若干의 抗議가 있었으나 이것이 最後의 送別 파-티이고 보니 特別히 讓步하기로 했다. 둘러보면 노사까(野坂)를 除外한 여섯 사무라이들은 女學生들 사이사이에 適當히 끼어 앉아 있다. 이런 式으로 앉게 될 때까지에는 二年 程度 걸렸을 게다. 처음에는 教室에서나 다른 모임에서 男女는 서로 따로따로 앉아있었다. 特히 數가 적은 일곱 사무라이들은 一種의 自衛本能에 사로잡혀 무엇을 하던 一團이 되어 活動해 왔으나, 三學年이 되고 부터는 雙方의 神經이 自然히 누그러져 男子 한 사람이 여러 女學生 사이에 끼어 있어도 그 어떤 語塞한 点도 느끼지 않게 되었다. ……아무것도 아닌 것 같으나 이 事實은 日本의 男女關係의 發展上 注目할만한 값어치 있는 現象이라고 믿고 싶다. 本人들은 勿論 이 重要한 点에 있어서는 그 어떤 自覺도 없었으나…….
이시다·미에꼬(石田美枝子)와 노사까·다까오(野坂孝雄)는 슬그머니 비어있는 座席으로 가서 앉았다.
조금 지나서 하야마·가스꼬(葉山和子)가 모닝姿態의 와다베·노부오(渡部信夫) 敎授님을 敎室로 案內 하였다. 머리 정수리가 훌렁 벗겨졌고 귀와 턱에 쬐그마한 흉터가 나 있지만 제법 品位도 있고 洋服을 입고 있는 모습이 썩 어울러 멋이 있어 보였다. 專攻은 心理學이지만 一般 敎養도 깊고 모르는 곳에서는 모른다고 하는 率直淡白한 性質이므로 學生들에게 確實하게 그 存在를 認定받고 있는 사람이었다.
(事實은 尊敬이라는 말을 쓰고 싶지만 이런 表現은 現代 學生들의 氣分에 맞지 않기 때문에.)
「아!, 정말 늦어 죄송하오. 父兄님들께서 繼續해서 人事次 오셨으므로 그만…….」
敎壇의 테이블 近傍의 와다베(渡部) 敎授에게 가까운 후리소데 女學生이 麥酒甁을 따고 麥酒를 컵에 부어 드렸다.
「아, 感謝하오. 그럼 먼저 여러분의 卒業을 祝賀하는 乾杯를 합시다. 全部 일어서세요. 여러분의 卒業을 축하 합니다. 乾杯!」
모두 일어서서 그라스의 飮料를 목구멍 속으로 흘려 넘겼다.
「다음으로 많은 女學生의 威壓에 견디어 四年間을 끈기 있게 지내온 사무라이들에게 拍手를 보냅시다..」
女學生들은 웃음을 띠우면서 熱氣찬 拍手를 보내었다. 일곱 사무라이들은 멋쩍어서인지 머리를 숙이거나 긁적거리거나 하고 있다. 와다베(渡部) 教授님은 眼鏡을 밀어 올리면서 슬쩍 웃음 띤 모습으로,

「只今이니까 말 하지만, 實은 일곱 사무라이들은 學校側의 實驗 對象이었소. 大勢의 女學生들 사이에 小數의 男學生이 섞여져서 긴 期間 共同生活을 하고 있는 동안 男子側은 心理的, 生理的으로 어떤 影響을 받을까? 萬一 別다른 影響이라도 있다면 敎室의 男女 比率을 바꾸지 않으면 안 돼요. 實로 只今의 日本社會 情勢에서는 男 三, 女 一의 比率로서 學級을 編成하는 것이 理想的이라고 생각하고 있소만, 이 크라스의 境遇는 그 反對이기에 學校 當局으로서는 如干 神經이 쓰이지 않았지요. 女子側에서 暴力이나 行事 하지 않을까 고 말이에요.」

여기까지 이야기하자 무까이·다쓰오(向井達夫)가 일어서서 泰然한 語調로,

「그렇지 않습니다. 先生님. 저희들은 그녀들에게 귀나 팔을 꼬집히거나 이 中에는 구두 끝으로 차인 일도 있는 걸요. 그렇지, 노사까(野坂) 그렇지 않니…….」

「글쎄다, 그런 일도 있었던가…….」

노사까(野坂)가 시치미를 따고 모르는 척 對答 했으므로 모두들 킥킥하고 웃었다.

「例를 들어 그런 일이 있었다 하더라도 그것은 男性側에서 女性에 對하여 敢히 해선 안 될 失禮되는 말을 떠벌렸기 때문이 아닌지……」

「바로 그거에요, 先生님. 事實 男學生들은 宏壯한 失禮되는 말을 레이디인 저희들에게 함부로 퍼붓는 걸요. 大槪는 섹쓰에 關한 것입니다만……」

女學生 中 한 사람이 일어서서 일곱 사무라이들의 얼굴을 하나씩 하나씩 번갈아 보면서 말했다. 沈着한 態度였다. 와다베(渡部) 敎授는 머리를 끄덕이면서,

「자, 먼저의 이야기로 돌아갑시다. 女性이란 暴力을 쓰는 境遇 極히(……極히라는 말을 쓰기에는 若干……) 드물지만 그런 反面 相對方을 無言으로 조금씩 조금씩 조여붙이는 힘이라는 것은 無視못할 것이오. 내가 三十 餘年 間의 夫婦生活을 通해서 오늘에 이르기까지 그것에 對하여 痛切히 느꼈습니다.」

모두가 소리를 내며 웃었다. 사무라이들 中의 한 사람이 共感이 지나친 탓인지 冊床을 쾅하고 내리치기까지 했다.

「그런데도 사무라이 諸君들은 數倍의 女性들에게 둘러 싸여 오늘 卒業할 때까지 共學生活을 참고 견디어 왔으므로 이 끈기 있는 生活力을 나로서는 높게 評價 하고 싶소…….」

「先生님, 男子가 男子를 稱讚하는 것, 너무 偏頗的이세요. 넌센스 입니다.」

하고 女子學生들로부터 抗議가 쏟아졌다.

「아 아니, 그런 게 아니오. 나는 心理學的인 立場에서, 그렇지.

具體的으로 들어 봅시다. 기무라·겐고(木村健五)君, 君은 어떤 마음의 覺悟로 이 共同生活을 견디어 왔는가?」

째즈를 부르면 歌手 以上으로 멋들어지게 부르는 기무라·겐고(木村健五)는 입에 샌드윗치를 가득 넣은 若干 肥大한 몸집을 좁은 책걸상 사이로 거북살스럽게 일으켰다. 일어서서도 기무라(木村)는 입속에 가득한 음식물을 꺽꺽 씹으면서 목과 어깨를 크게 흔들며 그것을 삼켰다. 그리고 몸집에 어울리지 않게 차분한 목소리로,

「저는 幼稚園에서 高校까지 男女共學으로 지내 왔으므로 女性 냄새에는 벌써 익숙해 있으며, 이 學級의 男女 比率에 對해서는 別다른 거북함을 느끼지 않았습니다. 그리고 男子의 數가 너무 적어 말하자면 稀少價値가 있으므로 女學生들로부터 대단한 사랑을 받겠지 하는 期待感으로 마음이 부풀어 있었습니다만 實際로는 크라스의 일로 심부름이나 힘든 일만 맡겨 줄 뿐 조금도 사랑을 받지 못한데 對하여 매우 遺憾으로 생각하고 있습니다.」

敎室 안에서는 와-하고 웃음이 터졌다.

「그거 實로 안됐는데…….」

하고 와다베(渡部) 敎授는 웃었다.

「다음으로 나까자와·미쓰오(長澤三津雄)君. 君은 어떤 信念으로 지내왔나.?」

「네」

하고 野球部의 二軍에 籍을 둔 나까자와·미쓰오(長澤三津雄)는

작은 키 인데 도 짜임새 있는 몸집으로 奔走히 일어서서 暫間 동안 생각하는 듯 하고나서,

「오늘이 마지막이므로 事實대로 말씀 드리겠습니다. 저는 中學校, 高等學校를 男性만의 學校에서 지내왔으므로 이 크라스에 들어왔을 때 한동안 멍청한 氣分이었습니다. 두 사람 세 사람 脫落되어 가버린 親舊들처럼 한때는 저도 다른 부로 옮겨버릴까, 學校를 그만 둘까하고 까지 생각했습니다. 그러나 내 實力으로 가까스로 入學했으므로 생각을 고쳐 어떤 하나의 信念을 支柱로 하고 이에 依支하여 苦痛스런 期間을 참아 내었습니다. 이 信念이란 一方的으로서 저 혼자 獨斷입니다만, 정말 罪悚한 말씀이라서……,"저 건방스런 둥글넓적한 子息들 누구 한 놈이라도 여편네로 삼을까보냐."는 憎惡(증오)의 一念입니다.」

와-하고 非難의 소리가 女學生들 사이에서 흘러나왔다.

「미안합니다. 그렇지만 하여튼 저 自身은 그녀들에게는 아무런 責任도 없는 저 혼자만의 이 憎惡를 불태우며 學校에 나왔습니다. 二年程度 지내고 보니 이 憎惡心은 必要가 없게 되었고 그로부터 점점 마음도 누그러져 마음에 드는 계집애라도 생기면 여편네로 삼아도 좋다고 생각할 程度로 까지 되었습니다.」

「그것은 자네, 男性으로서의 대단한 心境의 變化다. 그래서 君이 말한 마음이 끌리는 좋은 색시 깜이라도 나타났던가.?」

와다베(渡部) 教授는 조금 남은 麥酒 컵을 册床위에 놓으면서

물었다.

「아니올시다. 아직까지는 보이지 않는걸요. 先生님 저- 말씀입니다. 男女가 四年間 함께 生活하게 되다보니 서로가 서로를 죄다 뚫어보게 되어서 戀愛를 한다는 純粹한 氣分은 좀체로 울어나지 않더군요. 적어도 제가 보고 있는 한에 있어서는 이 크라스 內에서는 한 사람도 戀愛다운 戀愛를 하고 있다 고 생각하지 않습니다. 쬐끔 좋잖은 냄새를 풍기는 者가 두双 程度 있긴 합니다만…….」

모두가 쿡 쿡 하고 웃었다. 제일 많이 視線이 集中된 곳이 男子로서는 노사까·다까오(野坂孝雄), 무까이·다쓰오(向井達夫), 女子 쪽에서는 하야마·가스꼬(葉山和子), 이시다·미에꼬(石田美枝子)였다. 그러니까 나까자와(長澤)는 무엇을 생각했는지 唐惶해서 다시 일어서서는,

「저- 先生님, 제게는 只今 愛人이 있습니다. 그건 다른 學校 學生입니다. 제가 계집애들에게서 全然 사랑을 받지 못하는 人間이라고 誤解하시면 섭섭하므로 한마디 덧붙입니다.」

또다시 터져 나오는 웃음이 멈추기를 기다려, 와다베(渡部) 敎授는 벗겨진 이마를 쓸어내리면서,

「只今 나까자와(長澤)君의 憎惡 云云한 것은 實感味가 있어 받아 드리지. 그럼 다음으로 무까이·다쓰오(向井達夫) 君.」

눈꼬리가 쳐져있고 快活한 얼굴로 明朗한 性格의 무까이·다쓰오(向井達夫)는 크라스에서 人氣가 있는 편이므로 와다베(渡部) 敎授로부터 指名되자 女學生들 間에서는 짝짝짝 하고 拍手

가 일었다. 무까이(向井)는 목구멍을 추기려는 듯이 컵에 남은 麥酒를 단숨에 쭈욱 들이키고서 일어섰다.

「男子와 女子가 뒤바뀐 比率로 編成되어있는 이 學級에 익숙해 질 때까지 저만큼 深刻한 괴로움을 經驗한 놈도 없으리라 봅니다. ……말하는 것도 듣는 것도 그저 눈물……, 라는 말과 같은 形便이었으니깐…….」

「虛風 떨지 마.」

하고 사무라이 中 한 사람이 놀려 준다.

「아 아니, 정말이야……. 좀 前에 누군가가 말했지만 전 小學校서부터 쭈욱-男子만의 學校를 거쳐 왔지요. 그래서 이 學校에 들어와서 男子들보다 몇 倍에 달하는 女學生과 生活하게 되어서 무언가 火가치밀었습니다. 전 決코 女子를 싫어하지 않는 사람입니다. 一對 一의 關係에서는 이처럼 멋들어진 存在는 없으니깐 요. 그러나 惟獨(유독) 이 學級에서만은 集團生活을 하는데 이처럼 困難한 存在도 없었습니다. 아침 敎室에 얼굴을 드리 밀면 女性 特有의 어떤 냄새가 콱 코에 스며들고 그로부터의 나의 머리는 바람이 通하지 않는 異狀한 狀態가 되고 마는 것입니다. 저- 언젠가 生理學 冊에서 읽어 본 적이 이지만 女性의 身體는 男性의 것에 比하여 分泌物이 훨씬 많다고 했습니다. 敎室에 배어있는 異常한 女性의 體臭도 그 理由 때문이겠지요.」

「무까이(向井)氏, 사내인 주제에 무슨 우리의 生理같은 것을 硏究했나요.?」

하고 女學生들로부터 抗議를 받았다.
「왜냐고……, 孫子曰-틀렸냐 내 말이, 敵을 알고 나를 알면 百戰百勝하고 危險이 없느니라 하는 말씀이 있었으니까요.」
「무까이(向井)氏는 우리를 敵으로 생각했네요. 그렇게 親切하고 사랑스럽게 對해 주었는데도…….」
「아- 女性 諸君, 너무 퍼 붓지 말고 鎭靜해요. 무까이(向井)君에게 "들음도 말함도 그저 눈물"이라는 一種의 經驗談을 全部 털어놓게 합시다. 렛쓰·고(Let Us Go.)무까이(向井)君.」
와다베(渡部) 敎授는 女學生들을 달래어 무까이(向井)君이 쉽게 이야기를 털어 놓도록 했다. 무까이(向井)는 周圍를 한 바퀴 둘러 보고나서 와다베(渡部) 敎授에게 꾸벅 고개를 숙였다. 그러고 나서 어설픈 動作으로 麥酒를 컵에 반 컵 程道 부어서 훌쩍 마셔버렸다.
「……그렇군요. 이 敎室에서 한 三個月 程度 지나는 것이 저에겐 最大의 핀치(Pinch)였습니다. 몇 番이나 脫落하려고 생각했는지도 모릅니다. 무언가 完全히 노이로제-(Neurose＝獨＝神經症)狀態에 빠져버렸기 때문이지요. 집에서 家族들과 이야기를 하고 있을 때 無意識中에 "아 이, 싫어요" 라든지 "이거 아니에요" 라든지 "어머! 너무해요"라는 女子 말씨가 習慣이 되어 버렸습니다. 그건 그렇고 나중에는 팬티나 스커트를 입고 싶기까지 되었으며 나란히 있는 化粧室 앞에 서면 女子用에 들어가고 싶은 衝動에 빠지기도 했습니다. 거울에 얼굴을 비쳐보면 얼굴까지도 무엇에 지쳐있는 것같이 全部가

異常했습니다. 틀림없이 女子 냄새였지요.」

敎室 안은 쥐 죽은 듯이 조용했으며, 무까이·다쓰오(向井達夫) 君의 이야기에 귀를 기우렸다. 무까이(向井)君의 告白에는 男女를 不問코 서로를 共感케 하는 心理가 그 裏面에 꽉 차 있었다.

「그때쯤 저의 兄님은 K大學 4年生으로서 보-트部 主將을 하고 있었습니다. 얼굴을 찡그리고 저의 머리를 쥐어박으면서 "다쓰오(達夫), XX를 꺼내 봐. 계집앤가 사낸가 區別 해 줄 테니까. 아무래도 그따위 말버릇이 스스럼없이 튀어 나온다면 文科ㄴ지 뭔지 때려치워버려. 이런 狀態라면, 너 이 子息. 나중에는 루-즈나 분까지도 必要하게 되고 멘스(Menses=月經)도 나타 날거야. 우리 집의 羞恥다. 인마!, 너 같은 子息, 걸레나 쓰레기 이자 變態로서 말씀이 아냐." 이렇게 말하고서 저의 뺨을 찰싹 갈겨 주는 거 있죠. 이제껏 저의 여러 가지 形便을 보살펴 준 兄님이므로 그도 가슴이 아팠겠지요. 그때 저는 兄님에게 文科를 그만두느냐, 繼續 하느냐를 二,三日 程度 생각해 볼 餘裕를 달라고 했습니다. 이 二,三日동안 제가 생각한 것은, ……只今까지 日本 社會에서는 男女 關係가 變則된 狀態에 놓여있다. 男女의 接觸이라면 家庭에서의 夫婦關係나 公娼에서의 賣春婦를 相對로 하는 것이거나 이런 좁은 範圍에 限定되어 있다. 그래서 社會의 陽에 該當되는 場所에는 男性이 도사리고 있고, 女性은 햇볕도 들지 않는 방구석에 쳐박혀 있다. 이것은 文化的인 入場에서도 매우 不公平하고 뒤떨어져 있다. 終戰 後에는 民主主義를 原則으로 새로운 社會

가 構成되었으나 섹스의 問題는 且置勿論(내버려두고 문제로 삼지않음)하고서라도 男女가 人間的으로 平等하게 接觸하는 段階에는 아직 이르지 못했다. 아주 감감하다. 그러고 보면 우리 크라스는 幸인지 不幸인지 女性 過剩이라서 專門을 工夫하는 以外에 日本의 새로운 男女關係를 創造하는 硏究의 實驗場도 된다. 그리하여 몇몇의 우리 男性들은 말하자면 그 先驅者의 길을 걸어가고 있는 것이다. 女性의 體臭에 억눌려 크라스를 脫退하는 것은 賢明한 일이다. 그러나 나에게 있어서 그것은 敗北(패배)를 意味한다. 어떤 일이 있어도 共學을 繼續해 나가자. 先驅者는 언제나 荊棘(형극)의 길을 걷게 마련이다. 자- 이 노이로제를 克服하여 日本의 將來의 社會를 爲해서 하나의 던져진 돌과같이 女子 냄새 나는 敎室에서 한번 버텨보자- 저는 이런 結論에 到達 했습니다.」

무까이(向井)의 語調는 漸漸 熱을 띠어 갔고 한 숨 돌리는 사이사이에 짝 짝 짝하고 拍手가 일기도 했다.

「……그리하여 저는 兄에게 저의 생각한 바를 이야기 했으며 共學生活을 繼續 할 것을 宣言 했습니다. 兄은 暫時동안 생각하고 나서 "너 이 子息, 생각한 것에 若干 誇張이 들어 있긴 하나 틀림은 없는 것 같으니 하려면 해봐라. 그러나 오늘 이 時間부터 女子말투는 제발 하지 말거라. 그런 말을 들으면 嘔逆질이 난다" "좋아 예, 兄. 앗 또 튀어 나왔군……. 그러는 中에 좋은 계집애라도 띠이면 兄님께 紹介해 드리죠." "그런 짓은 제 이마빡에 앉은 파리나 쫓고 나서 해라." "네, 그럴게요." 이것이 제가 말한 女子말투의 마지막 말이었습니다. 何如튼 間에 이런 일이 있고나서 自身의 立場에 對한 認識과 自身이 서니간 저의 노이로제는 씻은 듯이 사라지고 저의 XX는 男性 그것으로 充實했습니다. 失禮….그런 後, 저의 心境이 一變하여 거의 즐겁게 오늘까지 共學生活을 繼續 해 왔습니다. 以上.」

와다베(渡部) 教授는 教室안을 천천히 휘둘러보면서,

「무까이(向井) 君은 -- 듣는 것도 말하는 것도 그저 눈물--이라고 터트렸으나 亦是나 實感이 充分한 告白이었다고 생각하네. 女性 諸君들은 어떻게 느꼈는지요.?」

「네」

하고 후리소데의 모도키·아끼꼬(元木明子)가 일어섰다. 테니스 選手로서 깔끔하게 햇볕에 그을린 얼굴을 붉혔다. 유달리 반짝이는 눈의 所有者였다.

「무까이(向井)氏의 意見은 옳다고 생각합니다. 여태까진 7人의 사무라이들은 저희들과 같은 美女들에 휩싸여 멍청한 氣分으로 學校生活을 해 왔다고 생각했습니다. 그러므로 먼저 나까자와(長澤)氏의 信念처럼 저희들 便에서는 反對로 누가 저런 멍청하고 中性化된 男性들한테 시집이나 가 줄 것 같으냐 하고 생각했습니다만 只今의 무까이(向井)氏의 告白을 듣고 그들은 來日의 日本의 새로운 社會生活에 連結되는 괴로움을 크거나 작거나 품고서 파이어니아(Pioneer＝先驅者)의 가시밭 길을 걷고 있다는 것을 알고 난 只今, 그들에게 감추어져있는 괴로움이나 이것을 克服하려는 努力에 對하여 甚深한 敬意를 表하고 싶습니다. 이런 氣分의 萬分의 一이라도 表現하고자 좀 唐突합니다만 女性을 代表하여 무까이(向井)氏와 握手 하고 싶습니다. 자, 무까이(向井)氏….」

무까이·다쓰오(向井達夫)는 拍手를 받으며 어리둥절한 表情으로 자기 자리에서 敎壇 가까이의 모도키·아끼꼬(元木明子)에게 다가갔다. 두 사람은 握手를 했다. 그러자 모도키·아끼꼬(元木明子)는 兩손으로 자기보다 키가 작은 무까이(向井)의 血色도 좋은 얼굴을 꼭 쥐고서 이마에 쭉-하고 키스했다. 무까이(向井)는 펄쩍 뛰면서 아끼꼬(明子)를 밀어 제쳤다. 敎室 안은 拍手와 웃음으로 뒤범벅이 되었다. 무까이(向井)는 키스 當한 이마를 문지르면서 발갛게 물든 얼굴로 제자리로 돌아가 앉았다.

와다베(渡部) 敎授는 기지개를 켜면서 敎室 안을 휘둘러보았다.
「다음으로 繼續해서 7人의 사무라이들에게 自身의 所感을 듣기로 합시다. 쿠라바시·마모리(倉橋守)君. 무언가….」

度數가 强한 眼境의 키가 큰 쿠라바시(倉橋)는 천천히 일어서서,

「앞서의 친구들이 전부 말 해 버렸으므로 별로 말할만한 게 없습니다. 그러나 모처럼 일어섰으니까 한 말씀만 드리겠습니다. 저는 女學生들 모두가 오늘부터 堅實한 한 世代의 責任者 같은 모습을 보이고 있는데 대하여 感謝하고 있습니다. ‥‥저희들은 一學年때부터 한 學期에 한 번씩 親睦 파-티를 열어 왔습니다만 뒤處理는 恒常 男性들 몫이었습니다. 처음에는 전

女性이란 謙遜하고 얌전한 사람이므로 菓子等等을 조금씩은 꼭 남겨 두리라, 뒤處理하는 代身 남겨 놓은 菓子를 먹을 수 있다는 期待와 즐거움으로 기다리고 있었습니다만 事實 當해 보니 그女들이 나가버린 테-블 위엔 菓子부스러기 한 個 가루 하나도 남아있지 않았습니다. 먹다 남은 것은 종이에 싸서 가져가는 것입니다. 反對로 男性側 座席에서 한 두個 눈에 띠일 程度ㅂ니다. 그때 저는 그女들이 젊은 女大生의 身分인데도 왜? 그렇게 구두쇠 일까, 火가 나서 册床이나 椅子를 亂暴하게 밀치면서 뒤處理를 했습니다. 그런데 그 後 自身의 認識을 고쳐, 將來 家庭의 主婦로서 家計를 꾸려 나갈 그女들에게는 只今부터 菓子부스러기 하나라도 헛되게 하지 않는다는 精神이 必要하다고 생각 하게끔 되었습니다. 그리하여 內心 그女들에게 敬意를 表하게끔 되었습니다. 이렇게 稱讚해 주어도 나에겐 누구 하나 握手나 키스를 해 주지 않을 것이므로 感傷도 여기서 끝이겠습니다.」

쿠라바시·마모리(倉橋守)는 긴 몸체를 던져버리듯이 着席했다. 틀림없이 그는 키스나 握手는 받지 못했어도 시치미를 뚝 따고서 相對方의 아픈 곳을 찔러 버렸으므로 女學生들은 憫惘(민망)하고 씁쓸한 表情으로 서로 相對方의 얼굴을 쳐다보거나 했다. 이렇게 듣고 보니 말이지만 오늘도 그女들의 테-블 위의 접시에는 처음부터 아무것도 놓여 있지 않았던 것처럼 깨끗이 치워져 있으며, 특히 텅 비어있는 透明하게 보이는 쥬-스 瓶이 한 瓶씩 서 있을 뿐이다.

「그럼 다음으로 가와다·센따로(川田千太郎)君.」
「아무것도 없습니다. 앞서 여러 親舊들이 모두 말해 버렸습니다.」
「아사누마·이찌로(淺沼一郎)君」
「아무런 말 할게 없습니다. 다만 후리소데의 그女들의 아름다움에 眩惑(현혹)되어 있을 뿐입니다. 그래서 惶悚한 말씀이오나 오늘 그女들의 그런 華奢(화사)한 모습을 바라보고 있으려니 후딱 요즈음 問題視 되고 있는 "女子大學生 亡國論"이라는 말이 생각납니다. 揶揄(야유)가 아닙니다. 그냥 후딱 생각 키워지는 것 뿐입니다.」

얼굴모습은 여드름 痕迹(흔적)에 별로 보잘 것 없지만 語學에 있어선 拔群의 實力의 所有者인 아사누마(淺沼)君의 態度에는 조금도 두려움이 없어 보였다. 이때 女學生들 사이사이에서 非難의 소리가 새어 나왔다. 와다베(渡部) 敎授는 이것을 손으로 抑制 하고나서,

「아사누마(淺沼)君은 大卒의 女性들이 앉은 그대로 三, 四 年間 職場에 붙어 있는 것이나, 또는 卒業하자마자 그대로 家庭으로 돌아 가 버리는 것은 國家 社會에 있어서 그렇게 프러스(+) 되지 않다고 생각하고 있는가.?」
「아니올시다. 그 反對입죠. 大學에서 얻은 것을 그냥 그대로 家庭으로 가지고 가서 아내로서 主婦로서 어머니로서 그것을 살려 나가는 것은 日本의 社會를 向上시키는 숨은 原動力으로서 役割이 크다고 믿고 있습니다. 只今의 日本에서는 亦是

그런 方法이 그女들이 얻은 知識이나 敎養을 살려 나가는데 適合하고 效果的이라고 생각합니다. 그러므로 先生님, 제가 말씀 드렸지요.? 오늘의 그女들이 너무 華奢하고 아름다우므로 거꾸로 "女子大學生 亡國論"이라는 流行語를 생각 했었다구요.……저의 "女子大學生 亡國論"이라는 表現을 率直하게 고치자면 "오-비우티풀(Oh! Beautiful)", "오-원더풀(Oh,! Wo-nderful)", "오-마이 다아-링(Oh,! My Darling)", 맨 나중의 말은 좀 지나쳤는지요.-라는 것이 됩니다.」
「훌륭하군, 올렸다 내렸다가……」
「異常스런 英語를 늘어놓아 도리어 골칫거리인데요.」
「너무도 맛있게 먹은 것이 목구멍에 걸려 왔네요.」
女學生들 사이에서 不平의 중얼거림이 들려왔다. 와다베(渡部) 敎授는 이런 것을 들은 체도 하지 않고,
「아사누마(淺沼)君의 所信은 그야말로 正論이다. 都大體가 日本의 知識階級은 安保問題라든가 前衛藝術에 對해서는 熱을 올려 騷亂을 피우지만 가장 가까이 自己 눈앞에 있는 男女生活을 平等히 하는 問題에 對해서는 異常하게도 모른 척 하거나 꼬집거나 하면서 正面에서 그 問題를 解決하려 들지 않지요. 家庭에 있어서는 勿論 그 고리타분한 女必從夫의 觀念에 사로잡혀 있습니다. 한때 말썽을 일으키기도 한 恐妻라든지 "女子大學生 亡國論" 等의 流行語도 結局 問題를 正面에서 다루려 하지 않고 側面에서 女子를 輕視하고 들볶고 있는 結果라고 생각하오. 日本의 知識人들은 서거나 얌전히 앉아서

가 아니라 비스듬히 드러누워 事物을 생각하는 傾向이 있지요. 이것을 고치지 않고서는 우리들의 社會生活은 直立한 올바른 姿勢로는 되지 않는다고 생각합니다만…….」

「贊成입니다.」

「贊成이에요, 先生님.」

「贊成해요. 누구든지 先生님께 키스 해 드려요.」

와다베(渡部) 敎授는 苦笑를 禁치 못하면서,

「아-알았소! 알았소! 그러나, 日本의 男女關係가 오늘날과 같은 狀態에 놓여 있고 "女子大學生 亡國論"等의 流行語가 나왔다는 것의 그 責任의 半은 女性側에도 있다는 것을 自覺해 주었으면 하는데…….」

「先生님께서는 結局 男性이라는 限界를 벗어나지 못하시는군요.」

「키스하는 것 그만 두었다.」

부드럽게 하나로 뭉쳐진 雰圍氣가 敎室안에 가득했다. 와다베(渡部) 敎授는 時計를 보시면서,

「자- 그러면 時間도 제법 흘렀으니 사무라이들의 마지막 告白을 노사까·다까오(野坂孝雄)君에게 付託 하 기로 하고 나는 천천히 물러가기로 할까. 敎授들의 晚餐會가 別途로 있기 때문에……. 노사까·다까오(野坂孝雄)君.」

「네」

하고 노사까·다까오(野坂孝雄)는 일어섰다. 꼭이 物件을 곧바로 세워 놓은 듯이 미끈한 느낌이 든다.

「‥‥只今 새삼스럽게 더 할 이야기도 없습니다만, 저는 女性 여러분께 親切히 待해 주신데 對하여 感謝 말씀 드립니다. 登山이나 테니스, 스키等等으로 늘 싸돌아다니던 저에게는 試驗때만 되면 골치였습니다. 그때가 되면 女學生들을 붙들고 언제나 노-트를 빌려 보았습니다. 특히 女學生들의 노-트는 깨끗하고 빈틈없이 적혀 있기 때문이지요. 講義 內容뿐만이 아니라, 先生님의 動作 하나하나에까지 仔細하게 적혀 있습니다. 例를들면, -- 처음에는 講義內容을 빈틈없이 筆記하고나서 途中에 括弧를 하고, "先生님 하품…, "하품…" "또 하품…" 아마도 어젯밤 너무 마셔서 只今까지 醉해있는지도 모르겠군. 또한 다른 날의 것엔 "오늘 先生님께서는 低氣壓임. 오늘 아침 出勤하실 때 夫婦 싸움이라도 하셨는지 모르지. 또 다른 날에는 "오늘 先生님은 검은 바탕에 엷은 쥐色의 무늬가 들어있는 멋있는 洋服을 입고 계심. 저런 값비싼 洋服을 맞추실 때 經濟權을 쥐고 있는 夫人과의 사이에 相當한 論戰이 있지 않았는지 모르겠음. 나 같으면 男便에게 저런 값비싼 洋服을 맞추지 못하게 하겠음. 國產品의 旣成服으로서 값이 低廉한 것으로 OK. 衣服에 돈을 消費하는 것은 女性의 特權이라 생각하므로…." 等의 所感을 적어 놓았습니다. 德澤에 지루한 줄도 모르고 카피(Copy) 할 수 가 있었습니다. 앗! 只今 생각이 떠오르는군요. 그것은 틀림없이 와다베(渡部)敎授님의 心理學 講義 노-트였습니다. 틀림없습니다.」
英國產의 洋服地 이야기가 나오자 웃음을 抑制하며 쿡쿡거리던 소리가 (왜냐하면 學生들은 그런 洋服을 와다베(渡部) 教授가 이따금씩 着用하고 있는 것을 알고 있기 때문에) 이때 와-하고 暴發했다. 壇上의 와다베(渡部) 教授는 苦笑를 禁치 못하면서 騷亂이 끝나기를 기다리고 있다가,

「아 아니, 노사까(野坂)君. 率直하게 이야기 해 주어서 고맙네. 나는 諸君들의 教師이지만 諸君들의 人間 研究의 對象으로서 拒絶 할 까닭이 없네. 參考로 나는 그 靜肅한 노-트의 主人公이 누군지 알고 싶은데……」

「네, 先生님. 그 筆者는 오늘 優等賞을 받은 하야마·가스꼬(葉山和子)孃입니다.」

「너무 지나쳐요.」

「恩惠도 모르고….」

「이젠 두 번 다시 사무라이들에게 노-트를 빌려주지 않을 테니까.」

等等의 不滿의 소리가 터져 나왔다. 그런데도 指名된 하야마·가스꼬(葉山和子)는 泰然히 일어서서 多情스런 微笑를 띠우면서,

「先生님, 틀림없이 저예요. 언제나 노-트를 빌려 달라기에 두어 番 映畫나 茶를 얻어먹은 代價로 그랬어요.」

와다베(渡部) 教授는 쓴 藥이라도 마신 듯이 濁한 苦笑를 흘리고선,

「하야마(葉山)君 같은 才色을 兼備한 女性으로부터 教師以外의 人間 와다베(渡部)라는 存在를 率直하게 觀察 當한 것을 榮光으로 생각하오. 좀 섭섭한 것은 내가 좀 더 젊었었더라

면……. 정말 有感이오.
 자, 이번에는 女性 諸君들에게 물어 보겠는데, 諸君들은 七人의 사무라이들이 크라스에 있는 것을 肯定, 否定, 어느 便의 氣分으로 받아 드렸나요.? 肯定派는 손을 들어 봐요.」
女學生들은 모두 氣勢도 좋게 손을 들었다. 아 아니, 한사람. 어깨를 움츠리고 무릎위에 손깍지를 끼고 있는 者가 있었다. 華麗한 卒業 授賞式場에서 발을 잘못 디뎌 굴러 떨어진 이시다·미에꼬(石田美枝子)였다.
「음, 이시다(石田)君은 否定派이군. 君 한 사람 뿐 이오. 그 理由는.?」
이시다·미에꼬(石田美枝子)는 일어서서 저 건너 天井을 바라보는 것처럼 하면서 眞心어린 表情으로,
「저도 事實은 肯定派입니다. 다만, 좀 머리가 明晳한 보이(Boy)들이었더라면 더 좋았을 텐데, 하고 생각합니다.」
모두가 와-하고 웃었다. 머리가 좋지 않다고 斷定 받은 男學生들까지도 한꺼번에 웃어 제꼈다는 것은 異常한 魅力을 지니고 있는 이시다·미에꼬(石田美枝子)는 어떤 말을 지껄여도 相對를 怒하지 않게 하는 그 무엇이 있기 때문이다.
다음으로 모도키·아끼꼬(元木明子)가 일어서서,
「저희들은 일곱 사무라이들과 함께 지내왔다는 것을 眞心으로 기쁘게 생각해요. 萬一 이곳이 女子들 만의 敎室이었다면 답답하고 陰鬱(음울)한 雰圍氣가 되고 말았을 것입니다. 女子란 호들갑스럽게 相對를 부둥켜안거나 하는 한눈에 보면 明朗한

것처럼 보이지만 그 알맹이는 陰性이세요. 그러므로 일곱 사무라이들의 存在는 우리들의 氣分을 밝고 明朗하게 해주는데 매우 效果的이었다고 생각합니다. 그리고 아까도 先生님께 말씀 드렸습니다만 이 學級의 男女 比率에 對해서는 學校 側에서도 좀 생각하지 않으면 안 된다고 생각합니다. 뭐라 할 까요…., 여기에 팥 고물이 가득 들어있는 큰 떡이 한 개 있다고 해요. 그리고 이를 탐내는 아이들이 넷이 있다 고 합시다. 이렇게 되면 아예 처음부터 없는 것이 나왔습니다. 이런 類의 中途半斷的인 不足함은 저희들 모두가 품고 있다고 생각합니다. 勿論 이것은 心理的인 問題로서 그外는 아무것도 아닙니다만…..」

「同感입니다.」

「同感이에요.」

「떡이 不足할 때는 더욱 그렇습니다.」

「알았소!. 알았소!.」

하고 와다베(渡部) 敎授는 고개를 끄덕이면서,

「何如間 이 크라스와 같은 男女 比率로서 諸君들은 肯定的인 그 하나로 뭉쳐진 氣分으로 四年間을 無難히 지내왔다는 것은, 男女의 諸君들이 눈에 보이지 않는 곳에서 智惠로운 工夫를 해왔기 때문이라고 생각하오. 이 點 받아드린 敎授로서도 대단히 滿足하게 여기고 있소. 그럼 諸君들, 나는 이것으로 失禮할까 하오. 諸君들이 社會人이 된 後에라도 나로서 할 수 있는 일 같으면 學校나 自宅으로 놀러 와도 좋습니다. 큰 힘은 되지 못할지 모르겠으나……」

하니까 아사누마·이찌로(淺沼一郞))가 벙글 벙글 웃으면서 일어섰다.

「앗!, 敎授님, 그건 그만 두시는 게 좋으리라 생각됩니다. "저는 妊娠했으나 男子에게 버림받았어요. 어떻게 하면 좋아요.? 저는 妻子가 있는 會社 常務와 戀愛에 빠졌습니다만 前途가 不安합니다. 어떻게 했으면 좋을까요.?" 이런 形而下學的인 身上 相談을 무더기로 가지고 갈 테니까요.」

「아사누마(淺沼)를 두들겨라!.」

「저희들을 侮辱하네요.」

「파-티가 끝나면 모두 짓눌러 발가벗겨서 校庭의 나무에 동여 매어 놓을 테니……」

이어 이곳저곳에서 여러 가지 怒聲이 쏟아져 나오면서 짐승들의 울부짖는 소리처럼 와-와-하고 아사누마(淺沼)를 掩襲(엄습)했다. 아사누마(淺沼)는 머리를 감싸 안고 책상 밑으로 기어 들어가려는 듯이 몸을 움츠렸다. 그리고 騷亂이 좀 가라앉자 옆자리의 무까이·다쓰오(向井達夫)에게 소근 거렸다.

「어이, 저 子息들 정말 발가벗길까.?」

「그러겠지. 저런 氣勢로 봐선. 오늘 날씨가 따뜻하긴 하지만 벌거숭이에게는 그렇지 못 할 걸.」

「놀리지 마, 이 子息 너 어떻게 해서 저 子息들 氣分 좀 달래 줘라.」

「늦었는데 이미….」

하니까 와다베(渡部) 敎授는 適當한 때를 봐서,
「女性 諸君들은 아사누마(淺沼)君의 發言이 形而下學的으로 自己自身들을 侮辱했다고 憤慨하고 있는 것 같으나 諸君들보다 人生 經驗을 보다 많이 쌓아 온 나로서는 諸君들의 앞 길에는 아사누마(淺沼)君이 말 한 대로 形而下學的인 蹉跌(차질)이 例外로 많을 것이라고 생각하오. 實生活이란 어디까지나 먼지구더기 같고, 닥치는 대로 따르는 것으로 濁해져 있는 部分이 많은 것이라서⋯⋯. 아사누마(淺沼)君을 발가벗기는 것은 그만 두지. 男子의 스트립·쇼(Strip·Show)란 그렇게 보기 좋은 것은 못되니까. 음! 그리고 조금 前에 하야마·가스꼬(葉山和子)君이 敎授室에 놔두고 간 프레센트. 대단히 感謝합니다. 그 石油 스토브는 내일 부터라도 書齋에서 使用할 참이요. 자- 그럼 諸君들의 前途를 祝福하며 헤어지기로 합시다.」
「敎授님 一分만 기다려 주십시오.」
이번에는 무까이·다쓰오(向井達夫)가 일어서서,
「마지막으로 서로 팔걸이를 하고 헤어지고 싶습니다. 모두 일어나서 팔을 벌려요. 렛쓰·고(Let Us Go).」
언제 어디서 배웠는지 女學生들도 일제히 팔을 걸고 퍼붓는 拍手속에서 와다베(渡部)敎授를 敎室밖으로 내어 보내었다.
學生들만이 되자, 기타, 바이얼린, 아코디언을 들고 나와 책상으로 둘러싸인 맨 가운데의 마룻바닥에서 후리소데의 女學生들까지도 男學生들을 相對로 돌아가면서 신나게 트위스트(Twist)나

록큰·롤(Rock'n 'roll)을 추기 始作했다. 한 개의 떡을 탐내는 아이들이 4, 5名 있는 關係로 째즈를 부르고 있는 기무라·겐고(木村健五)와 아코디언을 켜고 있는 나까자와·미쓰오(長澤三津雄)를 除外한 다섯 사무라이들은 차례차례로 돌면서 女學生을 相對로 그것도 異常스럽게 추고 있다. 이 얼마나 즐거운 重勞動이랴! 勿論 女子끼리 만이 추고 있는 곳도 있긴 하지만…‥.

그러는 中에 언제부터인지도 모르게 敎室 안에는 어떤 倦怠感이 몰려 들었다. 送別 파-티가 始作되고부터 제법 긴 時間이 지났고, 그 사이에 여러 가지 있을법한 일들도 일어났으므로 할 수 없는 일이었다. 이點을 느낀 하야마·가스꼬(葉山和子)가 노사까·다까오(野坂孝雄)와 相議하여 敎壇위로 올라가서 손바닥을 쳐 狂亂的인 몸짓들을 멈추게 하고,

「여러분, 제법 時間도 흘렀고 各者의 그룹으로 "긴좌(銀座)"나 "마루노우찌(丸の內)"에 나가서 晩餐會를 할 計劃도 있는 모양 일 테니 우리들의 파-티는 여기서 끝냈으면 하는데요. 우리 서로 앞날을 祝福하며 헤어집시다. 아무렇게나 지껄이는 말이 아니고 뻔한 事實이지만, 일곱 사람의 사무라이들은 제 各其 職場에서 職務에 忠實하시기를, 또한 저희들은 찬스를 놓치지 말고 좋은 男便을 골라잡기로 서로 約束 합시다…‥.」

하고 말하니까, 옆에 서있던 노사까·다까오(野坂孝雄)가 惡意없는 天然스러운 語調로,

「女子들은 結婚하면 애들을 몇이나 가졌으면 좋겠다던가 하는 實感을 只今부터 품고 있는지…, 하야마(葉山)君.?」

「나? 없는 것은 아니야. 나 말이지, 셋 程度는 낳으려고 해.」
그렇게 말하는 것이 무언가 즐거운 듯한 語調였다.
女子에게는 男性이나 戀愛를 意識하기 前에 그와 같은 實感을 느끼는 本能을 갖추고 있는 것일까 ….
「다까야마·노부꼬(高山信子)君은.?」
하고 노사까(野坂)는 고개를 설레설레 흔드는 眼鏡을 쓴 얼굴이 넓은 女學生을 불렀다.
「난요, 家庭의 經濟만 許諾한다면 다섯 程度 낳고 싶어요.」
「호-오-」
「호-오-」
하는 嘆聲(탄성)이 女學生들 사이에서 흘러 나왔다.
「그런데요, 우리 집은 다섯 兄弟지만 前부터 너무 많다고 느껴 본적은 한番도 없었거든요.」
「야마기시·다까꼬(山岸高子)君은.?」
「둘 아니 셋 程度 둘까요.」
「후지다·에이꼬(藤田惠子)君은.?」
「네 名. 나도 네 兄弟거든요.」
사무라이들은 조금도 부끄러워하는 氣色도 없이 自己들이 낳고 싶은 애들의 數를 입에 올리는 것을 듣고 놀랐으나, 대단히 健全한 印象을 받았다. 그리고 男子보다 女子편이 한 발자국 더 大地를 든든히 밟고 선 삶을 하고 있다는 것을 切實히 느꼈다. 封建時代에는 "女子의 배(腹)는 빌리는 物件"이라고 일컬어 왔지만, 實은 交尾가 끝나면 수컷을 잡아 먹어버리는 사마귀의

生活方式이 人間을 包含한 生物의 男女의 本能을 表示하고 있는 것인지도 모른다고 생각하기도 했다.
무까이·다쓰오(向井達夫)가 突然 일어서서 춤을 추고 난 後의 疲困 때문인지 땀을 흘리면서,
「같은 것을 이시다·미에꼬(石田美枝子)에게 묻고 싶군.」
「저는 요-,」
하고 자기 차례가 올 것을 미리 알고 있었던 것처럼 앉은 그대로 冷情한 語調로,
「난, 말이에요, 어쩌면 男子들이 차례차례 탐이 날는지는 모르겠으나 애들은 하나도 必要 없어요.」
일순 敎室 안이 조용해 졌다. 그러나 이번 亦是 미에꼬(美枝子)의 發言이 듣는 者에겐 그렇게 不快感을 주지 않는 것이 異常할 程度였다. 비꼬는 듯한 그 말의 裏面에는 어떤 正直함이 內包되어 있기 때문일 것이다. 萬一 다른 女子가 같은 말을 입에 올렸다면 목구멍이 맺힐 程度로 不快感을 일으켰음에 틀림이 없다.
「놀라운 말씀, 그만 두는 게 어때!⋯⋯. 난 말이다, 同級生 全部의 일은 모두 잊어버릴는지 모르겠으나, 너의 일 만은 只今 어디서 무엇을 하고 있는지 때때로 생각할지 모르겠다. 본·보야지 미에꼬(美枝子)·이시다(石田)!(Bonvoyage Mieko Ishita=이시다·미에꼬(石田美枝子) 멋들어진 航海를!)
「고마워요, 무까이(向井)氏. 나의 마음의 豫定簿에는 當身도 탐나는 한 사람의 男性으로서 記錄되어질는지도 몰라요. 當身

어린애같이 魅力的이거든요.」

「榮光이로소이다. 너의 입에는 毒針이 가득 하구나 야.」

이때 노사까(野坂)가 큰 기침을 하고 나서,

「個人的인 것은 그만 두는 게 어때, 모두가 感激하기 쉬운 年齡이다. 단 한 가지만 確認해 두고 싶은 것은 三, 四年이 지나 結婚한 同級生이 男便과 함께 걸어가고 있을 때에 만났다고 하자. 그때, 지난날과 같이 내 쪽에서 "야-아-!,"하고 소리를 질러 불러도 좋겠는지? 뒤에 男便에게 "當身, 學窓時節에 저 子息과 뭔가 있었는 거 아냐?"하고 疑心이나 받지 않겠는지.?.」

「그 反對의 境遇에는 어떻게 되죠.?」

하고 하야마·가스꼬(葉山和子)가 서슴지 않고 되물었다.

「무언가 여편네한테 말 하겠지. 女子란 嫉妬心 强…., 아-아--.」

하고 노사까(野坂)는 唐惶해서 손으로 입을 가렸다.

「解散! 解散!.」

「생각한대로 잘 해 나가요. 나의 그이도 눈이 빠지게 기다리고 있을 거야.」

「나도.」

「나도 그래요.」

모두 일어서서 中央의 마룻바닥에서 男女 區別 없이 옆에 있는 者와 굳은 握手를 나누었다. 그리고 三三 五五 떼를 지어 敎室을 빠져 나갔다. 노사까·다까오(野坂孝雄)와 하야마·가스꼬(葉

山和子)는 男女 責任者 役割을 해 왔던 只今까지의 習慣으로 마지막까지 敎室에 남았다. 冊床 列이 뒤죽박죽이고 그 위에는 먹고 마신 그릇이나 빈 甁들이 흩어져 있고 室內 空氣는 땐스로 불러일으킨 먼지로 가득차서 濁했다.

「騷亂 뒤의 虛無인가……」

노사까(野坂)는 지저분하게 널려진 敎室 안을 휘둘러보면서 혼자말로 중얼거렸다.

「그렇지만 멋들어진 送別會였어. 난 소매가 무거운 기모노를 입고 無理하게 추었더니 허리가 저려 혼났단다.」

「서 있지 말고 앉아요.」

노사까(野坂)는 冊床위의 것을 손으로 쓸어버리고 포켓에서 손수건을 꺼내어 그 위에 펴 주었다.

「고마워요.」

가스꼬(和子)는 한 쪽 다리를 다른 쪽 다리위에 포개는 姿勢로 앉았다.

「흘린 物件이나 없는지 한 番 둘러 봐야겠어. 멍청해 있던 놈들이 한두 놈 있을 법하니까.」

노사까(野坂)는 壁과 窓을 따라 테-블의 뒤편을 한 바퀴 돌아보고나서,

「그럼 그렇지, 틀림없거든……」

하고 비즈의 繡가 놓여 져 있는 핑크色의 작은 핸드·백과 만년필과 하얀 비단 장갑을 兩손에 들고 왔다.

「아-, 이 핸드·백, 이시다·미에꼬(石田美枝子)의 것이네. 좋아

보이죠.? 오늘 아침 若干 부러웠기에 記憶하고 있어요.」

「거리낌 없이 마음이 비뚤어진 毒舌을 내뱉는 주제에 이런 것을 슬쩍 잃어버리고 가는 것에 그 子息의 멋이 있다니깐.」

「그래요. 그렇게 느끼는 사람에 따라서는 요. 어머!, 열면 안 돼요. 女子의 핸드백을 엿보는 자는 一種의 癡漢(치한)이라구.」

「괜찮아. 그 子息에게는 진 빚이 많이 있으니까 .」

핸드백 안에는 악어가죽으로 만든 돈지갑, 香水, 손톱 깎기, 멘소레담, 鎭靜劑, 休紙, 萬年筆, 名銜(명함), 가위, 손수건이 두 장, 초코렛 먹다 남은 조각이 들어 있었다.

「너의 論法을 따르자면 他人 特히 女人의 핸드백을 엿보는 者는 一種의 癡漢이라 했겠다. 그럼 돈지갑을 엿보는 자는 一種의 도둑이 되겠구면?」

노사까(野坂)는 이렇게 중얼거리며 악어가죽의 紙匣을 열어 보았다. 萬 円짜리 紙幣가 한 장, 千 円 紙幣가 7 장, 百 円 紙幣가 4장, 그리고 銅錢 넣는 곳에는 百 円이나 十 円짜리 銅錢 銀錢이 가득 들어 있었다.

「헤에-富者구나! 그러나 이거야 말로 용돈이 가득 있다고 해서 반드시 幸福 하다는 걸 意味하는 건 아니라는 것을 證明하고 있군. 그 계집애의 境遇로서는 말이야….」

「當身은 미에꼬(美枝子)의 일에 對해서는 하나하나 充分한 理解를 하고 있군요.」

「꼬집지 말아요. 너의 일에 對해서는 보다 더 充分히 理解하고 있으니까-.」
「이 萬年筆은 어느 놈의 것이지.? 눈에 익어 어데서 많이 본 듯도 한 物件인데……. "앗! 잠깐."」
「아-, 내꺼야, 내 것이로구나. 내게도 귀여운 곳이 있군그래.」
가스꼬는 冊床에서 굴러 떨어질 듯이 몸을 비꼬면서 웃었다.
「난 只今, 나도 物件을 잃어버릴 수 있는 人間이라는 것을 알고서 더욱 나 自身이 좋아졌다.」
「異常한 心理네요. 미에꼬(美枝子)의 핸드·백, 當身이 돌아갈 때 돌려주라 구. 그네 집 알고 있잖아.」
「음, 알고 있어요. 언젠가 休講이었을 때 거리를 거닐다 우연히 지나게 되었지. 담쟁이가 꽉 엉켜있는 담으로 둘러싸인 그렇게 크지 않는 집이야. 그게 언제였더라. 오늘 그녀가 데리고 온 코카스파니엘이 玄關에서 낮잠을 자고 있었지…. 너는 오늘 밤 어떻게 지내려고 하지.?」
「親舊 六, 七名이서 마루노우찌(丸の內)의 P호텔에서 食事하기로 되어 있어. 六時 半 부터야. 누구나 얼음을 꽉 채운 스카치를 한 盞 가득히 마시기로 되어 있단다. 사무라이들도 오늘 밤에는 徹底하게 마시겠네.?」
「아-니, 우리들은 제 各各이야. 두 서넛 마시는 축도 있고, 卒業 記念으로 요코하마(橫浜)의 콜·걸(Call·Girl)의 實驗에 가는 子息도 있고…. 나는 집으로 돌아가서 마마가 만들어 주는 맛있는 것을 먹고 房에 드러누워 推理 小說이나 읽으려고 생각하고 있지.」

「노사까(野坂)氏는 女子를 알고 있나요.?」

「그런 質問에는 對答하고 싶지 않아요. 그것보다 그런걸 묻는 너의 氣分을 알고 싶군.」

노사까(野坂)는 가스꼬(和子)에게서 視線을 돌리지 않고 뚫어지듯이 바라보면서 對答했다.

「未安해. 쓰잘 데 없는 質問을 해서⋯⋯. 그렇지만 이시다·미에꼬(石田美枝子)가 같은 質問을 했다면 當身은 다른 對答을 했겠지.」

가스꼬(和子)는 心術이 부어오르는 듯이 노사까(野坂)의 視線을 强하게 받아 드리면서 되물었다.

「글쎄다.? 그녀에게서 그런 質問을 받았다면 "너의 몸으로 한 番 實驗 해 보아도 좋아." 하고 對答 했을는지도 모르지.」

「그리고서 다시 정강이를 걷어 채이고⋯⋯. 돌아가요. 當身과는 때때로 만나고 싶어.」

「아- 만나요. 나도 만나고 싶어. 누구보다도⋯⋯.」

「정말.?, 아이 기뻐.」

하야마·가스꼬(葉山和子)는 테이블에서 뛰어내려 黑板으로 가서 다음과 같이 써 놓았다.

※잃은 物件, 흰 緋緞 掌匣, 庶務室에 맡겨 두겠으니 마음에 걸리는 사람은 庶務室에서 찾아 가시 앞.-
　　整理係 노사까·다까오(野坂孝雄) ※

두 사람은 庶務室에다 장갑을 맡겨 놓고 入口의 若干 緩慢한 傾斜의 街路樹 길을 천천히 걸어 내려갔다.
벌써 그 時刻에서는 校內에 사람 그림자라곤 찾아 볼 수도 없고 넓고 푸르른 하늘에는 오늘의 卒業式에는 關係없이 한 무더기 구름이 흘러가고 있다.
두 사람은 프랫홈의 구름다리의 두 번째 내리막 階段에서 멈추어 握手를 했다.
「따뜻한 손이로구나, 너는.」
「當身도 그래요. 미에꼬(美枝子)에게 安否 傳해 주세요.」
그렇게 말하면서 가스꼬(和子)는 階段을 내려가 노사까(野坂)와 反對便 改札口 쪽으로 걸어갔다.

그 女人

改札口를 빠지면 작은 規模의 商店街가 얼마간 繼續되고 그로부터 맨 끝 쪽에는 中流의 住宅街가 秩序 있게 늘어서 있다. 周圍에는 눈에 띄일 만큼 그렇게 큰 建物도 없고 庭園樹나 담쟁이의 푸르름이 짙게 덥혀 있는 住宅街를 하얗게 메말라 있는 道路가 兩便으로 부드럽고 均衡있게 갈라놓는다.
두 번째의 十字路에서 왼쪽으로 꺾어들면 그 오른쪽의 七, 八間째에 이시다·미에꼬(石田美枝子)의 집이 있다.
石材의 四角 門기둥이 서 있고 손질이 잘된 넝쿨담쟁이의 담으로 둘러싸여있는 그 안에는 半和 半洋의 맵시 있는 집이 서 있다. 門기둥에는 『이시다(石田)』라고 쓰여 있는 門牌가 박혀있다.
노사까(野坂)는 비즈의 刺繡가 놓여 있는 작은 핸드·백을 上衣 속 겨드랑 밑에 끼우고서 한손으로 校服의 이곳저곳의 먼지를 털면서 入口의 石壇을 밟고 玄關으로 들어갔다. 그것이 몇 달 前이었든가, 그 前에 이곳을 엿보았을 때에는 石壇 兩쪽에 여러 가지 色깔의 菜松花가 두터운 洋탄자를 깔아놓은 것처럼 華麗하게 피어 있었는데, 菜松花는 언제 피는 거지? 6月, 7月.?
노사까(野坂)는 玄關 壁에 붙어있는 招人鐘을 눌렀다. 그러자 今時에 발자국 소리가 들리고 꼭 닫혀있던 유리門이 열리자 六十歲 假量의 작은 몸집의 眼鏡을 着用한 女子가 얼굴을 내밀었다. 家政婦 인 것 같았다.
「미에꼬(美枝子)氏 집에 있나요.?」
「계십니다만 當身은.?」
「노사까(野坂)라 합니다. 미에꼬(美枝子)氏의 同窓입니다만.」
말소리가 들렸는지 안으로부터 미에꼬(美枝子)의 목소리로,
「앗!., 노사까(野坂)氏. 어서 오세요. 할머니 손님을 應接室로 모시세요. 나 옷 갈아입는 中이니 조금 있다가 나갈게요.」
노사까(野坂)는 玄關 마루의 오른편에 있는 應接室로 案內 되었다.
다다미 열 대 여섯 장 程度의 넓이로서 엷은 茶色의 洋탄자를 깔고 調度品으로서는 淡泊한 趣味의 것이 많고 그 中에 壁쪽에 놓여있는 검은色의 피아노가 室內의 重厚感을 더하고 있었다.
노사까(野坂)는 긴 安樂椅子에 앉아 담배를 피워 물었다. 그리고, 몇 번이고 周圍를 휘 둘러 보고서, "아버지가 안 계신다고 했는데도 相當한 生活을 하고 있구나."하고 생각했다.
안쪽으로부터 急한 말투로 女子들끼리 무언가 말하고 있는 소리가 들리더니 이쪽으로 오는 발자국 소리가 들리고 도어에 노-크 소리가 났다.
「들어가도 좋아요.? 바지의 아래 단추는 全部 잘 잠겨져있나

요? 어깨근처에 비듬이래도 떨어져 있지 않나요.? 콧물을 훌쩍거리지는 않겠죠.?」

이 말을 듣는 순간 노사까(野坂)는 指摘된 곳을 注意해 보았다. 얼떨떨한 바보 같은 心情으로…….

門이 열리고 이시다·미에꼬(石田美枝子)가 들어왔다.

노사까(野坂)는 無意識 中에 일어서서, "앗!….하고 중얼거렸다. 조금 前까지만 해도 검은 수-쓰를 입고 있었던 미에꼬(美枝子)가 핑크지에 孔雀의 여러 色을 繡(수)놓은 두터운 후리소데를 입고 흰 버선에다 머리까지 둥글게 손질하여 그 위에 붉은 造花의 薔薇 한 송이를 꽂고 있는 것이다.

「어서오세요. 노사까(野坂)氏. 전 이런 모습하면 안 되나요.?」

미에꼬(美枝子)는 선채로 若干 능청스러운 語調로 말했다.

「누군가 안 된다고 말 한 사람이라도 있었나. 그런데 卒業式에는 올드·미쓰(Old·Miss)처럼 하고서 只今에사 이런 모습을 한다는 것은 좀 異常하지 않나.? 率直하지 못하군.」

거기까지 말했을 때 노사까(野坂)의 神經이 미에꼬(美枝子)의 모습에만 集中해 있었던 탓인지 겨드랑이에 끼어져있던 비즈·백이 툭 마루의 洋탄자위에 떨어졌다.

「어머! 내 핸드·백 아니에요.?·. 當身 언제 훔쳤나요.?.」

「훔치다.? 아- 내가 훔쳤지. 모두 돌아간 後에 잃은 物件이나 없나하고 室內를 돌아 봤더니 네가 앉았던 册床 속에 이것이 들어있지 뭐냐.」

「속을 들여다보았겠죠.?」

「보고말고. 하야마(葉山)君이 女子의 핸드·백 속을 엿보는 者는 一種의 癡漢이라고 말렸지만……. 結局 돈紙匣까지도 열어 보았지…….」

「紙幣를 한두 장 빼 돌린 건 아니겠죠.」

「몇 번인가 슬쩍 하려고 했었지만 그만 두었다. 떨어뜨린 돈을 주어서 警察에 申告해도 一割은 받을 수 있으니까. 난 네 紙匣을 드려다 보면서 느꼈다.」

「무엇을 느꼈는데…….」

「용돈을 아무리 많이 가지고 있다고 해서 반드시 幸福한 건 아니라고.」

「쓸데없는 말씀일랑 그만 두시지. 내가 幸福 한가 그렇지 못한가를 決定할 權利를 當身은 가지고 있지 않을 텐데요.」

이때 할머니가 茶를 날라 왔다. 이때까지 선채로 이야기를 나누던 두 사람은 그때서야 비로소 소파에 앉았다. 노사까(野坂)는 떨어진 핸드·백을 주워 卓子위에 올려놓았다.

그리고 茶를 홀쩍이었다.

「너 정말 率直하지 못하다. 핸드·백을 돌려주려고 여기까지 찾아 왔는데도 고맙다는 人事 한마디도 없지 뭐냐.」

「했지 않아요.? 내가 只今까지 한 이야기는 全部가 그 人事인 걸. 머리가 鈍한 사람과 相對를 하려니 정말 힘이 드네요.」

「………」

노사까(野坂)는 한 대 얻어맞은 듯한 氣分으로 華麗(화려)한 衣裳에는 어울리지 않는, 아름다우면서도 차디찬 느낌을 주는 이시다·미에꼬(石田美枝子)의 얼굴을 눈 하나 깜박이지 않고 바라보았다. 언제나 그렇게 느껴지는 것은 아니지만 적어도 只今 이 瞬間에 있어서 이 世波를 살아오는데 對한 段數가 달라 보이는 듯한 氣分이었다.

「노사까(野坂)氏, 이제부터 무엇을 할 생각이세요.? 사무라이 中 누군가와 함께 마시러 가는 것은 아니겠죠.?」

「아 아니, 가려고 했지만 亦是 그만 두었다.」

「곧장 집으로 가나요.?」

「응, 곧장 집으로 가려고 해. 房구석에 四肢를 쭈욱 뻗고 들어 누워서 천천히 레코드나 듣던 지 推理小說이래도 읽을 생각이다. 그런데 후리소데의 華麗한 아가씨로 재빨리 變貌한 넌 어데 가려고 하니.? 누군가와 約束이래도 있는 모양이지?」

「나, 어울려요.?」

「只今처럼 氣分 좋은 얼굴을 하고 있으면 썩 어울려요. 때때로 哲學者라도 되려는 듯한 沈痛한 얼굴을 하고 있을 때가 있는데 그런 때는 오늘 式場에 입고 온 그 검은 色깔의 수-쓰 쪽이 훨씬 더 잘 어울려.」

「후- 후- 후-….」

미에꼬(美枝子)는 소리 내어 웃었다.

「當身도 이따금씩 제법 毒한 말을 할 줄 아는데.」

「너의 그 알량한 感化 德分이겠지….」

「그럴는지도 몰라…. 저-, 나, 只今부터 아카사카(赤阪)의 O호텔에 가려는 참이야. 그곳에서 파파가, 正確하게 말한다면 나의 戶籍上의 파파인 사람이 저녁을 한턱 쏘겠대요. 그래서 나, 學校에서 돌아오는 길에 近處의 美粧院에 들려 헤어·스타일을 바꾸어 버렸던 거야. 頭腦의 回轉速度가 느린 當身을 爲해서 한 番 더 註釋을 붙이자면 파파에게 내가 大學을 卒業했다는 것을 보여 드리는 것 보다 옷 治粧을 하고 化粧이래도 멋있게 꾸미고 나서면 다른 부잣집 딸들처럼 훌륭한 아가씨로 成長했다는 것을 보여 드리는 것이 더욱 기쁘고 마음이 놓일 거라고 생각했기 때문이라 구.」
「..........」
아무런 躊躇함도 없이 말하고 있는 미에꼬(美枝子)의 이야기 그 속에는 야무진 그 어떤 一面이 숨겨져 있다는 氣分이 들어 노사까(野坂)의 입은 닫쳐진 그대로 있을 뿐 달리 다른 道理가 없었다.
「그래서 當身의 오늘밤의 時間이 비어 있다는 것도 알았으므로 나와 같이 O 호텔에 안 갈래요? 파파와 셋이서 食事하는 거예요.」
「음, 자- 내 머리의 回轉이 鈍하지 않다는 것을 보여 주지. "나에게는 이와 같이 턱 끝으로 까닥까닥 움직이게 하는 보이·후렌드도 있습니다." 는 것까지도 보여드려 아버지를 더더욱 安心 시키고 싶겠지?.」
미에꼬(美枝子)는 빙긋이 웃었다. 그리고 노사까(野坂)가 말한 것에는 對答하지도 않고서,
「가주는 거지. 노사까(野坂)君, 車 運轉 틀림없이 할 수 있겠

지?.」
「免許證을 따고나서 三 年째야.」
「나도 할 수 있지만 이런 거추장스런 服裝으로서는……. 나, 뒷座席에 얌전히 쳐 박혀 있을 테니 當身은 運轉席에 앉아요. 車는 昨年에 나온 中刑으로 實은 마마가 商店 出退勤할때 쓰고 있지만 오늘 내가 暫間 빌렸어요.」
「마마는 알고 계시나.? 네가 어디에 가서 누구하고 무엇을 한다는 것을……」
「알고 계시겠죠. 난 親舊와 O호텔에 祝賀의 食事를 하러 간다고 했으니까.」
「그렇지만 너의 파파는 너와 但 둘이 있고 싶은 것 아냐?.」
「그렇지 않을 거야. 但 두 사람만 있으면 언제나 마음 밑바닥에 무언가 무거운 것이 꿈틀거려 도리어 거북스러워.」
「정말로 弊가 되지 않는단 말이지.」
가보면 어떤 決定的인 人生의 한 場面을 目擊하게 되리라는 것을 알고 있기에 노사까·다까오(野坂孝雄)의 가슴속에는 무겁고 躊躇스런 그 무엇이 있었다.
「나 말이야, 自身에 得이 되지 않다면 當身에게 이런 일 付託하지도 않아요.」
미에꼬(美枝子)는 아무 일도 없는 듯이 노사까(野坂)의 躊躇스런 氣分을 없애 버리려는 멋들어진 手法을 쓰고 있다.
「O·K-, 간다. 아가씨를 모시고……」
「내가 付託하는 것이라면 무엇이고 간에 拒絶치 못하는 當身

의 性味를 난 자-알 알고 있걸랑요」
맑고 多情스러운 微笑를 띠우면서 호-호-호- 하고 웃는다.
「난 불쌍하다고 생각하는 子息에겐 弱한 便이니깐.」
「그런 말솜씨, 自身을 속이고 있는 거 아니세요. 當身은 나를 좋아하고 있어요.」
「普通 飮食에 싫증이 나서 뱀이나 개구리 料理가 먹고 싶은 것과 같은 그런 意味에서 말이지.」
「가요! 노사까(野坂)君.」
「가요…. 아-, 아까 學校에서 만나 뵈었던 마마는.?」
「商店에 나가셨어. 택시로. 어서 가요. 럿시·아워(Rush·Hour) 라서 時間이 걸릴는지 모르니까.」
「아- 가지 그래. 그 前에 電話 한 通 해야겠는데 마마한테…. 마마가 맛있는 것 만들어 놓고 기다릴는지 모르겠다.」
미에꼬(美枝子)는 廊下의 電話室에로 노사까(野坂)를 案內했다. 노사까(野坂)는 좁은 電話室에 들어 가 유리로 되어있는 門을 안에서 밀었다. 그러니까 미에꼬(美枝子)는 그 門을 다시 활짝 얼어 놓았다.
「마마를 불러줘요. ····마마세요? 오늘 곧장 집으로 돌아가겠다고 말씀 드렸지만 親舊한테 이끌려 O호텔에서 食事하기로 했어요. 너무 말썽을 부려 罪悚합니다. 두 사람 뿐이세요. 그 쪽에 가면 셋이 됩니다. 아니 女子親舊 입니다. 아버지께 여쭤 보시면 아실 겁니다. 오늘 式場에서 優等賞을 받을 때 굴러 떨어진 女子라고 말하면…. 아버지께서는 二層 保護者席

에서 보셨을 테니까요. 아니, 안 돼요. 함께 가지 않으면 데파트의 屋上에서 뛰어내려 自殺한답시고 윽박지른 답니다.」
미에꼬(美枝子)가 좁은 電話室로 비죽비죽 밀고 들어와서 노사까(野坂)의 팔을 힘껏 꼬집었다.
「아얏! 아이 구 아 퍼!」
노사까(野坂)는 送話機를 가리고 엉덩이로 미에꼬(美枝子)를 門 밖으로 내밀었다.
「돈.? 必要 없어요. 전 招待 받았으니까요. 호텔에서 그런 짓 하면 안 되겠지만 될 수 있는 한, 닭다리라도 싸가지고 膳物로 가지고 가겠습니다.」
미에꼬(美枝子)는 다시 電話室로 들어와 이번에는 受話器를 뺏어 들었다.
「저- 다까오(孝雄)氏 어머니세요.? 전 이시다·미에꼬(石田美枝子)입니다. 집은 學校 近方이에요. 데리고 가지 않으면 데파트의 屋上에서 自殺하겠다고 윽박지른 건 제가 아니고 다까오(孝雄)氏 입니다. ……둘 뿐이 아닙니다. 호텔에 가면 셋이 됩니다. 그 사람에 關한 것은 後에 다까오(孝雄)氏에게 여쭈어 보세요. 저는 요, 핑크色의 후리소데를 입고 갑니다. 키는 百 六십三 Cm, 다까오(孝雄)氏와 나란히 걸어가도 그렇게 綺羅(초라)하게 보이지 않을 程度의 美人이니까 安心하세요. 네, 네 갈 때도 돌아 올때에도 두 사람 뿐입니다만 전 操心해서 다까오(孝雄)氏에게 誘惑 當하지 않게끔 操心 하겠으니 적정 마세요. 그럼, 아주머니 安寧히. 언젠가 만나 뵐 날이 있을는지 모르겠어요.」

노사까(野坂)는 어이가 없어 電話室에서 나오는 미에꼬(美枝子)의 얼굴을 멍청히 쳐다보고만 있다.

「서로 피장파장이지 뭐야.」

「뭐가 피장파장이야. 마마의 놀란 얼굴이 눈에 선하다. 只今쯤 血壓이 올랐음에 틀림없을 거야.」

두 사람은 밖으로 나왔다. 할머니가 車庫의 셔터를 열어 놓았고, 그 안에는 손질이 잘 되어있는 검은 色깔의 中型車가 있었다. 노사까(野坂)는 미에꼬(美枝子)에게서 키-를 받아 車를 끌고 나왔다. 미에꼬(美枝子)는 긴 소매 자락을 할머니에게 들리고선 뒷座席에 앉았다.

아직 하늘은 밝아 있었으나 西쪽 하늘에는 벌써 노을이 보이기 始作했다. 이런 때는 意外로 빨리 어두워지기 마련이다.

「제법 틀림없는 솜씨 같은데. 나까하라(中原)街道나 고한다(五反田)는 車가 混雜할테니 마루노바시(丸の橋)를 건너 左로 꺾어서 다소노다쓰구리(田園調布), 지유카오카(自由ケ丘), 道立大學, 메구로(目黑) 그리고 텐겐시(天現寺), 아스미가와(有栖川) 公園쪽으로 가요. 그쪽이 時間이 훨씬 빨라요.」

「OK. 約束時間은?」

「여섯 時.」

指摘해 준 그대로의 길을 달려도 러쉬·아워 였으므로 많은 車가 밀려 한 발자국 程度도 움직일 수 없는 곳이 두서너 군데 있었다. 때문에 O 호텔에는 여섯時가 조금 넘어서 겨우 到着할 수가 있었다. 미에꼬(美枝子)는 익숙한 모습으로 自動式으로 門이 열리는 入口에서 로비로 들어갔다. 유리窓에는 문살 모양으로 장자를 해 박아서 東洋趣味를 插入한 天頂이 높고 豪華스러운 호텔이었다.

이런 雰圍氣에 익숙지 못한 노사까(野坂)는 周圍를 두리번거리며 自身이 입고 있는 學生服을 매우 綃羅하게 느껴야만 했다. 미에꼬(美枝子)는 躊躇하는 氣色도 없이 로비의 맨 가운데 서서 이곳저곳을 휘둘러보았다. 키가 크고 말쑥하여 스타일이 멋있는 미에꼬(美枝子)의 華麗한 후리소데 모습은 이곳에 있는 外國人을 爲始한 여러분들의 눈을 끌었다.

「파파가 아직 안 오셨네. 亦是 길이 混雜했는가 봐요. 그러나 그렇게 기다리게 할 사람이 아니니까 곧 오실 거야. 이리로 와요.」

미에꼬(美枝子)는 노사까(野坂)의 팔을 끼고 비어있는 테-블로 가서 푹신푹신하고 디자인(Design)이 예쁜 팔걸이 椅子에 앉았다. 그리고선 지나가는 보이에게 茶를 付託했다.

「너, 이런 雰圍氣에는 매우 익숙해 있구나. 난 말야, 뭐가 뭔지 空中에 붕-떠 있는 듯한 氣分에 마음을 걷잡을 수가 없단다.」

「그렇게 마음 쓸 거 없어요. 當身이 검은 學生服을 입고 있기 때문에 이곳에 있는 外國人들 눈에는 나의 메신저·보이(Mess-enger Boy＝심부름꾼)로 보일 테니까요.」

「뭐래도 좋아. 냄비 밥을 냄비 채 들고 먹거나 초밥집에서 선채로 먹어치울 때라면 네게 지지 않을 程度로 惡談도 할 수 있겠으나 여기에선 그만 두겠다. 들어 올 때부터 火가 치 밀었단 말이다. 이런 奢侈(사치)스런 호텔은 무엇 때문에 짓는 거지?…..」

「將來 나의 結婚式을 爲해서지.」

「이런 곳에서 할 생각이냐?」

「아마 그렇게 되겠지. 그렇지만 그 前에 나에게 걸 맞는 相對가 눈에 띠일까, 이것이 疑問이야.」

「제법 어려울 걸.」

보이가 차를 날라 왔다. 로비의 雰圍氣에 억눌려 事實 목이 말라있던 노사까(野坂)는 "맛있구나" 하고 입에 대자마자 단숨에 마셔버렸다. 그때 미에꼬(美枝子)가 일어서서,

「앗! 파파가 오셨다. 只今 클로크(Cloak)에 외투를 맡기고 있는 분이야.」

노사까(野坂)는 일어서서 뒤를 돌아다보았다. 品質이 優秀한 콤비를 입고 있는, 정수리가 벗겨져 있고 嚴하게 보이는, 키가 훤칠한 男子가 클로크에 옷을 맡기고서 이곳저곳을 휘둘러보다가 손을 들어 보이는 미에꼬(美枝子)를 보자 짧게 턱수염을 기른 印象 깊은 얼굴에 微笑를 띠우면서 다가왔다.

「아- 많이 기다렸지. 卒業을 祝賀한다.」

男子는 미에꼬(美枝子)의 몸을 감싸 안고서 서로 얼굴을 부비거나 가볍게 입을 맞추거나했다. 이것을 받아드리는 미에꼬(美枝子)도 沈着하였으므로 어느 程度 好感을 가질 수 있는 情景

이었다.

「파파, 男子親舊를 한 사람 데리고 왔어요. 나의 崇拜者세요. 노사까·다까오(野坂孝雄)라 합니다. ……노사까(野坂)氏, 이분이 나의 파파.」

「처음 뵙겠습니다. 노사까·다까오(野坂孝雄)라 합니다.」

「나 다시마·세이지(田島淸二)라 하네. 미에꼬(美枝子)가 여러 가지 弊를 끼쳤을 텐데…….」

다시마(田島)는 덥석 노사까(野坂)의 손을 잡았다. 두텁고 따스한 손이었다.

「이거 네가 마시던 것이지. 自動車 스팀 때문에 목이 컬컬해서 말이야, 내가 마시겠다.」

다시마(田島)는 자리에 앉자마자 미에꼬(美枝子)가 입에 대었다가 놓아둔 葉茶盞을 들고 단숨에 마셔버렸다.

「너, 優等賞을 받았다고 했지. 걱정이 되기에 잘 아는 敎授에게 電話를 해 봤지 뭐냐. 그런데 발을 헛디뎌 굴러 떨어졌다고…….」

「그래서 저를 안아 일으켜 자리로 데리고 온 사람이 바로 이분 노사까(野坂)氏에요」

「저런-이거 정말! 빼빼 마르긴 했어도 키가 크므로 제법 무거웠을 테지.」

「아닙니다. 式場에 熱中해 있었으므로, 그런 때문인지 저에게는, 이 子息, 뭔가 緊張해 있구나. 하는 豫感이 움직이고 있었으므로…….」

「음, 豫感이라……」

다시마(田島)는 무언가를 찾아 내려는듯한 눈초리로 미에꼬(美枝子)의 몸을 아래위로 훑어보았다. 미에꼬(美枝子)는 엷은 微笑를 띠우면서,

「實은 그때 어떤 瞬間的인 衝動에 몰려 들떠 있었어요. 只今 생각 해 내었어요.」

「무슨 衝動이었지?」

「講壇위에 올라가서 卒業하는 親舊들에게나 保護者들을 向해서 큰 목소리로 "나의 마마는 빠의 마담입니다. 많은 男性들의 氣分을 돋구어가며 살고 있습니다." 이렇게 부르짖고 싶은 衝動에 몰려 있었어요.」

다시마(田島)는 若干 괴로운 듯이 짧은 턱수염을 오른 손바닥으로 세게 문지르면서,

「어-좋아 미에꼬(美枝子), 食事할 때에는 모두의 食慾을 刺戟시키는 즐거운 話題를 고르는 법이다. 失禮했네, 노사까(野坂)君.」

「아닙니다. 전, 익숙해 있으니까요.…… 이 사람이 靜肅한 말씨를 쓰면 갑자기 하늘에 구름이 끼고 비라도 오지 않나 하고 걱정할 程度 입니다.」

「아주 건사한 말도 할 줄 아네요.」

하고 미에꼬(美枝子)는 노사까(野坂)에게 너무 神奇할 程度로 多情스런 微笑를 보냈다.

「洋食, 中華料理, 어느 것으로 할 거냐?」

다시마는 가슴 포켓에서 卷煙을 꺼내어서 피웠다.
「노사까(野坂), 너는?.」
「네가 決定한 걸로 하겠다.」
「그럼 中華料理가 좋아요.」
다시마(田島)는 두 사람을 데리고 六層에 있는 中華料理 專門 食堂으로 들어갔다.
그렇게 넓지는 않으나 中國風으로 裝飾된 깨끗한 홀(Hall)로서 몇몇의 손님들이 둥근 食卓을 둘러싸고 食事를 하고 있다.
다시마(田島)氏는 食卓위의 메뉴-를 펴서 노사까(野坂)와 미에꼬(美枝子)가 즐기는 飮食을 물으면서 일곱 가지 程度의 料理를 注文 시켰다.
「마실 것은 뭐로 할 거냐? 오늘부턴 어른이니까 무엇을 마셔도 좋아. 노사까君은?」
「전 麥酒를 한잔만. 마시지 못하는 건 아니지만 미에꼬(美枝子)氏를 車로 모시지 않으면 안 되니까요.」
「안 됐군 그래. 미에꼬(美枝子) 너는?.」
「온·더·록스(On The Rocks=얼음에 위스키 따위를 부어 마시는 飮料)가 좋아요.」
「그럼 나도 그걸로 하지. 아-, 노사까(野坂)君, 이게 내 名銜(명함)일세. 받아 두게나.」
받아 든 名銜에는 『關東 고무工業 株式會社 社長 다시마·세이지(田島淸二)』라 쓰여 있었다. 세 사람은 냅킨을 목둘레에 걸치고 食事를 始作했다. 먹으면서 다시마(田島)는 노사까(野坂)

의 家庭일이나 將來의 計劃 等에 對하여 變함없는 부드러운 語調로 여러 가지를 물었다. 노사까(野坂)와 미에꼬(美枝子) 便에서는 오늘밤 送別 파-티에서 있었던 이야기를 하여 다시마(田島)를 웃기곤 했다.

새로운 料理가 運搬 되는대로 노사까(野坂)와 미에꼬(美枝子)는 잘도 먹어 치웠다.

다시마(田島)氏는 천천히 위스키를 마시거나 卷煙을 태우면서 이러는 두 사람을 즐거운 듯이 바라보고 있었다.

노사까(野坂)는, 다시마(田島)氏는 沈着한 人格의 所有者로서 分別 있고 中庸의 道를 걷고 있는 人物이라는 印象을 받았다. 假令 젊었을 때에 아이까지 낳은 夫人을 다른 女子와 사귀면서 本夫人과 離別할 만큼 無謀한 人間으로는 생각할 수가 없었다, 그것도 夫人이 보기 싫은 容貌였다면 모르겠으나 오늘 學校에서 만난 미에꼬(美枝子)의 어머니— 유끼꼬(雪子)氏의 印象은 젊었을 때에는 定評 있는 차-밍(Charming)한 美貌의 所有者였음을 想像해도 좋을 程度였고, 暫間 동안의 이야기에서도 頭腦와 活動이 機敏하다는 것을 알 수 있었다. 오히려 覺悟만 한다면 能히 빠-마담도 될 수 있는 유끼꼬(雪子) 側에서 戀愛沙汰를 불러일으킨 것이 아닌가 하고도 생각지 않을 수 없다.

飮食은 飮食대로 맛있게 먹으면서 食卓을 豊盛하게 하는 世上 이야기에도 한 마디씩 보태어 가면서 노사까(野坂)는 머리 한 구석에 그런 일들을 줄 곳 생각하곤 했다. 食事가 끝났다. 노사까(野坂)도 미에꼬(美枝子)도 充足된 倦怠感에 밀려 뜨거운 蒸

氣 타올로 입 언저리나 손가락 끝을 닦았다.

「파파.」

「왜 그러지?」

「스카이·룸(Sky·Room)에 데려다 줘요. 노사까(野坂)氏에게 大都市의 夜景을 보여 주고 싶어요.」

「아, 그러자구나. 그런데 노사까(野坂)君이 술을 마시지 않으니 꽤 안 됐다. 무엇이든지 辭讓 말고 마시게나. 車는 여기에다 맡겨두고 택시로 돌아가도 좋으니까…….」

「아, 그렇군요. 그렇게 해요. 當身이 그 몸집으로 퍼 마시면 어떤 獸性을 나타낼까 보고 싶네요.」

「아니오. 난, 오늘 밤만은 意志로서도 마시지 않아요. 當身이나 마셔요. 후리소데 모습으로 술에 醉한다면 제법 可觀 일 테니까.」

「그만 둘래요, 파파 앞에선…….」

다시마(田島)는 이러한 對話를 주고받는 두 사람을 에레베이터로 十層의 東쪽 끝에 있는 飮料 專門의 스카이·룸(Sky·Room)으로 데리고 갔다. 이곳은 三面이 유리로 되어 있어 도쿄타워(東京塔), 쿄바시(京橋), 니혼바시(日本橋) 近處를 爲始해서 네온이 明滅하는 都心의 夜景이 한눈에 펼쳐져 보였다.

「다시마(田島)氏 어서 오십시오. 여기 좋을 座席이 비어 있습니다.」

흰 유니폼을 입은 보이(Boy)長 같이 보이는 中年男子가 손님들이 앉아있는 테-블 사이를 누비고 南쪽 窓곁으로 세 사람을 案

內했다. 다시마(田島)는 더블(Double)의 스캇치를, 미에꼬(美枝子)는 葡萄酒를, 노사까(野坂)는 生 쥬-스를 각각 注文했다.
「썩 좋은 展望이죠, 노사까(野坂)氏.」
「응-, 거리는 살아있다. 이와 같은 實感이 떠오르는군.」
노사까(野坂)는 몸을 돌려가며 數도없이 반짝이는 電燈, 여러 色의 네온이 明滅하는 거리의 夜景을 싫증 내지 않고 바라보고 있었다. 저 먼 하늘에는 빛조차 稀微한 별이 한손에 쥐어질 듯이 이곳저곳에 쓸쓸한 秋波를 던지고 있다. 大 都市의 夜景 - 여기에는 犯罪나 戀愛, 休息, 貧困, 背反, 友情, 勞動, 思索, 健康, 衰弱, 生死-…, 無數한 것이 旦 하나로 뭉쳐져 있다.
그러한 感想의 影響인지 노사까·다까오(野坂孝雄)는 조금도 躊躇함이 없이 意外의 質問을 다시마(田島)氏에게 던지고 말았다.
「저…., 失禮인줄 알고 있습니다만 다시마(田島)氏께서는 무슨 理由로 미에꼬(美枝子) 어머님과 ―오늘 卒業式에서 만나 뵈었습니다. ― 헤어졌습니까? 暫間 만나 뵌 印象은 미에꼬(美枝子)어머님께서도 堅實한 분같이 보였습니다만…..」
「엣!」
다시마(田島)氏는 갑작스런 質問에 火가 나는 듯한 表情으로 노사까(野坂)의 얼굴을 暫間동안 바라보았다.
「자-파파, 어려운 問題군요….. 이 試驗에 合格하실는 지 壯觀이네요, 파파.」
미에꼬(美枝子)는 錯雜한 微笑를 띠우며 노사까(野坂)와 아버지의 얼굴을 번갈아 바라보았다.

「자네는 미에꼬(美枝子)한테서 그런 이야기를 들어 본적이라
 도 있는 겐가?」

다시마(田島)氏가 그렇게 묻는 것은 適當한 對答거리를 準備하려는 時間을 만들려는 口實로 보였다.

「없습니다. 이 사람은 他人의 同情을 끌려는 이야기는 혀를 깨
 물어도 하지 않는 사람이니까요.」

노사까(野坂)가 그렇게 對答하는 瞬間 조금도 豫期치 못했는데도 미에꼬(美枝子)의 눈에서 뜨거운 눈물이 너 댓 방울 흘러 떨어졌다.

노사까(野坂)도 다시마(田島)氏도 여기에 注意하지 못했기 때문에 미에꼬(美枝子)는 핸커치(Handkerchief)로 코를 푸는 것처럼 하면서 눈물을 씻었다. 그리고 그로 因하여 그女의 神經은 父親과 노사까(野坂)의 對話에 熱心히 集中되어 있었다.

다시마(田島)는 卷煙을 씹으면서,

「한 가지 더 묻고 싶은 것은 자네는 初 對面인 나에게 어째서
 그런 엄청난 問題를 물어보게 되었나?」

「여기에서 네온이 明滅하는 거리의 夜景을 보고 있는 中, 이
 속에는 수없는 갖가지 生活이 이루어지고 있구나 하는 感傷
 的인 氣分이 되어 버렸습니다. 그렇게 되니까 無意識 中에 只
 今의 質問이 튀어 나왔습니다. 여간 失禮하지 않았습니다.」

「아니, 나도 자네와 같은 숨김없는 氣分으로 누군가에게 한번
 이것을 물어보고 싶었던 것이었네. 아 아니 只今 갑자기 그런
 氣分이 되었겠지⋯⋯. 미에꼬(美枝子), 이야기해도 괜찮겠니?.

나는 너에게도 우리들 夫婦가 性格이 맞지 않았다는 것, 以外의 說明은 한 적이 없다만…….」

「좋아요, 파파. 이러한 單純한 性格의 第 三者가 있는 便이 이야기하기도 쉽고 듣기도 便해요.」

「다시마(田島)氏, 이 사람 언제나 이런 程度입니다. 조금 前에는 制服을 입고 있는 제가 이곳에 있는 外國人들에게는 自己의 메신저·보이(Messenger·Boy)처럼 보여도 좋을 거라고 하거나…….」

「아닐세, 자네. 젊을 때 뿐 일세. 걸·후렌드에게 꼬집히는 것도 즐거움의 하나일세.……바로 이거지. 感心할 程度의 이야기지만, 나는 獨子로서 母親의 손에서 자랐다네. 父親은 내가 네 살적에 癌으로 돌아 가셨지. 兩親은 中媒結婚이었으나 두 분 모두 나이가 어렸다고나 할까. 父親이 二十歲, 母親이 열여덟에 結婚 했다네. 다시마(田島)家에는 若干의 財産이 있었기 때문에 父親이 돌아 가셨다 해도 살림에는 困難함이 없이 母親께서는 나의 成長을 唯一의 樂으로 또한 삶의 보람으로서 젊고 아름다운 未亡人의 生活을 繼續 했다네. 할머니가 아름다운 女子였다는 것은 미에꼬(美枝子)의 記憶에도 남아 있겠지만….」

「네, 그렇지만 전 어린 마음으로 할머니는 좀 더 주름투성인 便이 좋았다고 생각했어요.」

「너의 마마와는 바로 그 點이 맞지 않았던 것이다. 무엇보다도 母親은 예뻤고 또한 나이도 젊었으므로 再婚中媒도 여러 곳에서 들어왔으나 母親은 그런 이야기에는 조금도 귀를 기우리지 않고 獨子인 나를 사랑해 줌으로써 人間으로서, 女子로서의 쓸쓸함을 달래며 살아 오셨다네. 얼마나 사랑해 주셨는가 하면 小學校를 卒業할 때까지 나는 母親의 가슴에 안겨 잤다네. 아니 中學校에 들어가서도 一年 程度는 때때로 나 스스로 母親의 품으로 기어 들어가곤 했다네. 내가 思春期에 들어가고 부터는 차차 그런 일은 없어 졌으나 그것도 大學을 卒業하고 미에꼬(美枝子)의 엄마를 夫人으로 맞이할 때까지 母親과 나는 같은 房에 起居 했다네. 뒤에 안 일이지만 그런 程度였으므로 다시마(田島) 家에는 母子相姦하고 있다는 어처구니없는 所聞 마저 나돌고 있었다네. 그렇게 誤解를 받더라도 어쩔 수 없을 만큼 우리들 母子는 密着된 生活을 해 왔다네. 母親은 頭腦가 非常하고 내가 한 사람의 成人이 될 때에는 아버지가 남겨놓은 財産을 몇 倍나 키워 놓은 지도 모른다네. 商店을 하고 있었던 것이 아니고 株式를 사거나 高利貸金을 했다고 생각하고는 있지만……」

다시마(田島)氏는 여기에서 暫間 숨을 돌리고 스캇치의 컵을 입으로 가져가면서 어둑했지만 네온으로 밝은 바깥의 夜景에 눈을 돌렸다. 이것은 景致를 感想하려는 눈이 아니고 母親과 子息이 密着된 生活을 해 온 過去를 追憶하는 沈鬱하고 虛無的인 눈이었다. 周圍에서 母子相姦이라는 所聞이 퍼질 程度의 生活을 하고 있었던 그날들을……. 그리고 後悔도 鄕愁도 아닌 그 어떤 쓰라린 回想에 휘말려 있는 것 같았다.

「파파, 말씀 繼續 하세요. 사이가 길어도 식어빠진 按酒처럼 맛이 없어지걸랑요…..」

미에꼬(美枝子)에게 이렇게 督促을 當하자 다시마는 우묵한 얼굴에 짙은 쓴 웃음을 흘리면서,

「아니야, 짜아-식!. 元體가 멋대가리 없는 이야기라서. 나란 人間은 아무데도 쓸모없는 덜된 性格의 人間이라는 것이 이 이야기의 끝맺음이 될 테니까….. 그리고 내가 大學의 經濟學部를 卒業하고 二年間 會社에 勤務한 後 그때에 破産 直前에 놓여있는 이 會社를 헐값으로 사서 只今까지 經營 해 왔지. 그렇지, 미에꼬(美枝子)의 엄마와 結婚 했던 때도 會社를 運營하고 나서 二年째였단다. 中媒, 交際, 結婚, 卽 半 中媒, 半 自由 結婚이었지. 사귄지 半年 後에는 벌써 夫婦가 되어 있었다네. 그리고서 그로부터 半年도 안 되어 母親과 유끼꼬(雪子)와의 사이에는 確實히 對立이 생겼단다. 두 분 모두 個性이 强한 사람들이라서 서로가 讓步를 하지 않았었지. 아 아니 못했었다는 便이 옳을는지 모른다네.

난 유끼꼬(雪子)의 美貌와 性品에 完全히 송두리째 빠져있었으나 母子相姦的인 雰圍氣에서 자라온 나는 말하자면 母親의 몸의 한 部分과 같았으므로 母情에서 유끼꼬(雪子)에의 愛情으로 氣分을 바꾸는 것이 不可能 했었지. 아니 야, 只今 생각해 보면 그만큼 努力하지 않았다는 것이 옳을는지 모르겠다. 시어머니와 며느리-, 그 사이가 아무런 事故 없이 지날 수 없다는 것은 이 世上에 흔히 있는 일이지만 나의 家庭에서는

그것이 特別히 深刻한 狀態에 있었지. 미에꼬(美枝子)가 태어나고 母親은 미에꼬(美枝子)를 무척이나 귀여워 해 주었으나 그런데도 母親과 유끼꼬(雪子)와의 關係는 날이 갈수록 險惡하게 되었다네. 그럭저럭 미에꼬(美枝子)가 다섯살이 되었을 때 유끼꼬(雪子)는 미에꼬(美枝子)를 데리고 집을 나가고 말았단다. 그때 나에게는 이것을 말려야만 된다는 固執도 餘裕도 없었지. 이러한 不透明하고 덜 익은 사나이란다, 나란 사람은……. 子息으로서 不合理하고 男便으로서 믿음성이 없었지.」

「파파.」

하고 미에꼬(美枝子)는 興奮하지 않고 차분한 語調로 갑자기 불렀다.

「파파는 할머니와 엄마가 정말로 헤어지려고 決心한 動機를 모르시죠?」

「그런 일이 있었나?, 但只 性格上으로 容納이 되지 않은 것 뿐이야.」

「動機가 있어요. 파파, 전, 알고 있어요…….」

「뭐라꼬? 네가 다섯 살 때 우린 헤어진 거야. 다섯 살밖에 안 된 어린애가 무얼 안다고…….」

「알고 있다니까요. 파파, 바로 제가 그 動機를 만들었으니까요.」

「네가……, 그 動機를…….」

다시마(田島)氏는 입 언저리에서 중얼거렸다. 그리고선 말없이 미에꼬(美枝子)의 얼굴을 強한 눈초리로 쏘아보고 있었다.
노사까(野坂)는 뭐가 뭔지 까닭을 알 수 없는 생각에 어리둥절 할 뿐이었다. 그럴 程度로 嚴하고 眞實만이 가질 수 있는 迫力이 미에꼬(美枝子)의 이야기 마디마디에 숨겨져 있었다.
「그것을 말 해 보거라. 넌 只今까지 나에게 그런 이야기는 한 마디도 한 記憶이 없다.」
이렇게 말하더니 다시마(田島)氏는 다시 생각을 바꾸어 머리를 흔들면서,
「이애, 넌 너 혼자 생각으로 그렇게 推測하는 거겠지. 다섯 살의 어린 계집애가 무엇을 할 수 있다는 거냐? 하-하-하-……, 그렇잖은가?, 노사까(野坂)君.」
「…. 제가 參見 할 場面이 아닌 것 같습니다만 전 미에꼬(美枝子)氏가 무언가 일을 저질렀다고 생각됩니다. 이 사람은 主要한 대목에 가서 거짓말을 하는 性格이 아닙니다…..」
미에꼬(美枝子)는 妙한 웃음을 웃으며 테-블 위에 놓여 있는 노사까(野坂)의 손을 왈칵 쥐면서,
「타이밍 좋은 말을 했네요. 고마워요. 할머니는 미운 엄마의 딸인 저를 무척이나 귀여워 해 주셨어요. 엄마로부터 저를 뺏으려는 나쁜 마음에서가 아니고 眞짜로 저를 사랑했던 거예요. 제가 母子相姦이라는 못된 險口를 들을 程度로 密着된 삶을 繼續해 왔던 파파의 씨를 받은 애기였다는 까닭에서요. 그리고 할머니가 저를 사랑하는 것이 할머니와 마마와의 사이를 한층 더 險惡하게 한 材料를 하나 더 보태었다는 結果를

낳게 한 것은 대단한 不幸이었다고 생각해요. 너 댓 살이라면 어린애로서의 셈이 들 나이였으므로 두 분 사이에 끼어 있는 전 어떻게 했느냐 하면 마마가 안 계실 때에는 할머니께 才弄(재롱)을 피웠으며 마마가 보일 때에는 될 수 있는 대로 할머니 옆에는 가지 않기로 했어요. 그렇게 하는 것이 좋을 거라고 어린애의 心理에선 直感 했어요. 꼭, 다섯 살이 되어서 전 近處의 幼稚園에 入學했어요. 그것은 마마가 될 수 있는 대로 나를 할머니로부터 떼어 놓으려는 생각에서 無理하게 入學 시켰다고 생각해요. 그런데 어느 날 제가 幼稚園에서 돌아오니까 엄마와 할머니는 應接室에서 이제까지 보지 못했던 甚한 말싸움을 하고 계셨습니다. 이것을 보고선 전 저도 모르게 바느질을 하고 계신 것 같은 할머니 곁에 놓여있던 자(尺)를 집어들고, "할머니 안 돼요. 엄마를 辱하면 안 돼요. 할머니 미워……."하고 외치면서 어린 힘으로 세게 할머니의 등이나 머리나 어깨를 마구 때렸던 거예요. 어떤 衝動이 어린 그때의 저를 그렇게 만들었는지 只今에도 모르겠어요.」

다시마(田島)氏의 해ㅅ볕에 그을린 짧게 깎은 턱수염을 붙인 얼굴이 일그러진다고 생각하는 瞬間 큰 눈물방울이 뚝뚝 뺨을 타고 흘러 내렸다. 다시마(田島)氏는 가슴 포켓에서 손수건울 꺼내어 눈물을 닦고 코를 풀었다. 노사까(野坂)는 오늘의 卒業式場에서 그렇게 했던 것처럼 한 번 더 미에꼬(美枝子)를 안아 주고 싶은 衝動에 사로 잡혔다. 거기에는 現實의 미에꼬(美枝子)의 위에 다섯 살의 어린 미에꼬(美枝子)의 이메지(Image)가

겹쳐 있었다. 그리고 세 사람 中에서는 미에꼬(美枝子) 만이 沈着해 있었다.

「파파는 感想家세요. 큰 男子가 눈물을 흘리는 것. 정말 귀엽네요.」

「아- 未安, 未安. 나도 울 생각은 없었다만 只今의 境遇에는 눈물이란 놈이 主人의 意思를 無視하고 제멋대로 흘러내린 狀態란다. 네가 자쪽으로 할머니를 때리고서 그리고 어떻게 되었지?」

「할머니는 저의 얼굴을 뚫어져라 바라보시고 얼굴이 蒼白하게 되시더니 暫時 後 마음을 가라앉히시고 "미에꼬(美枝子)야 未安하다, 할머니가 너의 엄마를 나무래서…. 이 할미가 잘못 했다. 이제부터는 그러지 않을 께. 자, 할미를 좀 더 세게 때려 주렴. 에미에게도 오랫동안 無理하게 心術을 부렸구나. 容恕하거라." 이렇게 말씀 하시고 할머니는 마마 앞에서 손을 비비고 容恕를 빌면서 어린애처럼 가느다란 목소리로 응-응- 하고 우셨어요. 마마는 저를 끌어당겨 事情없이 저의 뺨을 찰싹 찰싹 때리면서 "이 계집애가 무슨 天罰을 받을 짓을. 할머니께 빌 거라. 어머니 容恕해 주세요. 제가 잘 못 가르쳐서 이런 일이 일어났습니다. 때때로 할머니에게 버릇없이 對하는 모습을 보였기 때문입니다. 정말로 어머니 容恕해 주세요." 마마는 할머니곁으로 다가가서 두 분이 손을 붙잡고 엉엉 울었습니다. 只今 생각해 보아도 人間이 未熟한 動物이라는 것을 서로가 肯定하고 있는 듯한 가슴 아픈 場面이었어요.

저도 房에서 쫓겨나 밖에서 와-와-하고 울었습니다. 그러나 이것은 제가 大學에 들어가고 난 後에 생각한 結論으로서 只今까지 미워하며 살아 온 할머니와 마마가 서로 부둥켜안고 自己들의 지난 잘못을 빌고 있다는, 얼핏 보면 마음을 고친 것처럼 보였던 그때가 實은 두 분이 한 지붕 아래에서는 살지 않겠다는, 아 아니, 살지 못한다는, 他人이 되지 않고서는 살아갈 길이 없다는 그것을 切實하게 느꼈던 決定的인 瞬間이 아니었나하고 생각했습니다. 두 분 모두 그것에 까지는 미치지 못했었다고 봅니다만…. 두 분의 關係는 푹 익은 감과 같이 只今 막 땅에 떨어지려는 狀態였지만 그 감을 자쪽으로 두들겨서 좀 더 빨리 떨어지게 만든 것은 다섯 살밖에 안 된 바로 저였어요.」

거기까지 이야기 하자 노사까(野坂)는 急히 자리에서 일어나 化粧室로 가서 거리의 夜景이 내려다보이는 차가운 窓유리에 이마를 대고 壁에 걸려있는 타월(Towel)을 두드리며 "뭐야! 뭐 난 말이야. 무슨 이따위 일이 있단 말이야?" 하고 중얼거리면서 사납게 어깨를 들먹거렸다.

이러고 보니 세 사람 모두가 눈물을 흘린 셈이 되는 것이다.

그러나 그들의 눈물샘을 刺戟시킨 것은 서로가 各各 다른 微妙한 性質의 것으로서 어째서 그곳에서 눈물을 흘렸는가는 簡單하게 說明할 수가 없는 것이었다. 노사까(野坂)는 물로 얼굴을 씻고 눈물자국을 깨끗이 씻자 若干 긴 앞머리를 손가락으로 빗어 올리면서 아무 일도 없었던 것처럼 제자리로 돌아왔다.

다시마(田島)와 미에꼬(美枝子)는 서로 마주앉아 재미없는 表情으로 멋없이 沈默을 지키고 있었다. 놀랍게도 노사까(野坂)가 제자리로 돌아와 앉을 때까지 한마디도 말이 없었던 것 같았다.

只今까지의 이야기는 어버이와 子息 사이에서는 이야기하기 어려운 內容의 것으로서 더군다나 생각지도 않은 그 問題에 불을 당긴 當事者는 다시마(田島)氏에게는 初面인 同時에 오늘 大學을 卒業한 人生의 햇병아리인 노사까·다까오(野坂孝雄)였다는 것이 特히 父親인 다시마(田島)氏의 氣分을 무겁고 괴롭게 했음에 틀림없겠다. 그러기에 노사까(野坂)가 얼굴을 다시 내밀자 놀란 表情을 지었다.
「정말 失禮 많았습니다. 미에꼬(美枝子)의 이야기를 듣고 있자니 얼굴이 화끈화끈 달아올라 왔으므로 化粧室에서 차거운 물에 洗手를 하고 왔습니다.」
「그렇겠죠. 若干 울다 왔겠죠?」
하고 미에꼬(美枝子)는 노사까(野坂)의 얼굴을 빤히 드려다 보면서 말했다.
「어떻게 알았지?..」
「자리를 일어서는 態度가 不自然스럽게 보이던걸.」
「넌 神經活動이 꽤나 銳敏하단 말씀이야. 實은 若干 울었다. 化粧室의 차가운 窓유리에 이마를 쳐 박고 밤의 景致를 내려다보면서 "뭐야! 뭐난 말이야. 무슨 이따위 일이 있단 말이야?" 하고 중얼거리면서 말이야.」

「무슨 이따위 일이라고? 나의 일?.」
「너도 되고 파파도 마마도 할머니도 그리고 나 自身도 되고, 우리들 人生 全體도 되는 거야. 네가 다섯 살 때의 이야기를 했지. 네가 어린이 祝祭에서 只今 입고 있는 것과 같은 후리소데를 입고 머리를 목에까지 땋아 내리고 그리고 붉고 굽이 若干 높은 조리를 신고 긴 사탕주머니를 늘어뜨리고서 參拜에서 돌아오는 이메지가 現在의 너의 모습에 浮刻되어 와서 나도 모르게 눈물샘을 刺戟시켰단다. 따라서 그건 너의 辨明이겠지만 但只 다섯 살의 아무것도 모르는 어린애로서 할머니를 자쪽으로 때리고 파파와 마마가 離婚하게 된 決定的인 動機를 만들었다고 하니까, 난 人間이 單純한 편이라서 거기까지 너의 이야기를 들으니까 머리가 욱하고 뜨겁게 되어버렸단다.」
「未安하게 되었네.」
하고 다시마(田島)氏는 오랜 사이에 처음으로 무겁게 입을 열었다.
「只今 네가 말한 事實은 大略은 정말인지 모르나 다섯 살 밖에 안 된 네가 우리들의 離婚의 결정적인 役割을 했다는 것은 若干 지나친 생각이 아니냐?」
「틀림없다고 봐요. 파파, 제가 나이를 먹어 가면서 그것에까진 마음이 미치지 못했으나 제가 다섯 살적의 行爲의 意味를 確實히 붙잡았어요. 라고 하는 것은 그것이 틀림없는 眞實이었기 때문이에요. 勿論 그렇게 하지 않았어도 그 後 二, 三年

뒤에는 파파와 마마의 夫婦關係는 피리어드(Period＝終止符)가 찍혔을 것이었으나……. 어쨌든 無言의 사이가 좋지 못했던 할머니와 마마가 손을 붙잡고 울면서 서로의 잘못을 빌고 있는 情景이 저의 머릿속에 목소리도 얼굴모습도 눈물냄새도 그때 그대로 正確히 새겨져 있으니까요.」

이렇게 말하고 있는 미에꼬(美枝子)의 눈빛은 玲瓏(영롱)하게 빛나고 뺨은 그 部分만이 獨立된 生物처럼 潤氣를 發하며 이마가 하얗게 빛나 숨이 막히는 魅力을 發散시키고 있었다.

다시마(田島)氏는 그런 미에꼬(美枝子)의 얼굴을 强한 愛情이 넘쳐흐르는 눈매로 지켜보면서,

「자-어린애인 네가 無意識中에 마마와 할머니—卽 마마와 내가 헤어지게 된 動機를 만들었다 해 두자 구. 그러나 그런 일이 없었다 해도 할머니의 아들이자 마마의 男便인 내가 못나고 優柔不斷한 人間이었으므로 언젠가는 家庭이 깨어질 때가 오리라는 것은 틀림없는 事實이었다.」

「그랬었을 까요….그러니까 마마가 나를 데리고 파파의 집을 나온 四年 後에 할머니가 돌아가셨죠. 제가 자(尺)로 할머니를 때리지 않았다면 그때까지와 마찬가지로 할머니와 마마는 서로 버티고 파파는 그 사이에서 오락가락 하고 있는 중에 四年이 흘러 할머니가 돌아가시고 마마와 전 그야말로 雜音없이 파파와 함께 살게 되어 저의 아래로 同生들도 차례차례 태어났을 거라 생각되어요.」

「미에꼬(美枝子).」

하고 다시마(田島)氏는 切實한 感情을 풍기는 語調로 미에꼬(美枝子)를 불렀다.
「넌 엄마를 닮아 固執不通 그대로를 이어받고 자란 애 이지만 애비의 立場으로서 다섯 살밖에 안 된 계집애에게 夫婦離婚의 責任을 지우리라고 생각하느냐?⋯⋯. 너는 모든 것에 自意識 過剩이다. 自己 周圍의 不幸을 全部 自己 責任으로 하지 않으면 마음이 놓이지 않는 人間이다⋯⋯. 노사까(野坂)君, 君은 우리들 이야기를 듣고 어떻게 생각 하나. 이 子息은 언제나 地球의 重量을 제 혼자서 짊어지고 있는 듯한 態度를 取하고 있는 것은 아닌가 말이야.」
「틀림없이 그런 傾向이 있습니다만 그러나 萬一 제가 當身님들의 그때의 생활을 小說로 쓴다면 다섯 살 난 미에꼬(美枝子)가 휘두른 자쪽이 當身들의 家庭을 깨어 버린 動機가 되었다고 쓰게 될 것 같습니다. 그러는 便이 作品에 있어서 깊고 틀림없는 實感을 가져다주게 될 것 같으니까요⋯⋯.」
「當身의 머리, 언제나 텅텅 비어 있다고만 할 수 없네요.」
하고 미에꼬(美枝子)는 嘲弄하는 듯한 微笑를 띠우면서 놀려 주었다.
「어-, 이 子息이⋯⋯. 그런데 다시마(田島)氏, 할머니가 돌아가시고 나서 當身께서는 마마와 미에꼬(美枝子)를 집으로 돌아오라고 하셨을 텐데 왜? 돌아오지 않았을까요?」
「그건⋯⋯, 그건 미에꼬(美枝子)는 아직 어린애지만 그 애 엄마는 마음이 내게서 너무 멀어져 있었기 때문이라네. 固執이 세고 끈기 있는 그女였으므로 自己와 시어머니를 이리저리 저울질 하면서 이쪽으로 기울어졌다가 저쪽으로 기울어졌다 하는 나와 같은 줏대 없는 男子와는 함께 살아갈 마음이 달아나 버린 거겠지. 미에꼬(美枝子), 너도 그렇게 생각하겠지? 너는 엄마의 强한 性質보다 몇 倍나 더 强한 固執을 물려받은 애였으니까……」

「그러리라 생각해요. 그렇지만 엄마와 같은 立場에 놓였을 때 제가 어떻게 行動할까는 그때가 되어보지 않고서는 모르겠어요. 人間이란 公式 그대로 움직이는 것은 아니니까요……」

「何如튼 間에 노사까(野坂)君, 난 유끼꼬(雪子)에게 너무도 빠져 있었고, 더군다나 미에꼬(美枝子)를 무척이나 사랑했으며 미에꼬(美枝子)를 애비 없는 子息으로 만들고 싶지 않는 마음도 그에 못지않았다네. 그래서 三顧草廬(삼고초려=劉備가 諸葛孔明을 찾은 古史)의 心情으로 열 번도 넘게 머리를 숙이고 유끼꼬(雪子)에게 집으로 돌아와 달라고 懇願(간원)도 했고 哀願도 했었다 네. 實은 다다미위에 무릎을 꿇고 머리를 숙이기까지 했었다 네. 그러나 그 일에 關해서만은 유끼꼬(雪子)의 마음은 두껍고 차가운 鐵板과 같이 꼭 닫혀 있어 조금도 열리려고 하지 않았다 네. 그래서 그 結果가 어떻게 되었다고 생각하나?. 유끼꼬(雪子)는 自己의 親舊를 나의 夫人으로 紹介시켜 줄까하고 말했다네. 只今의 애 엄마-그때는 하시모도·마찌꼬(橋本眞知子)라 했지만, 유끼꼬(雪子)와 함께 살고 있을 때 가끔 놀러 도 왔으며 나도 마찌꼬(眞知子)라는

女子의 人品에 關해서는 어느 程度 理解하고 있었다네. 그런데 노사까(野坂)君, 젊은 그대들이 이런 氣分, 알아줄까 어떨까 모르겠네만, 유끼꼬(雪子)가 나의 後妻로 하시모도·마찌꼬(橋本眞知子)를 勸했다는 것은 나를 바보로 取扱했다든가 報復을 하려 했다든가 하는 不純한 動機는 전혀 없었다네. 마찌꼬(眞知子)도 나도 점잖고 常識的인 사람으로서 平穩한 家庭生活을 할 수 있다는 安城맞춤의 相對라 고 생각했기 때문일세. 그래서 結局 유끼꼬(雪子)의 勸誘에 못이기는 척 하시모도·마찌꼬(橋本眞知子)와 結婚 했다 네. 但 한 가지, 마찌꼬(眞知子)도 젊었었을 때에는 魅力的인 사람이었다는 點이네. 그러나 그것보다 내가 再婚하게끔 한 動機는 이러한 일로서 유끼꼬(雪子)의 人生에 입혔던 傷處에 對하여 謝過한다-는 바로 그런 氣分이 第一 强했다고나 할까……. 이건 뒤에 들은 이야기지만 마찌꼬(眞知子)는 男子로서는 强한 意志力은 없지만 그렇게 나쁜 일도 하지 않을 것 같고 살아 나가는데 經濟的으로 別로 걱정도 없는 나와 結婚 할 마음이 되었을 때 유끼꼬(雪子)에게 "當身이 두 번 다시 다시마(田島)氏와 만나지 않겠다는 約束만 해 준다면……." 라는 條件을 붙이더라는 것이야…….」

「그 이야기, 처음 들어요. 파파, 왜 只今까지 말씀 해 주시지 않았어요?」

그렇게 묻는 미에꼬(美枝子)의 눈이 반짝하고 미심쩍게 빛났다.

「그거야……, 若干 異常하게 된 일이고, 또한 人生의 스타트·라

인에 서려하는 너의 正常的인 感覺을 빗나가게 해서는 안 된다고 생각했기 때문이란다.」
「저의 感覺은 처음부터 비뚤어져 있어요. 아버지가 없는, 그리고 마마는 빠-마담을 하고 있다. 그리고 나는 오로지 나 혼자일 뿐‥‥, 이런 環境에서 正常的인 思考나 感情이 키워진다고 생각하세요?. 그 일에 對해서는 노사까(野坂)氏가 더 잘 알고 있어요‥‥‥.」
노사까(野坂)는 고개를 흔들면서,
「그렇지만 넌 네가 只今 생각하고 있는 程度로 너의 性格은 비뚤어져 있지 않거든. 苦生 없이 자라 大學을 卒業할 수 있는 環境의 人間이 自己는 不幸하다 고하는 생각에 빠지는 것. 但 그것만으로도 火를 낼 境遇의 사람들이 이 世上에는 數도 없이 많이 살고 있어‥‥.」
「나는 他人을 염려해서 事物을 생각하거나 하지는 않아요. 나 自身의 立場에 서서 생각하거나 行動하는 것도 나에겐 벅차거든요‥‥. 그런데 파파는 마마가 推薦(추천)해 준 只今의 夫人과 사이좋게 지내고 계세요?」
「응. 그렇지만 마찌꼬(眞知子)도 나도 우리들 두 사람의 背後에는 때때로―라기 보다 늘 너의 마마의 存在를 意識하고 있단다. 그건 어쩌면 一生동안 그렇게 되겠지. 나와의 사이에서 사내애와 계집애가 둘 태어나 둘 다 健康하게 자라고 있지만 어느 날 마찌꼬(眞知子)가 突然 이렇게 말 했단다.
"여보, 한 番 時間을 만들어 미에꼬(美枝子)를 찾아보는 것이 어떠세요?. 벌써 中學校에 갈 나이에요. 전 自身의 어린애가 漸漸 자라고 있는 것을 보고 있자니 미에꼬(美枝子)의 일이 마음에 걸려 견딜 수가 없네요. 中學校에 電話해서 불러내어 만나 보는 것이 어떠세요. ……유끼꼬(雪子)氏와 만나는 것은 約束대로 反對하겠지만 유끼꼬(雪子)氏가 모른 척만 해 준다면 이따금씩 만나도 괜찮아요. 만난 後에는 반드시 저에게 簡單히 報告해 주시지 않는다면 困難하지만……". 라고 했단다. 그래서 나는 自己 自身이 아닌 他人의 意思에 이끌려 學校로 찾아가서 너를 불러내었던 것이란다.」

「잘 記憶하고 있어요, 그때의 일을……. 親舊들과 敎室에서 떠들고 있자니 給仕가 파파의 名銜을 들고 와서 "親戚의 어떤 분이 面會室에서 기다리고 있어요." 라고 하더군요. 나는 名銜을 보고 一, 二分間 다시마·세이지(田島淸二)라는 어딘가 들어 본 이름일 뿐 누구일까 하고 생각했어요. 그거야 그 옛날 헤어졌기 때문이죠. 아- 그때의 일을 노사까(野坂)氏에게는 어느 날 校門을 나서니까 파파가 기다리고 있다가 自動車에 태워 어딘가 茶房으로 데리고 가더라고 簡單히 이야기 했지만 實은 바로 이러해요.」

「그랬었던 가? 너는 나의 名銜을 보고서도 自己 아버지라는 것을 몰랐단 말이지. 허 기사 난 어른이었고 넌 어린애였으니까 無理였는지도 모르지….」

氣分이 若干 누그러져 있었기 때문인지 다시마(田島)氏는 얼굴을 들고 있는 그대로 또다시 눈물을 뚝뚝 흘렸다. 그리고 손수

건을 꺼내어 천천히 닦았다. 미에꼬(美枝子)는 그런 것에는 아랑곳없이,

「一 二分 지난 後 나의 귀에는 어디에서라고 分揀(분간)할 수 없는 "세이지(淸二)야…"하고 부르는 할머니의 목소리가 들려왔기에 "앗! 이 名銜의 다시마·세이지(田島淸二)라는 분은 나의 파파다."고 소스라치게 놀라면서 記憶을 불러 일으켰어요. 바로 그 瞬間 面會室이 있는 反對 方向으로 달려 廊下에서 校庭으로 뛰어 나가 講堂뒤에 있는 銀行나무 그늘에 숨어버렸어요. 파파와 만난다거나 만나지 않는다는 意志가 作用하기 前 너무 興奮(흥분)해서 自身의 모습을 숨기고 싶어졌을 뿐이었어요. 난 생각했죠. 나 혼자 뿐이라면 얼마든지 만날 수 있으나 엄마를 背信하는 일은 하지 않겠다고요. 그러는 中에 자쪽으로 할머니를 때리던 날의 記憶이 떠올라서 面會室에서 기다리고 있을 파파의 일은 暫間 동안 잊어버렸어요. 그렇군 요, 그때가 여름이었어요. 왜냐하면 희고 얇은 校服을 입고서 내가 기대고 서있는 큰 銀行나무의 거친 나무껍질이 등에서 느껴진 것을 只今에라도 하나의 感覺으로서 생각해 낼 수 있으니까요…. 좀 지나서 난 面會室로 되돌아갔어요. 들어서는 瞬間 난 貧弱한 照明이나 退色된 壁 等이 선뜩한 느낌을 주는 面會室과는 全然 어울리지 않는 洗練된 服裝과 훌륭한 體格의 紳士가 卷煙을 태우면서 椅子에 앉아 있는 것을 보고서 "아-나의 파파라서 多幸이다."고 생각 했던 것을 記憶해요. 전 속이 훤히 드려다 보이는 계집애죠. 十 餘年

만에 파파와 再會했는데도 먼저 파파의 服裝이나 男子다움이 훌륭하냐 아니냐를 確認했으니까요……. "미에꼬(美枝子).나다, 너의 파파다. 잊어버리지는 않았겠지?." "記憶하고 있어요, 파파" "꽤 컸구나! 미에꼬(美枝子), 넌 벌써 處女가 다 되었구나. 많이 컸다! 얼마나 무거운지 파파에게 안겨보렴". 파파는 이렇게 말씀 하시면서 저를 안아 두세 番 치켜 올려보셨어요. 그리고 숨을 죽이면서, "무거워, 무겁 단 말이야! 넌 벌써 한 사람의 아가씨가 다 되었다." 하고 말씀 하셨어요. 전 아무 말없이 어리둥절해져서 파파에게 꼭 안겨 있었어요. 그때 저의 머릿속엔 무엇을 생각했는지 아시겠어요? 파파는 저를 이렇게 안고 있으면서 섹스만을 뺀 마마의 影像을 回想하고 있는 것이나 아닌지? 마마의 냄새. 마마의 입버릇, 오른쪽 어깨가 若干 올라가 있는 몸매, 마마의 눈빛……. 그런 것 말씀이에요. 저의 그때의 記憶을 確實하게 느끼고 있는 것은 바로 그때부터 제게 女子의 生理가 始作되고 있었기에 그 關係 때문이 아닌지 몰라요…….」

노사까·다까오(野坂孝雄)는 눈치 채이지 않게 다시마(田島)와 미에꼬(美枝子)의 얼굴을 흘끔흘끔 엿보면서 두 사람의 이야기에 귀를—아 아니, 마음을 기우리고 있었다. 가슴이 막혀 오는 것 같았으나 그러나 不快한 마음은 아니었다. 그것은 좋건 나쁘건 그 어느 한 人生의 眞實이 풀려나오고 있었기 때문이겠지.

스카이·룸에는 사람의 出入이 끊일 사이가 없고 雜談소리도 이곳저곳에서 들려왔다. 그러니 만치 그것과는 關係없이 노사까

(野坂)들의 테이블의 雰圍氣는 周圍로부터 隔離되고 동떨어져 좁다랗고 無限이 긴 別世界에 들어와 있는 氣分이었다.
다시마(田島)氏는 들고 있던 성냥개비를 몇 토막인지도 모르게 토막토막 자르면서,
「넌 마마의 딸이라는 것을 자랑으로 여겨도 좋아. 아주 드문 賢明(현명)한 사람이야, 너의 엄마라는 사람은.」
「個人的인 面에서는 그럴는지도 몰라요. 그러나 전 그만한 괴로움 程度는 마음속으로 克復할 수 있다고 생각하기 때문에 말씀 드립니다만 마마가 만든 둥우리는, 全景은……, 제게 있어선 그렇게 고맙게 여겨지진 못할는지 모르겠어요. 제가 좋아하는, 제멋대로의 生活을 하고 있는 것이 他人의 눈에는 부러워할 일 일는지는 모르겠지만 한편 立場을 바꾸어서 저와 結婚을 하고 싶어 하는 男子가 생겼다고 假定해 보세요. 男子側 家族들은 저의 環境을 照查해 보고서 父親이 없이 母親은 빠-마담을 하고 있는……, 그런 집의 아가씨는 그만 두는 것이 좋아, 그렇게 되는 게 定해진 事實이 아닌가요. 파파도 그런 나이의 子息이 있다면 그렇게 생각하심에 틀림이 없으니까요.……」
미에꼬(美枝子)는 말만으로는 그러한 괴로움을 克復할 수 있다고 하지만, 노사까(野坂)에겐 미에꼬(美枝子)의 이야기에 迫力이 빠져 있다는 것을 느낄 수 있었다.
괴로워하고 있으면서도 삶의 充滿感을 풍기고 있는 계집애가 이곳에 있다!.

「그렇게 말하니 할 말이 없구나. 그런 環境에 너를 두 게 한 것은 엄마가 아니라 바로 나의 責任이다. 只今에는 너도 覺悟하고 있겠지만, 自身의 知性과 努力으로서 그런 環境을 克服하고 꿋꿋이 일어서 주길 바랄 뿐이다. 그리고 싫다면 對答하지 않아도 좋다만, 마마에겐 生活面에 있어서 좋은 어드바이스(Advice)를 해 줄만한 男子親舊라도 있는지…․」

「파파의 質問은 若干 抑止세요. 왜? 마마의 男子關係는 어떻지?, 하고 묻지 못하세요?.」

「글쎄다, 아무래도 좋겠지.」

「그것이 率直히 말씀드려서 전 몰라요. 商業上 어느 程度 親密한 男子가 몇 분 있다고는 생각해요. 그렇지만 그 以上의 關係가 있는지 없는지는 저의 疑心을 살만한 行動은 但 한 번도 보인일이 없으니까요. 말해서 꼬리를 잡히지 않는다는 거에요. 그러나 마마로서는 女子로서의 한창때를 혼자서 지내왔으므로 男女關係가 있다고 생각하는 便이 좋을 거라고 前부터 생각해 왔습니다만……」

「음, 그것이 自然스럽겠지. 그렇다 해도 마마를 責할 사람은 아무도 없을 테니까……」

이렇게 말하는 다시마(田島)의 語調에는 事實을 確實하게 말하지 않는 그 무엇이 있었다. 미에꼬(美枝子)는 微妙한 微笑를 띠우면서,

「事實은 파파, 그 後 마마가 쭈욱-깨끗한 몸가짐을 해 주었으면 하는 未練을 품고 있지 않으세요?. 그렇다면 眞짜로 利己

主義者세요.」

「그렇게 말 한다면 하는 수 없지. 確實히 그런 關心이 未練이라면 그 點에 關해서 未練을 품고 있었는지도 모르지. 그러나 그 半分은 너의 일을 생각하고 있기 때문 일게다….」

「알겠어요, 전 昨年인가 마마에게 確實히 여쭈어 본 일이 있어요. "마마께서는 獨立한 이 後 섹스의 面을 어떤 方法으로 處理해왔어요". 라고요. "뭐라꼬, 醜雜(추잡)스런 말을 함부로 하는구나. 大學에선 모든 것을 그런 式으로 表現 하도록 가르치더냐?." "응-, 對答은?, 마마." "너 좋은 대로 생각하려무나. 그런 일에 희다거나 검다거나 하는 無意味한 對答을 하게하는 것은 마마에 對한 人權侵害니까…. 그런 일에 興味가 있다면 自身의 코를 움직여 냄새를 붙잡아 보려무나." "알겠어요. 그렇지만 제 氣分을 誤解하지 말아 주세요. 마마가 희다거나 검다거나 平凡하고 卑俗(비속)한 對答을 하셔도 그 어느 境遇에 있어서도 마마에 對한 저의 마음은 變하지 않아요. "네, 네, 알아 모셨습니다." 問答은 이것으로 끝났습니다만 전 只今에 와서 마마는 卽 한 女子를 지켜왔지 않았느냐고 생각하게 되었어요. 그것은 저의 感傷的인 想像에서가 아니라 하나의 根據가 있습니다. 마마가 아직 파파의 집에 있어 할머니와 宿命的인 對立을 繼續해 왔던 그때의 氣分이 只今까지 마마의 가슴속에 도사리고 남아있지 않나 생각돼요. 그것은 할머니가 젊어서 未亡人이 된 後 貞淑한 생활을 지켜왔어요. 마마는 그 點에서도 할머니께 지고 싶지 않아!. 하는 甚한 競爭意

識을 쭈욱- 繼續해서 품고 왔지 나 않은가 하는 것이에요. 요즈음에 와서 이렇게 생각 해 본 답니다.」

다시마(田島)氏는 한숨을 내어 쉬면서 몇 번째 盞인지도 모르겠으나 위스키를 한 모금 마시고 나서는,

「미에꼬(美枝子), 넌 事實을 너무 纖細(섬세)하게 그리고 너무 깊이 생각하는구나. 그렇게 되면 自己 自身도 믿을 수 없게 되어 活動도 呼吸도 困難하게 된다.」

「그렇습니다. 이 사람은 自身이 自己 몸에 針을 찌르는 아픔에서 삶의 衝動을 느끼는 듯한 곳이 있습니다.」

노사까(野坂)는 한손으로 미에꼬(美枝子)의 팔을 들어 올리면서 말했다.

「針을 놓는 다구요-?.」

하고 미에꼬(美枝子)는 노사까(野坂)의 손을 두드리면서,

「深刻한 듯한 말씀이군⋯⋯. 何如튼 나는 마마의 男子關係에 있어서는 그런 程度로 생각해요. 그렇지 않아도 조금도 困難한 것이 없지만⋯⋯. 파파로서도 마마가 한 女子를 지켜왔으면 하는 것을 바라고 있지 않으세요?」

「그야 그렇지, 먼저 너를 爲해서 꼭 그렇게 해 주었으면 한다.」

「그리고 파파를 爲해서도요⋯⋯. 파파께서는 亂雜한 生活을 하는 마마를 想像만 하는 것도 싫으시겠죠?」

「그렇게 묻는다면 싫다고 對答할 수밖에 없구나. 그러나 나에겐 그 사람에 對하여 이러쿵저러쿵 말할 權利란 없지않

나…….」

「파파, 只今 幸福하게 살고 계시죠?.」

「나의 氣分에 꼭 알맞은 表現으로서는 그저 平凡하게 살고 있다고나 할까. 人間 스스로가 幸福하다고 하는 생각, 흔히 가지게 되는 게 아냐. 나에게 그런 때가 있다고 한다면 너의 마마와 結婚해서 半年程度의 時間이 그것이었는지도 모르지.」

「그야말로 逃亡간 고기가 크다고 생각되어지는 心理 인지도 모르겠네요.」

「그건 그렇고, 넌 너의 將來에 對하여 어떤 생각을 가지고 있는 거니?.」

「무언가 自活할수 있는 方法을 찾아볼 생각이세요.」

「小說을 쓰겠다는 거냐?.」

「그것도 생각하고 있어요. 펜·네임으로 싼 稿料의 外國 推理小說의 飜譯을 내놓고 있어요.」

「結婚에 對해서는…?.」

「自身의 家庭을 가지고는 싶어요. 그러나 男便에게 모든 것을 맡겨놓는 그러한 家庭生活은 싫어요. 모든 面에 있어서 피프티-피프티의 生活을 하지 않는다면 요. 전 結婚 한다 해도 저의 處地에 對하여 異常한 눈으로 보는 作者와는 結婚하지 않아요. 발가벗은 맨 몸뚱이 그대로의 저 自身만을 좋아하는 사람, 저도 그 사람의 맨 몸뚱이 그대로의 人間이 그리워요.-그런 사람과 結婚 하겠어요. 그것이 餘裕를 가지고 自活할 수 있는 生活이 되지 못 하더라도 요. 어떻게 해서도 自立할 수 없다고 느꼈을 때에는 마마의 빠- 에서 일해도 좋다고 생각해요.」

「그건 안 돼!.」

노사까(野坂)는 自己 自身도 놀랠 程度로 險한 表情으로 내뱉는 것이었다. 다시마(田島)는 自己 自身도 反對하려고 생각했던 것을 그 몇 倍나 더 强力하게 노사까(野坂)가 입을 떼였으므로 틈을 빼앗긴 듯이 緊張해서 노사까(野坂)의 男子다운 모습에 말려 들고 말았다. 미에꼬(美枝子)는 冷情히―라고 하기 보다는 얼마간 嘲弄섞인 語調로,

「자-, 노사까(野坂)氏, 나를 夫人으로 맞아 주실래요?.」

노사까(野坂)는 꿀꺽 침을 삼키고선,

「그것과 이것은 이야기가 다르지 않니?. 난, 말이야, 四年間을 같이 지내온 親舊인 계집애가 빠-에서 일한다는 것이 不快하기 때문에 그렇게 말 한 것뿐이야.」

「난 말예요, 當身의 氣分을 맞춰가면서 살아 갈 理由라곤 없다고 봐요.」

「알겠다. 하고 싶은 대로 하라 구. 女子로서 할 수 있는 일은 그 외에도 얼마든지 있으니까. 콜·걸, 妓生, 스트립· 쇼·걸 等 等……」

미에꼬(美枝子)는 테-블 위에 올려져있는 노사까(野坂)의 손목을 들어 올려 그 엄지손가락을 입에 넣고 세세 깨물어 버렸다.

「아얏! 아이구 아퍼…. 이런 계집애를 낳은 다시마(田島)氏에게 責任追窮 해야겠어요.」

「대단히 未安하네. 그러나 자네도 레이디를 向해서 너무 지나친 말을 떠 벌렸지 않나?」

「저희들 이런 것 아무렇지도 않게들 생각해요. 그렇지 미에꼬(美枝子)-」

두 사람은 손을 들어 올려 서로 握手를 나누었다. 다시마(田島)氏는 微笑를 띠우면서 즐거운 듯이 이러는 두 사람을 바라보고 있다가 時計를 보면서,

「자아- 이젠 슬슬 일어 서 볼거나. 내겐 너무나 값진 時間이었다. 나의 人生觀에 하나의 轉機를 가져오게 한 밤이었다. 노사까(野坂)君, 좋다면 나와 이따금씩 만나주지 않겠나? 나이에 關係치 말고 피프티-피프티-로 하세. 費用은 언제나 내가 負擔하기로 하고.」

「네. 그러나 이 사람이 사이에 끼이지 않는다면 만날 수가 없게 될는지 모르겠습니다만……」

「좋아요, 사이에 끼겠어요. 여러 가지로 得이 되니까요.」

「좀 더 내가 젊었다면 이 밤을 아침까지 마시면서 밝히고 싶지만……」

세 사람은 스카이·룸을 나와서 아래층의 로비로 내려왔다. 다시마(田島)氏는 보이에게 自己의 車를 부르게 했고 노사까(野坂)는 自己 自身이 直接 駐車場까지 내려가서 車를 入口의 廣場에까지 끌고 나왔다. 미에꼬(美枝子)를 데리러 로비에로 들어가니까 로비의 한쪽 구석에서 父女가 마주 선채로 이야기를 하고 있다가 다시마(田島)氏가 좁고 긴 紙匣을 열고 紙幣를 꺼내고

있는 것을 보니 미에꼬(美枝子)에게 용돈을 주는 것 같았다.

노사까(野坂)가 入口에서 손을 흔드니까 다시마(田島)氏는 미에꼬(美枝子)의 허리에 팔을 두르고서 걸어 나왔다. 그리고서 노사까(野坂)의 곁으로 와서는 이번에는 팔을 벌려 노사까(野坂)와 미에꼬(美枝子)의 어깨를 안으려는 듯이 하면서,

「노사까(野坂)君, 感謝하네. 君이 와 주었던 德分에 우리 두 사람 뿐 이었다면 四, 五年 걸려도 通하지 못할 程度의 깊은 마음의 交流를 但 하루 밤에 해 치울 수가 있었다고 보네.─라고 하는 것은 君이 미에꼬(美枝子)에게도 나에게도 人生 바로 그것에까지도 따뜻한 氣分을 가지고 있었기 때문이라고 보네⋯⋯. 우리들과 때때로 만나 주게나. 집으로 찾아와도 좋네. ⋯⋯그리고 미에꼬(美枝子)와도 오늘밤 내게 보여 주었던 것과 같은 사귐을 이 後에도 쭈욱-繼續해 주길 또한 바라는 마음일세.」

「네, 그렇게 하도록 努力하겠습니다. 오늘밤 招待받고 끌려와서 매우 즐겁고 印象 깊은 時間을 보내게 되어서 잘 따라 왔다고 생각하고 있습니다.」

노사까(野坂)는 自動車의 門을 열고 미에꼬(美枝子)를 뒷 座席에 앉혔다.

다시마(田島)氏는 활짝 열린 窓門으로 몸을 들이밀고서 미에꼬(美枝子)를 안고 얼굴을 비볐다.

「파파, 이젠 그만. 술냄새가 너무 甚해요. 너무 많이 마셨어요. 파파의 夫人에게 安否 傳해주세요. 노사까(野坂)氏, 렛스·고.」

노사까(野坂)는 액셀을 밟았다. 門을 빠져나와 뒤를 돌아다보니까 다시마(田島)氏는 出入口의 그 자리에 서서 이쪽을 向하여 천천히 손수건을 흔들고 있다. 相當히 醉해 있었으므로 그 핸커치로 끊일 줄 모르게 흘러내리는 뺨의 눈물을 훔치고 그리고선 포켓에 찔러 넣겠지…….

麥酒만을 한 盞, 그리고는 오렌지 쥬-스만 세 컵 程度 마신 노사까(野坂)의 胃 주머니 속에선 水分이 꿀렁대는 소리가 들린다. 빽·미러를 보니까 미에꼬(美枝子)는 몸을 便安하게 하고 머리를 뒷 쿳션에 기대고선 自身도 모르게 졸고 있다. 위스키를 제법 마셨으므로 그대로 자 버릴는지도 모른다.

노사까(野坂)는 愼重히 핸들을 움직이면서 이 밤의 異常한 모임을 分析 해 보았다. 아 아니, 分析한다기보다 그때그때의 말, 表情, 思考, 感情 등의 露出이 휙-휙-하고 소리를 일으킬 程度로 甚하고 無秩序하게 차례차례로 그의 머리에서 튀어 나오고 있다. "아-,여기에 이렇게 무겁고 비뚤어진 環境을 짊어진 젊은 아가씨가 있다!."

갑자기 뒷 座席에서 太平스런 미에꼬(美枝子)의 노래 소리가 들렸다.

♪ 男子란 怪物에게 반하지 마세요.
　아가씨들이여 잘 들으세요. ♪

「아주 氣分이 좋군 그래.」

노사까(野坂)는 自身도 모르게 微笑를 흘리면서 따라 불렀다.

♬　男子란 怪物이여 잘 들으세요.
　　아가씨에게 반하지 마세요. ♬

「運轉手가 노래 부르면 危險해요.」
「너무 氣分이 좋아 보이는데……. 많이 마셨구나. 자-, 얼마든지 불러요. 젊은 女子의 술 醉한 모습, 如干해서 보기 힘든 光景이니까.」
「O·K, 얼마든지 부르죠. 日本노래가 좋겠죠?, 오늘밤에는….」

♬　남쪽나라 토사(土佐)를 뒤로 하고
　　都市에 돌아와서 數年이라네. ♬

勿論 입 언저리에서 뱅뱅 도는 노래이긴 하나 曲에 잘 맞게 부르고 있으므로 그런대로 목소리가 거칠다 할지라도 이쪽의 가슴으로 파고 들어오는 뜨거운 그 무엇을 느끼게 하였다. 미에꼬(美枝子)는 생각나는 대로 繼續하여 流行歌를 몇 曲調 부르고 나서, 이번에는 民謠調를 부르고 있구나, 하고 생각할 때, 갑자기 뒷 座席이 조용해 졌다. 메구로(目黑)의 十字路의 信號 待期中 노사까(野坂)가 뒤를 돌아다보니 미에꼬(美枝子)는 비스듬히 들어 누워 잠들어 있었다. 노사까(野坂)는 兩손을 뻗어 미에꼬(美枝子)의 上體를 들어 窓門 쪽으로 기대게 해 주었다. 그리

고선 미에꼬(美枝子)의 몸이 미끄러져 떨어지지 않게 천천히 조심스럽게 車를 몰았다.

時計는 벌써 열한時를 지나고 있다. 그러나 쭈욱 늘어선 車, 서로 지나치는 車들의 끊일 줄 모르는 强烈한 헤드·라이트나 붉은 테일·램프(Tail·Lamp＝Tail·Light)가 어둑어둑한 道路위에 靈魂 불 같이 꽉 차있다. 달려도 달여도 그것은 그치지 않는다. 이시다(石田) 집에 到着한 것은 열 한時 半 쯤 이었다. 크랙숀을 울리니까 오늘 낮처럼 할머니가 기다리고 있었는 것처럼 달려 나왔다.

「야! 다 왔다. 미에 아가야 일어나 내려서 집에 가서 얼른 자는 거다. 할머니 좋습니다. 제가 玄關까지 데리고 가겠습니다.」

노사까(野坂)는 쿳션에 비스듬히 누워있는 미에꼬(美枝子)를 안아 일으켜 오른쪽 어깨에 둘로 접듯이 둘러메고 가벼운 듯이 흔들었다. 그리고서 玄關을 向하여 걸어 들어가는 途中에 툭-하고 가죽 紙匣이 땅에 떨어지는 소리가 들렸다. 하니까 얼굴이 노사까(野坂)의 등에 붙어 있는 듯이 둘러 메인 미에꼬(美枝子)는 突然 노사까(野坂)의 허리를 간질 엇다.

「그만해요, 미에 애기. 넘어져도 모른다.」

하고 노사까(野坂)는 몸을 뒤틀면서 소리쳤다.

노사까(野坂)는 미에꼬(美枝子)를 玄關에 내려놓았다. 하니까 취해서 아무것도 모르리라 생각했던 미에꼬(美枝子)는 곧 바로 서서 걸어갔다. 陶瓷器처럼 차갑고 蒼白한 얼굴에서도 알-콜 냄새는 조금도 느끼지 못했다. 제법 알-콜에 强한 모양이다.
「좀 들어와서 쉬었다 가지 않을래요?」
「그러고 싶지만……」
하고 노사까(野坂)는 팔목時計를 드려다 보았다.
「마지막 電車를 타지 못하겠는데.」
「자고가면 되잖아요?. 조금 있으면 마마도 돌아오실 時間이세요. 어쨌든 들어와요. 茶라도 한 盞 마시고 가세요.」
미에꼬(美枝子)는 앞서서 日本式의 房으로 案內했다. 다다미 열 장 程度의 크기일까? 바닥에는 洋탄자가 깔려 있고, 둥글고 붉은 칠을 한 테이블이 놓여 있고 壁의 기둥 사이에는 고흐나 세잔느의 一流作品의 複寫畵가 걸려 있으며, 바로 옆의 선반위에는 오브제式의 造花가 裝飾되어 있고 그 外 검은色의 스트레오, 三面鏡 등 洋式의 照度品이 日本式의 房과 妙하게 調和를 이루고 있어 살아보고 싶다는 氣分을 일으키는 雰圍氣를 만들고 있다.

  ※ 오브제(프.Object＝物, 客體, 目的, 題目 등의 뜻. 美術 表現의 對象이 되는 모든 것. 특히 作家의 精神의 自由를 重視하는 前衛藝術이, 새로이 美術의 素材로 쓰기 始作한 작은 돌, 나뭇조각, 쇠 부스러기 따위 物體를 가리키는 일이 많음.)   ※

히노끼의 天頂板子의 나이테도 첫눈에 들어왔다. 미에꼬(美枝子)는 方席을 두 장 들고 와서 붉게 칠한 테이블 앞에 노사까

(野坂)와 나란히 앉았다.
「當身이 와 주었기에 오늘 밤은 매우 즐거웠어요. 當身에겐 지루하고 弊가 되었는지 모르겠지만⋯.」
「第三者 같은 말은 그만 해둬. 그것이 즐거운 雰圍氣였나?.」
「當身에겐 不快했던가요?.」
「그런 것은 아니야. 但只 우리는 살아있다―그런 氣分을 흠뻑 느끼게 되어 숨쉬기조차 困難할 程度였으니 까⋯.」
「뭘로 마시겠어요?.」
「나의 밥주머니에는 알-콜分 하나 없는 쥬-스로 꿀렁 거린다. 그렇군. 따끈한 葉茶나 한 盞 마실까?.」
「只今 할머니가 들고 와요.」
「너, 헤어질 때 파파에게서 용돈 받는 거 봤다.」
「받았어요.」
「얼말?.」
「二萬円⋯. 若干 慾心이 나나부지?.」
할머니가 葉茶를 두 컵 가지고 왔다. 노사까(野坂)는 이것을 단숨에 마셔버리고 일어섰다.
「돌아가겠어.」
미에꼬(美枝子)는 이런 노사까(野坂)를 문 바깥까지 바래다주었다.
「쓸쓸해요, 오늘밤⋯. 男子와 女子사이에 結婚이나 戀愛를 생각지 않고 키스해도 좋은 境遇가 있지 않을까⋯.」
노사까(野坂)는 미에꼬(美枝子)를 세게 끌어안고 키스를 했다.

두 사람 서로가 익숙지 못했으므로 이가 드드득 하고 부딪혔다. 가로등의 불빛이 語塞하게 포옹하고 있는, 라고 함은 서로가 이런 行爲에 經驗이 없기 때문에 두 사람의 검은 그림자를 돌과 나무로 만들어 놓은 것과 같은 느낌으로 떠오르게 했다.
하자 노시까는 미에꼬(美枝子)를 떼어 놓고,
「電車를 타지 못하겠는데……, 마마에게 安否를……. 미에꼬(美枝子), 잘 자요.」
이렇게 말하면서 어둑어둑한 길을 럭비를 하고 있을 때와 같은 氣勢로 驛으로 뛰어갔다. 미에꼬(美枝子)는 젖은 입술을 손바닥으로 눌러 神經質的으로 훔치면서 노사까(野坂)의 姿態가 어둠 속으로 사라져 갈 때까지 가만히 서서 지켜보고 있었다.
집으로 들어오자 緊張이 풀리고 同時에 별로 마실 줄도 모르는 술의 效力이 一時에 일어나 곧바로 걸을 수 없을 程度로 몸이 흔들렸다.
미에꼬(美枝子)는 할머니에게 只今에는 갑옷처럼 무겁게 느껴지는 후리소데를 벗기게 하고 핑크色깔의 네그리제로 갈아입자 멀리 떨어져 있는 듯이 느껴지는 뒤ㅅ房 寢室로 가서 베드에 들어 누웠다. 天頂이 빙글빙글 돌고 있다. 吐하고 싶지는 않았지만 但只 벙벙해져서 꿈이라도 꾸고 있는 것 같은 氣分이었다. 그리고 房과 함께 천천히 回轉하고 있는 미에꼬(美枝子)의 머릿속에는 사람 기척 없는 마지막 電車 안에서 窓門에 비스듬히 기대고 긴 다리를 辭讓 없이 通路에 뻗고서 이제 사 생각나는 듯이 손바닥으로 입술을 훔치고 있는 노사까·다까오(野坂孝雄)

의 모습이 生生하게 떠올라 왔다. 아 아니, 그렇게 느끼는 것보다 노사까·다까오(野坂孝雄)의 모습을 "빌린 男子"의 이미지라 하는 便이 더 正確할는지도 모른다. "드디어 男子와 키스를 해 버리고 말았다. 愛情의 盟誓도 없이. 그리고 結婚의 約束도 않고……. 그때의 感情에만 맡긴 채…….그렇지만 잘못된 곳은 없고 後悔하지도 않는다고 생각한다. 人生이란 틀(Rule)에 박혀있는 거북한 것이 아니니까. 이 밤이 새고 나면 말끔히 잊어버리는 것이다. 나의 파파, 이 밤에 비로소 파파의 人品을 밑바닥까지 깊이깊이 理解했다고 생각한다.

그런데 나도 마마처럼 그런 타입의 男性은 男便으로 擇하지 않을 거야. 여러 가지 일이 있었지만…., 亦是 나 傷處투성이의 오늘이었다. 安寧히…., 푸욱-자고나서 白紙 같은 내일을 맞이하는 거다. 白紙라 해도 나의 境遇에는 처음부터 中間中間에 얼룩이 끼어 있다고 할 수 있지만…….

그리고서 미에꼬(美枝子)는 깊은 잠에 빠져 들었다. 그로부터 한 時間 後 母親 유끼꼬(雪子)가 돌아왔다.

그린(Green)의 투톤칼라(Two-Tone Color＝日＝서로 調和되는 두 가지 色을 配合하는 일)로서 멋있는 服裝을 하고 있으면서 술氣運은 조금도 없어 보였다.

亦是 할머니에게 뜨거운 葉茶를 시켜놓고 미에꼬(美枝子)가 外出, 歸家, 나갈 때 돌아 왔을 때의 時間이나 모습을 일일이 듣고 나서 自己도 寢室로 들어갔다. 그리고 미에꼬(美枝子)의 머리 곁에 앉아 입을 빙긋이 열린 채 자고 있는 미에꼬(美枝子)

의 모습을 한참동안 내려다보고 있었다.
"이 계집애의 將來가 마음먹은 그대로 그리고 쓸모 있는 人生이 되기를 빕니다."
유끼꼬(雪子)는 희고 潤氣 있는 미에꼬(美枝子)의 이마에 가볍게 입술을 누르고선 일어서서 自己도 잘 準備를 하였다.

노사까(野坂)집의 사람들.

노사까·다까오(野坂孝雄)가 오기구보(荻窪)의 住宅街에 있는 自宅에 到着한 것은 밤 한 時가 훨씬 지나서였다.
車道보다 한단 높은 넓은 垈地의 大部分에는 모르타르로 지은 診療室과 入院室이 있고 나한백의 울타리를 사이로 한 오른쪽 한구석에 半日 半 洋의 主宅이 서 있다.
診療室에 불이 켜져 있는 것을 보니 언제나처럼 自動車 事故의 負傷者라도 온 것이 아닌지 모르겠다.
事實 苦되시다, 아버지께서는…….
玄關의 벨을 누르자 기다리고 있었다는 듯이 母親인 사또꼬(里子)가 도어를 열어 주셨다.
몸집은 普通이고 키도 普通인, 살결이 하얗고 恒常 따뜻한 印象을 풍겨주는 女子였다.
얼굴 모습은 다까오(孝雄)와 매우 다른 것 같으나 다까오(孝雄)의 얼굴에 햇볕에 그을린 거무스레함을 빼고는 눈, 코를 한바퀴 조여 붙인 境遇를 생각한다면 亦是 母子라 首肯 할 程度

로 닮아 있었다.

검은 원피스에 灰色의 두터운 자켙-을 걸치고 있었다.

「어서 오너라. 오늘 밤에는, 돌아오지 않으려니 생각 했었는데……」

「응, 막차로 시부야(澁谷)까지 와서는 집까지 택시로 왔어요. 急한 患者인가 보죠?. 診察室에 불이 켜져 있었는데.」

「저 건너편에서 自動車 事故가 있었단다. 別로 重하지는 않다고 警察에게서 電話가 왔었지만……」

「아주 고단하시겠어요. 醫師가 안 되어서 千萬多幸입니다.」

「듣기 싫은 소리는 하지 않는 법이다.」

두 사람은 다다미 여섯 장짜리 居室로 들어갔다. 室內는 스토브로 따뜻하게 데워져있고 가마꾸라(鎌倉)式으로 만든 둥근 테이블 위에는 葉茶 세트가 갖추어져 있다.

※ 가마꾸라(鎌倉)式:(神奈川縣 東南部에 있는 都市로, 옛날 가마쿠라막부(鎌倉幕府)가 있었던 곳으로 觀光의 名所=彫刻한 바탕에 검은 옷칠을 하고 그 위에 붉은 옷으로 裝飾을 한 漆器의 한 種類) ※

「오늘밤 疲困해요. 아아! 우리 집이 最高야.」

다까오(孝雄)는 上衣의 단추를 끄르면서 다다미에 벌렁 나자빠지려하자 사또꼬(里子)가,

「아-, 暫間」

하고 말리고선 姿勢를 若干 바르게 고치고선,
「다까오(孝雄)야!, 卒業을 祝賀한다.」
하고 다다미에 兩손을 집고서 머리를 숙인다.
다까오(孝雄)는 얼른 얼굴을 바로 고치고 上衣의 단추를 잠그고선 端整히 꿇어 앉아 兩손을 무릎위에 올려놓고서.
「마마, 쓸데없는 禮를 하시다니요. 놀랬지 뭡니까. 자- 저도……,
  자- 저야말로 저-…….」
하고 더듬거리고 있던 다까오(孝雄)는 갑자기 소리를 높여,
「父母님의 恩惠는 山 보다 높고 바다보다 깊다……. 이런 程度
  면 되겠습니까?.」
사또꼬(里子)는 上體를 흔들면서 맑은 목소리로 웃었다.
「그런 말을 들으면 등줄기가 써늘해 진단다. 우린 말이지 附隨
  的인 立場에서 너를 낳고 다마꼬(珠子)와 지로(次朗)를 낳고,
  後에 다시 附隨的인 立場에서 너희들을 길러왔을 뿐이야. 바다
  다 산이다하고 들을 程度로 훌륭한 어버이라고 할수 없단다.」
「그 附隨的이라는 말씀, 若干 거슬리는데요. 즉 말해서 마마가
  아무도 모르게 파파를 사랑하고 있는 사이에 附隨的으로 저
  나 다마꼬(珠子)나 지로(次朗)가 태어났다고 하시는 말씀이
  죠.」
「이 애가 어머니에 對하는 말버릇이 뭐냐?.」
「마마, 우리는 醫師의 夫人이자 그 아들이라는 것을 모르세
  요.」
「그렇다면 無我夢中에 相對를 사랑한 것은 마마가 아니고 파

파였다고 訂正해 주렴.」

「응, 그렇게 해도 좋겠지만 마마, 전 四年間을 女子들 속에 파묻혀 살아 왔으므로 女性의 心理에 對해서는 若干 通하는 點이 있다고 보는 데요…‥.」

「많이 通해 보렴. 그리고서 너를 無我夢中에 사랑해서 附隨的으로 차례차례로 애를 낳을 健康한 女子를 아내로 맞아 들이거라.」

「O·K, 제겐 벌써부터 어떤 標準이 서 있으므로 걱정 하시지 않으셔도 좋아요」

「어떤 標準?.」

「마마의 라인입니다. 멋있게 된다면 그 以上이 될는지도 모르죠.」

「마마를 마구 놀리는구나. "父母의 恩惠는 山보다 높고 바다보다 깊다"란 그냥 해 보는 人事냐?.」

「낡아빠진 에치켓이나 感覺의 所有者와 相對를 하려니 정말 수고 스럽군요.‥…마마, 아버지의 숨겨놓은 스캇치 마시게 해 주지 않으실래요?.」

「넌 있는 대로 먹고 마시고 했잖느냐?.」

「아닙니다. 돌아올 때 運轉을 해야 하기에 麥酒 한 컵과 다음은 쥬-스, 쥬-스, 쥬-스,…‥ 뿐이었어요. 德分에 호텔의 토이렛과는 親熟하게 되었지만, 華麗한 곳이더군요. 빗, 면도칼, 분, 헤어크림, 손톱깎기, 손수건…‥, 무엇이든지 없는 것 없이 거울 앞에 갖추어져 있어요. 記念으로 호텔 네임이 박혀있는 손수건을 한 장 失禮했지요. ……마마에게 드리겠어요.」
다까오(孝雄)는 포켓에서 四角의 세로로 접은 손수건을 꺼내어 테이블 위에 올려놓았다.
「저 손버릇, 좀…….」
「아, 마마, 토이레의 이야기는 아직 남았어요. 自動車로 돌아올 때도 참을 수가 없어서 그때 마침 江邊을 따라 달리고 있었을 때였으므로 江가로 달려가서 볼일을 보았습니다.」
「애 좀 보게. 넌, 무슨 일을……. 車 안에는 이시다(石田)라 하는 젊은 아가씨가 타고 있었겠지.」
「제가 마치고 돌아오니까 그 아가씨가 "저 개똥벌레를 찾아보고 올 께요. 사람이 오나 잘 좀 봐 주세요."라고 말하면서 江邊으로 가더군요. 그리고 나무 그늘에 몸을 숨겼다고 생각했는데 暫時 後 "개똥벌레 그런 거 없었어요."하면서 돌아오지 않겠어요?. 三月인데 개똥벌레가 있을 턱이 없잖아요. 안 그래요?, 마마.……」
「치워라, 애가!.」
사또꼬(里子)는 얼굴에 어울리지 않는 嚴한 말로 테이블위의 컵을 두드렸다.
「너의 이야기를 잠자코 듣고 있자니 마마의 등가죽을 벗기우는 것 같은 氣分이 드는구나. 후리소데의 아가씨가 江가로 개똥벌레를 잡으려 내려간다. 나 같으면 얼굴이 화끈거려 말도 못해. 또한 그런 말을 마마에게 들려주는 너도 너다. 비싼 授業料를 내고선 大學에선 무엇을 배웠니?, 다까오(孝雄).」

「저도 寒心스럽군요. 마마의 베터·하-프(Better-Half)는 하나 둘 흰머리가 눈에 띠이고 있습니다만 어쨌든 人間의 生理를 取扱하는 外科醫입니다. 후리소데의 아가씨가 江가의 어둠속에 개똥벌레를 잡으러 갔다 해도 그건 어디까지나 神의 攝理에 따른 自然스런 일이라고 생각하는데요.」

「정말 때려주겠다……. 처음부터 火만 나게 하는 이야기 뿐, 血壓이 자꾸 올라가요. 腦溢血로 쓰러져 죽는다면 一生 너를 두들겨 줄 테다.」

「마마의 鬼神같은 거 조금도 무섭지 않아요. 그렇지만 罪悚합니다, 血壓을 높혀 드려서……. 파파의 스카치, 가져와도 되나요?」

「마음대로 하려무나. 치즈와 소금과자는 食器 饌樻(찬장)에 있단다.」

사또꼬(里子)는 큰 숨을 들이쉬어 가슴을 부풀게 하며 몇 번인가 洽足(흡족)한 웃음을 吐했다.

다만 自身도 意外로 생각한 것은 오늘 午後 급작스런 電話에서 놀라게 한 이시다·미에꼬(石田美枝子)라는 女子學生에 對하여 只今 다까오(孝雄)의 입에서 親密感이 넘쳐흐르는 行動을 듣고 입 밖으로 꾸짖거나 때리는 흉내를 내기도 했지만 마음 한구석에는 아직 본 일도 없는 이시다·미에꼬(石田美枝子)에 對하여 까닭도 알 수 없는 어떤 親近感과 같은 것을 느끼게 하는 것이었다. 그리고 다까오(孝雄)가 말한 그대로 男便이나 自身의 皮膚나 內部의 感覺이 어느 程度 退化되어 가고 있다는 것을 認

識하지 않을 수 없었다.
食堂에 불이 켜지고 그곳에서 밝은 불빛이 居室로 흘러 들어왔다. 다까오(孝雄)는 엉터리로 노래를 부르면서 먹을 것을 찾으려고 이곳저곳을 뒤지고 있었다.

> ♬ 사랑하는 마마. 네. 네.
>   치즈는 어데 있어요? 네. 네.
>   크랙커는 어데 있어요?. 네.네.
>   사랑하는 마마. ♬

이것을 무심코 듣고 있던 사또꼬(里子)는 自己의 뱃속에서 태어난 子息에의 動物的이라고도 할 수 있는 뿌리 깊은 本能的인 愛情을 불러 일으켜 왈칵 눈물이 흐르는 것을 어쩔 수 없었다. ……삐-삐-하고 울기만 하고 칭얼대던 그 새빨갛던 젖먹이가 눈 깜빡할 사이에 只今의 다까오(孝雄)로 자란 것이다. 時間이란 얼마나 빠르게 흐르는 건가!.
暫時 後 다까오(孝雄)는 큰 쟁반에 위스키, 물주전자, 컵 두 개, 치즈, 크랙카 등을 받쳐 들고 들어왔다.
「자-, 마마도 물에 타서 같이 마셔 주세요. 파파와 마마의 苦心의 結晶體가 드디어 社會의 一員으로서 第 一步를 내어 딛게 된 瞬間이니까요…….」
「이번에는 苦心의 結晶體냐?. 아까 번에는 마마가 파파를 無我夢中에 사랑할 때 附隨的인 것이라 했을 텐데……. 물을 많이 타거라. 그런 程度라면 한 盞 程度는 마셔 줄 테니까.」

다까오(孝雄)는 두 개의 컵에 各各의 量에 따라 위스키를 딸아붙고 물을 부었다.

그리고 다까오(孝雄)는 컵을 들어 올리면서 마마에게도 똑같이 하시도록 勸하면서 두 개의 컵을 쨍그렁-하고 부딪쳤다.

「훌륭한 子息을 두어 祝賀합니다, 마마.」

「아 아니, 아니지. 너야말로 훌륭한 마마를 두어 祝賀한다, 다까오(孝雄).」

서로 마주 쳐다보고 있는 어머니와 아들의 얼굴에는 가슴 깊숙이에서 울어 나오는 따스하고 新鮮한 微笑가 온 얼굴을 녹여 버릴 듯이 부드럽게 피어올랐다.

그때 病院으로 連結된 긴 廊下 저便 診察室 쪽에서 사람의 말소리가 들렸다.

「파파가 돌아오시는 모양이다. 큰 傷處가 아니었으면 좋으련만…….」

「염려 마세요. 파파는 곧 이리로 오실 테니까요.」

다까오(孝雄)는 엉덩이를 들썩거리는 어머니를 말리고 반 程度 남은 컵에 다시 위스키를 따르고 물을 부었다. 暫時 後 廊下를 밟는 무거운 발자국 소리가 들리더니 父親인 준헤이(淳平)가 타월로 消毒한 뒤의 손을 닦으면서 居室로 들어왔다. 나이는 오십 육세지만 學窓時節에 스포츠를 했으므로 키가 늘씬하고 떡 벌어진 어깨에 햇볕에 그을린 튼튼한 얼굴을 하고 있다. 뺨 近處에 작은 傷處가 있는 것은 障害物 競走에서 허들(Hurdle=障

害物)에 걸려 얼굴부터 땅바닥에 처박힌 名譽스런 傷處자국이라 한다.

다까오(孝雄)는 얼굴 생김새보다 그 體格이나 行動이 그대로 닮았다고 사람들은 말한다.

「오-, 너 돌아 왔구나. 若干 걱정했는데……」

「돌아오는 것이 若干 늦었기로 걱정되는 子息을 파파와 마마는 낳아놓은 記憶이라도 계십니까?.」

「이 子息, 입만 까 가지고선 안 되겠는데……. 아오우메(青梅) 街道에서 自家用끼리 衝突事故가 있었기에 다녀왔지만, 헤드·라이터가 부셔졌을 程度였고 運轉者들도 가벼운 傷處程度로 別로 크게 傷한 곳은 없었다. 或是나 너도 술에 醉해서 이시다(石田)라 하는 女學生의 車를 運轉하다 事故라도 일으키지 않았으면 좋으련만 하고 걱정했단다. 特히 卒業式의 送別會같은 곳에서 제법 마셨다고 생각 했으니까……」

사또꼬(里子)는 그 사이에 方席을 한 장 꺼내어 놓고 食堂으로 가서 男便 몫의 컵을 가지고 왔다. 준헤이(淳平)는 그대로의 위스키를 若干 따라 한입에 넣고 두세 番에 삼켜버린다.

「車를 運轉한다는 것을 알면서도 술을 마시는 그런 바보 같은 人間을 파파는 만들지 않았다고 생각하는 데요.」

「난 그런 道德的인 것을 생각하면서 너나 다마꼬(珠子)나 지로(次朗)를 낳게 한 것은 아냐. 젊고 아름다운 마마의 몸뚱이를 無我中에 안고 있는 사이에 正確히 너희들이 차례차례로 태어났던 것뿐이야. 그런 面에서 보면 너희들은 우리 둘에 있어서는 招待한 손님과 같은 格이다.」

「確實하군요. 外科 醫師님의 말씀은……. 招請받고 온 客으로서 未安합니다, 마마.」

하고 다까오(孝雄)는 사또꼬(里子)를 向해서 호들갑스럽게 머리를 숙였다.

사또꼬(里子)는 또다시 깊은 한숨을 내어 쉬면서,

「오늘밤, 어째서 파파와 다까오(孝雄)는 듣기 거북한 이야기만 하시는 거죠?.」

「술은 마시지 않고 넌 料理만 먹었단 말이지. 목구멍이 타서 맛도 몰랐겠구나.」

「술 代身 실컷 쥬-스만 마셨어요. 그 代身 눈물이 넘칠 程度의 이야기를 하니까 마마의 血壓이 올라가서 그 이야긴 하지 않으렵니다. 只今 파파의 위스키를 失禮하고 있는 것도 바로 그 것 때문이죠.」

「음, 血壓亢進은 危險한 症狀이지……. 오늘 이시다·미에꼬(石田美枝子)라는 女學生에게서 마마에게 無禮千萬의 電話가 걸려 왔던 것 같다. 어떤 類의 女子로 그 女子와 오늘 밤 어디서 누구랑 食事를 했느냐?.」

하니까 사또꼬(里子)는 突然 앙칼진 語調로,

「알았다. 다까오(孝雄)의 오늘밤 말버릇은 그녀의 影響이로구나. 電話의 말버릇과 똑 같아. 비꼬는 듯한…, 꾸밈새 없는…., 갑작스러운…., 그런데도 結果的으로 이쪽에 그렇게 나쁜 感을 주지 않는…., 너, 그녀에게 若干 熱을 올리고 있는 거 아니냐?」

다까오(孝雄)는 머리를 끄덕이면서 若干 上氣된 얼굴로,

「마마, 꼭 맞췄어요. 마마의 頭腦도 鈍한 便은 아니시군요. 저도 몸에 걸맞지 않는 演技로 이야기 하고 있는 氣分이지만 틀림없이 그 子息의 感化입니다. 개똥벌렌가 뭔가를 잡으러 간다고 하는…….」

「개똥벌레가 어떻다는 거지?.」

「아니, 좋아요, 여보. 어쨌든 다까오(孝雄)가 나를 붙들고 Y談 같은 것을 걸어왔어요.」

「Y談(淫談)이란 말이지. 그거야 때로는 氣分 轉換으로서도 좋은 거지. 그러나 어머니와 子息 사이에는 別로 좋지 않은 것 같군, 다까오(孝雄), 언젠가 나와 단 둘만이 있을 때 그것 해 보지 않을래?. 女子는 쑥 빼버리고 말이야. 마마에게 好奇心을 가졌다면 무슨 이야기 인줄은 모르겠으나 後에 내가 詳細하게 아르켜 주지.」

「어머나!, 이 兩班 좀 보게, 男子란 저런 것이었다고 알았더라면 전 一生 시집이라곤 오지 않았을 텐데.」

「火내지 말아요. 그런데 다까오(孝雄), 마마는 이시다·미에꼬(石田美枝子)라는 女學生의 일을 若干 걱정했는데 어떤 女子로, 그리고 오늘밤의 O호텔의 會食은 어떠했는지 仔細하게 우리들에게 들려주려무나.」

준헤이(淳平)는 넥타이를 늦추면서 위스키를 한 모금 마시고 담배에 불을 붙여 煙氣가 배꼽까지 들어가지 않나 할 程度로

깊숙이 드려 마셨다. 그런데 가만히 보면 들여 마신 煙氣의 半밖에 나오지 않는다. "난 肺癌에 걸릴지도 몰라"하고 준헤이(淳平)는 스스로가 때때로 그렇게 중얼거린다.

「말씀 드리지요. 저 自身도 오늘밤 미에꼬(美枝子)나 初對面인 그女의 아버지 다시마·세이지(田島淸二)라는 사람에게서 처음으로 그들의 過去의 이야기를 들었습니다만 너무感動, 混亂해져서 재미있게 말씀 드릴 수가 없군요. 저 自身이 그들의 이야기 途中에 化粧室에 가서 울기까지 했으니까요.」

다까오(孝雄)는 이렇게 前提를 하고 오늘밤 O호텔의 스카이·룸에서 다시마·세이지(田島淸二)와 미에꼬(美枝子) 사이에 펼쳐진 그들의 過去 이야기를 될 수 있는 대로 冷情히 順序 있게 이야기 해 드렸다.

「정말 가엾은 사람들이군요. 아무도 나쁜 사람은 없었는데.」

感動하기 쉬운 사또꼬(里子)는 앞주머니에서 손수건을 꺼내어 눈시울을 누르곤 했다.

「울 것까진 없지. 마마, 이 世上은 정말 가지各色이야. 우리 집에서도 兄嫂(형수)님과 할머니 사이가 나빠서 結局엔 할머니는 우리 집으로 오셨단다. 마마와는 사이가 좋았었고 돌아가실 때까지 여기서 便安하게 계셨단다. 그것 뿐 만이 아니지. 다까오(孝雄)도 알고 있겠지만 내가 젊었었을 때 때때로 女子關係 때문에 말썽이 있었지만 마마는 입을 떠벌리지 않고 잘 참아 주었단다. 그래서 나로서도 內心 마마에게 여러 가지로 고맙게 여기고 있단다.」

하니까 사또꼬(里子)가 생각지도 못한 強한 語調로,

「다까오(孝雄)가 있다고 해서 마음에도 없는 말은 그만 두세요. 고맙다 구요?. 그런 道德的인 氣分, 파파 가슴속에 있을법한 이야기예요?. 무엇을 하더래도 自身에게는 當然한 일인 것처럼 생각하는 주제에……」

「그렇다면 믿도록 할 方法이 없지.」

하고 준헤이(淳平)는 세게 머리를 쓸어 올렸다.

「그렇지만 다까오(孝雄)야, 異常한 일이야. 파파는 좋은 일이건 나쁜 일이건, 勿論 좋은 일이란 별로 없었지만. 숨기지를 못하고 곧 알려지고 만단다. 난 이런 파파를 어째 볼 수도 없고 미워할 수도 없었단다.」

「파파, 좋은 夫人을 맞이하셔서 많은 得을 보셨군요 그랬다면 저희들에게 좀 더 푸짐하게 용돈을 주셨어도 좋았을 텐데요. 늘상 노랭이 할아버지처럼…」

하고 다까오(孝雄)는 곁에서 덧붙였다.

「이 子息, 엉뚱한 곳으로 이야기를 끌고 가지 마……. 이렇게 이야기하고 있자니 내가 마마에게 늘 괴로움만 안겨드리고 있었든 것같이 보이지만 實은 그렇 지도 않아. 내가 마마에게 반해 있었으므로 좀 더 젊었었을 때에는 마마가 窒息할 程度로 每日 밤 熱烈히 사랑해 주었단다.」

「괜찮으세요, 마마, 오늘 밤에는 Y談이 나오기로 運命論 第 몇 章에 쓰여 있으니까요. 그런데 마마, 전 젊은 파파와 마마가 熱烈히 서로의 肉體를 貪하고 있었다고 들어도 微笑를 띠울

程度의 感動은 느끼고는 있지만 不貞하다거나 싫다는 氣分은 조금도 없어요. 그만큼 저도 成長해 있으니까요, 마마.」

「몰라, 몰라. 當身들은 어떻게 表現 되어야할 父子關係인지……. 옛날 같았다면 父子가 함께 요시하라(吉原)에라도 갈 거 에요.」

「當身, 좋은 暗示를 주었군. 어이, 다까오(孝雄), 요다음 때를 봐서 둘이서 어딘가 女子만의 섬(島)을 探險하러 가지 않을래.」

「함께 卒業한 親舊 두 사람은 오늘밤 요코하마(横浜)의 高級 콜·걸(Call·girl)의 探險에 가 있어요. 파파와 그런 곳에 간다면 파파가 가엾어요. 젊은 제가 人氣를 독차지할게 뻔 할 거고 파파는 좋은 待遇를 받지 못할 테니까요.」

「짜아식, 넌 아직 젖비린내가 난단 말이다. 그런 職業 女性들은 돈을 가뜩 가지고 있는 듯이 보이는 나이 지긋한 쪽을 歡迎하는 法이야.」

「그건 經驗에 의한 知識인가요, 파파?」

「答辯에 따라서는…….」

이렇게 말하면서 준헤이(淳平)는 담배 煙氣와 함께 옆으로 돌아앉으면서 굵은 웃음소리를 吐했다. 사또꼬(里子)는 半은 웃음 半은 눈썹을 곤두세우면서,

「여보, 그런 卑劣한 말씀 이젠 그만하세요. 子息에게 휘말려 찍소리 한번 못하지 않으세요.」

다까오(孝雄)는 후딱 送別 파-티가 끝나고 지저분한 敎室 안에

서 突然 하야마·가스꼬(葉山和子)에게서 "노사까(野坂)氏, 女子를 알고 있나요?."하는 質問을 받았을 때 "答辯에 따라서는." 式의 曖昧한 對答을 한 것을 생각하였다.

왜? "모르는데."하는 率直한 對答을 할 수 없었을까? 아버지의 境遇에는 그 어떤 우물쭈물한 對答을 하더래도 그 方面에 있어서는 前科者이고 마마를 괴롭힌 것은 事實이었다. 그러나 子息의 立場으로서 다까오(孝雄)는 아버지의 그런 行動이 醜雜스럽다거나 不快하다거나 하는 느낌이 조금도 없었다. 아버지의 해나온 行動이 程度를 넘지 않았다는 點도 있긴 하지만 男子 끼리로서의 性의 慾望이 積極的이었다는 點에서 그 어떤 理解를 할 수 있었다는 點도 있었을 것이다. 어쨌든 간에 父子間에 오늘밤과 같은 이야기가 흘러나온 적은 일찍이 한 번도 없었다.

사또꼬(里子)는 다까오(孝雄)의 얼굴을 鎭重히 드려다 보면서,

「이번에는 話題를 바꾸자구나. 파파나 네게 제멋대로 이야기하도록 내버려 두었다간 무엇이 튀어 나올는지 모르겠다……. 다까오(孝雄)야, 마마에겐 오늘 午後 마음에 걸리는 일이 하나 생겼단다. 그건 이시다·미에꼬(石田美枝子)라는 아가씨의 일이야. 넌 어느 만큼 그 아가씨를 좋아하고 있느냐?.」

「어느 만 큼 이라 구요. 그건 無理한 質問이시군요. 어떤 때에는 完全히 잊어버렸는가 하면 오늘밤처럼 그女 일로 해서 눈물까지 흘릴 때도 있고……. 그런 子息이에요, 그女는…….」

「밥을 여섯 공기씩이나 먹는 큰 사내인 네가 울다니. 제법 그

럴듯한 이야기인데.」

하고 준헤이(淳平)가 이야기를 받아,

「어떤 일로 울었다는 거냐? 한번 들려주지 않겠냐. 요즈음 靑春 男女의 氣質을 알 수 있는 모-멘트(Moment＝契機,,機會)가 될는지 도 모르니까……」

「운 것은 오늘밤 처음입니다. ……아까 그곳만은 이야기 하지 않았으나 그녀가 다섯 살 때 어느 날 幼稚園에서 돌아오니까 前과같이 할머니와 마마가 甚한 言爭을 하고 있더라는 군요. 그때 그녀가 그곳에 있던 자쪽으로 只今까지 그녀를 사랑해 주셨던 할머니의 머리나 어깨, 등을 때리면서 "엄마를 나무라면 싫어요, 할머니 미워!" 하고 소리 쳤다는 군요. 그랬더니 할머니가 "只今까지의 모든 것을 容恕해 다오, 내가 나빴었구나." 하고 마마에게 손을 비비며 빌더래요. 그러니까 마마는 마마대로 "只今까지 모든 것은 제가 나빴어요. 容恕해주세요" 하고 두 분이서 서로 붙들고 엉엉하고 울 더 랍니다.

勿論 마마에게 뺨을 얻어맞은 다섯 살의 그녀는 그녀대로 두 분과 떨어진 곳에서 와-와-하고 울 었답니다. 그 後 그녀가 자라서 그 當時를 回顧(회고)해 보니까 只今까지 사이가 좋지 못했던 마마와 할머니가 서로 손을 붙잡고 서로의 잘못을 빌었다는 것—그것은 사이가 좋아지려는 契機가 아니라 두 분이 같은 지붕아래에서는 살지 않겠다는 決心을 無意識的으로 굳게 한 決定的 瞬間이었다,—그녀는 그렇게 말했어요. 그곳까지 이야기를 듣고 보니 전 참을 수가 없어 化粧室로 달려

가 네온이 明滅하고 있는 거리의 夜景을 내려다보며 壁을 두드리면서 "뭐야, 뭐란 말이야!" 하고 누구에게도 아니게 외치면서 으-,으-,으-, 하고 울어 버렸어요. 그러고 나니깐 나도 모르게 火가 치밀어 그곳에 놓여있던 호텔 이름이 박혀있는 새 손수건을 한장 집어넣어 마마에게 膳物로 가지고 돌아 왔어요. 아까 드렸던 그 손수건 입니다」

그때의 激情의 몇 分의 一인가가 이야기 하고 있는 사이에 다까오(孝雄)에게 젖어 들었는지 이야기가 漸漸 熱을 띠우게 되었다.

「가엾어라······. 다섯 살의 어린애가······.가엾어라······」

사또꼬(里子)는 다까오(孝雄)가 선물(?)로 가지고 온 손수건으로 눈을 누르면서 조용히 흐느꼈다.

준헤이(淳平)는 두터운 손바닥으로 코를 밀어 올리고 있다. 제멋대로 하는 性質이 있긴 하나 눈물을 흘릴 줄 아는 一面도 가지고 있는 이러한 준헤이(淳平)의 魅力에 사또꼬(里子)는 이끌려 只今까지 지내 왔는지도 모른다.

「다까오(孝雄)야, 언젠가 한번 미에꼬(美枝子)라는 아가씨를 집으로 데리고 오너라. 따뜻하게 待해주고 싶구나. 너와는 親한 사이이고 그女도 예쁜 아가씨이겠지.」

「그거야 그女 氣分 如何에 달렸어요. 아주 멋있게 魅力的인 때가 있는가 하면 蒼白하고 明朗치 못한 때도 있어요. 女子가 三十을 넘으면 自己 얼굴에 責任을 지지 않으면 안 된다 고 하지만 그女는 只今부터 自己의 個性으로 얼굴을 꾸미고 있어요.」

「내가 마음에 걸리는 것은 다까오(孝雄)야. 미에꼬(美枝子)가 자라온 環境에 對한 同情과, 미에꼬(美枝子)의 人間 自體에 對해서의 關心을, 分明히 區別하고 사귀는 것이다. 그렇지, 여보. 그렇지 않아요?」

「分明히 말해요, 마마. 미에꼬(美枝子)와는 親舊로서 사귀고 親切히 待해 주는 것은 좋지만 너의 아내로 삼는 것은 反對다,……이렇게 말하고 싶다 이거지, 當身은?.」

하고 준헤이(淳平)는 率直하게 말했다.

「忠告 고맙습니다, 마마. 그러나 그 點에 對해서 누구 보다 잘 알고 있는 사람은 미에꼬(美枝子) 바로 그 自身입니다. 自己를 아내로 맞이하고 싶다고 하는 者가 있더래도 父親이 없고(戶籍上) 母親이 빠-의 마담을 하고 있다.─그런 집의 딸이라면 結婚하지 않는 便이 좋아, 하고 常識的이고 賢明한 兩親이라면 누구든지 反對하는 게 定해져 있다 구요. 이렇게 말해요. 틀림없이 파파와 마마는 賢明하고 常識的인 兩親이세요.」

「비꼬는 것은 그만 두는 것이 좋아. 結婚해서 家庭을 가지게 되면 相對끼리의 感情뿐만이 아니라 相對方의 背景, 環境등도 考慮하지 않으면 안 돼. 世上이란 이런 것이야. 結婚에 關係없이 그 問題 하나만을 周圍로부터 分離시켜 생각하는 것은 잘못된 것이다.」

「그러니까 그女는 分明히 覺悟하고 있다는 겁니다. 이런 常識

的인 世上의 테두리 밖에서 혼자서 살아 갈 수 있는 自活의 길을 찾아본다는 겁니다. ····· 只今은 小說을 工夫하고 있지만 아무리 熱心히 努力해도 發展性이 없다고 느껴질 때에는 마마의 빠-에서 일해도 좋대요····· 한 마리의 이리의 生活方法으로 살아보자는 거겠죠, 그女는·····.」
「음, 그런 覺悟는 分明히 壯해. 그러나 뭐라 해도 젊어. 어리석고 곰팡이 투성이인 이 世上의 常識의 무게에 짓 눌려 찌그러져 버릴 것 같은 氣分이 드는 구나.」
父子間의 이런 이야기는 듣기도 싫다고 皮膚에서 느낀 듯한 사또꼬(里子)는 부엌에서 산돼지 肝을 얇게 썰은 것과 若干의 飮食을 그리고 自己 몫의 白葡萄酒를 가지고 왔다.
「아-참-, 다까오(孝雄)야. 잊어버리고 있었구나. 다마꼬(珠子)와 지로(次朗)가 자려할 때 네가 돌아오거든 이것을 傳해 달라고 하더라.」
다까오(孝雄)는 母親의 가슴속에서 꺼낸 접은 봉투를 받아서 알맹이를 끄집어내어 펴 보았다.

  兄님 앞.

卒業과 同時에 就職을 祝賀합니다. 이제부터는 每月 月給날에 저희들에게 千 円씩 용돈을 주는 것으로 兄님다운 貫祿을 보여주시기 바랍니다. 이와 같이 決意 합니다.
     다마꼬(珠子).지로(次朗).

다까오(孝雄)는 혀를 끌끌 차면서 決議文을 테이블위에 집어 던지면서,

「체-, 마마가 낳은 子息들은 이 子息이나 저 子息이나 빈틈이 없단 말씀이야.」

「파파가 낳은 子息은—하고 말을 고쳐 하는 것이 어때. 그리고 너 自身 빈틈없는 第一 號라는 것도 잊어서는 안 돼.」

사또꼬(里子)는 自身도 읽어본 後에 決議文을 준헤이(淳平)에게 넘겨주면서 이렇게 말했다.

「음, 좋지 않으냐. 이런 決議文을 받게 되어 自己 自身이 돈을 벌지 않으면 안 되는 社會人이 되었다고 하는 實感이 우러나 오겠는데.」

「이런 決議文을 생각해 낸 것은 다마꼬(珠子) 일까요, 지로(次朗) 일까요.」

「다마꼬(珠子) 일 테지, 마마도 그렇지만 女子란 말이야, 男子가 번 돈을 긁어내는 데는 天才的 手腕의 所有者들이야.」

「쓸데없는 소리 작작 하세요. 그럼 男便이라 하는 作者들은 아내를 속이면서 나쁜 일만 하는 天才的 才能의 所有者들이에요.」

「아 아니, 너무 事實에 가까운 이야기는 하지 맙시다. 只今은 다까오(孝雄)의 卒業 祝賀를 하는 中 이니까…….」

멀리에서 救急車의 사이렌 소리가 들린다. 人生이란 便安한 것만이 아니라는 것을 警告 하는 것 같은 달갑지 않는 소리였다. 이것도 每日 밤이 되니까 "알고 있다. 그것으로 足해." 하는 諦

念도 아닌 習慣化가 되고 말았다.

住宅과 診療所를 잇는 긴 廊下 저쪽에서 발소리가 들리고 카디칸에 스카트를 입은 平服의 看護師가 居室에 모습을 보였다. 나이는 二十六, 七歲, 이 病院에서는 낯익은 얼굴로서 코가 납작하지만 입술이 두텁고 뺨은 벚꽃色 같이 鮮明한. 親하기 쉬운 얼굴 모습이었다. 이름은 하나다·야수꼬(花田ヤス子).

「罪悚합니다. 只今 막 警察署에서 電話가 왔는데 아오우메(靑梅) 街道에서 또 事故가 있었으니 와 줍시사 고 連絡이 왔습니다만, 先生님은 親戚집에 初喪이 나서 外出 하시고 아직 돌아오시지 않으셨다고요. 야시마(矢島) 病院에 電話해 보시라고 했습니다만⋯⋯.」

「야아-. 하나다(花田)君도 한 사람 몫이 되었군, 수고 했네.」

「괜찮으세요, 當身 이렇게 해도⋯⋯.」

「師母님, 어딘가의 社長이 술집 女子를 태우고 醉中 運轉을 하다가 電信柱를 들이받은 모양이에요.」

「그렇다면 나가고 싶진 않겠지만 그래도 醫師이기 때문에, 이 兩班은⋯⋯.」

「아니야 좋아. 雜音 없이 끝난 일인데⋯⋯. 여보, 하나다(花田)君에게 葡萄酒 한 盞 따라 주어요. 다까오(孝雄)의 卒業 祝賀를 하는 中이라네⋯⋯.」

하나다·야수꼬(花田ヤス子).는 사또꼬(里子)가 딸아 주는 葡萄酒 컵을 노사까(野坂)를 向해서 슬쩍 들어 올리면서,

「祝賀합니다. 애기氏.」

「고맙소……. 난 왜? 파파가 整形手術을 해서 야수꼬氏의 코를 높혀 주지 않나하고 언제나 遺憾스럽게 생각해요.」
「염려 마세요. 이래 뵈도 저의 꽁무니를 따라 다니는 세 마리 程度의 이리떼는 언제든지 있으니까요. 그리고 애기氏, 忠告 한마디 하겠어요. 毒藥을 마음대로 取扱하는 看護師에게는 너무 惡談은 하지 않는 便이 좋다고 봐요. 여러분 천천히…….」
看護師가 主人의 家族을 向해서 때로는 이런 弄談까지 한다. 이러한 率直한 點이 노사까(野坂) 家庭의 雰圍氣이기도 했다.
준헤이(淳平)는 自然스런 動作으로 테이블위에 놓여있는 사또꼬(里子)의 손을 잡아 自己의 두터운 兩손으로 감싸 쥐면서,
「다까오(孝雄), 넌 二, 三日 中으로 放送局에서 일하게 되겠지만 頭腦面에서나 健康面에서 다른 사람들처럼 잘 해 나가리라 믿고 있기에 우리는 安心하고 있단다. 一年, 二年, 三年쯤, 일 한 뒤에 다음에는 結婚問題가 있게 되겠지. 우리는 너의 結婚에 對해서 네가 願한다면 忠告 程度는 할는지 모르겠다만 干涉 할 意思는 없단다. 또한 이시다(石田)라 하는 아가씨의 어머니와 그의 할머니와의 關係, 兄님과 할머니와의 境遇 — 이러한 例는 많이 듣고 보기도 했으므로 내가 죽고 난 後에라도 마마 혼자서 便安하게 살아갈 수 있도록 뒷일은 全部 準備完了 돼 있으며 마마도 그런 覺悟란다. 그러니 넌 너 自身만을 생각해서 너의 相對를 골라도 좋다는 뜻이다. 한편 마마도 나도 알고 싶은 것은 네가 結婚에 對해서 어떻게 생각하고 있느냐는 점이다.」

「그거야 저로서도 젊은 女性에 反應하는 神經이나 感覺은 어느 누구 못지않게 充分히 가지고 있습니다만, 그러나 먼저 둘이서 그렇게 不足함이 없는 生活을 할 수 있는 만큼의 收入이 없는 限에 있어서는 아직 ― 안사람과 둘이서 얹혀 살고 있다는 것은 재미도 없고 그러니까 結婚에 對한 實感은 아직 없습니다⋯. 反對로 제가 여쭙고 싶은 것은 파파는 學校를 卒業하고 醫師의 병아리로서 助手生活을 하고 계실때 結婚에 關해서 어떻게 생각하셨는지요?.」

「나의 境遇는 明快한 것이었다. 醫師로서 獨立, 開業하면 診療所 程度 지어 줄 富者집 딸과 結婚하려 했단다. 그런데 마마가 파(蔥) 먹은 오리처럼 애처롭게스리 나의 그물에 걸려 들었다는 거야, 아- 하 하 하 하⋯⋯.」

사또꼬(里子)는 준헤이(淳平)의 손바닥 속에 끼어있는 오른 손을 뽑아 찰싹 하고 소리가 날 程度로 준헤이(淳平)의 손을 때렸다.

「쓸데없는 이야기는 그만 하시라니까요. 다까오(孝雄)도 정말이라 믿으면 안 된다. 누가 파 먹은 오리 같다는 거 에요? 파파와 結婚 할 즈음의 우리 집은 兩親과 어린애 셋, 합쳐 다섯 家族이 살아가는데도 버거울 程度의 經濟 狀態였으니까. 그런데 三, 四年 後에 아버지가 發明한 製品이 特許를 받아 그 때부터 급작스레 돈의 回轉이 잘되어서 이 診療所가 틀림없이 마마의 親家의 出資로 지어졌단다. 그 돈은 利子를 듬뿍 붙여서 充分히 갚아 드렸지 만⋯⋯. 그러니까 病院 助手生活을 하고 있을 때의 파파는 結婚에 對하여 어떤 珠板을 튕기고 있었는지 모르겠으나 나의 結婚은 그 珠板의 둘레를 벗어난 것으로 卽 따분한 技術者집의 계집애에 不過한 나에게 파파는 빼빼 마를 程度로 달아 있었던 結果였단다. 누가 오리 먹은 파인가 뭔가 가 있겠어요……」

「마마, 興奮하지 마세요. 오리와 파가 뒤바뀌 졌어요. 이렇게 夫婦가 된 것은 젊은 아가씨인 마마가 惡性 膽囊炎(담낭염 = 쓸개염)으로 파파가 助手로 있는 T 病院에서 手術을 받은 것 이 그 열쇠가 되었단다.」

「그렇지. 手術은 助敎授인 하시모도(橋本) 先生님이 해 주셨고 파파와 또 한 분 사카모토(坂本)라는 助手가 내 當番이었단 다. 그때는 三週日 程度 入院해 있었단다. 手術은 잘 끝났으 나 本來부터 症狀이 나빴다고 했지…… 그게 내가 스물한 살 이었을 때다. 그렇기에 手術 後의 元氣가 하루 속히 恢復되고 싶었단다. 手術해 주신 하시모도(橋本) 先生님께서는 그렇게 느끼진 못했으나 젊은 파파나 사카모토(坂本)氏, 햇병아리氏 들에게 발가벗은 몸뚱이를 보이는 것이 漸漸 괴롭게 되었단 다. 그런데 파파는 하루에 두번 以上 病室에 들어와서 經過를 묻거나 患部를 診察하거나 했단다. 그것은 醫師의 限界를 넘 은 따스한 人間으로서의 지나친 親切이라고 생각했단다. …… 例를 들면 "先生님, 오늘은 머리가 아파요." "귀가 우는 데 요." "어깨가 무겁습니다." 하고 여러 가지를 묻노라면 "가슴 을 푸십시오, 心臟狀態를 봐야 겠습니다" 이러나저러나 나의 가슴을 끄르는 것이란다. 귀가 우는 것이라거나 어깨가 무거운 것이 心臟과 무슨 關係가 있길 래?. 그렇지, 다까오(孝雄)…‥.」

「마마의 이야기에는 若干 誇張이 있긴 하지만 그때의 마마는 살결이 희고 皮膚엔 潤氣가 있었으며, 부풀은 가슴의 魅力이란 女性의 몸에 對해선 不感症이 되어있는 나를 感動 시키기엔 너무도 아름다웠단다.」

「何如튼 그렇게 하면서 마마의 몸을 늘 엿보는 사이에 파파는 나에 對해서 빚을 진 心理가 되었고 난 나대로 自然히 빌려준 心理가 되어버렸단다. 다까오(孝雄)도 젊기 때문에 이러한 心理 알겠지. 언젠가는 淸算하지 않으면 안 되는 男女間의 빌리고 빌려주는 貸借關係의 心理라는 것을…‥.」

다까오(孝雄)는 若干 호들갑스러운 몸짓으로 컵에 남은 위스키를 마시고서,

「이 집의 家庭敎育은 이렇게 해도 좋습니까?. 요즈음의 父母님들은 무서운 存在로 變貌했습니다. 파파가 하얗게 부풀어있는 마마의 가슴을 지나치게 感想하고 마마는 지나치게 보여준 탓으로 서로 間에 빌리고 빌려주는 心理가 되었다는 거지요. 대단히 잘 알아 모셨습니다. 그리고 어떻게 되셨지요?.」

「常識的으로 判斷 하려무나. 常識的으로…‥. 貸借關係라 하는 것은 언젠가는 깨끗이 시원스럽게 淸算하지 않으면 안 되는 것이야. 우리는 깨끗이 淸算했단다. 즉, 結婚 했다는 거지…‥. 마마가 退院한 그 다음해였든가 어느 따스한 初 여름의 日曜

사랑을 색칠하는 사람들 上・138

日, 나는 너의 마마될 사람을 公園으로 불러내어 데이트를 했단다. 우리는 숲이 우거져 있는 人氣척 없는 벤치에 둘이 나란히 앉았다. 숲속에서는 무슨 새인지 모르겠으나 작은 새들이 짹짹 시원스럽게 울고 있었지. 그날 이 사람은 시원스런 灰色 무늬의 짧은 옷을 입고 있었으나 부엌에서 食事準備를 돕다가 傷處를 입었는지 새끼손가락 끝에 흰 繃帶(붕대)를 감고 있었는데 매우 印象的이었다. "아프지 않으세요?" "아니에요. 繃帶까지는 必要 없는데도 어머니께서 病菌이 들어가면 안 되니까 매고 있으라고 하셔서…." 여기까지는 좋았으나 어이-다까오(孝雄). 骨속에 배어있는 習性이란 아주 무서운 것으로 그 다음에 내가 "저- 좋으시다면 心臟을 診察해 드릴까요?."하고 말해 버렸단다. 하니까 이 사람은 얼굴을 붉히면서 일어서더니 "어머 나! 失禮도 너무…… 當身과 絶交에요.." 하고 찰싹 나의 뺨을 갈겨 주고선 재빨리 그곳에서 가 버리려 했단다. 그랬었지, 마마.」

사또꼬(里子)는 밝은 微笑를 띠우면서 먼저 다까오(孝雄)의 表情을 살피고 그리고선 준헤이(淳平)의 얼굴을 마주보며,

「너무 옛날 일이라서 잊어버렸어요. 그랬었겠죠. 그리고선 어떻게 되셨죠?.」

「그리고선 어떻게 되었냐고? 시치미 떼지 말아요. 何如튼 난 맞은 곳이 아팠으므로 記憶은 틀림없지. 바로 그것이야. 다까오(孝雄), 난 唐惶해서 이 사람을 불러 세우고서 "容恕 하십시오. 只今 말이 잘못 튀어나왔습니다. 내가 當身에게 하고

싶었던 말은 나와 結婚해 주세요라는 것입니다. 고쳐 말씀 드리지요. 사또꼬(里子)氏, 내 아내가 되어 주십시오." 그렇게 하니까 다까오(孝雄)야, 새침하게 서 있던 마마가 急히 부드럽게 되더니 내 가슴으로 기대어오면서 찔끔찔끔 울 더구나. 아- 그 感激, 그 陶醉, 나는 내 그물에 걸려든 이 암 오리를 一生 노치지 않으리라고 이를 악물면서 決心했단다……이로서 여기가 第一幕의 끝이다. 틀림없지, 마마.」

「몰라요. 잊어버렸는걸요, 전…….」

이렇게 발뺌을 하는 사또꼬(里子)의 表情은 결코 어둡지 가 않았다. 준헤이(淳平)의 이야기하는 모습이 거칠고 무뚝뚝하긴 했어도 결코 人生을 粗雜하게 取扱하지 않았고 한편으론 素朴한 一面도 숨어 있었기 때문이리라. 그렇지 않다면 나이 찬 子息이 있는 앞에서 이런 이야기를 끄집어내어도 그렇게 거북 스럽게 느껴지지 않았기 때문이리라. 다까오(孝雄)는 兩親의 얼굴을 愛情이 넘치는 눈으로 바라보면서,

「좋은 말씀 들려주셔서 感謝합니다. 파파, 그 옛날 마마에게 파파의 뺨을 후려 칠 수 있는 情熱이 있었다고 듣고서 마마에 對한 評價가 한 階段 더 높아진 감이 들어요. 只今부터래도 이따금씩 그렇게 하세요, 마마.」

「이 子息, 다까오(孝雄). 쓸데없는 소리 작작 해. 그런데 여기서 이야기를 끝내면 내가 매우 卑怯한 人間이 되는 셈이야. 자- 이번에는 第 二幕의 幕을 올리겠다.」

「여보, 그만 두세요. 제가 當身이 펴 놓은 그물에 걸려 들어

幸福으로 끝났으니까 그것으로 좋지 않으세요?」

「그 程度로는 마음이 놓이질 않아. 좋으냐, 다까오(孝雄). 난 病院을 지어 줄 富者집 딸을 — 라는 大望을 품고 있었으므로 親舊 녀석들이 손쉬운 곳에서 病院 看護師나 그곳의 널려진 아가씨들과 戀愛에 빠져 있는 것을 觀念的으로 輕蔑했으며 自身은 좀 더 높은 곳에 머물고 있다. 若干의 굶주림을 참으면서……. 그리고선 뱃속에서는 只今을 보아다오, 하고 외치고 있었던 거야. 이런 일로서 率直히 말하자면 나는 마마와 結婚 할 때까지에는 童貞이었단다. 大望을 품고 있었던 德分이었지. 그건 新婚旅行을 떠나 세 쨋날 밤이었든가 잠자리 속에서 마마가 모기소리만한 목소리로 "나, 저- 醫師란 분들은 男女에 關해서 무엇이든지 잘 알고 있으리라 생각했는데 當身은 經驗도 知識도 없는 것같이 서툴군요. 그 便이 정말은 저도 기쁘게 여기고 있습니다만……. 하고 말하더구나. 난 若干이나마 男子를 얕보이게 되었으므로 三日째의 新婦의 말로서는 제법 가시가 돋쳤구나—하고 생각했던 일을 只今까지도 잊지 않고 記憶하고 있단다.」

「여보, 淫亂罪에요.…전 더 以上 듣지 않을 테니까요….」

사또꼬(里子)는 兩손으로 가볍게 귀를 막는 시늉을 했다. 그러나 表情은 그렇게 어둡거나 險하지 않았다. 준헤이(淳平)는 이렇게 하는 사또꼬(里子) 쪽으로 따스한 눈길을 흘려보내면서,

「問題는 이런 이야기를 듣고 다까오(孝雄)가 不快感을 느낄까 느끼지 않을까 하는 點이야.」

「파파, 感激 絶頂입니다. 이러한 파파와 마마와의 隱密하고 뜨겁고 熱烈한 交涉은 結局 저의 出生과 連結되어 있기 때문이에요. 마마도 이야기가 들릴 程度로 귀를 막고 있어요. 렛스·고. 옛날에는 서툴렀다. 파파!」

말뿐이 아니고 다까오(孝雄)는 兩팔을 걷어 올리는 시늉을 했다. 준헤이(淳平)도 首肯하고서,

「理解해 주어서 고맙다, 다까오(孝雄). 그런데 只今부터는 앞이 若干 멋대가리 없는 이야기가 된다. 난 新婚 旅行 中 마마에게서 모기 우는 소리 같은 쬐그마한 목소리로 나의 童貞을 嘲弄?當했지만 내가 말이야, 마마라 하는 乙上甲下의 惶悚키 짝이 없는 女性을 맞이했으므로 너무 安心했음인지 이따금씩 若干 바람을 피워 마마를 괴롭혔단다. 이런 行動이 行해진 心理적인 動機가 무엇인지 醫師인 나도 모른다. 結婚해서 男女間의 官能的인 喜悅을 알았기 때문이라면 대충 常識的인 對答이 되겠으나 나의 氣分은 이것과 전혀 다른 것이었다. 뭐라 하면 좋을 까……, 이건 너무 利己的인 것이 되어서 아직 마마에게도 이야기 한 적이 없다만, 나의 작은 바람 끼는 마마 때문이다. 마마가 이렇게 하도록 뒤에서 衝動질하고 있다- 이렇게 느끼고 있었을 뿐 이었다. 그러는 中에 꼬리가 붙잡혔을 때에는 마마에게 빌었으나 그건 말뿐이지 마음속에서는 "모두가 當身 때문이다!."하고 反對로 내 쪽에서 火를 내고 했을 程度란다. "不合理하고 利己的이고 無禮하고……, 人間의 탈에서 動物에로 變해가고 있구나, 나란 놈은……." 이렇게 단

단히 反省도 했으나 그러나 어떤 짓을 했어도 罪惡感을 느낄 수 없었다. 그래서 모두 "마마가……, 마마가……" 하고 모든 責任을 마마에게 뒤집어 씌어 버리고 말 았 단다……."

이것은 男子로서 無責任하고 어쩔 수 없는 이야기지만 듣고 있는 다까오(孝雄)가 그렇게 不快하게 느끼지 않은 것은 父親께서 醉해 있는지는 모르겠으나 꾸밈없이 實際 그대로를 이야기하는 것임에는 틀림이 없는 것 같다. 그러나 얼마만큼 준헤이(淳平)의 實感을 그대로 하나의 理解로서 自身의 가슴속에 받아 드릴 수는 없었다. 다까오(孝雄)는 沈着하게 물었다..

「파파는 自己氣分을 알 수 없다고 하셨으나……, 전 醫師의 아들로서 듣고 싶습니다. 或是나 그즈음에 마마에게 不感症의 氣味가 있었던 것은 아니었습니까?.」

「뭐-뭐라곳!」

준헤이(淳平)는 눈앞에서 短刀에라도 찔린 듯이 두세 番 앉은 그대로 뛰어 올라 激情을 表現하가 爲해서 英語로,

「노-!,노-!,잇 이즈 낫. (No, No. It is not=그건 아냐.)」

하고 高喊을 쳤다. 조금 後, 겨우 日本語로 이야기할 程度로 마음을 가라앉히고,

「마마의 生理는 健康하고 敏感하다. 어떤 때는 나를 凌駕할 程度로……, 중얼중얼……. 何如튼 너, 이 子息 마마에게 兩손을 비비고 빌엇!. 父母-? 아 아니, 마마에게 버릇없이.」

「파파, 火 내실거야 없지 않습니까? 아까 전 "醫師의 아들로서 묻겠습니다."하고 分明히 呪文을 하고 心身을 깨끗이 한 然

後에 發言 했지 않습니까?. 마마가 五體를 갖추고 健全하다는 것은 저희들에게도 기쁜 일이라고 생각 합니다. 제가 생각하기로는 파파의 마마에 對한 矛盾된 氣分이라는 것은 第三者—이런 問題에는 子息인 저희들도 第三者입니다.— 에게는 알 수 없지 않습니까? 파파와 마마 사이에서 그냥 쉬-쉬-하고 通한다면 그것으로 足하지 않는지요. 卽 이 世上에서 오랫동안 살아온 夫婦라는 것은 이러한 理由를 빼버린 "쉬-,쉬-."로서 맺어져 있다고 보는데요. 그리고 파파가 "父母-"하고 複數形으로 부르다가 唐慌해서 마마에게…., 하고 單數로 고쳐 말씀하신 것은 良心的이고 훌륭하셨어요.」

「父母를 嘲弄하는군. 좋을 대로 생각 하려무나, 다까오(孝雄)!. 兩親의 쎅스 關係를 눈앞에서 조잘대는 것, 단테-의 地獄編에도 쓰여 있지 않은 惡德이야. 末世의 徵候다, 恨스럽군.」

사또꼬(里子)는 只今까지 부드러운 微笑를 띠우고 起伏이 甚한 父子間의 對話를 듣고 있었다. 그런데 그 微笑 가운데 새겨져 있는 것은 아내로서도 아니고 어머니로서도, 主婦로서도 아닌 하나의 女性으로서의 存在를 나타내는 그런 것이었다. 視線은 몸 가까이의 男便이나 子息에게 차례차례로 向해지고 있었으나 그러나 實際로 쫓고 있는 것은 그들의 背後 먼 곳에 있는 도깨비 같은, 形體도 分明히 알 수 없는 무언가 別個의 것이었다.

「마마…, 마마는 파파의 告白에 對하여 무언가 辨明은 없으십니까?.」

사또꼬(里子)는 그때 다까오(孝雄)의 얼굴을 바라보고 있었으나 아무런 反應도 없이 언제나의 그 밝은 微笑만을 띠우고만 있었다. 그리고선 若干 사이를 두고서 꿈에서라도 깨어난 것처럼 눈을 깜빡거리면서,

「그건 너무 어려운 質問이구나. 마마의 마음속에는 納得이 가는듯한 이야기이지만 말로서 表現하기란 不可能 하구나……. 억지로라도 說明하자면 世上에서 흔히들 하는 이야기다만 때때로 바람을 피우지 않고서는 못 배기는 困難한 性質의 한 사람의 餘分의 子息을 안고 있는 것 같은 氣分이라고나 할까. ……, 그런데 파파가 失敗하고선 입만으로 내게 빌었지만 內心 나 때문이라고 생각하고 계시겠지 ㅡ. 그런 固執투성이를 가득 품고 있는 듯한 파파의 氣分이 도리어 나를 沈着하게 해 주었다. 다까오(孝雄)에게는 一生 이러한 비뚤어진 心理란 理解 될 理가 없겠지. 一生동안 모르고 지내기를 바란다.」

그때 이층 廊下에서 발자국 소리가 들리더니 잠옷만을 걸친 지로(次郞)가 居室에 얼굴을 내 밀었다. 머리를 스포츠型으로 깎고 키는 다까오(孝雄) 程度 이지만 해말쑥한 느낌으로 튼튼한 곳이 없어 보인다. 그러나 끈기 있고 恰悧한듯한 모습이다. 이 막둥이가 大學 一學年으로 하나 더 只今 二層에서 자고 있는 다마꼬(珠子)가 大學 二年生이다. 卽 다마꼬(珠子)와 지로(次朗)는 年年生이다. 그 때문인지 늘 다투기를 잘 하지만 特別히 사이도 좋다. 自己의 利益을 빼앗기지 않으려고 아까까지는 싸우고 있었는데도 얼른 사이좋게 結束하여 兩親이나 兄에게 對抗한다. ㅡ 먼저 職場人이 되어 月給을 받거든 千 円씩 용돈을

달라고 한 다까오(孝雄)에 對한 決議文등이 그 一例이다.

지로(次朗)는 아직도 잠이 덜 깬 듯 벙벙한 얼굴로 一座의 얼굴들을 휘 둘러 보고 있다가 아무 말 없이 食堂으로 가서 冷藏庫에서 사과를 꺼내어 잠옷에 쓱쓱 문지르고선 한입 베어 물고 居室로 되돌아왔다.

「너무 시끄러워 잠을 잘 수가 있어야지. 몇 時인 줄이나 아세요. 두時 半이에요. 마마라는 분이 이런 境遇없는 흉내를 내어도 괜찮으세요?」

「未安해라, 安眠을 妨害해서…. 다까오(孝雄)의 卒業 祝賀로 祝賀酒를 마시려던 것이 이야기가 튀어나와 이렇게 늦어지고 말았지 뭐니.」

이렇게 말하면서 사또꼬(里子)는 준헤이(淳平)의 빈 컵을 지로(次朗)에게 돌리고서 위스키를 따라 주었다. 지로(次朗)는 이것에 물을 타서 단숨에 마셔버렸다.

「每日같이 얼굴을 맞대고 있으면서 뭐가 그렇게 이야기 할 게 있습니까?」

「오늘은 파파와 마마가 어떤 因緣으로 戀愛를 하고 夫婦가 되어 家庭을 꾸미게 되었나, 그 이야기를 들려주셨단다. 이것은 大學을 卒業한 어른만이 들을 수 있는 이야기로 너희들에겐 아직 일러…. 但只 마마는 勿論 파파에게 있어서는 우리들이 慾心이 나서가 아니라 마마를 熱心히 사랑하고 있는 중 附隨的으로 나 나, 너나, 다마꼬(珠子)가 태어났단다. 우리들을 불려 온 客이라고 하신다.」

「男子란 다 그런 것 같아. 그러한 兄이나, 나도 마찬가지겠지만 分明 責任感도 없이 차례차례로 애를 낳게 되겠죠.」

「무서운 녀석이 나타났구나. 더구나 녀석은 막내둥이로 개나 고양이의 몸에 比하면 꼬리에 該當하는 부분이므로 괴로움이 뭔지, 있는지 없는지 알지도 못하는 녀석이지만.」

「兄님이야말로 幼稚해요. 전 파파와 마마의 人間製造 技術이 熟練되었을 때 만들어진 完璧한 앱니다. 兄님같은 未熟한 粗製의 보잘것없는 作者와는 人間의 質이 全然틀려요. 그렇죠, 마마. 그렇지 않으세요?.」

준헤이(淳平)는 怒한 듯한 큰 소리로, 한편 사또꼬(里子)가 앉아있는 테이블위에 굵은 손가락 끝을 물에 담가 半圓을 긋고,

「只今부터 안쪽은 오프·리미트(出入禁止＝Off·Limit)다. 그래서 우리가 무엇을 떠들어도 圓의 바깥에 있는 마마에게는 一言半句도 들리지 않는 것이다. 이것은 嚴正한 國際條約이다. 자. 그런데 지로(次朗) 넌 겨우 잠들고 있었는데 우리들의 이야기소리에 일어나서 火를 내는 것은 當然하다만, 그래도 마마와 내게 對하여 若干 甚한 말을 했다. 나는 어느 사이에 나이를 먹어 참을성이 강하게 된데 對하여 놀라고 있다. 난 大學時節에 柔道 三段이었다. 생파같이 새파란 네게 肉體的인 罰을 加하는 것은 요즈음에 있어서도 식은 죽 먹듯 쉬운 일이겠으나 元肅하게 紳士가 된 只今 그런 짓은 하지 않아. ……그리고 너의 發言精神은 꼭 不純한 動機에서가 아니라는 것도 알고 있으니까…….」

「그래요, 파파. 이 世上도 저의 意見에 贊成하겠죠. 옛날의 그 이로하가르타(歌留多)【이로하 47字와 경(京)으로 文句가 始作되는 48장의 읽는 패와 그에 해당하는 48장의 그림 패로 된 놀이딱지, 화투 等等＝총령의 기 六】"하고 노래했어요. 長男이란 것은 大槪 人間이 멍청해 있다 구요. 전 이것을 兩親께서 젊으셔서 人間製造의 技術이 未熟했던 關係라고 생각합니다.」

「건방지게 굴지 마. 지로(次朗) 子息, 너의 意見은 醫學的으로 아무런 根據도 없어. 그런데 우리는 다까오(孝雄)와 다마꼬(珠子) 一男 一女가 태어났기에 子息을 더 낳으려 하지 않았다. 只今 世上에는 子息들이 8名이나 10 名 程度 있다고 해도 父母들이 늙은 後 父母들을 돌보아 줄 거라고 期待할 수 없는 거야. 그것이 若干 怠慢해진 사이에 또다시 한 子息이 태어났던 거야. 그게 바로 너다. 지로(次朗)라는 平凡한 이름을 붙인 것도 난 無意識的으로 너의 出生을 歡迎하지 않았기 때문인지도 몰라.」

하니까 오프·리미트의 圓 外側에 있으면서 男子들의 이야기 소리가 一言半句도 들리지 않으리라 約束했을 사또꼬(里子)가 맨 처음 자지러 들 듯이 웃었다. 따라서 모두가 웃고 말았다. 痛烈한 어퍼컷(Uppercut)을 먹은 지로(次朗)까지도 머리를 흔들며 "후-후-후—"하고 苦笑했다.

「쳇 - 파파라고 子息의 人權을 맨흙발로 짓뭉개 버리듯이 말씀 하시는군요. 無知莫知한 사람이로 군요.」

지로(次朗)는 무언가를 중얼거리며 食堂으로 들어갔다.

「여보, 그렇게 말씀하시면 弄談이라 알고는 있겠지만 지로(次朗)가 너무 불쌍하지 않으세요?」
「오프·리미트氏는 잠자코 계세요. 마마, 그 子息이 우리들의 精神을 빼앗아 버리는 것 같은 말을 例事(例常事)로 해 치우는 것은 막내둥이로서 마마의 寢臺에서는 勿論이고 나나 다마꼬(珠子)에게서 까지 사랑을 받았기에 뭐가 뭔지도 모르는 어리광둥이로 자랐기 때문이에요.」
그 어리광둥이가 밥공기에 밥을 가뜩 담고 그 위에 다꾸앙과 고기포를 올려놓아 兩手에 받쳐들고 귀에 젓가락을 끼우고서 居室로 되돌아왔다.
다까오(孝雄)는 어처구니가 없는 듯이,
「지로(次朗), 너 한밤중에 밥을 먹으려고?」
「응, 난 火가 나면 나도 모르게 밥이 먹고 싶어져요. 이런 때의 밥맛이란 別味거든요.」
「얼마든지 먹어라. 할 수 없는 애로구나, 넌.」
누구도 눈치를 채지 못했으나 지로(次朗)의 야릇한 모습을 바라보고 있던 오프·리미트 圈外의 사또꼬의 눈에는 뿌리 깊은 愛情의 빛이 조용히 담겨 있었다.
또한 只今까지도 매우 切迫한 話題가 父子間에 건네지고 있었으나 그것 때문에 氣分이 언짢아 졌다고는 생각할 수도 없고 또한 室內의 雰圍氣도 濁해지지 않은 것은 家族들 모두가 어떤 話題를 끌어 들이더라도 어떤 限界線에서 脫線되지 않는 教養과 知慧와 好奇心을 갖추고 있기 때문이다.

지로(次朗)는 모두가 어처구니없이 쳐다보는 가운데 밥을 먹고 있다가 갑자기 생각이 난 듯이,

「아―, 兄, 오늘 저녁때쯤 무까이(向井) 兄에게서 電話가 왔어요. 어디에 갔느냐고요.…… 그런데 마마가 힘 드려 祝賀의 맛있는 飮食을 차려놓고 기다리고 있는데도 이시다·미에꼬(石田美枝子)라는 學生에게 이끌려 어딘가 호텔에서 食事하러 갔다고 했더니, 무까이(向井) 兄이 "뭐라구, 이시다(石田)와―미에꼬(美枝子)와―. 危險千萬인데, 돌아오거든 兄에게 일러 줘. 自己의 精力을 全部 消耗치 않고서는 사귈 수 없는 계집애에겐 가까이하지 않는 것이 좋을 게라고." 요.」

준헤이(淳平)나 사또꼬(里子)는 눈으로 首肯하였다.

다까오(孝雄)는 若干 눈썹을 치켜 올리면서,

「그렇게 말 하더냐. 그런 것은 自己보다도 몇 百倍나 더 잘 알고 있다지.」

「그러나, 다까오(孝雄). 알고 있다는 것과 實際의 行動과는 相異하다는 것은 人生살이에 흔히 있는 일이므로 무까이(向井) 君의 忠告는 忠告로서 謙虛하게 받아 드리는 것이 좋겠다.」

「응, 받아 드려요. 그 子息 좋은 子息이야. 오늘 送別 파-티에서도 一學年에 入學했을 때 女學生이 壓倒的으로 많은 크라스에 編入되어 노이로제에 걸려서 그 노이로제를 어떻게 하여 克復했는가를 이야기 했는데 모두가 귀를 기우렸어요. 지로(次朗)를 위해서 그 이야기의 復習을 시켜주지.」

다까오(孝雄)는 送別 파-티 때의 무까이·다쓰오(向井達夫)의

이야기를 그때의 雰圍氣를 불러일으키면서 들려주었다. 그것을 듣고 있던 세 사람은 모두 웃었다. 웃음에 있어서 男子와 女子, 年長者와 年少者라는 若干의 差異는 있었으나…….(라고 하는 것은 사또꼬(里子)가 오프·리미트의 國際條約을 깨끗이 지키지 않는 理由도 되겠지만…….)

「이건 같은 이야기지만 나나 지로(次朗)의 硏究題目으로도 될 것 같기에 하나 더 그 녀석의 逸話를 이야기 해주지. 무까이(向井)에게는 特別히 사이가 좋은 걸·후렌드가 있었지요. 어딘가 單科大學 女學生이었어요. 나도 대 여섯 番 茶를 같이 마신적도 있습니다만 무까이(向井)보다 5, 6 Cm 程度 키가 크고 눈에는 짙은 潤氣가 있어 크게 보이는 것이 印象的으로서 普通이 넘는 아가씨였습니다. 昨年 가을이었든가, 무까이(向井)는 그女와 郊外의 山으로 데이트 할 約束을 했더랬어요. 그것을 自己도 모르게 노이로제에 걸려있을 때 따귀를 얻어맞은 T大學의 보트부의 兄에게 이야기했더래요. 그러니까 兄이란 作者가 暫時 동안 생각하더니 "다쓰오(達夫), 나의 經驗에 依한 것이지만 너 말이야, 나갈 때 서포터(Supporter =陸上競技때 샅(국부)를 꽉 조여 매는 팬티 같은 것, 男子專用)를 하고 그 위에 두터운 팬티를 입고 가라. 그렇게 하지 않고 갔다간 相對에게 輕蔑을 받거나 恐怖心을 주게 되고 그 外에도 여러 가지 좋지 않은 일이 일어날지 모르니까……" 무까이(向井)는 事實이군 하고 感心해서 兄이 시키는 대로 그 服裝으로 近郊의 別로 높지도 않은 山으로 가서 그女와 데이트를 했대요. 사타구니에 땀이 흘러 限定된 다리의 움직임이 거북하기 짝이 없었다고 생각되지만, 이것까지가 다쓰오(達夫)의 實話입니다. 即 이와 같은 이야기에요. 그런데, 응, 그렇지, 기무라·겐고(木村鍵五)라는 子息 말입니다. 오늘밤부터 째즈·싱거(Jazz·Singer)로서 一流 나이트·클럽의 舞臺에 나가는 子息이 있다고 했죠. 그 녀석은 他人의 이런 行動을 줄거리로 해서 奇拔한 에로틱한 이야기를 꾸며내는 名手입니다. 以下는 기무라(木村)가 創作한 이야기가 되겠지만, 무까이(向井)와 그女가 어느 언덕 숲속에서 熱이 올라 사랑의 密語를 속삭이면서 서로 氣分좋게 껴안고 풀 위에 뒹굴고 있었대요. 나뭇가지 사이로 太陽빛이 稀微하게 스며들고 周圍는 쥐 죽은 듯이 고요한데 다만 두 사람의 心臟의 토닥거리는 鼓動소리만이 地上에 가득 차 들려오고 있었다 구요. 그때 "탁!" 하는 무딘 소리가 들렸답니다. 무까이(向井)의 서포터의 끈이 끊어진 거에요. "어마, 뭐죠, 只今의 그 소리.―새 우는 소리는 아닌 것 같은데." "소리가 들렸니? 난 아무것도 듣지 못했는데…, 들렸다고." "애들이 고무총으로 새들을 겨누고 있는 것 아닐까?" "危險하니까 나 저곳을 暫間 둘러보고 올 테니까요." 그女는 일어서서 숲속으로 자취를 감추었대요. 그것이 무까이(向井)는 "이 서포터는 高校時節 높이뛰기 選手였을때 샀던 것인데 제멋대로 놀아나는군. 요다음 데이트 할 때에는 새것을 사야지."하고 생각하였답니다. 그때 그곳으로 그女가 돌아와서 무까이(向井)의 곁에 누워 목을 부드럽게 휘감고 속삭였습니다. "아무것도 없었어요. 나무 열매라도 떨어지는 소리였겠죠……. 當身 웃으면 絶交하겠어요. 저- 實은 나의 팬티의 고무 끈이 끊어졌는가하고 照査해 보고 왔어요. 그런데 無事했어요. 結婚式을 올리기 前까지에는 當身에게 若干 警戒할 必要가 있기 때문이에요. 후-후-후-" 그리고서 두 사람은 다시 抱擁을 했답니다. 祝福 있으라.」

이번에도 오프·리미트國의 사또꼬(里子)가 맨 처음으로 웃었다. 몸을 앞뒤로 흔들면서 귀엽다 기보다는 若干 괴로운 듯 했으므로 앨토 音程의 리드미컬한 퍼짐이 온 집안에 가득했다. 男子들도 웃을 때에는 웃었으나 그런 이야기의 核心에 對하여는 親友들 間에도 있는 것으로 感覺이 鈍해져 있었기 때문에 그렇게 큰 소리로 웃지는 않았다.

한편 사또꼬(里子)는 慊然(겸연)쩍다는 테두리를 벗어나 明朗하게 웃으면서도 男子란 이런 낯 간지러운 이야기를 아무런 거리낌도 없이 할 수가 있어서 좋겠다, 하고 머리를 숙이면서 힐끗 부럽다 고 생각하기도 했다. 지로(次朗)는 웃을 만큼 웃고서는 正色을 하면서,

「只今의 서포터 即 男子 貞操帶의 이야기는 兄이나 제겐 흘려 버릴 수 없는 名言입니다. 어느 때가 오면 切實히 느끼게 될 거야. 데이트의 몸 準備로서는 第一條에 該當하는 問題라고 생각합니다. 밝은 곳에서 公公然히 論議될 問題는 아니지만. 兄은 어떻게 생각 하세요……. 응, 마마는 오프·리미트國에 살고 계신다는 것 잊지 마세요.」

「자- 난 어릴 때부터 沈着했고 若干 鈍한 便이며 高校 時節에는 若干 힘겨운 運動을 해서 늘어질 때까지는 참고 견디는 忍耐精神을 닦아 왔으므로 將來 山속으로나 어디에로나 데이트 하러 갈 때 普通의 속옷으로도 염려 없으나 넌 어릴 때부터 장난감이나 菓子라도 가지고 싶은 것을 참지 못하는 性質인데 그 性質을 只今까지도 가지고 있으니까 무까이(向井)兄이 忠告한대로 데이트에는 서포터를 하고 가는 것이 좋다고 생각한다.」
「뭔가 제가 兄보다 한 段階 떨어진 것처럼 이야기 하는군요.」
「비꼬지 마. 요는 氣質 問題야. 넌 나보다 性急하다는 것 뿐이라 구.」
「파파께서는 人生의 經驗이 豊富한 大 先輩로서 어떻게 생각하세요?.」
하고 지로(次朗)는 未練이 깊은 듯한 態度로 준헤이(淳平)에게 물었다.
「글쎄다. 우리는 只今 嚴肅(엄숙)한 人間의 生理에 對하여 討論하고 있는 거다. 프라톤이나 그 弟子들이나 詭辯學派(궤변학파)의 사람들과의 意見을 交換하는 것처럼ㅡ. 그런 前提 下에서 이야기를 繼續하자. 데이트에 서포터를 勸한 무까이(向井)君의 兄이 생각한 것은 一理가 있는 말이긴 하나, 核心이 하나 빠져있다. 動物의 수컷이 암컷을 끌기 위해서 털을 깨끗이 다듬고 아름다운 목소리로 울거나 한다(노래를 부른다). 그러나 人間은 얼마간 敎養을 쌓아온 動物이라는 限界를 벗어나지 못하는 一面을 가지고 있다. 이러한 立場에서는 아무리 깔끔한 아가씨라도 戀人이 말로서 自己에게 사랑을 속삭이고 肉體의 微妙한 움직임으로 自己의 全部를 바라고 있다는 것을 나타내어도 不快하다거나 不潔하다거나 싫다고 느낄 턱이 없다. 假令 태어날 때부터 聖書나 佛典을 읽으며 자라온 아가씨라 할지라도 健全한 生理를 갖추고 있는 限, 숨길 수 없는 事實이다.」

다까오(孝雄)와 지로(次朗)는 感歎과 놀램의 半半으로 꾸밈없이 새로운 次元의 世界를 열어 보이는 父親의 얼굴을 尊敬에 넘치는 視線으로 쳐다보았다. 實際로는 새로운 世界거나 아무것도 아닌, 다만 젊은 女性들도 普通의 知性과 感情과 生理를 具備한 人間에 지나지 않는다는 認識인 것이다. 確實하게 自己 自身의 心身을 드려다 보는 것은 알프스의 高峰을 攻略하는 것보다 困難한 境遇가 많을 것이다. 女性을 最大級으로 讚美하는 詩나 노래나 小說이 世上에 氾濫해 있는 것도 實은 男性의 認識不足에서 基因하는 것이며, 다시 생각해 보면 이 認識不足은 人間의 生活을 豊富하게 하는 하느님의 膳物인지도 모른다.

「파파의 말씀이 틀림없는 것 같이 생각되나 女子란 정말로 그런 것인가요. 疑心스럽습니다. 假令 예를 들어 萬一 제게 戀人이 생겨 相對를 사랑하고 모든 것을 바란다는 肉體的 表現이 나타났을 때 相對便으로부터 "卑劣하군요." 하고 뺨이라도 한 대 얻어맞고 이것으로 끝나는 境遇가 있다면 파파, 責任지시겠습니까?」

「바보 같은 소리하곤. 그런 일로 파파에게 責任을 묻다니, 너 精神薄弱者 같구나. 덤비지 않는 것이 좋아, 덤비지 않는 것이…. 自然스럽게 하는 거야. 나는 그런 主義다.」

하고 다까오(孝雄)는 自己도 操心하는 것처럼 말했다.

「바로 그거다!. 덤비지 않는 거야. 自然스럽제스리. 서포터 云云하는 것은 失手하기 쉬운 根本이야. 萬一 내가 너희들에게 데이트할 때의 服裝에 對하여 質問을 받았다면 "얇은 팬티나 얇은 바지를 입고 가라. 그러는 便이 戀人을 기쁘게 하는데 效果的이다. 旦 男性의 發作이란 놈은 때와 場所를 모르는 놈이므로 데이트 할 때에는 될 수 있는 한 高級 週刊誌나 新聞을 가지고 가라. 電車나 버스 안에서 發作이 일어났을 때에는 이것이 큰 役割을 할 테니까. 週刊誌나 新聞에는 여러 가지 使用方法이 있다는 것을 잊어서는 안 된다." 난 이렇게 말하면서 너희들을 내 보내겠다. 어떻냐, 너희들. 明晳한 頭腦의 所有者인 나를 아버지로 모신 것을 큰 榮光으로 생각 하거라..」

이야기 中途에서 오프·리미트國의 사또꼬(里子)는 킥킥거리며 웃었다. 뭔가 奇拔한 이야기가 튀어 나오지만 이것이 室內의 人生들에게 프러스가 되는지 마이너스가 되는지. 아주 적을는지는 모르겠으나 프러스가 된다! 決코 마이너스는 되지 않는다! 이러한 느낌이 사또꼬(里子)의 全身의 皮膚에 느껴져 왔다. 나이가 第一 어리고 따라서 感傷的인 理想主義에 疲勞하기 쉬운 지로(次朗)만은 아직도 懷疑的 이었다.

「그럴까요? 파파의 생각은 若干 人間 ― 女性 侮辱的인 傾向이 아닐까요?. 職業이 女性의 身體를 째거나 깁거나 하고 있기 때문이에요. 저의 經濟科에는 女學生이 셋 밖에 없으나 모두 品位가 있고 읽고 있는 册으로 말할 것 같으면 샤르트르, 카프카, 프로스트, 포그너 等等 머리가 어지러운 小說들만 읽고 있어요.」

「아니 네가 女性은 純潔한 것이다 고 생각하는 것은 대단히 좋은 일이다. 그러나 同時에 너 自身을 反省해 보고 너 自身 가운데 內在하는 心理的, 生理的인 慾望이나 機能은 송두리째 女性들에게도 存在한다는 것을 잊어서는 안 돼. 우리들의 心理나 生理 가운데는 어느 部分이 프러스, 어느 部分이 마이너스일까, 나누어서 생각하는 것 自體가 틀린 것이다. 物件의 實體라는 것은 빛과 그림자 兩方으로부터 取하지 않으면 아무것도 없는 거야. 좋아, 지로(次朗). 너는 너 대로의 理想主義로서 女性이나 人生을 생각하고 그리고 行動해 나가는 것이다. 他人으로부터 뭐라 解說을 들었어도 體驗을 通하지 않고서는 ― 體驗이라해도 좁고 素朴한 體驗을 意味하는 것이 아니다 ― 自己의 實感 만으로는 되지 않기 때문이다. 캬프카. 샤르트르, 죠이스, 그리고 까뮤 라 했든가- 너의 크라스·메이트의 아가씨들이 읽고 있는 高級 小說類를 大學時節에 나도 얼마간 읽은 記憶이 있다만 내가 얻은 보잘것없는 하나의 結論은 人間이란 것은 男子건 女子건 빛을 받는데서, 그림자를 끄는데서 醜하다거나 훌륭하다거나 하게 보인다는 것이다.」

준헤이(淳平)의 제법 틀이 잡힌 새로운 論理로서 서포터論은 健全하고 品位있고 自然스런 곳으로 흘러갔다. 局外者의 사또꼬(里子)가 多情스런 微笑를 띠우면서 몇 번이고 가볍게 고개를 끄덕이고 있는 程度로……. 그런데 어디까지나 懷疑(회의)의 念을 끊어버리지 못하는 지로(次朗)가 未練있는 듯이 自己도 모르게 發言한 것이 생각지도 못한 一大 騷動을 일으켰다.
이렇게 말했던 것이다.
「글쎄요. 파파가 그렇게 말씀하시니 그런 것 같기도 하지만…, 그러나 제겐 도무지 純眞한 젊은 女性이 熱烈히 愛情이나 欲情을 意味하는 男性의 肉體의 그 部分의 現狀을 自身의 皮膚로서 느끼고 幸福感(?)에 陶醉된다고는 믿을 수가 없습니다. 제가 女子라면 이런 相對를 걷어 차 버리겠어요.」
「지로(次朗), 그런 假定論을 넌센스라 하는 거다. 넌 젊은 男子이지 네가 말하는 純眞한 젊은 女子는 아니지 않느냐.」
「글쎄요……. 요다음 언젠가 다마꼬(珠子) 누나에게 물어 볼거나? 누난 經驗은 없을 테지만 젊은 女性의 心理에는 通해 있을 테니까. 그런데 누난 사납고 品位도 별로 좋다고 할 수 없는, 女子답지 않는 點이 있긴 하지만 생각했던 것을 시원스럽게 이야기 하니까…….」
그 순간 "지로(次朗)!" 하고 火난 목소리가 들리더니 네그리제에 붉은 무늬의 가운을 걸치고 감은 머리를 수건으로 동여맨, 자려할 때 바른 크림 때문인지 이마나 뺨이 번들거리는 모습의 다마꼬(珠子)가 무서운 氣勢로 오른편 廊下의 장지문을 열어젖히면서 居室로 들이 닥쳤다.
「아뿔사-. 들키고 말았군…….」
하고 지로(次朗)는 斷念한 듯이 꼼짝도 하지 않고 兩팔로 머리를 감싸 안은 채 無抵抗의 防禦를 했다. 다마꼬(珠子)는 지로(次朗)의 몸을 덮쳐누르면서 兩손의 불끈 쥔 주먹으로 어깨, 등, 손으로 가린 머리등을 마구 두들겼다. 그녀가 힘껏 때리고 있다는 것은 주먹이 닿는 어깨나 등줄기에서 輕快한 音響이 튀어 나오는 것으로 알 수 있겠다.
「지로(次朗),子息! 사람을 侮辱해도……. 너와 男妹로 태어난 것을 난 一生동안 파파와 마마에게 怨望할 程度다.」
다까오(孝雄)는 팔짱을 낀 채 싱글벙글 웃으면서 앉아있고 준헤이(淳平)와 사또꼬(里子)도 즐거운 表情으로 다마꼬(珠子)의 同生에 對한 行爲를 바라보고 있다—라고 하는 것은 다마꼬(珠子)와 지로(次朗)는 中學生이 되어서도 때때로 서로 한 덩어리가 되어 싸움을 하는 程度로 사이좋은(?) 男妹이기 때문이다.
「아-아얏!, 손가락이 부러진 것 같다. 이런 못난 同生에게 손을 쓴 것이 아까워. 발로 짓밟아 줘도 좋았었는데…….」
다마꼬(珠子)는 이렇게 중얼거리면서 眞짜 손가락이 아픈지 후-후-하고 손을 불면서 사또꼬와 지로(次朗) 사이에 앉았다.
「眞짜 아픈 건 이쪽 이라 구. 腦出血이나 頭蓋骨折(두개골절) 같아. 나중에 파파에게 診察을 받아 봐야 겠어.…… 要는 只今 부스스 일어나 나타난 것이 나빠요. 새벽 세 時 라구요.」
「自己들은 모두 깨어 있으면서…… . 무슨 소리가 나기에 눈을 떠보니 이야기 소리가 시끄럽게 들리지 뭐야. 抗議를 할까하고 내려오니 레이디로서는 차마 듣고 견딜 수 없는 것을 男子 셋이서 떠버리고 있지 않겠어요? 그래서 장지문 밖에 멈칫하고 말았어요.」

다마꼬(珠子)는 마음대로 소금에 절인 고기를 안주로 葡萄酒를 따라 마신다. 火가 나면 무언가 먹고 싶은 氣分이 드는 것은 지로(次朗)와 通하는 것 같다. 只今은 네그리네에 가운, 머리는 수건으로 동여맨 거친 모습을 하고 있지만 上體가 있어 돋보이는 몸맵시다. 얼굴 모습은 다까오(孝雄)와 닮았고 얼굴이 갸름하고 콧날이 날카롭게 서 있지만 조금도 사나운 감이 없고 깔끔한 女子다운 魅力이 豊富하다. 그 魅力은 바람기 있는 男子들의 趣味가 그런데 있는 것과 같이 妖艷한 것이 아니고 말쑥한 아름다움 이었다.

三 男妹 中 只今까지 學校 成績이 第一 좋았다. 더구나 이건 다까오(孝雄)의 크라스 처럼 學校 出席率이 第一 좋은 便이라는 意味로도 通한다.

何如튼 이 男子 둘 女子 하나의 三 男妹는 잘 싸우기도 하지만 사이좋게 자라서 兩親의 키보다 크게 成長해 있다.

「마마, 主婦인 마마께서는 좀 더 잘 하셔야겠어요. 어떻게 해서 우리 집의 男子들을, 아버지도 包含해서 모두 쫓아 내어버리면 어때요. 전 조금도 困難하지않아요……」

「그건 안 돼. 다른 사람은 모르겠다만 파파만은 안 돼. 마마는 파파를 사랑하고 있으니까……」

사또꼬(里子) 로서는 眞摯(진지)하게 弄談 섞인 語調로 말했으므로 모두 웃음을 터트렸다.

「그런데 다마꼬(珠子). 넌 우리 집의 男子들의 이야기가 듣기에 참을 수 없는 卑劣한 말이라고 했지만 마음속으로 듣고 있으면 우리들 女子에겐 想像도 할 수 없는 것들을 率直하게 이야기 한단다. 그 證據로 난 그렇게 부끄럽게 느끼지도 않고서 只今까지 그네들의 Y談을 듣고 있었다는 거다. 지로(次朗)가 마지막에 너를 끌어드린 것은 若干 재미없는 일이었지만서도……」

사또꼬(里子)의 얼굴에는 이런 家庭의 主婦인 것에 滿足하고 있는 듯한 자랑스런 微笑마져 흐르고 있다.

「그건 말이야. 다마꼬(珠子) 누나가 자고 있다고 생각하고 그런 것을 말 했는데 장지문 뒤에 숨어서 듣고 있었으니까 다마꼬(珠子) 누나가 나빠요. 이른바 人間의 背德行爲 中에서 엿 듣는다는 것은 더 욱 더 罪가 무겁다고 생각해요.」

지로(次朗)는 두들겨맞은 분풀이인지 若干 높은 소리로 말했다.

「왜? 그렇게 鈍한 論理를 끄집어내는 거지? 네가 멈춰있는 트럭의 運轉手라 하자. 그런데 自動車 뒤에 애들이 놀고 있는데도 車를 後進시켜 애들에게 큰 傷處를 입힌다. 그러면 너의 論理대로라면 뒤에서 놀고 있던 어린애들이 나빴다.— 고 하는 結論이겠구나.」

「글세. 그렇게 말 한다면 내가 바보 같지만……. 그러나 누난 언제나 形態는 매우 비슷한 것 같기는 하지만, 主要한 대목에서 알맹이를 온통 바꿔버린 混雜스런 例를 들어내어서 나를 찍소리도 못하게 만들어버린단 말이야. 只今의 트럭 이야기도 한 가지 點에서 納得이 가지 않거든. 난 例라는 것을 좋아하지 않아. 그것에 對한 適切한 議論을 해 주면 좋겠는데⋯⋯.」

「女性으로서 시원스럽게 입에 올리지 못하는 問題도 있는 법이야.」

「아- 좋아.」

하고 다까오(孝雄)는 若干 쓴 웃음을 지으면서 兄다운 沈着스런 態度로 말을 꺼내었다.

「다마꼬(珠子)에게 묻겠는데 넌 우리들의 이야기를 엿듣고 선 眞짜로 但只 卑劣하다고 생각 했던 것뿐이냐?. 너의 人生觀에 새로운 프러스 라도 될 만한 것은 아무것도 없었나?. 우린 틀림없이 있을 것이라고 생각하는데⋯⋯.」

다마꼬는 발갛게 되어 얼굴 表情을 흐리면서 도움을 바라는 듯이 사또꼬(里子)의 얼굴을 쳐다보았다.

「마마, 이런 境遇에는 어떻게 對答하는것이 좋아요?.」

「몰라요. 무엇이든 네가 생각한대로 이야기 하면 좋지 않느냐?.」

「좋아요. 그럼 전, 詭辯學派 로지크의 말을 빌려 對答 하겠어요. "否定하지 않는 것은 肯定하는 것이다."— 이 程度로 足하세요?.」

「대단하구먼.⋯⋯何如튼 난 只今 어디서 무엇을 하고 있는지 모르겠으나 將來 다마꼬(珠子) 누나의 男便 될 분에게 忠心으로 無限한 同情을 보냅니다.」

다마꼬(珠子)는 슬쩍 턱을 치켜 올리면서,

「지로(次朗)는 事物을 半쪽面만 생각하니깐 탈이란 말이야. 내가 이러한 健康과 才能과 情熱로서 사랑해 드리는 境遇를 생각 해 봐. 그는 멍청히 强烈한 幸福感에 젖어 卒倒해 버릴는지도 모른다, 얘. 에 헴!.」

「자-, 解散이다. 두 세 時間 지나면 辭讓 없이 오늘 해가 밝아 온다. 그리고 나는 勿論 모두가 各各의 日課를 始作하지 않으면 안 되니까. 다까오(孝雄)의 卒業 祝賀로서는 若干 빗나간 感이 있다고 하지만 內容은 얼마간 價値가 있었다고 본다.」

준헤이(淳平)는 이렇게 말하면서 팔을 마음껏 뻗고 목구멍 저쪽까지 보일 程度로 큰 하품을 했다.

「安寧히 주무세요.」

다까오(孝雄)가 먼저 일어나 二層의 自己 房으로 올라가고 若干 사이를 두고 다마꼬(珠子)와 지로(次朗)가 그 뒤를 따랐다. 二層의 廊下에서 제 各各의 房으로 헤어질 때 다마꼬(珠子)는 작은 목소리로 "지로(次朗)" 하고 불렀다. 티 없는 목소리로 부를 때에는 지로(次朗)에 對한 親愛感을 느낄 때이다.

「왜 그러는데?.」

다마꼬(珠子)는 곁으로 다가와서 지로(次朗)의 귀에다 속삭였다.

「저-말이야 너, 將來 結婚해도 좋다고 생각하는 情熱을 쏟을 수 있는 戀人과 데이트 할 때에는 서포터는 거추장스러우니

必要 없어. 女子란 말 뿐이 아니고 肉體의 表情을 傳하는 것을 결코 不快하게 생각하지 않아. 나의 經驗으로 말하는 것이 아니고 네가 아까 말 했던 것과 같이 現在의 心理를 조금씩 發展시켜 보고서는 이러한 不動의 結論에 到達 했어. 그런데 이건 女性의 重大한 祕密이니까 내가 이렇게 말 하더라고 함부로 퍼트려서는 안 돼. 그렇게 되면 난 이 世上의 女性들에게서 미움을 받고 당장 모가지 일 테니까……. 잘 자라.」
말 할대로 해버리자 다마꼬(珠子)는 지로(次朗)를 슬쩍 밀어 버리고선 自己 房으로 들어가 버렸다.
「체엣- 뭐라꼬-」
지로(次朗)는 錯雜한 氣分으로 혀를 차면서 맨 가운데의 自己 房으로 들어갔다.
아래層에서는 준헤이(淳平)가 化粧室에서 나오니까 사또꼬(里子)는 컵에 반 程度 남아있던 위스키를 마구 마시고 있다.
「어-. 사또꼬(里子). 무슨 바보 같은 흥내를 내고 있는 거야. 치워. 當身 오늘밤의 일들이 모두 不快 했었소?.」
사또꼬(里子)는 컵을 뺏으려는 준헤이(淳平)의 팔을 붙잡고,
「아니에요, 파파. 전 이 世上에 女子로 태어나 當身에게 부풀은 가슴을 싫도록 보이고, 結婚하여 다까오(孝雄), 다마꼬(珠子), 지로(次朗)의 세 子息을 낳아 그 子息들이 나의 肝膽(간담)을 써늘케 하는 말을 普通으로 이야기 할 程度로 자라서……. 누구나 病 하나 없이……. 富者도 가난하지도 않고……, 전 삶의 보람이 있는 女子라고 생각해요. 또한 幕이 完全히

닫쳐진 것도 아니 구요……. 파파, 그 컵 돌려주세요. 전 그것만 마실게요.」

「그런 氣分이라면 실컷 마셔도 좋아. 허리가 비틀리면 내가 부축해 주지.」

사또꼬(里子)는 준헤이(淳平)가 돌려준 컵을 葉茶라도 마시듯이 목구멍 속으로 흘려보냈다. 그리고선 甚한 딸꾹질을 했다. 준헤이(淳平)는 사또꼬(里子)의 등어리를 쓰러 내리면서 사또꼬(里子)의 곁에 꼭 붙어 앉았다.

「當身, 쓸쓸하겠지. 삶의 보람이 있다는 것은 어느 境遇에는 쓸쓸하다는 것과 通하는 거요. 애들이 成長했다는 것은 애들이 우리들의 곁에서 漸漸 멀어져 간다는 것을 意味하니까. 그리고 우리 夫婦의 境遇에도 난 나고 當身은 當身이라는 孤獨感이 차츰 차츰 눈에 띠이게 된다오. 젊었었을 때에는 서로 抱擁을 하거나 애들이 태어나거나 그 애들을 기르거나 하는 것에서 夫婦는 自他의 差別을 別로 느끼지 못하고 多情스럽게 지내고 있지만 人間으로서의 役割이 一旦 끝나면 結婚 前 과같이 너 나의 個性이 되살아 나오는 것이오. 그리고 젊었었을 때와는 다른 寬容과 理解 가운데서 새로운 男子와 女子의 夫婦生活이 營爲되는 것 이오…….」

「그리고 年歲가 위인 파파가 먼저 돌아가시고 전 찔끔 찔끔 울 겠죠. 그리고선 그 젯(祭)날에는 每年 墓 參拜를 하고 꽃을 올리고 물을 뿌리겠죠. "때때로 바람을 피워 마음을 괴롭게 해 주신 할아버지 安寧히."하고 불러도 보면서요. 그리고

165 · 노사까(野坂)집의 사람들

서 언제인가는 저의 呼吸도 딱 멈추고 말겠죠. 살아있는 동안 파파의 半分도 나쁜 일을 했다는 記憶이 없는 전 古木이 부러지는 것 같은 便安한 죽음을 하지 않을까하고 생각해요. 그렇지 못하다면 差引計算이 맞지 않으니까요. 다까오(孝雄), 다마꼬(珠子), 지로(次朗)의 세 애들 中 누가 혼자 남은 제게 第一 親切히 대해 줄까요. 그런 먼 훗날의 일을 只今 걱정하는 것, 바보 같죠?, 여보.」

「쓸데없는 소리. 當身은 내가 먼저 죽는다는 것이 定해져 있는 듯이 말하지만 人間은 나이 順序대로 죽는다곤 定해 있지 않소. 病院長의 夫人이 그런 良識도 없으면 어떡하지.」

「그렇다면 제가 먼저래도 좋아요. 그럼 無情한 當身은 몸을 보살펴 줄 後妻를 맞아 드리겠죠. 너무 젊은 사람을 들인다면 애들과의 사이에 摩擦(마찰)이 생길지도 모르니 보다 適當한 나이의 茶 동무로서 참으세요.」

「異常하구나. 當身에게서 이렇게 듣고 보니 어쩐지 내가 그렇게 될 것 같은 氣分이 들어요. ……사또꼬(里子), 난 當身을 選擇한데 對하여 後悔한 적이 只今까지 한 번도 없었다오.」

「여보, 當身을 사랑해요.」

준헤이(淳平)는 술 氣運으로 흐트러진 사또꼬(里子)를 自己 품안으로 끄러드려 보듬어 안고서 부드럽게 따독거려 주었다.

사랑을 색칠하는 사람들 上 · 166

女 性 素 描

빠른 것은 歲月뿐인 것 같다. 어제같이 느껴졌던 卒業式도 벌써 3個月 程度 지나 버렸다.

四年間 每日같이 얼굴을 마주하고 있던 同級生들은 四方으로 흩어져 消息도 別로 없이 稀微하게 되어 갔다. 일곱 사무라이들은 東京이나 오오사카(大阪)에서나 나고야(名古屋) 等의 大都市에 就職 하였고 女子 學生들 가운데도 會社勤務를 하는 者, 집에서 結婚 修業을 하는 者, 또는 卒業을 기다렸다는 듯이 結婚한 사람도 너 댓 있었다.

女子部의 代表 格인 하야마·가스꼬(葉山和子)는 伯父인 야사끼·쇼지로(矢崎庄二朗)가 經營하고있는 마루노우찌(丸の內)에 있는 K貿易會社의 BG(Business Girl/Office Girl)로서 勤務하게 되었다.

야사끼·쇼지로(矢崎庄二朗)는 부드럽게 보이는 흰 머리에 햇볕에 그을린 潤氣 나는 얼굴로 눈에는 또한 따스한 그리고 타는 듯한 빛을 發하고 있어 二, 三 年만 지나면 還甲인 六

十歲가 되리라고는 생각할 수 없을 程度 精力的인 風貌를 지니고 있다. 그는 처음에는 마음에 드는 조카딸 가스꼬(和子)를 祕書室에 두고 나중에는 祕書室長으로 키워 두려는 속셈이었다. 그런데 가스꼬(和子)가 그것에 反對했던 것이다.

「큰아버지 會社라고 해서 전 特別待遇를 받는 거 싫어요. 제가 조카라는 것도 누구에게도 알리고 싶지 않구요. 저는요, 會社 가운데서도 第一 먼지투성이의 자리에서 일하고 싶어요. 그렇게 하는便이 人生修業이 될 것 같이 생각되거든요..」

「네가 그렇게 願한다면 그렇게 해도 좋아. 그런데 내가 너를 祕書室에 두려했던 것은 너를 귀여워 해주기 爲해서가 아니라 내 눈이 닿는데서 단단히 가르쳐 주려고 생각했던 거다. 그리고 祕書로서의 條件도 어느 程度 갖추고 있고 말이야.」

「美人이겠다, 人品이나 스타일도 괜찮겠다, 頭腦가 敏捷하고요……. 그리고 여긴 貿易會社이니까 英語會話도 할 수 있다는……. 이런 程度니깐 제겐 꼭 알맞겠군요. 큰아버지께서도 相當히 눈이 높으셔.」

「우쭐거리지 마……. 그럼 너의 希望대로 第一 일이 많은 庶務課로 보내주지. 두 서넛 重役들은 너와 나의 關係를 알고 있으나 다른 사람들에게는 새어 나가지 않도록 입을 막아 놓을 테니까……. 庶務課의 구로다(黑田) 課長이란 분은 人品은 훌륭하지만 若干 입이 거센 사람이니까 처음에는 눈물방울이나 흘릴는지 모르겠다.」

「좋아요. 저요, 適當한 찬스를 봐서 課長에게 윙크를 보내어 옴쭉 달싹 못하게 만들어 버릴 테니까요.」

「대단한 녀석을 入社시켰군.」

「그런데요 큰아버지, 한 가지 더 注意말씀 드리겠어요. 아메리카 等地의 雜誌의 漫畫를 보니까 社長이란 分들은 젊은 女秘書에게 大槪 親切하다고 그려져 있어요. 그런 徵候가 조금이라도 보인다면 전 큰어머니에게 卽時로 密告하겠어요.」

「아-, 좋 구 말구. 어디 그렇게 해 보렴. 그리고선 큰어머니한테서 密告料를 짜 내는 거야⋯⋯. 그러나 가스꼬(和子), 난 女子를 싫어하는 이시베·카네요시(石部金吉=木石같은 사나이를 이르는 말)式의 人間은 아니지만 部下 女子에겐 손을 대지 않는다는 것을 鐵則으로 삼고 있다. 윗사람이 이런 行動을 보이면 社風의 混亂의 根源이 될 테니까. 이런 例를 내 周圍에서 얼마든지 보았단다. ⋯⋯그러니까 萬一 내가 女子相對를 하고 싶을 때는 밖에서 하지. 그런데 가스꼬(和子)⋯⋯, 이런 말을 해도 좋은지 어떤지 모르겠다만 난 나이에 比해서 元氣가 旺盛하니까 男子건 女子건 너 같은 또래의 人間은 젖비린내 나는 것같이 느껴져서 어쩔 수 없단다. 이런 나 自身도 그러한 段階를 거쳐 왔으므로 그것에 對해서 별로 輕蔑하는 것은 아니지만⋯⋯. 이와 같은 理由로 女子와 놀고 싶을 때는 中年 女性을 擇하지. 이야기를 하더래도 氣分이 通하고 놀아보아도 相對로서의 그만한 反應이 있으니까….」

「相對로서의 그만한 反應이 있다는 것은 어떤 것이에요, 큰아버지?.」

「프로 野球選手가 小學生이나 中學生을 相對로 野球를 하더래도 異常하다거나 재미있다거나 하지 않다는 거야.」

「저가 언제 큰아버지에게 野球이야기를 여쭈었던가요?… 男子와 女子의 反應 있는 놀음이란 어떤 것을 두고 하시는 말씀인가를 여쭌듯 한데요…..」

「너 또래들은 나이 많은 분들의 이야기에 理由를 달고 나온단 말이야. 언제나…..」

「每事에 注意하지 않으면 안 되니까요. 若干 飛躍的인 말씀입니다만 전 男便의 심부름꾼 같은 結婚生活은 싫어요.」

「그러나 가스꼬(和子), 日本의 社會生活은 아직껏 滿足할만큼 豐足하지를 못해. 그러니까 男子는 콩나물시루 같은 滿員 電車에 쑤셔 박혀 職場엘 나가고 또한 會社에서는 過度하게 일을 하고서 또다시 電車에 쑤셔 넣어져서 돌아온다. 턱 놓인 氣分으로 집으로 돌아오면 그곳에서 形式的인 男女同權으로 어깨를 같이 하려는 마누라가 기다리고 있다─고 한다면 男便의 설 자리가 없어지고 만다. 日本의 社會가 經濟的으로 未熟하다는 것은 女子도 亦是 그 負擔의 一部를 責任지지않으면 안 돼. 具體的으로 말하자면 疲

勞해서 돌아온 書房님에게 自己집 안에서만이라도 大臣처럼 받들어 주지 않으면 안 되는 거야.」

「큰아버지 염려 마세요. 여러 가지 意見을 이야기 하셔도 저는 日本의 現存 社會 環境에서 자라온 女子에요. 저- 윗사람이 部下 女職員에게 손을 대지 않는다는 것은 알겠습니다만 獨身 社員 間의 戀愛나 結婚도 認定하지 않습니까?.」

쇼지로(庄二朗)는 기침을 하고 부드러운 흰 머리칼을 쓰러 올리면서,

「事事件件 말썽 많은 子息이로군. 그런 境遇의 戀愛나 結婚은 認定하지만 社의 規則으로 一旦 結婚한 女性은 職場을 그만두지 않으면 안 되게 되어 있단다.」

「알겠어요. 하나 더 여쭈어 봐도 좋겠죠?. 女性 生理休暇는 認定하고 있습니까?.」

「認定치 않아. 나를 爲始해서 首腦部는 全部 男子뿐 이니까……. 女性의 生理에 關해서는 實感을 느끼지 못하지. 男子들의 二日醉 程度라고만 생각 할 뿐이야.」

「女性에 있어서는 不純物을 흘려버리는 것이겠으나 女性의 生理에 對해서는 理解할 수 없다구요. 利己主義세요, 男子들이란…….」

「그러나 이것이건 저것이건 會社間의 競爭이 甚하므로 社內에서 좋지 못한 社會主義的인 體制를 取하게 되면 戰鬪力이 그만큼 떨어지고 만단다. ……자 그만 떠들자 구나.

오늘은 내가 너에게서 톡톡히 面接試驗을 받았구나, 어리석게도……. 말 해 두지만 네가 只今부터 實社會에 발을 들여 놓으려면 이러한 것에 對해서도 생각해두는 것이 좋으리라 본다. 야! 가스꼬(和子), 우리들 社會의 公私의 人間關係가 完全無缺하다면 이런 社會는 싫증이 나서 살기 귀찮으리라 생각한 적은 없느냐?. 우리들 人生에는 무엇보다도 漫畫的인 "이것은 아까 네가 먼저 얘기 했지만," 一面이 必要하지. 그로데스크(Grotesque＝징그러운 모양) 했다가, 바보도 되었다가, 狡猾하게도 되고 겉치장 꾼도 되었다가, 野蠻스럽게도 되고, 好感도 받거나……, 이러한 가운데를 될 수 있는 대로 才致 있게 헤엄 쳐 나가는 것이 우리들 人生이 살아간다고 하는 것이라고 생각한다.」
「알겠어요, 큰아버지. 그럼 아무쪼록 付託드리겠습니다.」
가스꼬(和子)는 재빨리 말하고서 일어나 鄭重하게 人事를드렸다. 큰아버지에게서 휘말리는 限度를 마음속으로 計算하고 있는 것이다.―그 面接(?)이 있었던 것은 卒業式 前의 2月, 門밖에는 찬바람이 불고 있었으나 社長室은 小春 緩和와 같이 따뜻했다. 가스꼬(和子)는 學校에서 돌아오는 길에 會社에 들렀던 것이다. 登校할때 입는 검정色 쉐타에 붉은 色의 가죽잠바, 검정 타이트·스커트, 그리고 흰 털양말을 신고 있었다. 드러내어놓은 정강이는 찬바람을 쐬인 탓인지 皮膚가 붉게 거칠어져 있고, 쇼지로(庄二朗)의 눈에는 이것이 도리어 素朴한 젊디젊은 魅力을 느끼게 했다.

「어-, 좀 기다리거라.」

하고 쇼지로(庄二朗)는 入口의 도어를 열고 있는 가스꼬(和子)를 본 자리에 불러 앉히고,

「…에-, 會社 外事部에서는 英語에 能通한 사람을 求하는 中인데 너의 同級生 中에 그런 사람 없겠나?. 且 男子라야만 한다. 外國人을 接하거나 外國에 出張을 가거나 해야 되므로 키가 크고 맵시가 좋은 靑年이 아니면 困難하지만……」

「있어요, 큰아버지. 아사누마·이찌로(淺沼一郎)라는, 얼굴에는 여드름 흔적이 있어 美男子라고는 할 수 없으나 키가 훤칠하고 全體의 느낌이 말쑥해요. 큰아버지의 注文에 꼭 맞아요.」

「要點인 英語에는 염려 없겠으나 떠도는 所聞에 依하면 너의 크라스에선 좋은 成籍은 전부 女學生이 차지했다는 所聞이든데.」

「그건 男學生들이 怠慢했기 때문이지만 한편 그들은 다른 人生 工夫를 해왔기 때문이에요. 女學生이 成績이 좋다는 것은 缺席이 없고 豫習을 하기 때문에 成績 卽 人生의 값어치라고는 할 수 없어요.」

「自己 謙遜의 말이로군.」

「저희들 四學年에서는 英文學 時間에 에마손의 論文集을 가르쳤는데 意味가 曖昧한곳에 이르면 先生님께서 "아사누마(淺沼)君은 이 대목을 어떻게 解析하나."하고 묻는 때

가 종종 있었어요. 그때엔 아사누마(淺沼)君은 눈을 내리깔고 서는 先生님과 다른 自身의 意見을 말하지만 그의 意見이 正當한 때도 제법 많았어요. 더군다나 아사누마(淺沼)君은 英語 會話를 하는 쪽이 讀解力 以上으로 能熟해요. 中學에서 高校까지 外國人의 家庭에서 住居를 같이하면서 아르바이트를 해 왔어요.」

「흠, 좋은 말을 해 주었다. 난 學生인 아사누마(淺沼)君에게 서슴없이 自己의 疑問을 묻는 그 英語先生의 하는 폼이 마음에 들었다. 姓銜(성함)이 뭐라 하는 분이시냐?.」

「이시가미·히데쓰케(石上英助) 教授님.」

「아- 그이라면 알고 있다. 난 그 教授님이 飜譯한 것을 읽은 記憶이 난다. 디켄스 든가 삿카레- 든가 오래된 英國의 小說을 그의 飜譯으로 읽은 記憶이 난다.」

「큰아버지, 디켄스 같은 거 좋아 하세요?. 비꼬는듯 알기 쉽고 유머스러한, 若干 意地가 비뚤어진 것 같은 버릇, 따스한 곳도 있어요……. 어마, 그의 小說의 特徵을 드러내어 놓고 보니까 큰아버지의 人品 비슷하게 되어 버렸네요. 그건 "데이빗드·캇파휠드"였든가 "莊嚴한 遺産". 이었든가 조카에게 많은 용돈을 준 콧수염이 若干 異常한 아저씨가 나오지요.」

「음, 콧수염이라……, 異常한 아저씨라……, 어- 어떤 作品 이었든가 읽은 지 너무 오래 되어서……. 暫間 나의 記憶力에는 自身이 있으니까 곧 생각이 날거다.」

무엇을 생각해 낼 때의 버릇으로 쇼지로(庄二朗)가 한쪽 귀를 붙들고 記憶의 실마리를 찾으려고 하는 모습을 보고서 가스꼬(和子)는 저도 모르게 웃음을 터트렸다.

「큰아버지, 괴롭혀서 未安하네요. 저의 이야기의 포인트는 "콧수염⋯⋯" 그런 것이 아니라 "조카에게 용돈을 잘 주는⋯⋯"라는 곳에 있어요.」

쇼지로(庄二朗)는 테이블을 쾅하고 두드리며 火가 나는 것처럼,

「이 子息, 어른을 놀리다니⋯⋯. 네겐 第一 낮은 月給밖에 줄 수 없어.」

「火내지 마세요. 전 어느 册에서 社長이라든가 重役이라는 사람은 늘 部下에게서 굽실거리는 말만 들어왔기 때문에 이따금씩 생각했던 것을 털어 내어놓는 사람이 있으면 도리어 기뻐한다고 읽은 記憶이 있기에 정말인가 아닌가 한 번 試驗해 본 것뿐이세요.」

「그건 너의 말 그대로다. 아메리카 映畫 등을 보고 있으면 部下社員이 社長 테이블 끝에 걸터앉아 社長을 내려다보는 位置에서 社長과 이야기하는 場面이 잘 나오지. 그건 좀 지나친 것이라고 생각되나 그러나 난 社員이 우물쭈물 하지 않고 自己의 意見을 重役들에게 말 할 수 있는 社風을 만들어야 한다고 마음속에서는 생각하고 있다. 그러는 한편, 그때그때의 境遇에 따라 獨裁主義的인 方法이 會社로서의 成功率이 높은 境遇도 있지만⋯⋯. 何如間 아사누

마·이찌로(淺沼一郞)라는 靑年을 한번 會社로 面接次 데리고 오너라.」

「合格되면 그 親舊에게 좋은 給料를 주세요. 待遇가 別로 좋지 않은 英字新聞社에 겨우 就職이 되었다고 두털거렸었는데 여기서 일 하라고 한다면 그 親舊 틀림없이 좋아할 거 에요. 安寧히 계세요, 큰아버지.」

「음, 잘 가거라.」

가스꼬(和子)는 一旦 門 밖으로 나왔다가 다시 얼굴을 들이밀고 서는,

「저-, 큰아버지. 다음 날 저의 卒業 祝賀에는 정말로 가볍고 작은 物件이래도 좋아요. 第一 가벼우면서도 貴重한 것은 紙幣인지도 모르겠네요. 한 番 더 安寧히 계세요.」

「저-, 子息 좀 봐.」

이런 일이 있은 後, 하야마·가스꼬(葉山和子)와 아사누마·이찌로(淺沼一郞)는 K 貿易會社에 勤務하게 되었다. 때때로 會社 內에서 얼굴을 마주치면 "야ㅡ"하고 人事를 할 뿐, 두 사람의 사이에는 別다른 友情이 생겨났다는 것은 아니다. 아니 그렇게 되고 보니 가스꼬(和子)로서는 아사누마·이찌로(淺沼一郞)에게는 어딘가 陰沈한 그림자가 서려 있는 듯한 氣分이 들어 별로 親하고 싶은 마음이 들지 않는 타입이었다.

4月도 끝나는 어느 날 쉬는 時間 가스꼬(和子)는 會社 地下食堂에서 點心을 먹고 御殿廣場에서 좀 쉴까하고 나가려는

데 會社 入口 近處에서 아사누마(淺沼)가 불렀다.

「하야마(葉山)君, 너와 좀 相議할 일이 있는데.」

「내게? 會社일? 프라이비트(Private＝私的인, 個人的인)한 일?」

「응, 프라이비트 한 거야. 男子가 同窓의 女子에게 相談相對가 되어 달라는 것, 쑥스럽게 도 생각되어 實은 노사까(野坂)의 知慧를 빌릴까도 생각 했으나 네가 가까이 있고 한편 그 일에 對해서는 女性의 意見이 좋을 성도 싶기에 于先 너에게 付託하는거다.」

「어려운 일?」

「응, 어려운 일이야, 적어도 우리들에겐…….」

「우리들-?.」

「응.」

「그럼 노사까(野坂)君에게도 좀 와 달라고 해요. 난 다른 사람과 深刻한 問題로 相議해서 거기에 適切한 對答을 할 自信이 없으니까. 그에게 電話 해서 오늘밤 셋이서 食事라도 하면서 이야기 하는 게 어때.」

「그렇게 해주면 고맙지 뭐냐. 場所와 時間은 뒤에 알려줘.」

그날 밤 6 時頃 하야마·가스꼬(葉山和子), 노사까·다까오(野坂孝雄), 그리고 아사누마·이찌로(淺沼一郎) 셋이서 니시긴좌(西銀座)의 大衆食堂에서 食事를 했다. 노사까(野坂)와 아사누마(淺沼)는 麥酒를 작은 瓶으로 한 瓶씩 마셨다.

「이렇게 오래간만에 얼굴을 待하고 보니까 모두 若干씩 어른 냄새가 나는데. 服裝이 달라졌기 때문인지는 모르겠으나….」

이렇게 말하는 노사까(野坂)는 검은 바지에 色이 매우 엷은 검은 천에 흰 무늬가 있는 上衣, 아사누마(淺沼)는 若干 번쩍이는 회색천의 上下, 두 사람 다 같은 색깔의 넥타이를 端正히 매어 三角形으로 돋아나 보였다. 매는 法이 요즈음의 流行인 스타일이다. 가스꼬(和子)는 붉은 色깔의 上衣에 灰色 브라우스를 받쳐 입고 밤색의 격자모양의 스커트를 입고 있다. 홀 가운데는 勤務가 끝나 歸家하는 젊은 男女나 家族 그룹으로 꽤나 붐비고 있어 入口에서 안을 드려다 보고선 斷念하고 돌아서는 사람들도 있었다.

「相議할 게 있다고 했는데? 아사누마(淺沼)氏, 學生때의 氣分으로 單刀直入式으로 얘기하자 구요. 내 直感으로는 當身의 걱정꺼리란 女子問題라 생각되네요.」

「….實은 바로 그거야.」

「뭐야, 짜-아식. 女子問題 程度를 혼자서 解決못하다니, 두 사람의 女子와 三角關係에 놓여있다. 난 어떻게 하면 좋으냐?….그런 것이라면 未安하지만 相議할 수 없어, 그렇지? 하야마(葉山)?.」

「그런 것은 아닌 것 같아, 노사까(野坂)氏…. 이렇게 말하면 어떨지 모르겠으나 난 學校 時節부터 아사누마(淺沼)氏에게 무언가 근심을 품고 있는 듯한 어두운 그림자를 느꼈다 구. 어떤 일이니, 아사누마(淺沼)氏?」

아사누마(淺沼)는 담배를 꺼내어(담배갑 속엔 한가치 밖에 남지 않은 것이 무언가 서먹서먹한 느낌을 주었다.)온통 自身을 保護하는 듯한 態度로 아까운 듯이 피우면서.

「난 大學 二學年때부터 한 살 아래인 短大의 女學生과 同居했단다. 雙方의 父母들은 우리들의 結婚을 認定해주지 않고 學費 送金도 끊어 버렸단다. 에이꼬(榮子)—기무라·에이꼬(木村榮子)라 한다.-의 母親은 父親 몰래 가끔 용돈을 부쳐오고 난 外國小說의 飜譯(번역)을 맡아 하면서 조금도 窮色한 티를 보이지 않고 지내 왔단다. 그런데 그 에이꼬(榮子)가 姙娠을 해서 벌써 九個月째, 來日이래도 出産을 할 것 같다. 그런데 난 只今의 會社에 하야마(葉山)가 이끌어 줘서 대단히 좋은 條件으로 入社했으나 履歷書에는 獨身이라 적혀 있으며, 特히 아이가 태어나면 會社에 거짓말을 한 셈이 되어 그것도 마음에 걸린단. 설마하니 모가지까지야 떨어지지는 않겠지만……. 그것보다 어린애야. 어린애!. 나의 피를 받은 어린 生命이 이 世上에 태어난다. 약 三, 四個月 前부터 에이꼬(榮子)는 가끔 나의 손을 배위에 올려놓으면서 새로운 生命의 胎動과 그것에 따르는 責任을 일깨워주는 거야.」

다까오(孝雄)는 若干 鄭重한 語調로,

「生活이 安定되기 前에는 어린애를 만들지 않았어야 하는 거 아닌가. 只今 새삼스럽게 이야기할 건 아니지만.」

「우리도 그 點을 생각했던 거야. 그러나 두 사람 모두 집에서 쫓겨나 있기 때문에 마음이 變해서 애를 낳기로 했단다. 에이꼬(榮子)가 몹시도 그것을 主張했지. 萬一 내가 反對한다면 나와 헤어져서라도 애를 낳겠다고 까지 하는구나.」

아사누마(淺沼)는 無意識中에 歎息을 吐했다.

「當身 夫人의 氣分, 알 것 같애. 周圍에서 挽留할수록 自己로선 自身의 存在를 한층 더 確實한 것으로 하고 싶다는 것 일 거야, 꼭……」

「그렇지만 어린애마저 태어난다면 나의 履歷만해도 會社側에 숨겨 둘 수도 없고 이건 課長님의 이야기지만 九月쯤 난 아메리카에 出張, 한 三個月間 駐在될 것 같애. 그런 境遇 內緣의 妻에게 月給이 傳해질까 어떨까……. 何如튼 에이꼬(榮子)와 둘이서 얼굴을 맞대고 議論해 봐야 언제나 다람쥐 체 바퀴만 돌뿐 시원한 結論이 나오지를 않아. 그래서 너희들의 머리를 빌리려는 거야. 知慧를 빌리는 것도 그렇다 만 第 三者의 가슴속에 품고 있는 생각을 들려 주는 것만으로도 난 自信이 생겨 새로운 힘이 생겨나리라고 생각한단다.」

「그거야 그럴 수밖에 없었겠군. 事實 우리들 學校 時節 일찌감치 부터 너의 뒤에는 그 어떤 그림자가 덥혀 있다는 印象을 받았으나 오늘 처음으로 그 理由를 알았다. ……會社의 履歷에 對한 件은 가스짱에게 付託하면 되겠고, 夫人

이 九個月쯤이라 했지. 우리 病院에서 낳아도 좋아. 父親은 外科醫師지만 助產婦의 免許를 가지고 있는 看護師도 있으며 入院料도 있을 때 支拂하면 되니까⋯⋯.」

「좋아요, 아사누마(淺沼)氏. 會社 件에 對해서는 제가 멋들어지게 解決 해 놓겠어. 當身의 夫人으로서의 事實을 認定 받을 수 있게끔⋯⋯.」

「고마워! 고마워!. 너희들에게 털어놓은 것만으로도 오랫동안 막혀있던 가슴이 탁 트이는 氣分이다. 고마워, 정말!.」

아사누마(淺沼)는 가스꼬(和子)와 다까오(孝雄)의 손을 번갈아 가며 꼭꼭 쥐었다. 쥐고있는 손등에 눈물이 한 방울 두 방울 방울되어 떨어졌다.

「저- 아사누마(淺沼)氏, 나, 에이꼬(榮子)氏와 한 번 만나보고 싶어요. 困難한 環境에서도 어떻게 해서라도 아기를 낳아야겠다는 그 당찬 마음에 끌려 버렸지 뭐야. 只今부터 곧 바로 當身의 家庭을 訪問하고 싶어 요⋯⋯.」

「집에⋯⋯. 에이꼬(榮子) 子息 얼마나 기뻐할까? 센다까오까(千駄ケ谷)에 있는 아파트에 살고 있으니 바로 電話해야겠다.」

아사누마(淺沼)는 일찍이 보지 못했던 밝은 表情으로 電話臺 앞에 섰다.

세 사람은 食堂을 나오자 택시를 잡아타고 아사누마(淺沼)의 아파트로 向했다. 옛날에는 제법 모양새 있는 建物이었다고 생각되는 木造 모르타르組의 三層 아파트로서 只今은 모르타르는 退色해 버렸고 房마다 房 앞에 만들어 놓은 발코니에는 고무장화 우산 등이 올려 져 있어 아파트 全體에 庶民의 生活 雰圍氣가 짙어 보였다.
아사누마(淺沼)의 房은 이층에 있어 다다미 넉 장 반과 석 장, 두장의 房이 세 개, 또한 부엌과 沐浴湯이 딸려 있고 房마다 若干 빈곳에는 册이 높게 깨끗이 整頓되어 있었다.
대개는 英文學 册들이었다. 좁은 반면 女子의 손길이 닿은 生生한 雰圍氣와 淸潔함이 느껴졌다.
아사누마(淺沼)의 妻 에이꼬(榮子)는 綠色의 원피스 위에 튀어나온 腹部를 감추기라도 하듯 털실로 짠 푹석푹석하게 보이는 쉐-타 같은 것을 입고 있었다.
姙娠 때문인지 얼굴에 血色이 없고 皮膚도 거칠어 있지만 눈이 크고 입술과 귀와 턱이 두터워 沈着하고 餘裕가 있는 모습이었다. 아사누마(淺沼)로부터 電話가 있었기 때문에 入口의 바로 옆 넉 장 반의 房의 테이블 위에는 비스켙을 가득 담은 접시와 과일을 잘게 썰어 담아놓은 접시, 차가운 紅茶를 넣은 주전자와 茶盞이 넷 그리고 물수건이 나란히 놓여 있었다.
簡單한 紹介가 끝나자 에이꼬(榮子)는 찬찬한 語調로,
「이찌로(一郞)에게서 늘 상 이야기를 들어왔기 때문에 두 분과 처음 만난다는 氣分이 들지 않아요. 노사까(野坂)氏에 對해서는 男性으로서의 肉體美가 뛰어났고 性格도 잘 調和되어있다. 난 때때로 그가 부러워 질 때가 있지. 若干

極端的으로 말하자면 노사까(野坂)란 子息은 몸뚱이와 四肢는 잘 發達되어 있는 反面에 머리가 작은데 比해 난 머리만 크고 몸뚱이나 팔다리가 貧弱하단 말씀이야. 이찌로(一郎)는 이렇게 이야기해요. 제가 想像하고있는 그대로의 분이시군요. 노사까(野坂)氏는……」

하야마·가스꼬(葉山和子)는 若干 비꼬는 듯한 微笑를 띠우면서,

「몸뚱이에 比해 머리가 작다는 것은 腦髓(뇌수)가 若干 不足하다는 意味라구요. 노사까(野坂)氏.」

「아, 좋아요. 그 程度의 評價에 滿足 해.」

「氣分 나쁘다고 생각하지 마, 노사까(野坂). 에이꼬(榮子)에게 完璧하게 理解시켜 주려고 그런 極端的인 比喩를 했던 거야.」

「氣分 나빠하긴……. 그런데 하야마(葉山)君에 對한 評價를 아사누마(淺沼)는 當身에게 어떻게 說明하던가요?.」

「萬一 너와 이런 關係가 되지 않았다면 난 모든 知慧와 術策을 다하여 그녀를 所有하기 爲하여 努力했을 거래요.」

에이꼬(榮子)는 생긋생긋 웃으면서 가스꼬(和子)의 얼굴을 똑바로 바라보면서 말했다.

가스꼬(和子)는 코앞에 주먹을 들어 올리면서 노사까(野坂)에게 살짝 눈을 흘기고선,

「야아!, 멋있다. 當身, 只今의 아사누마(淺沼)氏의 제게 對한 評價, 들었어요? 當身에게는 女子를 보는 눈이 없어. 그렇지

않다면 좀 더 저의 꽁무니를 뒤쫓아 다닐 수밖에 없었을 텐데 말씀이야.」

「난 그런 方面에는 腦髓가 不足한 놈이라서 遺憾千萬이로소이다.」

이런 짧은 瞬間에 다까오(孝雄)나 가스꼬(和子)는 自身들이 이 房에 있어서 - 惑은 이 房에 살고 있는 者에게 完全히 未知의 存在가 아니었다는 것을 느꼈다. 다시 말하자면 이 房에 몇 번인가 놀러왔던 氣分이었다. 今方이라도 터질 듯이 불룩해 있는 腹部를 안고 多情스럽게 接待를 해 주고 있는 모습이 두 사람에게 그러한 氣分을 일으키게 한 가장 큰 理由인지도 모르겠다. 아사누마(淺沼)는 셋이서 食事하면서 合議 했던 것— 에이꼬(榮子)의 妻로서의 身分에 關해서는 가스꼬(和子)가 責任지고 會社 側에 首肯이 가도록 納得 시킬 것과 애기는 노사까(野坂)의 父親이 經營하고 있는 病院에 入院하여 낳기로 했다는 것을 들려주었다. 에이꼬(榮子)는 瞬間 瞬間 눈을 빛내면서 기뻐했으나 특히 다까오(孝雄)의 父親의 病院에 入院하는 이야기에는,

「너무 고마워요. 뱃속의 애기가 順調롭게 자라고 있다는 것은 알고 있지만 무엇보다 첫 經驗이기에 이것만은 걱정이에요. 노사까(野坂)氏의 父親, 名醫?.」

「外科 專門이지만 看護師 中에 出産補助員 資格을 가진 者가 있고 近方에 아버지 親舊의 産婦人科도 있으니 염려없어요. 그것보다 只今이라도 늦지 않았으니까 아가의 얼

굴모습이 아사누마(淺沼)가 아니고 當身을 닮도록 祈禱(기도)하십시오. 사내건 계집애건 當身을 닮는 편이 훨씬 보기가 좋을 테니까요.」

「아니에요. 전 몸맵시부터 얼굴모습 하나하나에까지 이찌로(一郞)를 쏙 뺀 애기를 낳고 싶어요. 전 周圍의 여러분들의 反對를 무릅쓰고 아사누마(淺沼)를 사랑하여 아사누마(淺沼)와 잠자리를 같이 했다는 것을 이 애기를 通해서 우리들의 맺음에 反對하는 여러분들께 싫을 程度로 생각키워 주고 싶어요.」

「대단하십니다, 當身은….」

하고 노사까·다까오(野坂孝雄)는 따뜻한 微笑를 보내었다.

「아사누마(淺沼)氏의 方席 役割이 눈에 선히 보이는 것 같네요.」

「반한 女子에 바가지 긁히는 것쯤은 男子건 女子건 人間의 本能이 아니겠나.」

하고 아사누마(淺沼)에 있어선 神奇할 程度의 弄談을 했다. 그리고서 함께 웃은 뒤 가스꼬(和子)는,

「난 에이꼬(榮子)氏와 女子끼리 하고 싶은 이야기가 있으니까 當身들은 暫間 자리를 비켜주지 않을래요?.」

「자리를 비켜 달라고? 이런 좁은 곳에서는 더 以上 갈 곳이 없지 않나?.」

「廊下 저쪽에 共同 토이레가 나란히 있어요. 深刻하게 생각들을 할 때에는 나쁘지 않는 곳이에요. 두 분 모두 그곳에

라도 들어가면…….」

「기막힌 親舊로구먼. 어이 아사누마(淺沼), 何如튼 房에서 나가자꾸나.」

房 안에 둘 만이 되자 하야마·가스꼬(葉山和子)는 배가 불룩해 있기 때문에 七福神을 앉혀 놓은 듯한 모습으로 무거운 듯이 앉아있는 에이꼬(榮子)의 곁으로 다가앉으면서,

「저- 말이에요, 當身에게 付託이 있어요.」

「初面인 저에게……?. 그렇지만 이런 狀態의 제가 무슨 付託을 들어 드릴 수 있겠어요?.」

가스꼬(和子)는 급작스럽게 에이꼬(榮子)의 몸을 얼싸안으면서,

「저요, 當身의 배를 만져보고 싶어요. 벌써 只今쯤이면 애기가 움직이고 있는가 觸覺으로도 알 수 있겠죠? 전 한 번도 애기의 胎動이라는 것을 自身의 感覺으로 經驗 해 본 일이 없어요.」

에이꼬(榮子)는 蒼白한 얼굴에 微笑를 띠우면서,

「아, 그런 付託이라면 只今의 제가 아니고선 들어드릴 수가 없겠군요. 오늘도 저녁때부터는 틀림없이 뱃속에서 어린 生命이 自身의 存在를 뽐내면서 運動을 하고 있어요. 네, 當身의 손을…….」

가스꼬(和子)는 손바닥에 호호하고 입김을 쏘이고서 손수건으로 문지른 後 에이꼬(榮子)에게 내 밀었다. 에이꼬(榮子)는 눈발이 큰 털 쉐타를 걷어 올리고 속옷의 단추를 끄른

다음 무언가 부스럭 거리더니 準備가 다 되었는지 가스꼬(和子)의 손을 끌어당겨 途中의 障碍物 사이로 따뜻한 腹部의 皮膚에 갖다 대었다.
「꼭 누르고 있어요. 그러는 사이에 꿈틀거릴 테니까요.」
하고 에이꼬(榮子)는 즐거운 듯한 語調로 말했다. 가스꼬(和子)는 전 神經을 손바닥에 모으고 있었다. 바로 그때 自己도 모르게 손을 빼내고 싶을 程度의 强한 胎動이 손바닥에 느껴져 왔다. 두 번, 세 번, 네 번,…
「움직인 닷!, 움직이네요! 살아 있어요! 自身의 生存을 只수부터 强하게 主張하고 있습니다. 에이꼬(榮子)氏, 우리들이 女性으로 태어난 것이 너무도 자랑스럽네요. 이런 强한 實存의 感覺이란 男子들은 平生 經驗할 수 없겠죠…. 아-, 아-, 다시 움직이네요. 전, 女子라는 自負心을 强하게 느끼고 있어요.」
가스꼬(和子)는 에이꼬(榮子)의 어깨에 얼굴을 묻고 생각할 사이도 없이 눈물을 흘린다. 에이꼬(榮子)는 腹部에 놓여있는 가스꼬(和子)의 손을 빼내어 兩손으로 감싸 쥐고서 自身의 뺨에다 문지르면서,
「고마워요, 가스꼬(和子)氏. 當身은 同性의 立場에서 나의 肉體的 狀態를 最上의 人事로 稱讚(칭찬)해 주셨어요. 그러나 當身이 그러한 感激을 느끼게 된 것은 배가 불러있는 건 當身이 아니고 나였기 때문이세요. 저의 氣分은 當身이 只수 말씀하신 것과는 다소 틀려요. 뭐랄까, 自身이 原始化 되어,

動物化 되어 무섭다 거나, 기쁘다거나, 슬프다거나 하는 아기자기한 日常의 感情, 그리고 論理를 通한 事故 등을 完全히 잃어버린 本能만이 움직이고 있는 動物의 암컷이란 自覺으로서 身體속이 充實해 있다는 느낌이에요……. 언젠가 當身에게도 알 수 있을 때가 와요.」

가스꼬(和子)는 自身이 無意識中에 醉해있는 感想이 싸늘하게 들쳐 내어진 것 같아 한 瞬間 精神이 활짝 들었다.

「그래도 相關없지 않으세요?. 人間에 潛在해 있는 原始性(元始性)이 되돌아 온 것 같은 狀態라고해도, 亦是 素朴한 實存의 感覺으로서 男子들에게는 永遠토록 맛볼 수 없는 것이라고 생각해요.…… 뱃속에서 活潑하게 움직이고 있는 애기는 벌써 自己의 事故나 感情을 가지고 있을는지 모르겠네요.」

이렇게 말하는 가스꼬(和子)의 눈에는 꿈을 꾸고 있는 듯한 表情이 숨어 있었다. 에이꼬(榮子)는 若干 쓴 웃음을 지으며,

「도깨비같이 불룩해 있는 自身의 몸에 對하여 이런 讚美와 感銘의 말을 듣는 것은 처음이에요. 當身은 아사누마(淺沼)의 말 그대로 따스한 느낌이 드는 분이세요. ……저의 애기가 무엇을 느끼고 있는지 當身, 한 번 더 當身의 손으로 찾아 보세요.」

에이꼬(榮子)는 다시 自身의 服裝을 풀어 헤치고선 가스꼬(和子)의 손을 팽팽한 腹部에 밀어 넣었다.

「알겠어요?」

「모르겠어요.……알 듯한 것은 애기가 하루속히 좀 더 넓은 世上으로 나오고 싶다는 것뿐이에요. 이봐요, 에이꼬(榮子)氏. 새로운 生命을 創造하는 男子와 女子의 行함이란 무엇보다 즐겁고 充實한 것이에요?」

「아이, 當身도. 當身이 좋아요, 가스꼬(和子)氏. 전 두 사람의 交涉을 그렇게 巨創하게 생각한 적이 없어요. 但只 굶주림을 채우는 氣分으로 그런 行動을 했을 뿐이에요. 그와 同居하기 前의 전, 베토벤의 第五交響曲이나 헨델의 오라트리오(聖譚曲), 슈베르트의 未完成交響曲, 쇼팡의 노크단(夜想曲)―그러한 音樂은 듣고만 있어도 몸을 聖水로 씻은 듯한 感動을 느낀 女子學生 이었어요. 그러나 그와 同居하게 된 後부터는 男子와 女子와의 行爲에 보다 더 끌려 들었어요. 더구나 藝術의 感想과 男女의 生活은 결코 矛盾性 있는 것은 아닐지 모르지만……. 전 當身에게 처음으로 이야기 하는 것이지만 그이가 저를 찾는 것 보다 내가 그이의 肉體를 要求하는 때가 훨씬 많을 程度에요. 淫蕩하다고 생각하세요?.」

「아니에요. 當身의 이야기를 듣고 있자니 그런 環境이 되면 저도 그렇게 될 것 같은 氣分이 들어요. 왜냐하면 우리들은 우리 自身들의 뱃속의 둥우리 속에 새로운 生命을 기르지 않으면 안 된다는 것이에요.」

「當身은 率直해서 좋아요. 전 當身에게는 맞지 않은 이야기를 한 것 같아요. 잊어 주세요, 제가 한 말들을⋯⋯.」

「그렇지 않아요. ⋯⋯난 이렇게 堂堂하게 불러있는 배를 만져보기란 이번이 처음이에요. 最高의 感激입니다.」

이렇게 말 하면서 가스꼬(和子)는 팽팽하고 따스한 에이꼬(榮子)의 腹部에 놓인 손바닥을 조금씩 움직이면서,

「熱心히 움직이고 있네요. 只今쯤 애기는 발을 버티고 있는 것 같아⋯⋯. 무겁게 느껴지겠죠? 女子의 뱃속이란 여간 넓은 곳이 아니네요. 여기가 배ㅅ구멍, 여기가 盲腸과 肝臟이 있는 곳⋯⋯. 어머나!, 當身 털이 꽤나 짙군요.」

「싫어요⋯⋯.」

하며 에이꼬(榮子)는 천천히 가스꼬(和子)의 손을 빼내면서,

「그곳만은 이찌로(一郞)의 許可 없이는 女子인 當身일지라도 함부로 손 댈 수 없는 聖地에요.」

「그런가요⋯⋯. 이찌로(一郞)에게 그렇게 말 하겠어요. 當身이 그렇게 말 하더라 구요. 그인 기뻐하겠죠. 꼭⋯⋯.」

둘은 꼭 붙어 앉아 깔깔거리고 웃으면서 아무도 없는데도 낮은 목소리로 속삭이고 있다. 自己들이 女子라는 것을 滿足하고 싶고 자랑하고 싶은 實感에 빠져 들어가면서⋯⋯.

「當身, 노사까(野坂)氏를 좋아하고 있는 것 아니세요?.」

「좋아해요. 그런데 같은 年齡이라는 것과 함께 經濟 狀態等에 關해서도 생각하면 但只 좋아한다는 氣分에만 끌려 들어갈 뿐, 躊躇 되는군요.」

「그런 틀림없는 珠板알만 퉁기고 있다간 누군가에게 그이

를 빼앗기고 말아요……. 그처럼 男子답고 핸섬하지 않아
요? 노리고 있는 사람, 한 두 사람이 아닐는지 모르잖아
요.」
「同級生 中에서도 그런 사람이 있긴 해요.」
가스꼬(和子)의 머릿속에는 이시다·미에꼬(石田美枝子)와 테
니스 선수인 모도키·아끼꼬(元木·明子)의 두 사람의 이메지
가 一瞬 스쳐갔다.
「그런 깔끔한 氣象의 男性은 어느 便인가 하면 차근차근하
게 그림자가 짙은 女子의 魅力에 끌려들기 쉬운 타입 이
에요.」
「그럴까요?.」
이번에는 大學 四 年間 成績에 있어서나 性格에 있어서도
빈틈없이 맞물고 돌아가는 톱니바퀴처럼 對立狀態에 있었던
이시다·미에꼬(石田美枝子)의 眼鏡의 그늘 속에 形體도 알 수
없는 그림자 깊숙한 눈을 번쩍거리고 嬌態가 있고 蒼白한
살결을 한 個性的인 얼굴이 저 멀리에서 急速度로 업(UP)
되어 가스꼬(和子)의 눈동자를 동그랗게 했다. 그리고 그러
한 生生한 魅力에 比하여 自身의 常識的으로 꾸며진 얼굴, 少
女티를 벗지 못한, 말하자면 섹씨한 魅力이 없는 듯한 얼굴에
劣等感을 느껴야만 했다.
萬一 다까오(孝雄)가 미에꼬(美枝子)와 맺어지기라도 한다
면……. 아, 벌써 맺어져 있을는지도 몰라……. 自身에 넘쳐있
는 눈앞의 에이꼬(榮子)처럼 自身도 人生을 어느 한때에는

支拂해야 하는 것으로 생각하고 두 번 다시 돌아오지 않는 靑春의 情熱을 불태워 본다면…‥.

에이꼬(榮子)는 무거운 몸을 不便스럽게 일으켜 부엌으로 가서 미지근한 물수건을 가지고 와서 自己 몸을 어루만졌던 가스꼬(和子)의 손을 닦아 주었다. 아무것도 아닌 것 같으나 마음을 쓰고 있는 것이다.

「닦지 않아도 좋아요. 애기의 胎動의 感覺을 오래오래 손바닥에 남겨놓고 싶어요.」

「가스꼬(和子)氏, 父親께서는 무슨 일을 하고 계세요?.」

「鐵鑛會社의 部長이세요. 月給은 十六, 七萬円 程度일까요. 아이들은 내가 長女, 아래로 高校生인 女同生이 하나 있어요. 그리고 어머니. 젊은 家政婦도 한 사람 있죠.」

「그럼 生活에는 困難함이 없겠군요.」

「그렇지도 못한 것 같아요. 우리들의 學費와 그 外에도 쓰일 곳이 많고 交際費도 있어야 하며 나와 同生의 結婚 費用, 自己들의 老後 養老費도 貯蓄하지 않으면 안 되니까요. 月末이오면 어머니는 머리가 아플 程度로 쥐어짜고 있어요. 當身宅은?.」

「故鄕은 오오쓰(大津)市, 父親은 材木商을 하고 있어요. 固執不通으로 단단하긴 말할 것도 없으며, 馬車馬처럼 일 하는데서 生의 보람을 느끼는 人間이에요. 어머니는 "아버지는 돈도 얼마만큼 있으니까 여느 사람들처럼 女 道樂 程度는 하셔도 괜찮으니 若干 平凡한 生活을 하시면 좋겠구나"하고 짜증을 내세요. 짜증이란 여간 深刻한 氣分이 아니죠. 父親은 손님이라도 오면 "난 女子란 이 여편네밖에 모른다 네"하고 自慢에 가득 찬 이야기를 자랑스럽게 말하지만 어머니는 이런 이야기를 듣고 나면 죽고 싶을 程度로 싫어진다는 군요……. 함께 살고 있던 저로서는 그때의 이것저것 던져버리고 그냥 죽고 싶어진다는 어머니의 氣分을 잘 알 것 같아요. 女子에있어서는 너무 단단해서 融通性이 없고 空氣流通이 좋지 못한 男子는 너무 放蕩해서 家族을 울리는 男子와 함께 最低의 存在에요. 적어도 삶의 보람이 있는 人生을 보내려고 마음먹고 있는 女子에게 있어서는…….」
「어 머머-!.」
가스꼬(和子)는 心臟이 덜컥하고 크게 흔들리는 듯한 쇼-크를 받았다. 女子놀음도 하지 않고 夫人 한 사람만을 지키고 있는 男便의 境遇에서도 이것이 夫人으로서는 最大의 不幸을 意味하고 있다는 것이 되겠지…. 적어도 이것은 가스꼬(和子)의 눈에는 처음으로 파 헤쳐진 人生의 色다른 한 페이지(Page)가 되었고, 더욱이 이 이야기가 꾸며낸 것이 아니라는 것은 다다미위에 펑퍼짐하게 앉아있는 에이꼬(榮子)의 이야기 먼 뒤편에 숨겨져 있는 무게 있고 믿음성 있는 그 어떤 것이 가스꼬(和子)로 하여금 그女 가슴속으로 無理없이 받아 드리게 한 데서도 알 수 있다.
無限이 넓고 깊이를 가지고 있는 우리들의 人生!, 또한 이것에 適應할 수 있을 程度의 複雜性과 多樣性을 具備한 人間이란 存在!. 가스꼬(和子)는 에이꼬(榮子)의 목에 갑작스럽게 兩팔을 두르고 뜨거운 숨을 내어 쉬면서 속삭였다.

「난 當身이 쫓겨 난 것을 祝福해요.」

「난 때때로 이찌로(一郎)를 脅迫하죠. 아버지가 固執不通 이라서 通風이 좋지 않는 것을 묻어 없애기 爲하여 나라도 代身 바람을 피울까 하고요.」

「하니까 아사누마(淺沼)氏는.?.」

「정말 火를 내겠죠. 쓸쓸한 얼굴을 하고서……귀여워 죽겠어요.」

「재미있겠어요. 그런데, 아사누마(淺沼)氏의 實家는?」

「父親께서는 고-베(神戶)의 外國商社에 勤務하고 계시대요. 萬年 平社員 이라고 이찌로(一郎)는 말해요. 나는 이번 일로해서 세 번 程度 만난일이 있지만 점잖은 반면 뼈가 있는 듯한 印象을 풍기는 분이세요. 머리가 죄다 빠져 있으나 品位가 있어 보여요. 우리 아버지와 만나서 아버지의 頑固한 固執을 싫도록 보시고서 그쪽에서도 心術이 나서 이찌로(一郎)를 내 쫓기까지 되었대요. 이찌로(一郎) 집은 親어머니는 어릴 때 돌아가시고 繼母가 계시는데 좋은 분이지만 家庭 雰圍氣에 符合되지 못하는 點도 있다구요……. 이젠 우리들과는 相關없는 일이지만.」

階段에 발자국 소리가 들리고 아사누마(淺沼)와 노사까(野坂)가 올라왔다.

「用談은 끝났나요?.」

「끝났어요. 初生달이 떠 있었겠고 밖에서의 散策도 그렇게 나쁘지는 않았겠죠? 우리들의 用談도 마음이 맞아 멋있었어요. 그렇죠? 가스꼬(和子)氏.」

「그럼요. 아주 洽足해요.」

方席을 발로 누르고 앉으려는 노사까·다까오(野坂孝雄)는 깜짝 놀란 듯이 테이블 위를 바라보았다.

「저런!, 아까는 과자랑 과일이 수북하게 놓여 있었는데 온통 비어있지 않나. 女子 둘이서 쓸어버렸나?.」

「사람은 셋이에요. 가스꼬(和子)氏가 若干, 제가 죄끔, 나머지 全部는 뱃속의 애기가 먹어버렸어요.」

하고 에이꼬(榮子)가 가지런한 이를 들어내어 보이면서 對答했다.

「음. 그랬었겠지. 當身의 애기는 배꼽의 그 구멍으로 손을 뻗어 비스켓이랑 과일을 와작와작 먹어 치웠겠지.」

아사누마(淺沼)의 말에 모두가 웃었다. 가스꼬(和子)는 深刻한 表情으로 若干 생각하는 듯하다가,

「異常하네요. 우리는 男子는 오프·리미트(Off-Limits)한 이야기나 行動으로 전 時間을 보냈다고 생각했는데 어느새 먹는 것도 쭈욱 繼續 했네요. 솜씨 한번 그만이라고 생각하지 않으세요. 노사까(野坂)君-?」

「뭐가 대단하다는 거야? 그것보다 男子는 오프·리미트한 이야기라고. 무슨 이야기?.」

「듣고 싶으세요, 노사까(野坂)氏?」

하고 에이꼬(榮子)가 이야기를 받아서,

「먼저, 第一 "出産時 產婦의 體位에 對해서" 第 二…….」

「아-그만 둬요. 자-아-알 알겠습니다. 容恕해 주세요.」

다까오(孝雄)는 兩손바닥으로 귀를 막는 시늉을 했다. 모두 웃었지만 特히 아사누마(淺沼)는 同棲者(동서자) 에이꼬(榮子)의 머리 씀을 보고 滿足스런 表情을 지었다.

「男子들끼리는 무슨 이야기를 했는데. 밖에서 散策하면서….」

하고 하야마(葉山)가 물었다.

「새 職場의 이야기지, 大略.」

「어떤 結論이 나왔어요-?」

「어디에서나 찾아 볼 수 있는 社會에 不過하다는 것이지. 좀 誇張해서 말하자면 우리 人生 全體가 다 그런 거겠지만.」

이렇게 말 하니까 노사까(野坂)가 일어서서,

「자- 돌아갈까? 가스꼬(和子)氏. 네 사람이 오랫동안 앉아 있기에는 이 아파트는 너무 좁아.」

「眞짜 같은 말을 하는구먼. 허 기사 틀림없이 좀 긴 時間동안 손님이 있으면 이쪽도 거북살스러운 것은 事實이야.」

아사누마(淺沼)도 일어섰다. 그 氣分에서 알 수 있지만 오랫동안 머리를 짓눌러왔던 걱정꺼리가 단번에 解決 되었으므로 이제껏 볼 수 없었던 安心스런 表情을 하고 있었다. 뒤를

돌아보고선,

「에이꼬(榮子), 자넨 아래層까지 내려오지 않아도 괜찮아. 階段을 잘못디디면 큰일 난단 말이야.」

그 에이꼬(榮子)는 가스꼬(和子)의 부축을 받으면서 뚱뚱한 몸을 일으켰다. 내리막 階段까지 와서 살짝 가스꼬(和子)의 귀에다 대고,

「나, 當身에게 參考가 되리라는 것을 한 가지 말하려다가 깜빡 잊었어요.」

「뭔데요?.」

「난 7개월째부터 이찌로(一郞)와 따로따로 떨어져서 자고 있어요. 그인 때때로 싫은 듯, 쓸쓸한 듯한 表情이나 몸짓을 하고 있지만, 그때 난 "그 것을 참고 견디는 것이 男子에 賦課(부과)된 十字架에요. 出産의 苦痛이 女子에게 賦課된 十字架인 것처럼……" 하고 詩的인 表現으로 달래고 있어요.」

가스꼬(和子)는 몸을 ㄱ자처럼 구부리고서 소리를 죽이면서 후-후-후-후- 하고 웃었다. 야릇하면서도 괴로운 듯한 것이 七分 三分 인 것 같이 느껴졌다. 그리하여 겨우 鎭靜이 되고 나서,

「좋은 것 가르쳐 줬어요. 장차 나도 나의 그이에게 — 누가 될는지 아직은 未定이지만 — 이렇게 말 해 주겠어요. "이것이 男性에게 賦課 된 十字架에요" 하고요. 品位 있고 宗敎的으로서 그인 옴쭉도 못 하겠죠……. 그렇죠?.」

「글쎄요. 그것을 말 하는 쪽도 괴로워요. 사랑하는 그이니까요. 當身은 아마도 할 수 없을는지 몰라요.」
「사람을 바보같이 여기시네요.」
가스꼬(和子)는 自己딴에는 세게 에이꼬(榮子)의 등을 두들겼지만 무거운 에이꼬(榮子)는 꿈쩍도 하지 않았다. 그리고서 두 사람은 서로 손을 마주잡고서 즐거운 듯이 웃었다. 兩쪽 모두 어느 만큼의 水準의 敎養을 지닌 젊은 女子들이자 한 사람은 解產이 얼마 남지 않은 몸을 하고 있다는 條件下에서의 두 사람의 對話는 Y談의 테두리를 벗어나 人生에의 어드바이스, 知慧, 探究, 反省…., 의 線에서 조금도 벗어나지 않은 것은 자랑할 만한 일이겠다.
노사까(野坂)와 가스꼬(和子)는 그네들의 餞送을 받으며 아파트를 나섰다.
「와 주길 잘 했어요. 두 분 모두 보고 있는 사이에 元氣가 나 있지 않아요?.」
「女子들끼리 무슨 이야기를 했지?. 좋은 분처럼 느껴지지만…. 아-아-, 듣는 거 그만 두겠다.」
「그러는 게 좋을 거 에요. 그러나 단, 한가만…. 人間 이라는 것의 複雜함을 알기위해서 當身도 들어 두었으면 하는 것이 있어요. 그것은 아사누마(淺沼)君과 에이꼬(榮子)氏의 自由結婚에 反對하여 쫓아내어버린 에이꼬(榮子)氏의 父親이라는 분은 ―제법 얼굴 넓게 木材商을 經營한다 ―바로 固執 그 하나 뿐, 머릿속의 空氣流通이 全然 안 되는 사람으로서 새로운 손님이 와서 이야기가 그 方向으로 흐르면 接待하기爲해 나와 있는 夫人을 가리키며, "난 이 여편네 以外에는 女子라는 것을 모릅니다." 하고 자랑처럼 이야기 한 대요. 그러면 어머니는 죽고 싶을 程度로 재미 없고 情나미가 떨어져 버린대요. 그런 夫婦關係, 알것같은 氣分이 들지 않으세요?.」

「흠-, 人間이라는 물건이나 男女關係라는 것의 複雜함을 抽象畵처럼 强한 터치로 그려 보여주는 人生의 一斷面圖로군.」

다까오(孝雄)는 깊숙이 숨을 들여 마시고 생각하는 듯한 語調로 말했다.

「그러니까 男子란 若干 바람을 피우는 便이 좋다 —라는 結論을 끄집어내는 것은 아니겠죠?.」

「弄談이 아냐. 얘기로만 듣고 흘려버리기에는 너무 괴로운 夫婦關係의 特殊한 케이스인데…. 가볍게 다루면 치에호프, 무겁게 다루면 토스토에프스키-의 作品 속에라도 나오는 人間關係로군.…언젠가 때를 봐서 이시다·미에꼬(石田美枝子)에게 들려주겠어. 作家로서의 눈과 頭腦를 鍛鍊시키기에는 安城맞춤의 素材야.」

가스꼬(和子)는 急히 말을 바꾸어,

「요즈음 때때로 미에꼬(美枝子)氏와 만나세요?」

「응, 가끔. 만나는 것보단 電話로 이야기할 때가 많아.」

「作家가 되려고 생각한대요? 그 사람.」

「난 그 可能性을 느끼고 있지. 어릴 때부터의 生活環境을 멋있게 料理만 한다면⋯⋯.」

「成功하기를 빌겠어요. 난 요전번 英國의 戰後派 —"성난 젊은이"라 했든가 — 作家들의 短篇集을 읽어 보았지만 履歷을 보니까 女流作家인 境遇 大槪는 두 번 내지 세 번 쯤 結婚한 사람이 많아요.」

「할 수 없었겠지. 只今은 世界的으로도 매우 큰 變動期에 부닥치고 있으니까⋯⋯. 그런데 一般的인 境遇에는 結婚이라는 制度에 人間이 얌전하게 안겨버리지만 自意識이 强한 女流作家의 境遇에는 自己가 主體로서 主體로서의 結婚이라는 心理에로 되어 버리니까⋯⋯.」

「나 같은 小心者는 自身을 制度 속으로 던져버리는 生活方法 外는 될 것 같지도 않아요.」

두 사람은 水銀燈의 淸白한 照明을 받으면서 商店街의 道路를 서로 팔을 걸고 몸을 꼭 붙이고서 걷고 있다. 뒤로 쳐지는 하얀 步道위에 짙은 그림자를 남기면서⋯⋯.

「나 오늘 밤에는 當身과 오래오래 있고 싶어요. 오래간만에 집에라도 놀러 가지 않을래요. 아마도 아빠랑 엄마는 親戚 집의 落成式에 招待받아 가시고 안 계실 거 에요. 그러면 女同生과 食母만 있을 거 에요. 파파의 위스키 程度는 맛 보여 드릴 수도 있어요.」

가스꼬(和子)는 다까오(孝雄)의 對答도 기다리지 않고 손을 들어 지나가는 택시를 세웠다. 그리고서 아오야마(靑山)의 다까끼(高樹)町에 있는 自己 집으로 車를 몰게 했다. 그곳의 한쪽 便은 조용한 住宅街로서 가스꼬(和子)의 집은 푸른 페인트를 칠한 낮은 鐵柵을 열면 그 안으로는 울타리 代身 구실 잣밤나무가 一列로 나란히 서 있다. 入口의 兩側에는 백일홍과 산다화(동백 비슷한)가 심어져 있고 玄關의 오른편에는 洋式의 應接室, 왼편에는 二層 建物의 母家가 있는 平凡한 中流家庭의 住宅이었다.

亦是 兩親은 안계셨다. 玄關에는 女同生 구미꼬(久美子)와 여드름투성이의 젊은 家庭婦가 두 사람을 맞이했다. 구미꼬(久美子)라는 女同生은 高校 三年生으로서 아직 피어나지 못한 새파란 느낌의, 햇볕에 그을려 있으며 눈, 코가 가스꼬(和子)를 닮아있지만 若干 男子답게 뚜렷해 있다. 무엇을 하고 있었는지 한쪽 발에는 양말을 신고 있으나 한쪽 발은 벗은 그대로였다.

「어서 오세요, 노사까(野坂)氏.……언제나 언니가 여러 가지로 弊를 끼쳐 드려서……」

「뭐라꼬, 弊를 끼친 건 저쪽이야. 건방진 소리 작작 해…. 그 꼴이 뭐니.」

「발톱을 한쪽 다 깎고 나니까 언니들 소리가 들리기에 唐惶스레 내려 왔어요.」

다까오(孝雄)는 낯익은 應接室로 들어갔다. 붉은 洋탄자가 깔려 있고 茶色의 椅子, 테이블의 세트가 있고 壁에는 석장의 새 그림과 『畿山을 넘고 넘어 가면 쓸쓸함이 끝없는 나라, 오늘도 流浪을 떠나노라』라는 와까야마(若山)의 노래를 써넣은 茶房用의 작은 額子가 걸려있다.
「暫間 기다려요. 나 옷 좀 바꿔 입고 무언가 맛있는 거 찾아 가지고 오겠어요. 그동안 구미꼬(久美子)와 같이 놀고 있어요.」
「아- 나 오늘은 麥酒 程度가 좋아. 위스키는 좀 過 해. 안주로는 다꾸앙(단무지)이나 김치가 좋아요.」
가스꼬(和子)가 들어가고 둘만이 되니까 구미꼬(久美子)는 마주보는 椅子에서 일어나 다까오(孝雄)가 앉아있는 긴 椅子에로 옮겨와서 다까오(孝雄)에게 기대는 것처럼 바싹 다기 앉으며 아무것도 신지 않은 긴 다리를 꼭 붙이었다. 스커트와 머리만 없다면 틀림없이 男子 그대로다.
「언니와 어디서 놀았죠?.」
「오늘밤, 놀다 온 게 아니야. 親友의 트러블(걱정꺼리)에 對하여 相議하고 오는 길이다.」
「親舊라구요, 누구?.」
「큰아버지 會社에 다니는 아사누마·이찌로(淺沼一郞)와 그 夫人에 關한 일.」
「그 사람 夫人이 있나요?.」
「學生結婚이지만 그것 때문에 둘 다 집에서 쫓겨났단다. 夫人은-에이꼬(榮子)라 하는데 다음 달에 아기를 낳게 된대. 배가 이렇게 불러있단다.」
다까오(孝雄)는 손을 들어 배의 큼을 그려 보였다.

「싫어요. 그렇게 보기 싫은가요?. 싫어요.」
「좋고 싫은 것이 어데 있어. 너도 언젠가는 그런 몸이 될 테니까. 그리고 그런 뵈기 싫은 몸을 한 어머니 뱃속으로부터 태어나지 않았던가.」
「自身에 관한 것은 別 問題에요. ……저-, 노사까·다까오(野坂孝雄)氏, 나, 언니 없는 사이에 祕密로 相議할 게 있어요.」
「헤에-. 오늘은 여기저기서 많은 相議가 들어오는 날이구나. 좋아, 뭐든지 좋으니 말 해 봐.」
「저요, 노사까(野坂)氏. 저를 아내로 맞이해 주시지 않을래요?. 저요, 노사까(野坂)君이 좋아.」
그늘이라고는 조금도 없는 어딘가 어린애 말씨 같았다.
다까오(孝雄)는 웃지도 않고 구미꼬(久美子)의 살이 두둑한 귀ㅅ볼을 가볍게 당겼다.
「인마!, 年長者를 嘲弄하면 못써. 무엇이 아내다. 궁둥이엔 아직도 새파란 斑點이 남아있는 주제에…….」
「아파요. 전 誠意껏 프로포즈 하고 있는데도….」
「자, 本心으로 하는 거냐?」
다까오(孝雄)는 어처구니가 없어 손가락 끝으로 구미꼬(久美子)의 턱을 들어 올려 눈이 검고 반짝반짝 빛나는 얼굴을 드려다 보았다. 아직도 童顏의 그림자가 남아있는 얼굴이다. 구미꼬(久美子)는 唐惶하지도 않고 수줍음도 없이 大膽한 表情으로 노사까(野坂)의 얼굴을 마주 바라보고 있다.

「勿論 本心이죠. 전 高校 一年生일때 當身이 처음 우리 집에 오셨을 때부터 當身이 좋아졌어요.」
「고맙군, 그래서……」
「當身과 언니는 서로 좋아하고 있지요. 그러나 나이가 같고 只今 結婚 한다 해도 함께 벌지 않으면 둘이서 먹는 것도 힘들 게 아니겠어요?. 그런데 그런 生活은 무언가 좋지 않아요. 그러는 사이에 어린애도 생길게고……. 그런데 當身들은 키스 程度는 했는지 모르겠으나 確實히 戀愛·結婚의 線에는 들어가 있지 않아요. 씨름을 두고 말한다면 붙잡기만 되풀이 할 뿐 呼吸이 맞아서 일어서는 데 까지는 아직 到達하지 못 했어요.· 그렇죠, 노사까·다까오(野坂孝雄)君.」
「뭐가 노사까·다까오(野坂孝雄)君이야! 親舊처럼 君, 君 하고 부르지 마. 그건 客觀的으로 본데서 혹은 眞實인지는 모르겠으나, 깡패인 네게서 조잘조잘 떠벌리는 걸 듣고 보니 결코 愉快한 것은 아니야……. 그래서?.」
「그래서 노사까(野坂)君과 언니가 먼저의 이야기를 생각지 않고서 멍청하게 올라 짧은 時日內에 結婚해 버린다면 전 훌륭한 兄夫로서 當身을 尊敬하겠어요. 용돈 程度 別로 얻을 수 없는 빈털터리 兄夫이지만…….」
「그렇게 되어버리면 구미짱은 失戀하게 되는 셈이게!」
「失戀이라 구요? 요즈음의 우리들 事典에는 그런 말 없어요. 두들겨라 그러면 열리리라. 늘씬한 보이·후렌드가 얼마든지 널려 있걸랑요.」

구미꼬(久美子)는, 自己 自身이 兩親들과는 次元이 다른 새로운 世界에 살고 있다고 어렴풋이나마 自負하고 있는 다까오(孝雄)를 짓누르고 한술 더 뜨는 말을 차례차례 普通으로 한다.

그런데도 씁쓸한 뒷맛을 풍기지 않고서 내 뱉기 때문에 머리를 흔들게 하는 곳이 없다.

「구미짱은 나를 매우 좋아한다고 했는데 이런 내가 언니와 結婚 한다 해도 눈물을 흘리지 않겠나. 失戀이란 單語는 너의 事典에는 없다고 했지만……」

「그거야 若干은 울른지는 몰라요. 그렇게 하지 않으면 이 世上의 어른들에게의 義理가 서지 않을 테니까요. 그러나 오늘 울고 내일이 되면 까맣게 잊어버려요. ……그런데 노사까·다까오(野坂孝雄)君……」

「일일이 君,君 하면서 내 이름을 부르지 마 .너의 後輩 같아서 別로 재미가 없어.」

「그럼, 다까오(孝雄)氏. 이제부터가 相議에요. 萬一 當身이 一時的인 情熱에 이끌려 오래오래 後悔의 끄나풀을 잡아당길는지 모르는 冒險을 서로의 良識을 發揮해서 그만 두게 된다면 即, 結婚을 斷念한다면 그 빈자리에 제가 登場하게 되는 거 에요. 제가 大學을 卒業할 때까지에는 五年이 걸려요. 그때에는 當身의 月給도 오를게고 둘이서 먹고 사는 데는 別로 不便이 없으리라 생각해요. 어때요?

"나"라는 希望있는 成長株를 只今부터 사고 싶은 마음 없으세요? 샀어요! 샀어요!…. 損害는 없을 겁니다. 노사까·다까오(野坂孝雄)君….」

「체엣-, 아직도 그렇게 부르는군, ….詐欺株 인지는 모르겠으나 자- 사 주지. 어린애인 주제에 社會人인 나를 놀라게 하는 去來를 申請하는 것, 여간한 배짱이 아니군, 너 말이야.」

「어머나!, 전 어른이세요. 가슴이나 그 外 다른 곳도 어른의 標的이 歷歷하지만 四, 五年後 當身의 夫人이 될 때까지에는 實地를 見學시킬 마음은 없어요.」

「알겠다. 내 同生은 지로(次朗)라 하는데 只今 大學 一學年이다. 紹介시켜 줄 테니까 사귀어보지 않을래?」

「사귈 보람이 있는 程度의 보이(Boy)라면…. 그런데 나의 只今의 이야기, 언니에게 하셔도 좋아요. 눈앞에서는 若干 쑥스럽지 만 요….」

「좋아. 何如튼 먼저의 그 株, 샀다!, 샀어!」

노사까·다까오(野坂孝雄)는 自己 무릎위에 구미꼬(久美子)의 발가벗은 한쪽다리를 올려놓고서 "샀다! 샀어!" 하는 말과 함께 세 番 程度 찰싹 찰싹 하고 손바닥으로 쳤다. 筋肉이 팽팽해 있기 때문에 氣分 좋은 소리가 났다.

「아파요. 實은 다리를 때리는 것 보다. 다른 짓이 하고 싶었겠죠. 흠….」

「뭐라꼬!.」

다까오(孝雄)는 너무 어이가 없어 아직 어린티를 벗지 못한, 그런대로 女子 같은 色끼를 풍기고 있는 구미꼬(久美子)의 엷게 탄 얼굴을 눈 한번 깜박이지 않고 지켜보았다.
눈동자가 검은 것에 比하여 이가 하얗게 빛나고 있는 것이 爽快(상쾌)할 程度였다.
「參考삼아 물어 보겠는데 너희들 學校에서도 女學生들 끼리 그런 早熟한, 辭讓 없는 이야기를 하고 있니?.」
「早熟하다고 했지만 各者의 頭腦程度에 應해서 이야기를 하고 있어요. 괜찮겠죠. 나라를 세우는데도 사람을 만드는데도 只今의 世上에는 두 個의 理想이 對立되어 있지 않는가요?. 國內의 것만 보더라도 法律違反의 큰돈을 쓰지 않으면 이길 수 없는 選擧, 서로 치고 받는 議會, 主義主張이 아닌 돈을 媒介로 하는 國會議員들의 派閥, 大 會社나 大 商店의 脫稅 行脚, 그리고 建設 事業에 휩싸인 汚職波動, 前과如一한 男性들의 女 道樂……. 新聞에 報道되는 이런 것들은 氷山의 한 부분에 지나지 않겠죠. 그리고서 이런 社會를 만들고 있는 어른들이 우리들에게 이것저것 道學者같이 떠벌리는 것은 속이 훤히 드려다 보이는 이야기에요. 우리들은 우리들 스스로 自身들의 理想을 쌓아 그 目標를 向해서 自身들의 人間 改造를 하고 있어요. 그러한 意味에서는 只今의 어른들이나 그네들이 만들어 놓은 이 社會의 存在는 그렇게 해서는 안 된다는 否定의 見本을 우리들에게 보여주는 것에 지나지 않아요. 그렇지 않으세요?.」

이야기를 듣고 있던 다까오(孝雄)는 어느 틈에 어느程度 共鳴 乃至 共感에 부딪쳐 구미꼬(久美子)의 한쪽 손을 꼭 쥐고서,

「너를 어린애 取扱해서 未安……. 나도 高校時節의 어느 한 때 豫習 途中에 너와 같은 抵抗을 社會나 人間에 對하여 품어 본 일이 있었다. 그러나 男子인 나는 옳거나 그르거나 大學에 들어가 大學을 卒業하여 家庭을 維持해 나가야 할 돈을 벌지 않으면 안 된다는 눈앞의 現實에 휘말려들어 그러한 抵抗心을 키워 볼 餘裕도 없이 송곳니를 빼버린 오늘의 새러리·맨이 되고 말았단다. 구미꼬(久美子)는 大學에 들어가면 빨간 旗를 흔들겠군. 틀림없이…….」

「아니에요, 전 그런 것 싫어요!. 獨善的이고 敎條主義的이고 작게는 怜悧하고 크게는 바보같은…·, 그런 子息들 中 몇 百分의 一, 몇 千分의 一이 理想으로서, 主義로서, 情熱로서, 이러한 運動의 精神을 各自의 生活 속으로 가지고 가서 繼續할까요? 마음속의 問題에요…….」

「음, 음.」

하고 다까오(孝雄)는 고개를 끄덕이었다.

맨숭맨숭한 다리를 들어내어 놓은 高校 三年의 女學生에게 完全히 녹·다운 된 것 같은 劣等感을 느껴야만 했다. 그리고 이 제너레이션(Generation) 이야말로 特別히 다른 點도 없이 別로 힘쓰지도 않고서 새로운 社會를 쌓아가는, 먼저 破壞하

고 그리고선 再建設하는 새로운 人間性의 눈(芽)이 숨겨져 있는 듯한 氣分이 들었다. ― 라고 하는 것은 自己 自身도 在學 中 붉은 旗를 흔드는 同僚들의 行動에 對하여 只今 구미꼬(久美子)가 指摘한 것과 같은 懷疑(회의)의 念을 품고 있었던 까닭인지도 모른다…….

아! 놀랄 수밖에 없는 틴·에이저(Teen·Ager)-!.

그런데 다까오(孝雄)는 過去 몇 番인지도 모르게 구미꼬(久美子)와 만났지만 오늘 밤과 같이 深刻하고 날카로운, 閃光(섬광)이 엿보이는 말을 들은 것은 처음 느끼는 經驗이였다. 얼굴型은 가스꼬(和子)와 닮아 있지만 뺨과 이마에 여드름이 송골송골 맺혀있고 더군다나 只今까지에는 말이 적어 陰沈한 性品이라는 印象이 强하게 느껴졌는데도 오늘밤 이렇게 潑剌(발랄)하게 變한 것은-?.

「왜? 그러세요. 노사까(野坂)君. 내가 한 말을 全部 眞實로 받아드려 생각에 잠겼네요. 우스꽝스럽고 어리석군요. 전 그날그날 氣分에 따라서 입에서 튀어 나오는 대로 조잘대고 있을 뿐인데…. 내일에는 오늘의 일을 까맣게 잊고서 그 反對의 것을 吐해 낼는지 몰라요. 그러니까 저의 그 어느 때의 말을 듣고서 後에 事實과 틀린다 해도 그것은 듣는 쪽의 責任이세요. 오늘밤 떠들은 것 中에 後에까지 別로 變함이 없으리라고 믿는 것은 나라 하는 成長株를 먼저 사 주세요, 하고 勸한 것 뿐 이세요. 노사까·다까오(野坂孝雄)君.」

「노사까·다까오(野坂孝雄)君이라고. 체엣, 인마!, 네 말투는 버르장머리가 없단 말이다. 그건 同年輩나 後輩에게나 쓰는 말이라고 몇 番 이야기해야 알겠니?.」

「未安해요, 노사까·다까오(野坂孝雄)君.」

하고 구미꼬(久美子)는 빨간 헛바닥을 날름 내어밀었다.

「좋아. 只今까지 말이 적고 陰沈한 印象을 받아온 네가 오늘 밤은 온통 人間이 달라 보이는 것같이 潑剌(발랄)해 있단 말이다. 무언가 心境의 變化래도 일으킬만한 事件이라도 있었나?. 훌륭한 보이·후렌드라도 생겼나?.」

구미꼬(久美子)는 밝은 微笑를 띄우면서 노사까(野坂)의 얼굴을 바라보며 若干 꺼려하는 듯하더니.

「좋아요. 알려 드리죠. 但 當身 옛날의 아가씨들처럼 수줍어하지 말고 確實하고 堂堂하게 들어주지 않으면 안 돼요.」

「그렇게 하지. 堂堂하게 들어 주지. 그러나 아까부터 너에게 事情없이 지껄이도록 내버려 두자니까 너와 나 사이에 섹쓰의 轉換이 일어나 버린 것 같은 錯覺에 사로잡히고 만단다, 난⋯⋯. 자—, 始作 해, 미쓰·깡패.」

구미꼬(久美子)는 自己의 視線을 노사까(野坂)의 그것과 마주치면서,

「나의 몸말이에요. 高校 二年이 되어도 배 아래쪽部分에 어른의 標的이 나타나지 않았어요. 그래서 난 强한 劣等感에 사로잡히고 憂鬱症에 휘말려 萬一 시집 갈 나이까지 풀도

나무도 나지 않는 그런 荒廢한 土地의 所有者라면 차라리 自殺 해 버리고 말리라고 생각하고 있었어요. 그런 괴로움의 切實함, 深刻함은 本人이 아니고서는 알 수 없어요. 그래서 전 沐浴湯에도 혼자가 아니면 들어가지 않았었고, 運動하고 있을 때나 工夫하고 있을 때나 映畫를 볼 때에도 갑자기 그 생각이 떠오르면 그 瞬間에 모든 것이 싫어지고 當場에라도 죽고 싶을 따름이었어요. ……우리 집 사람들은 異常하게 여기고 어릴 때에는 普通 아이 두 倍로 개구쟁이였던 제가 나이가 들자 말이 적고 陰沈한 아가씨로 變貌해 버린 것을 모두가 걱정하고 있었지만 누구 한사람 그 原因을 알 수가 없었고 但只 思春期에 나타나는 一時的인 心理現狀 일거라는 정도로 생각 했던 것 같아요.

정말 憂鬱 했어요, 그땐 말이에요. 혼자서 沐浴을 끝마치고 脫衣場에 비치는 몸은 나이에 比하여 그 以上으로 發達해 있는데도 나무 한 그루 풀 한포기 나지 않는 自己 몸의 不毛地帶를 바라보면서 눈물을 뚝 뚝 흘린 때가 몇 번인가 있었다는 것을 記憶하고 있어요…. 노사까(野坂)君, 나의 告白을 낡아빠진 淫談悖說(음담패설)로는 듣지 않겠지요?」

「바보같이!. ……例를 들어 겨울 山등성이를 스키-로서 흰 눈煙氣를 휘날리며 미끄러져 내려오는 新鮮한 氣分으로 듣고 있는 거야.」

「滿足해요.……그러한 苦惱의 나날을 보내고 있는 中에 今年

初부터 奇蹟的으로 내 몸에 어른의 標的이 나타나기 始作했어요. 처음에는 이른 봄의 부드러운 풀처럼 부드럽고 그리고선 初夏의 茂盛함과 같이 짙게, 旺盛하게 密生했어요. 저의 人生이란 그것 하나로서 陰에서 陽으로, 絶望에서 希望으로 一變되어 버렸어요. 그래서 전 脫衣場의 거울에 自身의 完全한 肉體를 비춰 보고선 前과는 다른 意味에서 뚝 뚝 感激의 눈물을 흘린 것을 永遠히 잊지 않아요.
노사까(野坂)君, 只今도 雪山의 稜線에서 하얀 눈煙氣를 휘날리고 있는 氣分인가요?」
「그렇고말고, 멋지다! 眞짜 멋지다!, 구미짱.」
다까오(孝雄)는 無心결에 본마음으로 安堵(안도)의 숨을 내쉬었다.
「기뻐 해 주셔서 고마워요. 當身에게 나라는 將來性이 있는 成長株를 팔게 되어서 잘 했다고 생각해요. 何如튼 그때의 기쁨을 筆과 혀로서는 表現하기 困難해요. 勿論 전 그로부터 마마와 언니와 혹은 親舊들과 같이 沐浴 하게끔 되었어요. 어느 날 밤 가스꼬(和子) 언니와 함께 沐浴을 끝내고 脫衣場에서 물기를 닦고 있을 때 偶然히 둘이 나란히 거울 앞에 서있었기에 언니와 나와 어느 쪽이 날씬 하겠어요. 하고 나도 모르게 지껄이다가 언니에게 한 대 얻어 맞고 말았지 뭐에요. 그런데도, 맞았다는 아픔은 조금도 느끼지 못하고 가스꼬(和子) 언니가 때렸다는 것은 저를 부러워했기 때문이라고 — 解釋 할 程度로 나의 身體는 그 發達이 完璧(완벽)하게 軌道에 올라 있다는 것을 無我中에 기뻐하고 있었어요.」
노사까·다까오(野坂孝雄)는 구미꼬(久美子)의 어깨를 두드리며 房 全體가 리듬의 震動에 허물어지지 않나 할 程度로 큰 소리로 웃어재꼈다. 몸뚱이가 웃음 機械로 變한 것 같아서 自身의 意志로서는 그칠 수가 없는 狀態였다.
구미꼬(久美子)는 自己로서는 理解할 수 없을 程度로 웃음 機械로 變해버린 노사까(野坂)의 뒤로 젖힌 모습을 물끄러미 바라보고 있었다. 若干 걱정스런 表情까지도 보였다는 것은 或은 노사까(野坂)가 感動한 나머지 머리가 돌지 않았나 하고 생각하기도 했기 때문이다. 겨우 웃음을 멈춘 노사까(野坂)는 너무 사랑스러워 어떻게 했으면 좋을지 알 수 없는 구미꼬(久美子)의 손을 쥐고 自己 兩 뺨으로 가져가서 꼭꼭 눌렀다.

「어른이 된 것을 祝賀합니다. 自殺하지 않고 끝나서 千萬多幸이올시다. 흔히 하는 말로는 當身의 身體의 發育狀態가 늦었다는 것 올시다. 옛날부터 大器晩成이라 했으니 何如튼 처음에 當身이 괴로워했던 것만큼 뒤에는 무언가 좋은 일이 생길 듯한 氣分이 드는 군요, 아가씨.」

「그렇다고 말하고들 있지만…. 그런데 노사까·다까오(野坂孝雄)君, 君은 몇 살 때부터 어른의 標的이 있었죠?.」

「엣-, 그것은 저-.」
하고 唐惶하여 얼굴을 붉히며.

「난 말이지 저- 열 몇 살…. 구미짱 제발 빌겠으니 그 말만은 容恕해 줘. 난 男女 間에 그런 이야기를 하면 안 된다는 낡아빠진 에티켓으로 嚴하게 訓練받아 왔기 때문에 未安하지만 그런 이야기에는 마음이 弱해…. 우리 이야기를 바꾸자꾸나.」

다까오(孝雄)는 말로서만 拒否한 것이 아니라 無意識的으로 구미꼬(久美子)를 가볍게 밀어 놓아 두 사람의 거리를 떼어 놓았다. 구미꼬(久美子)와 自身과의 사이에 性의 轉換이 일어 난 것이 아닌가하는 錯覺이 또다시 다까오(孝雄)의 머리를 살짝 스치고 있다.

「그러세요?, 가엾네요. 그렇지만 나 혼자만 지껄이게 해 놓고, 若干 狡猾(교활)하군요.」

「아니 그건 저— 只今과같은 빛나고 깨끗하고 明快한 對答이 高校生인 아가씨 입에서 튀어 나오리라고는 꿈에도 생각지 못했었기에 물어보았던 거야. 未安하다.」

구미꼬(久美子)는 그런 對答에는 拘碍됨이 없이 꿈을 꾸고 있는 듯한 눈으로.

「난 언젠가 太陽이 가득히 내려 쪼이는 들 한가운데서 태어 난 그대로의 모습으로 가슴을 펴고 춤을 추거나 뛰거나 하는 모습을 노사까(野坂)氏에게 보여 드리고 파요. 그곳의 灌木숲에서는 작은 아름다운 새들이 재잘거리고 숲속 웅덩이 속을 푸른빛의 물뱀이 뱅글뱅글 맴돌며 개미떼들은 太陽으로 따뜻해진 풀밭을 슬슬 기어 다닌다. 그리고 구름 한 점 없는 푸른 하늘은 춤추고 있는 나를 송두리째 집어삼킬 듯이 깊게 그리고 높게 맑아 있죠. 아니라면 푸르게 빛나고 있는 넓은 바다 위래도 좋아요. 조개껍질을 타고 있는 비너스처럼 발가벗은 그대로 서서 바다 위를 걷는 거에요. 난, 그런데요, 뷰티·체리의 그 構圖에는 若干 不滿이 있어요. 비너스는 한쪽 손으로 늘어뜨린 긴 머리채로서 身體의 祕密을 가리고 있죠. 나 같으면 긴 머리채를 全部 潮風에 휘날리며 兩손을 드높이 쳐들고 魔法의 眞珠조개를 타고 미끄러지듯 바다를 건너간다고 할까요. 날치가 날고 물은 거울처럼 반짝이며 바다의 검은 물새 한 마리가 넋을 잃고 周圍를 빙글빙글 돌며 날고 있는……. 어때요. 아주 멋있다고 생각 안 하세요?」

「그래, 그래. 아주 멋있는 魅力적인 이메지다.」

다까오(孝雄)는 無心中 衣服을 通하여 구미꼬(久美子)의 몸뚱이를 엿보는 듯한 눈초리로 變했다.

밝은 빛을 감추고 있는 눈초리이지만…….

「아! 바로 그즈음이었네요. 學校에서 國語時間에 先生님께서 저를 指名해서 읽으라 하셨어요. 万葉集이나 古今集의 노래들이 羅列되어있는 어떤 章이었어요. 二首, 三首 氣分을 내어 읽고 있는데 五首째의─온 百姓은 自己들을 살게 해 주신 天地의 繁榮하는 때에 만나고 보니─ 라는 대목을 읽으니까 갑자기 感激하여 눈물이 뚝뚝 떨어지며 그 뒤를 읽을 수가 없었어요. 年歲가 많은 先生님께서는 "왜 그러는 거지, 하야마(葉山)君. 君은 文學에 對한 感想力이 있군그래. 그런데 그 노래는 눈물을 흘릴 程度의 性質의 노래는 아니라고 생각하는데." "네ㅡ, 先生님. 그런데요, 전 하늘도 繁榮하고 땅도 繁榮하여 全體로서의 調和를 이룬 이 廣範한 노래의 뜻에 뭐라 말 할 수 없는 嚴肅한 기쁨을 느꼈기 때문이에요." 그리고선 전 눈물을 훔치고서 繼續해서 그 노래를 읽었어요.」

「알 수 없는 이야기인데. 万葉集에 실려 있는 노래는 흔해 빠진 平凡한 옛 노래가 아니던가?.」

「다까오(孝雄)氏는 생각보단 鈍하시군요. 한 番 더 제스춰 (Gesture=몸짓) 式의 解說을 해 보여 드립죠」

ㅡ온 百姓은 自己들을 살도록 해 주신 天地의 繁榮하는 때에 만나고 보니ㅡㅡ.『天』이란 곳에서 구미꼬(久美子)는 赤葛色의 잘 손질한 머리카락을 한웅큼 끌어 쥐고『地』라는 곳에선 自身의 손바닥을 下腹部에 대어 보였다.

「하는 수 없군! 두 손 번쩍 들었다!……. 詩의 解釋은 主觀的이니까 마음대로 해도 相關없으나 구미꼬(久美子), 너무 露骨的인 解釋이야. 울었다고 했지, 그 노래를 읽고서……. 그랬을 테지. 그 어쩔 수 없는 氣分, 모르는 것도 아냐.」

「전 너무 感動한 나머지 作家의 이름까지 記憶하고 있어요. 『아나노·이누카이노·수구에·오카마로(海犬首宿彌岡麿)』라는 어른이세요. 챠밍한 이름이죠.」

「뭐가 챠밍- 이냐. 허긴 눈물겨운 이야기라 할 수도 있겠군. 그 이야기, 언니에게도 했겠지?」

「안 했어요. 그女는 알 턱이 없기 때문에 또다시 저의 뺨을 때리는 거 뻔 하 거든 요. ……다까오(孝雄)氏는 異姓이니까 그 感激的인 万葉集의 解釋을 듣고 염통이 덜커덕 덜커덕 했겠지요?」

「야, 心臟痲痺가 일어날 것 같다. 『天』과 『地』가‥」

「歎息을 吐하면서 젊은 女性의 肉體를 아래위로 힐끔거리는 거 失禮가 이만저만…….」

「아, 未安, 未安.」

구미꼬(久美子)는 그쯤에서 다시 말의 抑揚을 急激한 바리에이션(Variation=변조)로 바꾸고선,

「노사까(野坂)氏의 同生 지로(次朗)氏를 紹介시켜주시겠죠?」

「응, 다음 週에……. 우리 집으로 놀러 와도 좋고, 여기로 데려와도 좋아.」

「當身 宅으로 놀러 가겠어요. 우리 집에서 언니보다 제 便이 훌륭한 것처럼 當身 집에서도 當身보다 지로(次朗)氏가 더 훌륭한 거 아니세요?」

「글쎄다, 위에서 내리 먹는 벌레도 가지가지니까.」

두 사람이 이야기하는 사이에 家庭婦가 두어 번 應接室에 드나들며 麥酒, 마른 명태조각, 송편, 김치(日本식), 위스키의 작은 瓶, 얼음 깨기 등을 날라 왔다. 구미꼬(久美子)는 感歎할 程度로 "그女의 言動에 比해서." 麥酒나 위스키는 한

방울도 입에 대지 않고 適當히 마실 것과 안주를 다까오(孝雄)에게 서비스 하고 있다. 그리고 自身은 김치만을 아작아작 輕快한 소리를 내면서 깨물고 있다.
가스꼬(和子)가 나타나지 않는데 對하여 家庭婦는 몸이 먼지투성이라서 좀 失禮한다고 하면서 먼저 沐浴을 하겠다고 傳해 달라는 것이었다.
「그렇다고는 하지만 너무 오랜 沐浴인데. 아무리 닦고 문질러 봐야 그 以上 어떻게 될 理도 없을 텐데.……」
「只今에야 씻고 닦은 本 얼굴이 나타나요, 노사까(野坂)氏….」
구미꼬(久美子)는 그곳에서 若干 목소리를 낮추면서,
「事實은, 그女. 어제까지 生理日 이었어요. 그래서 沐浴으로 爽快한 氣分이 되고 싶은 모양 이었겠죠」
「어이, 구미짱 제발 付託인데 男女의 生理에 關한 이야기는 그만 해줘. 난 三, 四十分 間 너와 이야기 하고 있으면 노이로제에 걸릴 것 같다. 嘔逆질이 날것 같애.」
「그래요?, 그럼 알겠어요. 그렇지만 只今까지는 저 혼자 때문만은 아니에요. 生理 이야기를 包含시키지 않는다면 正確한 對答을 할 수 없는 質問만을 當身이 했기 때문이에요. ……原因과 結果를 바꾸어 생각 마시기를……. 노사까·다까오(野坂孝雄)君.」
兩손을 무릎위에 올려놓은 完全히 貞淑한 態度이다. 다까오(孝雄)는 쓴 웃음을 지을 수밖에.

門이 열리고 가스꼬(和子)가 들어왔다. 꽃무늬의 淡白한 원피스를 입고서 젖은 머리를 리본으로 가볍게 잡아매고 있었다. 얼굴에는 化粧끼 하나 없고, 입술 色깔이 自然 그대로여서 魅力的이었다.

「未安해요. 오랫동안⋯⋯. 구미꼬(久美子), 심심찮게 서비스 해 드렸겠지?」

하면서 가스꼬(和子)는 두 사람 사이의 椅子에 앉았다.

「해 드렸어요. 부지런히 서비스 해 드렸고, 노사까(野坂)君이 "이제 그만 해 줘. 嘔逆질이 날 것 같다."라고 빌 程度까지 말이에요.」

「너, 쓰잘 데 없는 말로 노사까(野坂)氏를 괴롭혔구나.」

「노사까(野坂)氏 저, 괴롭혔어요? 當身을⋯⋯.」

「아니, 아니. 조개껍질을 타고서 푸르게 펼쳐져있는 바다를 건너가는 것처럼 즐겁고 시원한 氣分이었다.」

하고 노사까(野坂)는 구미꼬(久美子)에게 슬쩍 한 쪽 눈을 찔끔거려 보였다.

「어머, 긴 椅子의 노사까(野坂)氏 곁에 머리핀이 세 개나 떨어져 있네. 구미꼬(久美子) 네 것이지⋯⋯. 넌, 쭈-욱- 노사까(野坂)氏의 몸에 기대고 있으면서 입에서 나오는 대로 조잘대고 있었구나. 그리고선 나의 발자국 소리가 들리니까 얼른 이리로 옮겨 앉았지⋯⋯.」

이렇게 말하는 가스꼬(和子)의 表情에는 조금도 그늘이 없는 오히려 微笑까지 띠우고 있었다.

「……」
듣고 보면 틀림없다. 다까오(孝雄)는 어쩐지 自身이 日本 二十代의 男性 代表로 뽑혀졌고 틴·에이저의 전 女性의 代表로 뽑혀진 구미꼬(久美子)와 맞서서 無慘히 까지는 아니더라도 쥐어 밟히거나 발에 차이거나 殺氣騰騰한 눈에 壓倒(압도) 當한것과 같은 慘憺(참담)한 氣分에 빠졌다. "反面 어쩐 영문인지는 모르겠으나 爽快한 氣分이 들지 않는 것은 아니지만……. 이러한 勞困한 心身 兩面의 疲勞感을 다까오(孝雄)는 兩 어깨에서도 心臟에서도 꽤나 무겁게 느끼고 있었던 것이다.

그러나 생각해 보면 두 사람의 折衷(절충)은 그 土臺가 無理였다고 하면 若干 誇張(과장)스런 이야기가 되겠지만 서로가 各各 다른 次元의 世界에 살고 있는 사람끼리 어떤 一致點을 찾아보려고 하는 데에 共通點이 있기도 했다. 아니 좀 더 適切한 比喩를 한다면 二層에 살고 있는 人間과 아래層의 人間이 서로 키를 맞춰보고 있는 것과 같은 것으로서 풋내기 社會인인 다까오(孝雄)가 아래層에서 제아무리 키를 늘린다 해도 二層에 있는 高校生인 구미꼬(久美子)에게는 어림도 없다는 것이다. 발자국 소리가 들려오자,

「저건 기다리기에 지쳐버린 가스꼬(和子) 언니에요. 발자국 소리만으로도 알아요……..」

하고 말하면서 구미꼬(久美子)는 얼른 긴 椅子에서 일어나 건너편에 있는 椅子로 가서 앉았던 것이다.

「視力 2.0의 눈을 가진 언니가 있다는 건 別로 재미가 없군요.」
구미꼬(久美子)는 일어서서 긴 椅子에 놓여있는 세 개의 핀을 집었다.
「전, 노사까(野坂)氏와 나란히 앉아 있긴 했지만 키스를 했거나 한건 아니에요. 그이의 氣分은 어떠했는지는 알 수 없지만요.……저의 다리를 두 番 程度 쓰다듬어 준 것은 事實이에요.」
「앗, 하 하 하…….그것이 쓰다듬는 것이냐? 난 버르장머리를 고쳐준다는 意味에서 두들겨 주었다고 생각하는데.」
「何如 間요, 가스꼬(和子) 언니. 우리들은 株式의 買賣라든가 未來 日本人 및 日本 社會는 어떻게 될 것인가. 아니라면 무엇이 젊은 高校生을 憂鬱하게 만들었는가, 等等의 廣範圍한 問題에 걸쳐 率直히 意見을 交換했을 뿐이에요. 전, 恒常 그이가 언니의 좋은 보이·후렌드라는 것을 잊지 않았으니깐 요.」
「고맙다, 구미꼬(久美子).」
구미꼬(久美子)는 제 자리로 돌아가서,
「언니, 나, 여기 있어도 좋아요?.」
「응, 相關없어. 그러나 亦是 없어지는 게 좋겠다.
네가 只今까지 그러고 있었던 것처럼 나도 노사까(野坂) 氏와 雜音없이 安樂한 氣分으로 이야기 하고파. 자- 雜音氏, 꺼져 주실까요. 沐浴이래도 하면…….」

가스꼬(和子)의 얼굴에는 亦是 밝은 微笑가 번져있다.
「네, 나가겠어요. 沐浴湯의 거울에 自身의 成長한 모습이래도 비춰볼래요, 노사까·다까오(野坂孝雄)君, 천천히.」
구미꼬(久美子)는 노사까(野坂)에게 재빠르게 윙크를 보내고선 房에서 나갔다. 노사까(野坂)는 살짝 고개를 끄덕이며 對答하고 나서 가스꼬(和子)를 向하여,
「저것이 困難하단 말씀이야. 노사까·다까오(野坂孝雄)君 하고 거침없이 부르지 않나. 어쩐지 내가 後輩 같아 火가 치민단 말씀이지 뭐야.」
「어른에게 어리광 부릴 나이에요. 나의 同生 이라서가 아니라 마음은 나쁘지 않아요. 난, 걔를 좋아하죠.」
「自身이 벌써 말 하던 걸, 언니보다 自己 쪽이 더 魅力的이라고……」
「實은 그럴는지도 모르죠.」
「내 同生 지로(次朗)를 紹介시켜 주기로 했지.」
「제법 어울리는 相對가 될 거에요. 그女 當身의 몸에 찰삭 달라붙어 무엇을 재잘대고 있었어요?」
「여러 가지 지. 變身이 무척 敏捷(민첩)해서 이야기의 重點이 무엇인가 只今까지도 난 貧血症이 일 것 같애.」
「그래요. 그때그때의 머리에 떠오르는 것을 조금도 辭讓없이 내키는 대로 吐해 내 버려요. 그 靈感은 貴重한 것이긴 하지만…….」
「例를 들어 現代의 日本의 社會와 人間의 存在에 對해서도

날카로운 批判을 하고 있었지만 이것이 一般의 틴·에이저가 생각하는 것이라면 그들을 滿足시키는 對答은 總理大臣 이라든지, 大學 敎授라든지, 훌륭한 宗敎家라도 할 수 없으리라 생각 했단다. 난, 只今까지 꾹 눌려 왔다니깐.」

「그건 當身의 생각 나름이에요. 그들은 理想 즉 現實일 수밖에 없다는 純眞이라든가 幼稚한 생각으로 事實을 이야기 하고 있어요. 只今에서야 漸漸 社會에 對해서도 人間에 對해서도 理想과 現實사이에는 언제나 넘기 힘든 핸디캡(Handicap＝不利益, 불리한 條件)이 있고 크레바스(Crevasse＝틈)가 있으며 現實이 繼續되면 理想도 그것만큼 높아 가는 것으로 꼭 一致한다고는 생각하지 않게끔 되었지만요. 아니 그렇게 되는 것이야말로 社會나 人間에 있어서 未來性이 있게 되는 것 아니겠어요. ―라는 것은 그들에게도 漸漸 알게 될 거에요., 그렇게 되면 答辯에 困難한 境遇도 없어지죠……

　　노사까(野坂)氏, 麥酒 程度라면 내게도 한 盞(잔) 줘요.」
「어, 未安!, 未安!. 沐浴湯에서 막 나온 너의 眞짜 아름다움에 온통 精神을 빼앗겨 버렸단다.」

가스꼬(和子)는 다까오(孝雄)가 부어 준 麥酒를 고개를 쳐들고 꿀걱 꿀걱 두 번 程度에서 마셔 버렸다. 그때엔 食道가 生物처럼 불룩해지므로 다까오(孝雄)의 눈은 그곳에 못 박혀 있었다.

「목구멍도 表情이 있는 게로군. 한 盞 더 하지.」
「응, 半 盞만 더. 沐浴 뒤니까 더 맛있네요.」

가스꼬(和子)는 짓궂은 微笑를 띠우면서 이번에도 목을 내밀 듯이 하고서 따라주는 麥酒를 胃속으로 흘려보내었다.
「그 外 구미꼬(久美子)와 무슨 이야기를 했죠?」
「에-에-, 社會學, 心理學, 醫學, 生理學, 株式證券의 이야기, 그 外 廣範圍한 問題에 對해서 討論했지. 아 아니, 내가 說敎를 듣고 있었다고나 할까……」
「능청스럽군요. 그女를 사알-살 꼬셔가면서 짓궂은 것을 무엇이든지 지껄이게 했겠죠.」
「짓궂은 것이라고? 千萬에. 무슨 主題를 놓고 구미꼬(久美子) 孃이 演說을 하더라도 난, "그렇지, 응, 그럼" 할 程度의 氣分에 빠져 때로는 조마조마, 그러나 全體로 봐서는 人生에 프러스가 되리라는 共感에 陶醉되었다는 것을 神 앞에 盟誓해도 좋아.」
「그렇담, 그 中에서 조마조마하게 했다는 것 中에 하나만 들려주세요.」
「하나라고 한다면 어려운 이야기인데. 全部가 조마 조마의 連續으로서 난 危殆, 危殆, 녹·다운될 瞬間들이었다니까. …… 그렇지, 하나만 하자면 넌 沐浴湯의 거울 앞에서 둘이 나란히 서있을 때 구미꼬(久美子)의 뺨을 갈겼다 더군……. 暴力은 좋지 않아 야.」
가스꼬(和子)는 놀란 表情을 지으며,
「記憶나지 않아요. 同生을 때렸다 구요. …… 그런…….」
거기까지 중얼거리던 가스꼬(和子)는 갑자기 唐惶스럽게 얼

굴이 발갛게 되어, (麥酒 때문도 있겠지만),

「어머! 어 머머! 싫어요. 그런 것까지 同生에게 떠벌리도록 시켰네요. 當身과 交際를 繼續할까 어쩔까를 한 번 더 깊이 생각해야겠네요.」

「그건 誤解야. 난 나대로 좋은 이야기만 하려고 했는데 구미꼬(久美子)가 勇敢하게 突擊해 오지 않겠나. 繼續해서 말이야…. 그런 形便이었다니까. 神앞에 盟誓해도 좋아.」

「뭔데 일일이 神을 끌어 드리는 거 에요. 귀에 거슬려요. 當身, 그런 이야기를 듣고 어떤 마음의 姿勢로 對答했나요?.」

「成人이 된 것을 祝賀한다. 구미짱은 벼의 品種으로 말할 것 같으면 늦벼에 속하는 거야. 그러나 大器晩成이라는 格言도 있다시피 오랫동안 深刻하게 괴로워 한만큼 將來엔 꼭 좋은 일이 있을 거야. 하고 祝福 해 주었지.」

「나도 그 後에 그 이야기를 듣고서 무척이나 놀랐어요. 오랜 날들을 괴로워하고 있었으니까요.

여름 어느 날 學校에서 돌아와 二層 내房으로 올라와서 "언니 보아요! 보아요!" 하고 스커트를 끌어 올리고선 눈물을 흘리고 있지 뭐에요. 그런 純眞함이 있어요, 그 애에겐…․」

「속이 후련한 姉妹 關係로군, 듣고 있자니 氣分이 좋아.」

「난, 깜짝 놀라 이 계집애, 미친 게 아닌가하고 생각했어요. 그러나 곧 本來는 明朗한 개구쟁이 同生을 陰沈한 아가씨로 만든 原因이 바로 이것 이였구나 하고 알게 되어 왈카 눈물이 나왔어요. 그리고선 偶然히도 當身처럼 格言을 들어내어 부드럽게 그女를 祝福해 주었어요. "그랬었구나, 구미꼬(久美子). 祝福해 주지. 몸, 머리털, 皮膚, 그것을 父母님으로부터 받아 더럽히거나 傷하지 않게 하는 것은 孝道의 根本이니라." 하고 옛날 사람들이 말했으므로 所重히 키우지 않으면 안 되는 거야, 하고 요……」

다까오(孝雄)는 휴-하고 큰 숨을 내어 쉬었다.

「그런 게 어디 있어. 格言 引用法이 틀려먹었잖아.」

「음, 나도 그렇게 생각했지만 事件이 事件인 만큼 부드러운 雰圍氣로서 事實대로 激勵(격려)해 주지 않으면 좋지 않다고 생각했기에……. 그런데 그女는 얼마나 기쁘고 無我中이었든지 옆에서 떠드는 말엔 귀도 기우리지 않았으니까요……. 當身의 "大器晩成" 그건 꼭이 알맞은 말이라 생각되네요. 그렇지만 女子의 大器란 무엇을 意味하는 거죠?. 설마하니 總理大臣이 될 理도 萬無하고……」

「아- 난 그 말을 입에 올리면서도 머리 구석에선 선뜻 母系家族 時代의 女子의 存在를 생각했었지. 그 女子는 體格이 뛰어나고 떡갈나무처럼 단단하며 容貌가 아름답고 動物보다 本能에 敏感하며 思慮가 깊고 神力이 豊富하다. 그리고 東쪽에 釋然치 못한 일이 일어나면 달려가 一喝에 짓누르고 西쪽에 死者가 있으면 달려가 숲이 떨고 흐르는 개울물이 멈출 듯이 울어주며 南쪽에서 敵이 來襲(내습)해

오면 칼을 들고 槍을 흔들면서 달려가 그것을 擊退(격퇴)시키고 北쪽에 祝祭가 있으면 머리에 꽃을 裝飾하고 달려가 한 말술을 거뜬히 마시고 아침이 될 때까지 춤을 춘다. 그리고서 언제나 自己에게 忠實한 네 댓 名의 男便을 함께 거느리고 한 타스 以上 어린애를 낳는다. 父親은 누구인지도 모르고 母親만이 알 수 있는 어린애들을……. 將來 女性이 漸漸 强해져서 母系家族時代의 女性이 領有해 있던 失地가 回復되어질 거라고. 또다시 그런 社會가 實現될지도 모른다. 그리고 그런 社會는 男性에 있어서는 결코 살기 괴롭다 고는 할 수 없는 氣分이 든다. 男子가 만든 社會에는 진절머리가 난다. 大 變革이 必要 해-. 이런 氣分은 每日같이 콩나물시루 같은 電車로 自宅과 會社를 往復하면서도 別로 많은 月給을 받지 못하는 男子 自身들에게는 틀림없이 느껴지리라 믿어…..」

「난, 싫어요, 그런 社會는……. 나의 感覺도 思考도 行動力도 송두리째 男性으로부터 키워져 왔기에 어떤 限界가 그어져 있어요. 나의 希望은 가슴이 두텁고 男子답게 생각하고 行動하는 어느 男性의 夫人이 되는 것밖엔 다른 所願이 없어요.」

다까오(孝雄)는 無意識中에 自己의 가슴이 두터운 가를 재어보는 듯 눈길을 아래로 向했다.

「現代에는 그것에 하나 더 資格이 붙지 않으면 한 사람의 男子로서 規定 짓기 困難 해. 그것이 귀찮은 거야…..」

「그런 것이 있나요?」
「있지. 돈을 많이 버는 能力이지. 먹고, 입고, 놀고, 애들을 키우는 돈 말이야.」

다까오(孝雄)는 말의 不足을 補充이라도 하려는 듯이 두 손을 들어 올려 "난, 가난뱅이"라는 제스츄어를 나타내어 보였다.

「當然하지 않으세요?. 그러나 只今부터 富者이거나 한 것도 되려 異常해요 現在 바로 只今의 立場은 이 사람은 勤務하고있는 會社에서 順調롭게 昇進해 가겠는 가 어떤가, 그런 資格이 있는 가 없는 가 가 問題에요.」
「넌 어떻게 생각하지?.」
「當身은 成長株라고 생각해요.」
「成長株라고? 너희들 姉妹는 株式에 關한 識見이 普通 아니군, 구미꼬(久美子)도 그런 말을 하던데」
「當身이 成長株라 구요?.」
「아 아니, 自己 自身이 成長株라고 제법 主張 하던 걸…‥.」
「그거야…‥. 素朴한 意味로서는 이제부터라도 女子로서 成長해 나가니까요.」

이야기를 하면서 다까오(孝雄)는 물을 탄 위스키를 가스꼬(和子)는 麥酒를 마시고 있다. 물속에서 갓 나온 가스꼬(和子)는 今方 얼굴이 발갛게 되었다.

「아사누마(淺沼)들의 生活 印象 어땠어요?.」
「房의 形便뿐만이 아니고 若干 壅塞(옹색)한 듯한 느낌이었다. 그들은 서로 좋아 했기에 그것만으로도 滿足하겠지만..... 父母에게 쫓겨난대도 난 그런 勇氣가 없어. 戀愛와 常識을 저울질 해보는 이런 재미없는 人間이란다, 나란 놈은.」
「나도 그러네요. 그러나 언젠가는 不意에 그렇게 되어버릴는지 모르는 可能性도 없지 않아요. .... 나 에이꼬(榮子)氏의 불룩한 배를 문질러 보면서 애기의 胎動을 손바닥에 느낄 때 女子로 태어난 自身과 자랑을 強하게 느꼈어요. 實存해 있다는 氣分이 욱-하고 치밀어 왔어요. 그 느낌, 男子들에게도 알려드리고 싶어요. 그렇게 되면 當身들 自身을 불면 날아가 버릴 將棋의 卒-처럼 느낄게 틀림없어요. ....
當身 손을 좀 빌려줘요.」
가스꼬(和子)는 낡은 아파-트에서 에이꼬(榮子)의 팽팽한 腹部를 문지를 때의 感動을 온통 드러내어 생각도 없이 멍청한 表情으로 원피스의 앞 단추를 끄르고 다까오(孝雄)의 손을 안으로 들이밀어 눈을 지그시 감은 채 自身의 腹部에 눌러 주었다. 하는 순간 깜짝 놀라 精神을 가다듬고 唐惶스럽게 끌어 낸 다까오(孝雄)의 손을 찰싹! 하고 때렸다.
「뭐하는 거에요. 스케베에(助平·助兵衛＝好色漢,色골)....!」
이렇게 외치고선 唐惶해서 自身의 입을 兩손으로 꼭 눌렀다. 混亂과 괴로움이 뒤섞인 表情이었다. 다까오(孝雄)도 茫然自失해서 暫時 동안 가스꼬(和子)의 얼굴을 뚫어지게 지켜보고 있다가,

「어이- 티벳트 語인지 에스키모 말인지 글자 넷 붙은 말 한 番 더 천천히 말 해 봐.」

가스꼬(和子)는 兩손으로 얼굴을 가리고선,

「싫어! 싫어! 싫어!, 나 그런 말을 記憶하고 있다는 거 꿈에도 몰랐어요. 日本語엔 무엇 때문에 그런 品位가 낮은 말이 많아요. 容恕하세요. 이젠 아무 말 말아요……. 아-아- 죽어버리고 싶어, 난 말이야.」

「죽을 것 까진 없어. 넌 너 自身의 感激에 醉해서 내가 異性이라는 것을 잊어 버렸던 거야. 그 氣分 눈처럼 희고 깨끗하다고 생각해.」

「바로 그랬어요, 이제부터 男子라는 것을 한 눈에 確實히 알아보게끔 노사까(野坂)氏! 코 아래에 수염을 길러 주세요……. 當身이 異性이라는 것을 한 瞬間 잊어버렸던 나의 氣分, 정말 티 하나 없이 깨끗했다고 믿어 주시는 거죠.」

「믿고말고. 그러나 손을 붙잡혀 끌리거나 에스키모 말로서 辱까지 얻어먹어 損害 봤지 뭐야. 따스하고 부드러운 배를 문질러 준 것은 빼고 말이지…….」

「容恕하세요.」

가스꼬(和子)는 다까오(孝雄)의 兩손을 쥐고서 自身의 얼굴에 몇 번이고 문지르면서 謝罪의 微意를 表했다. 그리고서 歉然(겸연)쩍스럽게 微笑를 지으면서,

「다까오(孝雄)氏 꽤 놀라셨죠?.」

「응, 별안간 손을 빼앗겨 아랫배로 끌려갔을 瞬間 네게 暴

行이나 當하지 않나하고 난 떨었단다.」
「失禮 말씀을……그러나 나쁘게 생각마세요.」
「응, 생각지 않아. 結局 난 큰 得을 보았으니까!.」
「그런 투로 말하지 말아요. ……알지도 못하는 에스키모語를 입에 올려…… . 난 그것만으로 서도 一生 當身에게 얼굴을 들 수 없을 程度에요.」
「마음에 둘 것 없어. 山이 있으니까 오르는 거야. 말이 있으니까 입에서 나오는 것뿐이지, 너 責任이 아냐. 그런 말을 만들어 낸 文部大臣의 責任인지도 모르지.」
「그럼, 解決 되었군요. ……當身 나의 맨 몸뚱이에서 무엇을 느꼈죠?.」
「무엇을 느꼈다는 거야. 난 네게 暴行이나 當하지 않나 하는 恐怖心에 사로잡혔다고 아까 말하지 않았나?.」
「그 뿐만은 아니겠지?. 나의 皮膚가 부드러웠고 그 밑에는 뜨거운 피가 흐르고 있었으니까 當身 무언가 느꼈을 게 틀림없어.」
「只今까지 죽고 싶다고 하던 子息이 혓바닥에 침도 마르기 前에 이번에는 그런 부끄러운 말을 한다. 確實히 말 해 두지만 난 恐怖心 外에는 아무것도 느껴 볼 餘裕가 없었다. 한 번 더 試驗해보면 어떨까 모르겠지만……」
「몰라요……. 또다시 에스키모 語가 튀어 나올 것 같아. 좋아요, 當身은 나 같은 거 異性의 部類에도 들지 않는다고 생각하는 거겠지. 돌부처 程度로밖에 생각하지 않는 거야.」
「그럴 理가 있나. 내가 가장 좋아하는 女性 中에 한 사람이 야. 넌……」
「그렇다면 무언가 느꼈을 거 에요.」
「꼬집지 말아요. 좋아, 그렇지. 끈덕지게 묻는다면 恐怖心 外에 무엇을 느꼈는가 한 番 잘 생각 해 보지. ……아, 있 다. 단 하나 分明히 느낀 것이 있는 것 같아.」
「뭐죠, 그게-.」
「아아, 여기에 배꼽이 있구나, 亦是나. 하고 느꼈다. 瞬間的 이었지만……」
「바보, 멍청이!.」

가스꼬(和子)는 손바닥으로 다까오(孝雄)의 머리를 탁 하고 때렸다. 그러고선 때린 가스꼬(和子)도 얻어맞은 다까오(孝 雄)도 十秒 程度 어이가 없는 듯한 表情으로 서로의 얼굴을 물끄러미 바라보고 있다가 누가 먼저 라기 보다 킥킥 웃기 始作했다. 그리고 그 웃음소리는 漸漸 커지더니 넓은 房안을 가득 채워버렸다. 무언가 普通이 아닌 異常한 性質의 것을 품고 있는 웃음소리였다. 그 異常한 性質의 것 때문인지 그 들을 웃게 만든 感情은 곧 멈춰지고 두 사람의 表情은 나무 판자처럼 딱딱하게 굳어져 괴로움으로 바뀌었다. 그러자 가 스꼬(和子)는 다까오(孝雄)의 목을 끌어안고 훌쩍훌쩍 울기 始作했다. 소리는 抑制할 수 있는데 까지 누르고 있었지만 흘러넘치는 뜨거운 눈물은 다까오(孝雄)의 어깨나 목 언저

리를 흠뻑 적셨다. 다까오(孝雄)도 가스꼬(和子)를 부드럽게 보듬어 안고 토닥토닥 등을 두드려 주면서,

「울 것 까진 없다야, 너답지 못 하구나…….」

「그렇지만 울고 싶어. 나 當身과 四年間이나 사귀어 왔지만 生生한 感情을 털어 내어 놓은 것은 오늘 밤이 처음이에요. 그러나 그 感情은 뒤를 끄는 것이 아니니까 마음 쓸 必要는 없어요.」

다까오(孝雄)는 가슴 포켓에서 손수건을 꺼내어 가스꼬(和子)의 손에 쥐어주며 눈물을 씻게 하고,

「나의 血管도 波濤가 일 듯 搖動치고 있지만 理性이 後悔로 끝나 버릴지 모르는 結果를 겁내어 그것을 抑制하고 있는 거다. ……난 아사누마(淺沼)와 에이꼬(榮子)氏와 같은 生活에 빠지고 싶지 않다는 거다.」

그 말을 背反이라도 하는 듯이 다까오(孝雄)는 가스꼬(和子)의 볼에 살짝 입술을 대었다. 가스꼬(和子)는 그것에 答이라도 하는 듯이 다까오(孝雄)의 귀ㅅ부리를 가볍게 깨물어 주었다. 입술을 합치는 것을 두 사람 모두 怯을 내고 있는 것이다.

「當身의 와이셔츠의 칼라와 上衣의 깃을 젖게 해서……, 괜찮죠?」

가스꼬(和子)는 自身의 눈물만으로도 흠뻑 젖은 핸커치로 다까오(孝雄)의 上衣의 깃을 닦아주고 있었다.

「눈물이란 이렇게 함으로서 나오는 것일까? 언제든지 必要

할때 나올 수 있겠끔 一定量이 準備되어 있는 것일까? 어떤 일로 興奮이 되면 淚腺의 어딘가에서 急速히 製造를 始作하는 것일까요.」

「잘 모르겠는 걸.」

「언젠가 父親께 물어 두었다가 나에게 알려주세요.」

「응, 그렇게 하지.」

갑자기 精神을 차리고 보니 언제 들어왔는지 正面의 壁에 등을 돌리고 구미꼬(久美子)가 서 있었다. 한쪽 손에는 야구 뱉을 들고 있었다.

「그건 뭐야.」

「二層에서 工夫를 하고 있자니 어렴풋이 언니가 虐待를 當하고 있는 듯한 소리가 들리기에.」

「男子도 없는 집안에 野球 뱉은 웬 거니?.」

「난 學校에서 소프트·볼의 멤버에요. 포지션은 캣처에 三番 打者.」

「그 뱉(Bat)으로 날 칠 생각이었나?.」

「그래요. 當身이 언니를 虐待 했다면요.」

가스꼬(和子)는 울음 半 웃음 半의 表情으로,

「아니야, 구미꼬(久美子). 나 뭐라 해야 좋을까…, 다까오(孝雄)氏와 같은 좋은 親舊가 있어 幸福하다고 생각하니 그만 눈물이 나지 뭐니.」

「말씀 中에 한 가지 빠트린 것이 있어요. 다까오(孝雄)氏와 같은 좋은 『男子』 親舊― 그렇죠.」

「그래. 그런데 말이야, 오늘밤의 나의 氣分은 다까오(孝雄)라는 固有名詞는 必要 없이 但只 젊은 男性이라는 것뿐으로서도 좋을지 모르겠어. 난 오늘 낮에 아사누마(淺沼)氏들의 아파-트에서 에이꼬(榮子)氏의 腹部에 손을 얹어 애기의 胎動을 손바닥으로 느껴 보았는데 그것만으로도 自身이 女子로 태어난 것의 素朴한 實感에 넘쳐 있었단다. 그런데 그 熱氣가 只今까지도 남아 있었던 모양이야.」

「그랬었다면 뺨은 必要 없었는데. 그런데 언니가 노사까(野坂)氏에게 暴力을 當하고 있는 듯한 氣分이 들어서……」

다까오(孝雄)는 버티고 서 있는 구미꼬(久美子)에게 그 點을 理解시키려고 하니까 가스꼬(和子)는 세게 기침을 하면서 노사까(野坂)를 말리고선,

「何如튼 暴力이 있었다는 것은 事實이야. 좋잖은 일이지만 그렇죠, 다까오(孝雄)氏.」

「그래. 매우 좋잖은 일이지. 구미꼬(久美子)孃 그 뺨을 좀 빌려 줘 봐.」

다까오(孝雄)는 구미꼬(久美子)에게서 받은 뺨을 작게 휘둘러보면서,

「아 아니, 장난감 같지 뭐야. 너 캣쳐라 했던가? 뺨을 휘두를 때 이마나 코 정수리를 맞지 않도록 操心해야한다」

「그렇게 幼稚하지 않아요. ……난 시집갈 때 婚物 넣는 곳에 그 뺨을 넣어 가지고 갈 꺼에요.」

「그리고 新郞에게 씌워 줄 鐵帽도 함께.」

「싫어요……」

그 때 집 앞에서 自動車 멈추는 소리가 들리고 사람의 말소리 발자국 소리가 들렸다. 兩親께서 돌아온 것이다. 가스꼬(和子)와 구미꼬(久美子)와 家庭婦는 玄關門을 열고 밖으로 마중하러 나갔고 다까오(孝雄)는 應接室 入口에 우두커니 서서 兩손으로 오리집을 바치고 있는 듯한 姿勢를 醉하고 있다. 두런두런 이야기 소리 가운데 父親인 신죠(伸三)의 텁텁한 목소리가 들렸다.

「마마, 百円 팁은 너무 過 해. 메타에는 360 円 밖에 오르지 않았는데 50円도 過할 程度야.」

여기에 對答하는 母親 유미꼬(弓子)의 말씨는 빠르고 젊어 있다.

「좋지 않으세요? 新築 祝賀에 招待받고 다녀오는 길 아니세요」

「내 용돈은 푹 푹 깎는 주제에.」

「여보, 그만 둬요. 노사까(野坂)氏가 와 있다 잖아요.」

兩親을 先頭로 해서 모두 玄關 안으로 몰려 들어왔다.

夫婦 함께 神奇하게도 禮服을 입고 있었다. 신죠(伸三)는 센다이式(仙臺式)의 하까마(男子들의 平常服)에 버선을 신고 있고, 유미꼬(弓子)의 기모노는 소매에 金銀絲를 繡(수)놓은 豪華스런 禮服을 하고 있다.

신죠(伸三)는 K 貿易會社 社長인 兄 쇼지로(庄二朗)와 恰似

히 닮아 있으나 머리털은 아직 검고 눈코도 整然하지만 쇼지로(庄二朗)가 白髮인데도 不拘하고 精力的인 느낌에 反해서 신죠(伸三)는 송곳니를 빼 버린 듯이 多情스런 느낌이다. 쇼지로(庄二朗)가 가스꼬(和子)나 구미꼬(久美子)에게 들려준 이야기에 依하면 얼굴 모습과 人品을 包含해서 "너의 父親은 예부터 새 新郞 같은 타입이었다."라는 것이다. 當時 신죠(伸三)는 只今도 部長으로 일하고 있는 A 鐵鑛會社의 社長의 無男獨女인 유미꼬(弓子) 집에 데릴사위로 들어갔던 것이다. 그러나 그 유미꼬(弓子)는 母親의 禮儀凡節 가르침이 嚴했던 탓인지 無男獨女 같은 倨慢한 티도 없고 人品도 뛰어나 가스꼬(和子)나 구미꼬(久美子)에겐 이렇게 無事泰平만 하여 도리어 심심하지 않을까 하고 생각할 程度로 平穩한 夫婦生活을 해 왔던 것이다. 그러나 內部에 潛在해 있는 根性이 없는 사람은 아니었다. 가스꼬(和子)도 구미꼬(久美子)도 그 根性을 若干 뛰어난 形態로 母親으로부터 물려받은 것이다.

그런 傾向은 特히 구미꼬(久美子)에게 顯著(현저)하게 나타났다. 얼굴 形도 가스꼬(和子)와 구미꼬(久美子)는 거의 닮아있고 明朗하고 나이에 相應하는 高尙한 品位가 있다.

「어머나, 노사까(野坂)氏. 어서 오세요. 내가 없어서 洽足하게 서비스도 못해드려 罪悚해요.」

「아닙니다. 구미꼬(久美子)氏나 가스꼬(和子)에게서 지나친 귀염을 받고 있었습니다.」

「아-아, 노사까(野坂)君. 오늘 親戚이 새 집을 지었다고 해서 갔었다 네. 유미꼬(弓子)가 곁에 있다고 믿고 마음 탁 놓고 마셨더랬지. 마누라란 정말 좋고 便利한 存在란 말씀이야.」

이렇게 말하는 신죠(伸三)는 하까마의 앞깃을 짓밟고 허둥댈 程度로 술이 들어 있었다.

「파파는 샤워를 하시고 얼른 주무세요. 沐浴은 안 돼요. 너무 많이 마셨어요.」

「아니야, 난 노사까(野坂)君과 할 이야기가 있단다. 어이, 노사까(野坂)君. 君은 젊어서 좋겠다. 只今부터가 人生의 꽃을 피울 때다.」

하고 신죠(伸三)는 다까오(孝雄)의 손을 덥석 쥐고 흔들었다.

「우리 집에는 계집애만 둘 뿐이야. 말(馬)만한 계집애만. 계집애란 언젠가는 시집가고 말지. 노사까(野坂)君, 여러 가지로 付託 하겠네. 君은 훌륭한 青年이야…….」

「구미꼬(久美子)!」

유미꼬(弓子)가 불러서 눈짓을 하니까 구미꼬(久美子)는 艱辛(간신)히 父親을 다까오(孝雄)에게서 떼어 놓고,

「파파, 뵈기 싫어요. 파파가 억지로 팔지 않아도 언니도 나도 어딘가의 누구에게 멋들어지게 시집 갈 거 에요. 자아-, 샤워를 하시고 얼른 주무세요. 損害莫甚이야, 난…….」

구미꼬(久美子)는 신죠(伸三)의 어깨 밑에 自身의 어깨를

넣는 것 같은 姿勢로 비틀거리지도 않고 구석으로 모시고 갔다. 남은 세 사람은 應接室로 들어가 門을 닫고 各各 자리에 앉았다. 유미꼬(弓子)는 新築祝賀의 膳物인듯한 꾸러미를 무릎위에 올려놓고,

「이거 끄르지 않아도 좋겠지. 여기서도 여러 가지 먹었거나 마셨거나 했나본데」

하고 지저분한 테-블 위를 휘둘러보면서 말했다.

「네, 좋고말고요.」

하고 말하고선 다까오(孝雄)는 가스꼬(和子)를 向해서.

「어째서 네가 아버지의 시중을 들지 않지. 구미꼬(久美子) 孃은 損害라고 투덜거리는데……」

그 質問을 유미꼬(弓子)가 받아서,

「그인 沐浴을 할 때의 시중은 아무리 딸애라도 가스꼬(和子)는 벌써 어른이 되었으니 싫대요. 구미꼬(久美子)라면 염려가 되지 않아! 이렇게 말씀 하세요. 나도 어른인데요! 하고 구미꼬(久美子)는 그것이 不滿이에요.」

「전 아까 가스꼬(和子)氏가 沐浴 할 동안 三, 四十分 間 여기서 구미꼬(久美子)랑 이야기하고 놀았는데 그女도 어른 以上 입니다.」

「입만 그렇죠.」

하고 중얼거리면서 유미꼬(弓子)는 옆의 핸드백을 열고 안을 드려다 보더니,

「저-, 노사까(野坂)氏 담배 가졌거든 한가치만.」

「네, 네. 여기.」
하고 다까오(孝雄)가 포켓에서 피스(日本 담배의 이름)를 갑채로 건네니까 유미꼬(弓子)는 한가치만 뽑아서 입에 물고 가스라이터로 불을 붙여 맛있게 빨아 드렸다.
그러한 모습을 바라보면서 가스꼬(和子)는 눈썹을 치켜 올렸다.
「어머머, 마마도 제법 마셨네요.」
「오냐, 마셨단다. 요즈음에 와서 맛있게 느껴지더구나. 이제부터 마구 마실 테니. 너희들이 커 가니 걱정도 크게 되고 마마로서도 뭣인가 재미가 없고서야…….」
「어 머머!, 저희들이 그렇게도 마마에게 걱정을 끼치고 있었나요.」
「直接은 끼치지 않겠지. 너희들이 存在한다는 것 自體가 나에겐 언제까지나 걱정의 씨란다. 노사까(野坂)氏, 父母의 마음이란 이런 거 에요. 當身도 틀림없이 行動한다고 믿고 父母에겐 조금도 걱정 끼치지 않는다고 생각하면 안 돼요.」
「네!. 事實은 母親께서 하시는 말씀이 잘 理解가 되지는 않습니다만…….」
「글쎄 그럴는지도 모르죠. 우리 집엔 계집애 뿐 이라서 쓰잘 데 없는 걱정인지도 모르지만…….」
「저, 바로 그것으로서 罪悚합니다만 宅에선 가스꼬(和子)氏나 구미꼬(久美子)氏를 結婚시켜 그 사위로 뒤를 繼續시킬 생각이십니까?.」

「아니요. 둘 다 내 보내겠어요. 데릴사위라 구요? 나의 一代에 지긋지긋해요. 나만으로서 充分해요.」

「어머나, 마마. 정말이세요?」

하고 가스꼬(和子)는 얼굴이 蒼白해지면서 물었다. 유미꼬(弓子)는 對答하기 前에 테이블위의 위스키를 그라스에 조금 따라 눈을 질끈 감고서 꿀꺽 마셨다.

「난 하야마(葉山)가의 외동딸로서 그때의 風習에따라 신죠(伸三)를 男便으로 맞아 드렸지만 그로 因하여 只今에사되 바꿀 수 없을 만큼 消極的인 人生을 보내고 말았다고 생각하고 있어요. 가스꼬(和子)에게도 오늘 처음으로 이야기 하는 것이겠지만…., 결코 아버지가 男便으로서 不滿이 었다는 것이 아니고 나는 經濟的으로도 그렇게 不便스럽지 않는 相續女라는 無意識的인 自負心을 조금도 가져보지 못했어요. 그런 까닭에 저쪽은 相續女의 男便이니까 —라는 周圍로부터의 귀찮은 말을 듣지 않으려고 그것에만 神經을 集中시켜 自身이 하고 싶은 것도 半 程度는 꾹 누르고 참고서 自身이라는 存在를 壓迫한 生活을 只今까지 繼續해 왔어요. 아버지께선 그와 같이 점잖고 常識的으로서 失手 하나 하지 않는 분이죠. 그것이 아버지의 本來의 性品이지만 世上에서는 데릴사위니까 나와 나의 財産에 머리를 들지 못한다고 이러쿵저러쿵 하는 所聞이 나돌았어요. 그래서 난 아버지가 바람을 피운다든지 女子 노름에 빠져 나를 될 수 있는대로 괴롭히는 편이 도리어 마음이 便하다고 생각했어요. 왜냐하면 그랬었다면 나도 뱃속에서 끌어 올라오는 不平을 아버지에게 털어 놓을 수가 있기 때문이었죠. 그런 것을 난 周圍와 아버지에게 그리고 나 自身에게까지도 참으면서 늘 목구멍에 무엇이 걸려 있는 것 같은 不安全한 氣分으로 살아 왔던 거 에요. …… 가끔 相續女의 身分이 아니었으면 하고 가슴속 깊이 歎息할 때가 있었어요. 그러한 나 自身으로서는 제멋대로 자라나는 가스꼬(和子)나 구미꼬(久美子)의 存在가 무엇보다도 삶의 보람이었어요. 이렇게 變해버린 이 氣分—普遍的이 아니고 特殊的인지도 모르는 이 氣分, 젊은 當身들은 알겠어요?.」
「알 것 같아요.」
「알 것 같습니다.」
하고 가스꼬(和子)와 다까오(孝雄)는 異口同聲으로 對答했다.
「다행이구나. 그러니까 가스꼬(和子)나 구미꼬(久美子)는 自己 스스로 相對를 찾아서 結婚하도록 하 거라. 그리고 周圍에도 自己 自身에게도 마음을 쓰지 말고 堂堂하게 젊은 너희들끼리 마음껏 살아가는 거야. 하야마(葉山)家는 나의 代에서 끊어져도 좋아……. 난 말이다, 가스꼬(和子). 파파만을 除外하고는 데릴사위가 되는 男性 좋아 하지 않아요.」

이렇게 잘라버리듯 말 하고서 유미꼬(弓子)는 소매 자락에서 손수건을 꺼내어서 눈물을 훔치는 것이다. 겉으로 보기에는 무엇 하나 不足한 것 없는 家庭生活을 해 온 母親 유미꼬(弓子) 에게도 사람들이 알 수 없는 이러한 외로움이 있었던 것이다.
亦是 알고 보면 그건 결코 손쉬운 性質의 것이 아니라는 것을 알 수 있다. 가스꼬(和子)도 다까오(孝雄)도 생각했다. 산다는 것이 人間 누구에게나 이렇게 괴로운 것인가?.
「未安하구나. 이런 말을 갑자기 털어놓아 가스꼬(和子)도 다까오(孝雄)氏도 不快한 쇼크를 받았겠죠?.」
「쇼크였습니다만 不快하진 않았어요…… 파파를 除外한 客觀的으로 데릴사위가 될 男子의 싫음!. 난 마마의 氣分에 同感이에요. 그러나 實은 男子 그 自體가 아닌 무언가 다른 것을 拒否하고 있는 거 아니세요?. 다까오(孝雄)氏는 어떻게 생각하세요?.」
「난, 낡아빠진 教訓歌를 생각하고 있었지. "보기에는 아무런 苦惱고 없는 물새의 다리에 쉴 틈도 없는 自己 생각" 이라고나 할까. 사람 누구에게나 모두 苦惱의 씨(種)를 품고 있다. —라는 것이지.」
「남의 집 일이라 생각하고 太平스럽게 지껄이네요. ……當身 데릴사위가 되어 줄래요?.」
「나 말이지. 마음이 내키지 않는데…….」
「그것 보라 구요. 그런데 왜죠?.」

「曰, 말하기 困難해. …… 무언가 夫婦生活의 始初부터 핸디캡(Handicap＝不利한 條件)이 달라붙어 있는 듯한 氣分이 드는 거 아닐까.」

「바로 그대로요, 노사까(野坂)氏. 그러니까 하나 더 덧붙여 말하자면 그러한 느낌을 가지게 된 男女나 夫婦에 對한 社會의 생각에 抵抗을 느껴요. 個人的으로 본다면 신죠(伸三)는 나에게는 過分한 사람이지만……. 이건 아주 값어치 없는 例에 不過하지만 오랫동안 夫婦生活을 해 온 中에 男便을 끌어 엎어버리고 싶다는 생각이 울컥 치밀어 올 때도 있어요. 그러나 내가 相續女라는 것을 생각하면 불끈 쥔 주먹이 스스로 풀어지고 말아요. 그런 種類의 抑制된 氣分들이 크거나 작거나 간에 쌓이고 쌓여서 드디어는 숨쉬기도 困難해져서 相續女로 태어난 것이 무척 싫다고 생각 하게끔 되었어요.」

「그것만큼 母親께서는 良心的이었다는 셈이 되겠죠. 그러한 反省도 없이 말 등에 올라 앉아있는 相續女들도 얼마든지 있으니까요.」

「난 그런 사람들이 부러워져요」

그러자 가스꼬(和子)가 일어서서 母親의 椅子의 팔걸이에 비스듬히 걸터앉아 위에서부터 母親의 어깨에 한쪽 팔을 두르고,

「마마, 여기까지 말씀을 듣고 있자니 急히 잠자고 있던 記憶이 눈을 떴어요. 마마가 파파에 對하여 늘 操心하고 消

極的인 態度로 待하는 것, 말 해야만 할 것도 詰責(힐책)할 것도 半 程度는 自己의 가슴속에서 억눌러 버리고 表面에 나타내지 않았다는 것, 그것 때문에 마마 自身은 季節의 變化가 없는 單調로운 生活을 해 오셨다는 것, 그리고 그것이 本來의 마마의 人間性이 아니었다는 證據는 나나 구미꼬(久美子)를 가르치는데 때리거나 무척이나 嚴했다는 것으로서 알 수가 있어요. 어릴 때에는 엉덩이를, 女學生이 되었을 때에는 따귀를 수도 없이 두들겨 맞았는지 몰라요. 그때엔 울컥 치밀었지만요……. 도쿄(東京)에서의 怨讎(원수)를 나가사끼(長崎)에서 때린다는 心情이 아니었는지요. 그리고 저희들에 對한 그러한 取扱이 치밀어 오른 것은 마마는 自身의 存在에 對해서 어떤 깨달음이 있었다든가 아니라면 斷念해 버렸던가하는 둘 中에 하나라고 생각했어요. 只今에 전 마마께서 따분하게 살아오신 過去가 온 身體의 感覺에서 알 것 같은 氣分이에요. 수고하셨어요, 마마……. 마마는 날씬 하고 魅力的이었으니 罪悚하지만 파파에겐 祕密로 하고 한두 番 젊은 보이·후렌드라도 사귀었더라면 좋았을 텐데…….」

「가스꼬(和子)!」

하고 유미꼬(弓子)는 가스꼬(和子)의 한쪽 손을 兩손으로 세게 붙들고 서,

「나에게도 그러한 갈피를 잡지 못할 때가 없었다고는 할 수 없다. 그러나 난 그것 뿐으로서 實現되지 않았다는 것

을 只今에는 千萬多幸이었다고 생각한단다.」
「마마!.」
가스꼬(和子)는 팔걸이에서 미끄러져 내려와 검은 무늬의 기모노를 입은 母親의 무릎위에 얼굴을 파묻고 흑흑 흐느끼기 始作했다.
유미꼬(弓子)도 눈에 눈물을 반짝이며 손수건이라도 찾는 것인지 가슴속으로 손을 넣거나하기에 다까오(孝雄)는 自己의 손수건을 쥐어 드렸다. 그러는 다까오(孝雄) 自身도 가슴이 복받쳐 알지 못하는 사이에 큰 방울의 눈물을 두셋 방울 융단위에 떨구었다.
「자아-, 그만. 가스꼬(和子) 울지 말거라……. 마마의 貴重한 기모노가 더럽혀 지겠다…….」
가스꼬(和子)는 얼굴을 들었다. 그러한 어린애 같은, 依支하고 싶어 하는 듯한, 믿음성 있는 듯한. 純眞하고 한결같은 表情을 본 것은 다까오(孝雄)로선 처음 있는 일이었다.
「마마, 그 어떤 男子의 일로서 뒤숭숭했었다는 이야기, 파파에게 한 적이 있으세요?.」
「응, 했었단다. 그러니까 파파는 그때 "當身은 相對方에게 다른 사람의 夫人이라는 것을 잊게 할 程度로 젊디젊고 魅力的이오. 난 眞實로 當身을 信用하고 있소." 그렇게 시원스럽게 말씀하시겠지.」
「마마의 氣分으로서는 때리거나 꼬집어 뜯거나 해 주셨으면 하고 바랬었겠지요?.」

「그래. 너도 이젠 어른이 다 되었구나.」
「마마의 무릎위에 올라앉아도 괜찮으시겠어요?.」
「좋아, 앉으려무나.」
興奮해있는 가스꼬(和子)는 튕겨 오르듯이 유미꼬(弓子)의 무릎위에 냉큼 올라앉았다. 그러니까 유미꼬(弓子)는 悲鳴을 지르면서,
「아-아-,아프다. 뼈 부러지겠다.」
가스꼬(和子)는 唐惶해서 일어서고 유미꼬(弓子)는 自己 무릎을 아픈 듯이 주무르고 있다.
다까오(孝雄)는 벙글벙글 웃고 있다.
「그 偉大한 히-프(Hip). 제 자리 롯!. 그 무거운 히-프를 올려놓았다간 大槪의 物件은 全部 부러지고 말아요.」
「정말. 이젠 이 애의 重量味를 堪當할 수 있는 이는 젊고 堂堂한 男性 以外는 없겠군요.」
하고 유미꼬(弓子)는 다까오(孝雄)에게 微笑를 보내면서 말했다.
「그럼, 다까오(孝雄)氏의 무릎위에 올라앉아도 좋아요, 마마?.」
「좋고말고. 그러려무나, 다까오(孝雄)氏가 싫어만 않는다면 야.」
그러자 가스꼬(和子)는 말릴 틈도 없이 다까오(孝雄)의 무릎위에 냉큼 올라앉았다.
유미꼬는 밝은 微笑를 띠우면서,

「다까오(孝雄)氏, 그 애 몸이 흔들리지 않게 兩손으로 뒤에서 안아 주세요.」
「네.」
다까오(孝雄)는 兩팔을 돌려 가스꼬(和子)의 몸을 안았다. 가스꼬(和子) 便에서도 安心이 되는 듯이 몸의 重量을 完全히 다까오(孝雄)의 힘에 맡겨 버렸다.
「아-氣分 나이스! 映畵 開封館의 特別 指定席에 휩싸인 氣分. 손을 이곳저곳으로 움직이지 말아요. 女性의 身體에는 禁制 地帶가 여기저기 널려있어요.」
「제멋대로 떠드는군. 只今 이 瞬間 넌 나에게 있어선 物理的인 重量感 以外엔 아무것도 없는 거야.」
「이런 부드럽고 따스하고 彈力性있는 重量이 또 다른데 있던가요?.」
「제멋대로야.」
다까오(孝雄)는 갑자기 卒業式 날 밤늦게 兩親과 지로(次朗)와의 사이에 있었던 서포터論을 생각하며 苦笑했다. 只今의 그의 氣分은 그러한 것으로부터 千萬里 그 以上 먼 것이었기 때문이다…….
발자국 소리와 이야기 소리가 들리더니 門이 얼리고 잠옷으로 바꿔 입은 신죠(伸三)가 亦是 구미꼬(久美子)의 어깨에 팔을 걸치고 모습을 나타내었다.
가스꼬(和子)는 다까오(孝雄)의 무릎에서 일어나 옆의 椅子에 앉았다.

신죠(伸三)는 혀가 굳은 듯한 목소리로,
「좋아, 좋아. 노사까(野坂)君에게 안겨 있어도 괜찮아.‥‥
 노사까(野坂)君 우리 집에는 나이 찬 계집애가 둘이나 있다
 네. 자알-付託 하겠네. 난 그만 쉬려하네. 너무 마셨기에‥‥.
 氣分좋은 新築 파-티였다. 마마 이런 노래 알고 있나.

♪ 하아 텐동상
　여보 여보 거북氏 가메꼬(龜子)氏
　　내 마누라가 되어 주세요.
　　그건 그건 싫어요,
　　　쓰루(鶴)님 아니 쓰루요시(鶴吉)氏.
　　그 까닭은, 하아 텐동상,
　　　當身이 죽은 뒤에 난 九百年을
　　　　寡婦(과부)로 살기 싫기 때문이라오.
　　하아 텐동상. ♪

어이 노사까·다까오(野坂孝雄)君, 君의 이름은 쓰루요시(鶴
吉)는 아니겠지?.」
「네, 전 노사까·다까오(野坂孝雄)입니다.」
「多幸이었네. 萬一 쓰루요시(鶴吉=학)였다면 一生 夫人을
 찾지 못할 걸세. 나의 이름은 신죠(伸三). 쓰루요시(鶴吉)
 가 아니지. 그러니까 마마와 幸福하게 結婚하여 애들까지
 둘이나 태어났다네. 둘 다 계집애로 나이가 꽉 차 있지. 이

제부터 人生의 꽃을 피울 때야. 付託하네, 노사까·쓰루요시(野坂鶴吉)君. 아 아니 다까오(孝雄)君 이었지. 나이 찬 계집애가 둘……. 父母란 바보 같아서 瓜年(과년)한 계집애 일이 걱정이 되어서…….」

「쳇- 또다시 파파의 우는 酒酊이 始作됐네요. 뵈기 싫어요. 이젠 자자 구요. 여러분, 굿·나잇…….」

구미꼬(久美子)는 신죠(伸三)를 끌고 가듯 門을 닫고 안쪽으로 사라졌다.

「어머님, 괜찮습니까?.」

하고 다까오(孝雄)가 門밖을 내다보면서 물었다. 그 걱정을 가스꼬(和子)가 받아서,

「저 애가 파파를 第一 嚴하게 다루고 있으며 파파도 저애 말을 고분고분 잘 들어요. 너무 醉해서 醜態지 뭐에요. 노사까·쓰루요시(野坂鶴吉)氏.」

「뭐야. 너야말로 가메꼬(龜子=거북)에 恰似한 얼굴이야. 그러나 但 九百年 程度의 寡婦生活을 할 수 없다는 것은 日本 女性의 貞操觀念도 墜落해 버렸어. 寒心스런 일이군.」

「두고두고 보자보자 하니까 眞짜 제멋대로 떠드는군요.」

유미꼬(弓子)가 살짝 팔목時計를 드려다 보고서,

「쫓아내는 건 아니지만 노사까(野坂)氏, 그만 돌아 가세요. 電車가 없겠네요. 여기서 쉰다면 그대로 좋겠지만.」

「아닙니다. 돌아 가야죠. 남의 집에서 아무리 親切히 대해

주셔도 困難하니까요.」

「事實같은 말을 하시네. 그럼, 가스꼬(和子). 電車길까지 바래다 드려요.」

「아 아니, 저 혼자서 가겠습니다.」

「제가 따라가면 不便스러운가요?.」

「그 反對야. 오늘은 여려가지 일로 若干 興奮해 있으며 단 둘이서 바깥 어둠속을 걸어가다 갑자기 野心이라도 일어나면 困難한 點도 있고 해서……」

다까오(孝雄)의 머릿속에는 卒業式 날 밤늦게 바래다주러 나온 이시다·미에꼬(石田美枝子)와 집앞 어둠속에서 갑자기 키스를 하게 된 이메지가 떠올라 왔다. 그래서 미에꼬(美枝子)라면 가볍게 흘려버릴 이런 衝動的인 行爲도 하야마·가스꼬(葉山和子)에게 있어서는 커다란 괴로움의 씨가 되어 뒤를 끌어당기리라는 것이 선뜻 생각되어졌던 것이다.

「當身도 그렇게 생각하세요?. 나도 當身의 그 動物的인 感覺을 눈 뜨게 할 程度의 魅力이 있다고 믿고는 있지만.」

「잘 알아요. 어머님, 오늘 宅의 여러분과 이야기 할 수 있어서 대단히 意義깊은 날이었다고 생각합니다. 그럼, 失禮하겠습니다……」

다까오(孝雄)는 유미꼬(弓子)와 가스꼬(和子)의 餞送을 받으며 玄關에서 구두를 신고 있자니 어데 있었는지 구미꼬(久美子)가 다람쥐같이 재빨리 튀어 나와,

「노사까(野坂)氏…., 저- 成長株의 件, 잊지 말아요. 그리고

同生인 지로(次朗)氏를 紹介시켜 주는 것 도 요.」
「응, 잊지 않고말고.」
「언니, 바래다 드리세요.」
이렇게 말하니까 가스꼬(和子)는 잠자코 눈앞의 두터운 샌달을 신었다.
「安寧히 계세요.」
「잘 가요.」
街路燈이 비추고 있는 어둑어둑한 길은 完全히 靜肅으로 바뀌어 졌고 2, 3個의 그림자 같은 사람의 모습이 움직이고 있다. 가스꼬(和子)와 다까오(孝雄)는 서로 손을 잡고 電車길 쪽으로 걸어갔다. 어느 便에서도 따뜻한 손이라고 느꼈다.
걸어가면서 하루가 끝나려는 덧없는 삶의 소리가 電車가 달리는 큰 길 쪽에서 騷亂스럽게 들려오는 것을 느꼈다.
그런 騷音을 뚫고 오늘밤도 救急車가 밤하늘에 警笛을 울리면서 달려가고 있다.
「다까오(孝雄)氏, 元氣가 없어 보이네요. 우리들의 서비스가 나빴기 때문인가요?.」
「그렇지 않아. 난 말이야, 女性이란 存在가 어쩐지 무서워 졌다⋯⋯. 아사누마(淺沼)의 집에선 生存力이 흘러넘치는 에이꼬(榮子)氏에게서 壓迫感을 받았고, 너의 집에서는 구미꼬(久美子)孃에게 完全히 녹·아웃(Knock·Out) 當했으며, 마마의 말씀에는 女子 — 라고 하는 것 보다 人間의 氣分의 複雜性에 부닥쳤으며 너에게선 에스키모語로서 꾸중까지 듣고서 머리까지 얻어맞았다. 何如튼 난 女子 속에 潛在해있는 盲目的인 人間性의 깊음, 强함 그리고 獨斷性이 무서워졌단다. 그래서 그러한 女子와 結婚해서 함께 살아 간다는 것이 어쩐지 마음 무겁게 느껴진단 다……. 무서워 女子란.」

「批判은 얼마든지 해도 좋지만 結婚 한다는 것은 避할 수 없어요, 하느님이 아담을 그렇게 만들었으니 까요. 좋지 않으세요? 언제든지 얌전한 몸가짐을 하는 것이 婦德이라고 느껴야만 하는 女子들에게 多少 마음 저 밑바닥에 좋지 못한 點이 있다손 치더라도 하는 수 없지 않아요. ……그런데요, 當身. 人形과 結婚 할 생각이세요?」

「그거야 그렇지 않지. 너 말이야, 어느 程度 收入이 있으면 愉快하고 滿足스런 新婚生活을 할 수 있겠다고 생각해 본 일이래도 있는 거니?」

「있어요. 나 每日 家計簿를 적어 넣을 때 엄마를 돕고 있거든요.」

「그러니까 얼마?」

「房이나 집이 있으면 月 二萬 五千円 乃至 三 萬円 程度는 必要해요. 希望하신다면 그 內譯도 알려 드릴 수 있어요. 거침없이 對答할 수 있걸랑요. 主食費, 副食費, 調味料費, 光熱費, 家具 修繕費, 醫療費, 交際費, 修養娛樂費, 保健衛生費, 保險費, 貯金, 용돈 等等……」

「그만, 그만. 三 萬円 程度의 金額이 그렇게 여러 가지로 나누어진다는 거야? 그리고 主人의 용돈은 얼마 程度?」
「하루 百円이나 百五十円 밖에 낼 수 없어요.」
「百円짜리 男便이란 말이지.」
「할 수 없지 뭐에요. 病이라도 걸리는 때도 있겠고 어린애도 낳아야 하겠고…….그런데도 돈이 없으면 어린애들이 크더라도 必要할 때 쓰지를 못하잖아요.」
「너무 반해서 結婚한 書房님이래도 日當 百円 乃至 百五十円이란 말이지—男子란 完全히 바보 같은 存在로군.」
「그래요. 若干 그런 곳이 있어요.」
「뭐가 그래요 야……. 어이, 벌써 電車길이다. 돌아가요. 늦게까지 弊를 끼쳐서.」
「眞짜 즐거웠어요, 오늘 밤.」
「그도 그렇군. 여러분에게 安寧히, 그리고 우리 집에도 종종 와요, 安寧!」
「安寧!」
두 사람은 꼭 붙잡은 손을 그네처럼 크게 두세 번 흔들고서 그리고서 헤어졌다. 그리고 두 사람 다 같이 뒤로 돌아보는 法도 없이 各自의 方向으로 急히 발걸음을 옮겼다.

어느 찬스(Chance)

이시다·미에꼬(石田美枝子)는 學校를 卒業하고 어디에도 就職하지 않고 그녀가 말하는 浪人生活을 始作했다. 母親 유끼꼬(雪子)에게 弊를 끼치면서 每日每日 빈둥빈둥 놀고 있는 것이다. 그렇게 놀고 있더래도 文學書籍을 읽거나 映畵나 新劇을 보거나 小說 習作을 하거나 하는 것으로 그녀 自身에게 있어서는 조금도 時間을 헛되이 보내고 있지 않다는 氣分이었다.

유끼꼬(雪子)도 그것을 認定하고 있다. 다만 이러한 注意를 단 한 번 시킨 때가 있었다.

「네가 나를 依支하고 있다는 것은 마마의 삶에 있어서 하나의 자랑거리 이므로 浪人生活 關係 없지만 商店에 오는 손님들의 이야기를 들어보면 젊을 때 무언가 社會의 實務에 關해서 實際의 體驗을 쌓아 두는 便이 將來 作家로서 發展해 나가는데 큰 도움이 된다고 말하고 있단다.」

「그것도 하나의 方法이겠죠. 그렇다고 꼭 해야만 된다는 것도 아니라고 봐요. 想像力이랄까 創作力이랄까 그것이 不足한 者가 自身의 過去의 經驗에 關한 것을 쓰는 傾向이 많지 않을까요…… 萬一에 體驗이 무엇보다 必要한 것이라면 저의 생각으로는 男子의 일에 對한 體驗을 可能한 한 많이 쌓아야 된다고 생각해요.」

「네, 네. 하고 싶은 대로……. 마마는 一切 關涉하지 않을 테니까.」

「그런데 마마와 저의 두 사람만의 生活 바로 이것이 바로 人生의 커다란 體驗이라 생각해요.」

「네, 네. 그것도 멋대로……. 너의 일이니깐. 小說속에 그려져 있는 나는 『피카소』의 人物畵처럼 눈이나 귀, 코, 입이 제멋대로의 場所에 제멋대로의 크기로 이곳저곳에 붙여져 있는 것처럼 되겠지.」

「글쎄요. 마마라는 사람 그러한 手法이 아니고선 그려 낼 수 없으리라 생각해요. 난 그대로의 마마가 第一 좋지만요…….」

「고맙구나……. 그러나 한 가지만 注意시켜 두고 싶은 것은 넌 自身의 입으로 떠드는 것만큼 强한 人間이 아니라는 것이다.」

「마마, 저도 自身의 限界는 알고 있다고 봐요.」

이러한 母女의 生活모습은 어쩔 수 없이 每日 勤務하고 있는 유끼꼬(雪子)의 立場에 따라가기 마련이었다.

아침엔 열 時頃 일어나 유끼꼬(雪子)와 家庭婦 할멈은 집을

淸掃한다. 미에꼬(美枝子)는 제대로 머리손질도 하지 않은 채 코카스파니엘을 끌고 한 三十分 程度 거리를 벗어난 貧弱한 들길을 散策한다. 그때엔 휘파람을 부는 習性이 있다. 길게 삐-삐-하고 잘도 분다. 멜로디로는『聖者가 거리를 向해 오다.』이거나 요즈음 流行하는 日本 노래가 많은것이다. 검은 코카스파니엘은 그 멜로디에 맞추는 것처럼 미에꼬(美枝子)의 발 近處를 뱅글뱅글 돌아다닌다. 몸차림을 끝내고서 빵, 커피, 햄, 에그스, 우유 等의 아침食事를 하는 것은 11時 頃이다. 그 後에 날씨라도 좋은 날이면 陽地바른 溫室 같은 窓門 곁에서 椅子에 몸을 비스듬히 뉘이고 세 種類의 新聞을 대충대충 읽는다. 職場人이나 大學에서 小學生까지 家庭에서 사라지고 없는 時間이므로 이때가 第一 조용한 時間이다.

서로 議論 할 것이 있을 때에는 이 時間에 簡單히 끝내버린다. 라고 하는 것은 每日 但 두 사람 뿐 이니까 새로운 이야기는 極히 드물다. 그것보다는 그날그날의 新聞 記事로 나와 있는 事件에 對하여 유끼꼬(雪子)가 미에꼬(美枝子)에게 質問하는 때가 많다. 똑 같은 共産主義인데도 쏘련과 中共은 무엇 때문에 서로 티격태격 다투고 있느냐? EEC라는 것은? 뉴-욕 交響樂團은 世界的으로 어느만큼 랭크(Rank)되어 있는가? 拳鬪의 보디브로(Body·Blow=강타) 란? 中近東에는 작은 나라들이 꽤 많아 늘쌍 옥신각신 騷動을 일으키고 있는데 그 原因과 將來의 見解는-? 그러한 雜多한 質問에 미에꼬(美

枝子)가 全部 正確하게 對答할 수 있다는 것은 아니지만 알고 있는데 까지는 머리를 짜내어 熱心히 對答한다. 質問은 斷片的이지만 듣는 유끼꼬(雪子)는 全體의 一部分으로서 그 斷片的인 對答을 處理할 수 있는 머리를 갖고 있다. 미에꼬(美枝子)의 解說의 程度도 어느 線에 限定되어 있긴 하지만…‥.
유끼꼬(雪子)가 그와 같이 딸애인 미에꼬(美枝子)에게 時事問題등을 듣는 데는 두 가지 目的이 있다. 그 하나는 그렇게 함으로써 母女間의 마음을 더욱 密接하게 하기 爲해서 이고 또 하나는 장사를 爲한 것으로서 유끼꼬(雪子)가 經營하고 있는 빠-(기고리)에는 손님의 類가 많고 男女 間의 흔한 弄談 만으로서는 商店의 雰圍氣가 어울리지를 못하는 것이다.
午後 三時가 되면 間食代身 輕食事를 하고 유끼꼬(雪子)는 自身이 直接 運轉하여 빠-로 나간다. 服裝은 거의가 기모노다. 머리털이 검고 皮膚가 하얗고 눈이 크고 光彩가 있으며 身體의 線도 허물어지지 않은 유끼꼬(雪子)는 아주 華麗한 高級 천 만을 選擇한다. 그러는 便이 品位가 있어 보이고 沈着하게 느껴지는 것이다.
미에꼬(美枝子)는 유끼꼬(雪子)의 車에 便乘하여 都心으로 나가 긴좌(銀座)에서 쇼핑을 하거나 映畵를 보거나 하는 때도 있다.
밤에는 自己 書齋(서재)에 파묻혀 册을 읽거나 原稿를 쓰거나 한다. 午後 七時頃에는 미에꼬(美枝子)로서는 第一 充實한 時間이다. 밤 한 時頃 母女는 맛있는 것들이 많은 밤참을 즐기고 그리고선 沐浴, 就寢- 이렇게 하는 것이 每日 每日의 日課였다.

유끼꼬(雪子)는 미에꼬(美枝子)의 파파인 다시마·세이지(田島淸二)와 離婚하자 慰藉料(위자료)를 資本으로 빠- 經營을 始作했으므로 미에꼬(美枝子)는 혼자의 生活에는 어릴 때부터 익숙해 있었다. 人形이나 장난감, 꽃이나 비, 바람, 새, 개, 고양이 等과 이야기하는 어릴 때의 習性이 只今도 남아 있어 미에꼬(美枝子)는 無意識的으로 혼자서 獨白을 주고받는 때가 흔하다. 例를 들면 原稿를 쓰고 있던 펜을 집어 던지고 椅子에 멍청히 앉아 있다가 "아-아-, 새하얀 눈이 먹고 싶구나." "오늘 밤 자고서 내일 눈이 뜨이면 다섯 애들의 엄마가 되었으면 좋겠다." "구름이여 흰 구름이여 當身은 살아 움직이고 있군요." "바로 只今 다랑어의 속살이 먹고 싶어" 그러한 미에꼬(美枝子)의 獨白을 하나하나 記錄했었다면 한 권의 노-트가 不足할 만큼 많았을 텐데……

어느 날 一流인 A 出版社의 編輯部에 勤務하고 있는 무까이·다쓰오(向井達夫)가 前日 電話로 約束한대로 正午 頃에 미에꼬(美枝子)를 찾아 왔다. 붉은 털 남방셔츠에 灰色 바지, 둥근形의 밀짚모자를 한 服裝이, 햇볕에 그을린 童顔이나 몸집은 작지만 敏捷하게 보이는 몸집에 잘 어울려 보였다. 미에꼬(美枝子) 便에서도 미리 알고 있었으므로 灰色의 잘 어울리는 투피스를 입고 가슴에는 작은 붉은 薔薇(장미)

를 꽂고 있다.

「야-」

「오래간 만인데.」

四年 間을 함께 지내 온 親舊 사이이므로 그 程度의 人事로서도 마음이 通하는 것이다. 따스한 날씨였으므로 미에꼬(美枝子)는 南向의 손질이 잘 되어있는 正面에 面한 窓門 곁으로 案內하여 藤椅子에 마주 앉았다.

「못 보던 사이에 핸섬·보이가 다 되었네요.」

「나 말이지, 키가 작잖니. 그래서 몸집으로서는 하는 수 없으니까 奢侈하는데 마음을 쓰는 거라 구. 月給은 그것 때문에 다 날아가 버리고 마는 거야……. 너 只今도 化粧을 하지 않는 거니? 이젠 學生이 아냐. 盛大하게 분이나 립·스틱 程度는 발라 봐요.」

「自身의 얼굴은 自身이 第一 잘 안다 구요. 난, 이 程度로 足하다구요.」

「玉도 닦지 않으면 반짝이지 않느니라……. 遺憾스럽군.」

「會社에서는 무엇을 익히고 있나요?.」

「編輯, 레이아웃(Layout), 校正. 그리고 가끔 寄稿者에게 付託한 原稿를 가지러 가지. 編輯長이 말이야, 君은 어린애 같은 얼굴이므로 女性 寄稿者에게 썩 어울리겠는데. 틀림 없이 귀염을 받을 게야. 그 일을 專門으로 하면 어떨까, 하고 놀리지 뭐야.」

「누구나 보는 눈은 똑 같네.」

「난 拒絶 해 버렸어. 大學 四年間 지나치게 많은 女學生들로부터 쥐어 뜯겨 完全히 劣等感이 배어 있으므로 나에겐 맞지 않아요, 하고 말이야……」

「그 便이 좋다고 봐요. 寄稿家를 訪問한다 해도 只今 段階에선 女子보다 男子의 學者, 作家, 實業家 等과 接觸하는 便이 많을 게 틀림없으니까 當身을 爲해선 그러는 것이 좋다고 생각해요.」

「말이 되는구먼. 너의…… 實은 지나온 四年間은 女子냄새를 너무 맡아 中毒狀態를 일으키고 있었으니까.」

家庭婦가 물수건, 레몬스캇슈, 비스켓을 날라 왔다. 庭園 周邊에는 소나무, 하양목, 구실잣밤나무, 단풍나무 등이 심어져 있고 그 가운데 협죽도 石榴나무등도 섞여있어 季節의 꽃을 피우고 있다. 그 나무들 맨 앞쪽에 크게 중 대머리처럼 다듬은 영산홍이 若干씩 다른 색깔의 잎을 豊盛하게 펼쳐 山 모양처럼 겹쳐져 보였고 왼쪽 편 花壇에는 그라디오러스, 鳳仙花, 栄松花 등이 피어 있는가 하면 대나무 通으로 물을 끄러오게 되어있는 돌로 만든 洗手臺에는 두세 마리 참새들이 沐浴을 하고 있다. 正面의 맨 가운데에는 발이 고운 잔디로 꽉 덥혀 있어 햇볕을 받아 부풀어 있는 때문인지 한 장의 두터운 양탄자를 聯想케 한다.

「……그런데 다쓰오(達夫)氏, 내게 對한 用務는?. 프로포즈하러 온 것은 아닐 테고……」

「넌 벗으로서는 一生 잃어버리고 싶진 않지만 마누라로서는 一生의 大 凶作이다. 그렇군. 프로포즈는 아니지만 네게 하나의 찬스(Chance)를 가지고 왔지.」

「찬스를…‥.」

「編輯部의 方針으로 젊은 新人作家를 發掘해 보자는 意圖로 今年 入社한 社員들은 各各 母校 出身者나 在校生 中에서 그 候補者를 選拔해 오라는 命令이야. 그래서 난 맨 먼저 너를 생각하게 되었지.」

「무까이(向井)氏, 내가 쓴 거, 읽어본 적이 있나요?.」

「넌 發表해 본 일이라도 있는 거니?.」

「없어요,. 그런데도…‥.」

「人間이란 말이야. 너처럼 複雜 怪奇 한가 봐. 四年間 第一 따끔한 毒舌을 퍼 부은 것도 너였고, 가장 納得이 갈만한 말을 한 것도 너였다. 써서 모아둔 作品이라도 있겠지?.」

「없는 것은 아니에요. 난 말에요, 써서는 곧 찢어버리므로 모아둔 것은 달랑 두 篇밖에 없어요. 八十枚 程度의 短篇 하나, 四百枚 程度의 中篇 하나…‥.」

「O·K! 그거 둘 다 빌려 줘. 가지고 가서 編輯部의 審査에 걸어볼 테다.」

「…‥어떻게 할 꺼나.」

「왜 躊躇하는 거지?.」

「서슴지 않고 毒舌을 퍼 붙던 子息이 겨우 이 程度밖에 쓰지 못하는가 할까봐 氣가 질려요.」

「平凡한 세리프는 그만 두자 구. 야-, 모처럼의 機會니까 걸어보는 거야. 너 뿐만이 아냐. 나도 걸어 보는 거다. 그 程度의 友情은 내게도 있어. 그래서 머리부터 발끝까지 運좋게 너의 作品이 當選되면 심부름꾼의 勞苦에 答하는 意味로 내 볼에 精誠껏 키스 해주기를 바란다.」

「當身, 내 마음을 움직일 方法을 熱心히 硏究 했네요. 그럼 原稿를 맡기겠어요.」

「맡겨 볼 테냐? 原稿를 이리로 가져오기 前에 집에서 모시고 있는 家神 앞에 原稿를 쌓아놓고 딱딱 손바닥을 두드리며 빌고 오는 거야.」

「O·K」

하면서 미에꼬(美枝子)는 자리에서 일어 섰다. 그리고 선 무까이·다쓰오(向井達夫)의 얼굴을 내려다보면서,

「내 作品이 뽑혀지면 協力者인 當身의 볼에 키스해 준다는 條件은 받아 드리겠지만 落第한다면 어떻게 하죠?.」

「그때엔 내가 너의 볼에 落第에 對한 섭섭 키스를 해 주지. 結局 合理的이지만서도…….」

「뭔가 若干 엉큼스런 感이 있긴 하지만…….」

두 사람은 얼굴을 마주보며 큰소리로 웃었다. 미에꼬(美枝子)는 房 뒤ㅅ켠에 있는 書齋로 가서 불룩한 파트롱 종이봉투를 안고 나왔다.

「자요. 이것이 그 原稿에요.」

무까이(向井)는 封套를 열고 短篇과 中篇의 原稿를 끄집어 내었다.

「短篇은 『바람은 죽었다』, 中篇은 『얼어붙은 太陽』- 『바람』, 『太陽』 - 두 편 모두 自然現狀을 取扱했군. 內容은 體驗을 쓴 건가?.」

「作家에 있어선 作品은 모두가 體驗이 아니에요. 素朴한 經驗과는 意味가 달라지지만……. 나의 生活로 말하자면 環境이 그런 만큼 어릴 때부터 孤獨하고 單調로운 것이었어요. 혼자서 놀고 혼자서 지껄이고 혼자서 생각하고 또 생각한 것을 行動으로 옮겨보는 時間이 많은 生活이었어요. 그러한 나의 생각함이나 空想에 어느 程度의 眞實性과 普遍性이 浸透되어 있는가 하는 것에서 나의 이 두 個의 習作品의 文學的 價値도 決定되리라 생각해요……..」

「이번에는 同窓生으로서 물어 보겠는데 너, 戀愛經驗이 있니?.」

「없어. 그것과 비슷한 感情을 가져 본 일은 있지만……. 高校生 時節에도, 大學生 時節에도……..」

「奇蹟같은 이야기로군.」

「누구도 나를 約束한 사람이 없었기 때문이지. 너무 自由롭기 때문이야. 但 한번 키스를 한 적은 있었지만……..」

「언제?.」

「요즈음.」

무까이(向井)의 얼굴에는 一瞬間 하나의 그림자가 휙하고 스쳐갔다.

「알겠다. 卒業式 날 밤이었지. 노사까(野坂)한테 電話했더니 너와 함께 食事하러 갔다고 하기에 危險千萬이로구나 하고 생각했던 때가 記憶난다.」

「맞았어. 그러나 앞도 뒤도 없는 그때 그 場所에서만의 欲情 이었어.」

「괜찮겠나? 그렇게 해도⋯?.」

「키스程度의 行爲에 神聖하다던가 愛情이라든가 尊嚴이라든가 하는 興感스런 意味를 떼어다 붙이는 것은 낡아빠진 생각이라 구. 그것보다 當身과 그녀, 멋있게 잘 해 나가겠지. 때때로 서포터를 입고 데이트를 하는지 모르겠네?.」

「치워, 짜- 아식!. 實은 來年쯤 그녀와 結婚 할까하고 생각中이다. 같이 버는 거야, 當分間은⋯.」

「잘 됐어요. 오랜 交際가 멋있게 열매를 맺게 되어서⋯.」

「뭐, 그런 거지, 뭐⋯.」

「當身들, 벌써 키스 以上의 關係에 들어갔겠지?.」

「뭐라 곳,— 그래 어느 틈에 그렇게 되어 버렸어. 어린애가 태어나지 않게 注意는 하고 있지만⋯.」

「즐거웠겠지?.」

「오브 코오스(Of Course＝당연한,)! 웬지 내 사타구니를 이렇게 흘끔흘끔 바라본단 말씀이야. 아주 淫蕩한 子息이야.」

「若干의 驚異感을 느꼈겠군. 男子와 女子와의 人間이라하는 것의 彫刻에 對한 異常야릇함에⋯. 暫間 기다려 줘 봐.」

하고 미에꼬(美枝子)는 일어서서 뒤ㅅ곁의 書齋로 들어가더니 한권의 册을 뒤적거리며 나왔다.

「이거 古事記야. 읽어 볼래요? "여기 그 누이 이자나미의 명(命=神에 붙이는 尊稱)"을 불러 물어 가로대 너의 몸은 如何히 되었느냐고 물으니 이자나미 曰, 나의 몸은 될 대로 되었으나(成) 되지 않는 곳 한곳이 있나이다. 하고 對答했느니라. 여기에 이자나기의 命이 가로대 나의 몸은 될 대로 되었는데도 되고 남은 곳 한곳이 있나니라. 故로 이 내 몸의 되고 남은 곳을 가지고 너의 몸 되지 않는 곳에 합쳐 나라를 낳고서 이루러 하노라. 낳는 것이 어떠한가하고 말하니까 이자나미의 命 曰, 그러는 게 좋겠오이다 하고 對答했느니라." 古典의 精神이란 大凡하고 分明하고 素朴해서 좋아. 當身들의 境遇에도 이 以上으로 簡潔하고 아름다운 表現은 될 理가 없겠지. 더욱이 産兒制限이라는 것은 거의 古典에 反하는 것이지만도……」

「뭐든지 지껄어 봐. 그러나 自身이 그러한 經驗을 해버린 때문인지는 모르겠으나 古事記 그곳의 記述은 틀림없는 表現이라 생각 해. ……넌 또다시 뭣 때문에 우리들 일에 古事記를 들고 나오는 거야?.」

「亦是 마음이 끌리는 데가 있기 때문이지. 그렇게 簡潔하고 빛나는 描寫를 읽으니 다로(太郎)와 하나꼬(花子)가 어찌고 저쩌고한 흔해빠진 戀愛小說 등을 읽을 氣分이 없어지고 말아. 한 가지 더 물어봐도 괜찮겠지?.」

「뭐든지 물어보라 구. 개 죽사발이로군! ……그런데 나의 되고 남은 곳 近處를 힐끔 힐끔 보는 것만은 그만 둬.」
「그건 古典的으로 廣範한 驚異의 念에 若干 動搖되었다는 것 뿐이야. ……한 가지 더 듣고 싶은 것은 어느 날 어느 때 - 대낮인지 밤인지 모르지만 - 둘이 얼싸안았을 때 어느 쪽이 더 積極的으로 交涉을 要求 했던 가가 궁금한데?.」
「귀찮은 子息이야, 너 말이다. 그러나……, 對答 해 주지. 그女였단다. 뭐라 해도 듣지를 않아. 온통 人類나 大地의 素朴한 本能이 그女에게로 송두리째 옮겨버린 것 같았다니까.」
「어디에도 마찬가지로구나. 아사누마(淺沼)들도 그랬었다더군. 언젠가는 나도 그렇게 되려나 모르지. 女子란 하는 수 없는 存在 인 것 같애.」
「좋지, 뭐야, 그렇더라도. 더욱이 그렇게 되면 古事記의 女必從夫의 生活方法과는 反對가 되는 셈이지만 좋겠지. 只今은 原子力 時代이니까.」
그곳에서 다쓰오(達夫)는 뜨거운 한숨을 몰아쉬고선,
「그女, 정말 좋은 子息이야. 엊그제 만났는데도 오늘 다시 만나니깐 一年도 더 만나지 못한 것 같은 新鮮한 느낌이 든다니깐…….」
「부럽습니다, 同窓生님……. 그런데요, 別居해있는 只今은 그렇다 하더라도 每日을 함께하는 夫婦生活에 들어가서도 그러한 新鮮한 氣分을 오랫동안 지켜질 수 있는 祕訣을 알고 있기는 하는 거니?.」

「모르겠는데. 亦是 古事記의……?. 아직도 어린애인 너의 知識이란 古事記에서 얻은 것 外는 있을 턱이 없으니깐.」
「바로 보았어요. 그런데 이번엔 프랑스의 『몽테뉴』가 젊은 이들에게 준 敎訓이야.」
「그의 隨想錄에서의 引用文을 읽은 記憶이 있지만 通讀해 본적을 없어.」
「『몽테뉴』는 夫婦라 하는 것은 戀愛感情을 빼버린 倫理的 乃至 友愛的인 情理로서 맺어질 따름이다. 고 했어. 情慾에 빠져버리면 서로가 待하는 敬愛나 아끼는 마음이 減退되고 없어져 結局에는 그것이 習慣化되어 보잘 것 없는 夫婦生活을 보내고 말 뿐이다, 라고.」
「그런 것 입으로는 말 할 수 있어도 實踐하기란 어려운 것이라고 생각하는데.」
「實踐하기 어렵다는 것이 思想이라 하는 것의 하나의 性格이 아닐까?. 좀 기다려 줘. 只今 隨想錄을 가지고 와서 읽어 줄 테니까.」
미에꼬(美枝子)는 다시 書齋로 들어가서 이번에는 다시 隨想錄의 페이지를 넘기면서 되돌아왔다. 椅子에 앉아 입에 물고 있는 담배 煙氣 때문에 얼굴을 찡그리며 한 장 한 장 페이지를 넘기고 있다.
「아, 여기 있네. 읽을 께요. "結婚의 效用價値는 우리들 自身을 超越해서 저 먼 子子孫孫에게 미친다. 그러므로 나는 結婚을 自身의 손으로 하지 않고 늘 第 三者의 손에 依해서, 自身의 分別에 依하지 않고 他人의 分別에 依해서 定하는 그런 方法이 좋다고 생각한다.. 이렇게 해서 맺어진 結婚은 徹頭徹尾(철두철미) 戀愛結婚과는 別個의 것이 된다. 이 거룩한 結合에 흔해빠진 亂雜한 戀愛結婚에 있어서의 不合理한 過激함을 使用한다함은 一種의 近親相姦에 다름없다. 사람은 『아리스토텔레스』가 말한바와 같이 所重히 여기면서 誠實한 마음으로 自己 아내와 接하지 않으면 안 된다. 너무 지나치게 好色的으로 아내를 부추겨서 快樂이 그녀를 理性의 範圍 밖으로 내몰게 하는 일이 있어서는 안 된다.(中略) 좋은 結婚은 萬一 그 길이 있다고 한다면 戀愛를 隨伴하는 그 모든 性質을 띠우는 것을 拒否한다. 그것은 반대로 友愛의 모든 性質을 模倣하려고 애 쓴다. 그것은 生命의 아기자기한 結合으로서 變치 않는 사랑과 信賴와 無限한 信用으로서 堅固한 相互의 奉仕 乃至는 義務에의 길로 가득 차 있다……" 이렇게 말하고 있어. 이것이 夫婦生活을 언제까지나 新鮮하게 하는 要訣이라는 것이야. 어떻니?. 무까이(向井)君. 夫婦라 하는 이러한 品位 있는 生活이 될 것 같긴 해?.」

「체!……체!…….」

하고 무까이(向井)는 두 번 연달아 혀를 찼다.

「그런 바보 같은……. 念佛이나 讚美歌를 부르면서 寢室에의 行爲를 하라고 하는 것 같군. 人間의 感覺이나 心理는 一時에 그렇게 效果있게 하도록 되어있을 理가 없지 않나.

營養 그것만을 생각하고 飮食을 먹는다면 飮食의 맛이 折半은 減少하겠지. 난 寢室에서는 男女가 動物的이고 그것에 빠지는 便이 좋다고 생각한단다. 念佛이나 讚美歌를 無理스럽게 베드의 生活 속에까지 들여 놓는다면 男子고 女子고 精神分裂症에 걸린다는 것은 뻔한 事實이야. 네가 읽어준『몽테뉴』의 文章에서 내가 얻은 것이라곤 過食이나 過飮은 身體에 害를 끼치는 것처럼 夫婦가 情欲에만 지우치는 것은 身體 및 精神的인 面에 좋지 않은 結果를 隨伴한다. 이러한 卑近하고 常識的인 敎訓 하나 뿐이야……」

무까이(向井)의 語調에는 아직 結婚도 하지 않은 戀人과 肉體關係가 있다는 事實위에 位置해 있다는 탓인지 嚴肅(엄숙)하고 熱誠的인 마음에 넘쳐있다. 미에꼬(美枝子)는 微笑를 흘리면서,

「自身이 있군요. 나도 當身과 大槪 같은 意見이지만 우리들 젊은이들에게 影響을 느끼게 하는 것은『몽테뉴』의 말에도 무언가 뼈가 있기 때문이 아니겠어. 이 册의 다른 部分에 쓰여 있지만 『소크라테스』가 사람은 結婚을 하는 便이 좋은가 나쁜가하고 質問을 받았을 때 "어느 쪽이건 사람은 後悔할 것이다"라고 對答 했다고 했어.」

「흠, 그런 發言을 했을 때나 場所는 알 수 없지만 뭐라 말할 수 없군그래. 그러나 그 問題에는 『소크라테스』의 必要 以上의 誇張보다 난 『아와(阿波=옛 地方의 이름=只今의 도꾸시마현(德島縣)』의 바보 춤의 率直한 文句에 끌리

는 거다. 『춤추는 바보에 추지 않는 바보, 똑같은 바보라면 추지 않으면 損害다. 얼시 구나, 절시 구.』 이 말 그대로 人間은 男子고 女子고 間에 바보와 結婚해서 웃거나 울거나 하면서 살아가는 것이 우리들 社會의 現實이다.」

미에꼬(美枝子)는 소리를 내어 웃었다.

「勝負는 끝났다. 『소크라테스』를 이겼어요. 宏壯한 哲學者인데. 當身의 體驗이 當身을 이 程度로 길러주었네.」

「그렇게 말 한다면 좀 부끄럽긴 하지만 『몽테뉴』의 말 그 女에게 들려주겠어. 獨身으로 있을때 그러한 嚴肅한 말이 머릿속에 송두리째 記憶되기 쉬우니까⋯⋯. 그런데 알 수 없는 것은 結婚도 戀愛(?)도 하지 않은 네가 그만한 知識을 무더기로 머릿속에 간직하고 있다는 거야. 몸뚱이나 머리의 바란스(Balance)가 뒤틀려 지겠지만.」

「바란스가 뒤틀려 있는 편이 좋은 거야. 小說을 쓰거나 하는 데는 말이지.」

「흠, 그렇게 되고 보니 他人이 說敎를 떠벌릴 때가 아니로군. 애즈 유 라이크 잇(As you like it.=뜻대로 하사이다.)!」

짧은 沈默이 흘렀다.

「다쓰오(達夫)氏.」

「응.」

「庭園으로 내려가서 日光浴이나 하자 구. 스리퍼를 신은 그대로 좋아.」

미에꼬(美枝子)는 큰 디딤돌을 딛고 庭園으로 내려가 잔디 위에 벌렁 드러누워 兩손을 베개처럼 머리 밑으로 넣었다. 길쭉한 두 다리도 若干 벌려진 전혀 無警戒한 太平스러운 모습이다. 무까이(向井)도 그 뒤를 따라 미에꼬(美枝子)의 머리와 三角形의 꼭지처럼 맞대고서 엎드린 姿勢로 두 다리를 길게 뻗었다. 따스한 햇볕을 받아 부풀어있는 잔디의 生풀 냄새가 코를 刺戟 시키는 것만이 아니고 몸뚱아리를 포근히 감싸 神經의 機能을 鈍하게 만드는 것 같은 느낌이다. 바로 곁에는 두더지가 파 놓은 한 무더기 검정 흙 위에는 젖은 지렁이 한 마리가 몸을 뒹굴고 있다. 등이 빨갛고 배가 하얀 놈이다. 저 멀리서 午後의 삶의 소리가 隱隱히 들려오지만 그것도 周圍의 깊은 靜肅에 휘말려 버리고 만다. 대통을 지나 洗手臺로 흘러 떨어지는 가느다란 물소리가 이 靜寂을 한층 더 뚜렷하게 해 준다.

「무까이(向井)氏도 나처럼 바로 누워 저 하늘을 쳐다봐 보라 구. 오늘 보는 하늘은 여느 때 보다 멋져 보이네.」

그러자 무까이(向井)도 휙 몸을 돌려 머리 밑으로 兩팔을 넣었다. 眞짜 엷은 푸른色을 띤 아름다운 하늘이다. 눈을 바로하고 있자니 처음의 푸른 하늘 저편에 더욱 더 엷은 靑色의 하늘이 차례차례 몇 겹이라도 깊은 圓形으로 포개어져 있고 눈이 부셔 더 보지 못할 程度였다.

「다쓰오(達夫)氏, 내 손을 좀 붙잡아 줘 봐.」
「손을?.」

「저 먼 하늘을 바라보고 있자니 人間이라는 自身의 存在가 너무 가냘프고 답답해지지 않는 거니?」
두 사람은 잔디위에서 서로 손을 붙잡고 빨려 들어가고 말 것 같은 氣分으로 먼 하늘을 쳐다보았다. 보잘것없는 自身의 存在를 不過 손을 잡는 程度로서 얼마간 마음 강하게 느껴 보려는 것처럼…. 손바닥을 通해서 서로의 體溫이 흐른다. 그리고 무까이·다쓰오(向井達夫)는 自身의 視線이 저 먼 하늘에로 빨려 들어가고 말리라고 생각하는데도 옆에 누워있는 미에꼬(美枝子)의 불룩한 가슴의 두 隆起나 그 部分에서 鼓動하는 心臟의 움직임, 그리고 부드럽게 이어지는 肉體의 起伏이 눈동자의 한쪽 구석에 비치고 있어 어쩐지 自身이 散散조각으로 分解되어지는 氣分이 드는 것을 어쩔 수 없었다. 그러나 다쓰오(達夫)는 只今의 이런 姿勢를 戀人에게 보이더래도 一分一厘(厘=아주 작다는 의미=화폐단위로 일전의 십분의 일)도 뒤가 켕기는 생각은 없다고 믿고 있다. 그렇지만…., 但只 그렇지만 이다. 假令일러 自身의 戀人이 - "短大 出身으로 이름은 이와무라·게이꼬(岩村惠子)" ― 다른 男子와 이렇게 단 둘 만이서 누워 있는 것을 보았다면 두 사람의 關係가 깨끗하다 할지라도 自身의 氣分이 내키지 않고 꺼림칙한 채로 끝날 것은 틀림없을 것이다.
夫婦間의 信賴度가 높을수록 서로의 行動의 自由도 幅이 넓어진다는 것이다. 다른 異姓과 惡意 없는 장난을 하는 場面을 微笑로서 바라볼 수 있는 程度라면 이거야말로 飛躍的인

上等의 夫婦關係라 할 수 있겠다. 一方的이 아닌 可能하다면 게이꼬(惠子)와 自身이 그러한 夫婦가 되고 싶다는 것이다. 中心은 꽉 짜여 있지만 다른 것은 各各의 個性, 行動을 自由로이 해 나갈 수 있는 關係를…‥,
電話 벨 소리가 들린다. 미에꼬(美枝子)는 잔디에서 일어나 집안을 드려다 보면서,
「마마에게서 일까-.」
하고 중얼거렸다. 하니까 卽席에서 그것에 對答이라도 하듯이 家庭婦가 窓門 곁으로 모습을 나타내었다.
「마마에게서 電話에요.」
「亦是 그렇다니까. 틀림없이 무언가 잊어버리고 간 것 같아요. 아마도…‥. 우리 마마는 아주 틀림이 없는 것 같지만 잊고 가는 習性이 있어 탈이라니까.」
「앙! 遺傳이구나, 이 집의…‥. 너 卒業式 날 送別會 때에 會議場에서 핸드·백을 잊고 갔다면서.」
「어머나, 그런 일이 있었던가.」
미에꼬(美枝子)는 兩손으로 옷소매에 묻어있는 잔디를 털면서 집안으로 들어갔다. 무까이(向井)도 그女를 따라 일어섰다. 庭園 저 구석에 있는 개집으로 가서 낯 익은 코카스파니엘을 얼려 주었다. 검은 작은 개는 뒷발을 버티고서 앞발로 철망을 긁으면서 끙끙거린다.
「넓은 곳으로 나오고 싶단 말이지. 내가 꺼내주지. 야이, 검둥이 子息아.」

무까이(向井)가 門을 열어주자 검둥이는 사람의 손을 요리조리 빠져 앗 하는 瞬間 디딤돌에서 窓門으로 그리고 집안으로 쏜살같이 들어갔다. 캥 캥하고 우는 소리와 이것을 말리는 미에꼬(美枝子)의 소리도 어울려 들려왔다.
暫時 後 미에꼬(美枝子)가 검둥이를 안고 窓門 곁으로 되돌아 나왔다.
「무까이(向井)氏가 내어 놓았군요. 검둥이는 응석받이로 키우니까 곧잘 집안으로 들어와서 장난치는 데는 窒塞(질색)이라 구⋯⋯. 나, 當身과 함께 나가야겠어. 마마는 오늘 必要한 印鑑圖章을 빠트리고 갔다는 구 먼. 當身이 가져온 찬스에 對해서 말씀 드렸더니 마마는 무척이나 기뻐하시는 거야. 좋으시다면 나와함께 마마의 商店에 얼굴을 보여 달래는데⋯⋯.」
「좋아. 이참에 人事나 드리러 가야지.」
「그럼 暫間 기다리라 구. 나, 옷 갈아입고 나올 께. 그동안 검둥이를 좀 안고 있어줘요. 자-.」
무까이·다쓰오(向井達夫)는 검둥이를 받아 안아 들고서,
「너 아까부터 몇 번이고 扮裝室에 가는데 나 따라가면 안 되는 거니?.」
「나 옷 갈아입는다고 말 안 했던가?.」
「괜찮아. 辭讓할 것 없어.」
「말이 뒤바꿔 졌잖아. 와도 좋아. 必要한 때만 눈을 감아주는 程度의 에치켓-은 알고 있을 테니까.」

「눈을 감을 程度의 에치켓 이라면 야⋯⋯.」
미에꼬(美枝子)를 따라 扮裝室로 가보니 房 뒤편은 想像 外로 널찍한 洋式으로 꾸며진 곳이다. 日本式을 改造한 것 같은 기둥 사이나 欄干, 장지 等은 그대로 두고 여기에 適合한 마루를 깔고 그 위에 산뜻한 모양을 한 돗자리를 깔아 놓았다. 맨 처음으로 눈을 끄는 것은 北쪽컨 壁 쪽에 세워져있는 漢文으로 된 簇子(족자)와 그것에 알맞은 높이의 두 개의 册꽂이에 꽉 채워져 있는 많은 册이다. 그것도 半은 洋書로서 語學에는 自身이 없는 다쓰오(達夫)는 거기에서도 壓倒되어질 것 같은 印象을 받았다.

기둥 사이에는 칸나, 따리아, 그라디오러스를 멋대로 豊盛하게 裝飾한 꽃병이 놓여 있고 壁에 걸려있는 金箔 緋緞 조각으로 만든 낡고, 작게 『나무아미타불(南無阿彌陀佛)』이라고 쓴 簇子가 奇妙한 調和를 이루고 있다. 庭園을 왼쪽에 두고 큰 테이블과 그것에 어울리는 큰 回轉椅子가 놓여있다. 테이블 위에는 지저분한 骨董品店 같이 雜多한 物件들이 널려져 있다. 커틴으로 막아 놓은 구석 쪽이 寢室인데 洋服欌과 寢臺가 있고 寢臺의 머리맡 작은 卓子 위엔 위스키의 작은 瓶과 冷水를 넣은 保溫瓶이 놓여 있는 데는 놀라고 말았다. 미에꼬(美枝子)는 洋服欌 門을 열면서,

「庭園쪽으로 돌아 서세요.」
「이 册床위의 物件들을 보고 있으면 안 되나?.」
「그렇게 해도 좋아.」

미에꼬(美枝子)는 검둥이와 散策할 때 부는 예의 잘 어울리는 휘파람을 휘-휘- 불면서 옷을 갈아입기 始作했다.

무까이(向井)는 冊床위를 點檢했다. 연필통, 冊, 原稿用紙, 卓上카렌다-, 아직도 조금 남아있는 쥬-스병, 紙匣, 睡眠劑, 스캇치테-프, 먹다 남은 사과 접시 外 빨간 비로드로 겉을 싼 卓上用 거울이 훌륭하게 보였으므로 손에 들고 보니까 초점이 偶然히 一致했는지 짧은 灰色의 스랙스를 입고 검은 毛織의 반소매 쉐타에 팔을 끼고 목을 내어놓는 瞬間의 미에꼬(美枝子)의 姿態가 비쳤다. 무까이(向井)는 唐惶해서 거울을 冊床위에 얼른 엎어 놓았다.

「이젠 되었어요. 이쪽을 봐도 괜찮아요.」

미에꼬(美枝子)는 三面鏡을 드려다 보면서 服裝이나 머리에 마지막 손질을 하고서 그리고서 O·K 하고 말했다. 아직도 그렇게 꾸밈이 없고 거리낌 없는 모습이 미에꼬(美枝子)에겐 잘 어울리기도 했다.

「너의 房, 너무 奢侈스러운데.」

「無男獨女이니까……. 무까이(向井)氏, 검둥이를 개집에 넣고 오기요. 나 玄關에서 기다릴 께. 當身, 自動車겠지?.」

「나 같은 初年兵은 아주 餘裕 있는 用件이 아니면 自動車는 쓰지 못해. 電車야. 그편이 좋으니까. 特히 여름에는 계집애들의 스커트가 짧아지는 理由도 있고 말이지…….」

무까이(向井)는 검둥이를 개집에 넣고 窓門곁의 테이블위에 놓여있는 原稿뭉치를 안고서 玄關으로 나왔다. 玄關에는 아까 卓上用 거울에 비친 服裝에 진한 보라色 리본을 감고 뒤쪽으로 두 갈래 꼬리를 내린 스트로 해트(Straw Hat＝밀집모자)를 쓰고서 흰 양말에 붉은 가죽구두를 신은 미에꼬(美枝子)가 발끝을 토닥거리면서 다쓰오(達夫)를 기다리고 있다. 그리고 두 사람이 나가려고 하니까 家庭婦 할멈이 히죽히죽 웃으면서,

「두 분 다 몸도 비슷하고 무까이(向井)氏는 불그스름한 茶色깔의 셔츠, 아가씨는 검은 쉐타, 바지도 무까이(向井)氏의 것이 華麗하고 아가씨 것은 수수하고, 모자의 리본을 보더라도 그렇게 보이며 떨어져서 뒷모습을 보니까 男子 또는 女子끼리의 姉妹처럼 보여요, 호, 호, 호.」

「알았어요, 할머니. 來世에는 六尺長身의 男子로 태어 날 테니까요. 어이, 미에 애기. 넌 슬쩍 내가 툭 튀어나오도록 일부러 그런 쉐타- 인가를 選擇해 입었지.」

「좋지 않니. 當身의 모습, 꽤나 어울려요, 그러니까 나도 그 것에 對照되어 어울리는 服裝을 했을 뿐이야……. 재미 있는 모습이죠, 할머니.」

「할머니, 오래오래 살아 주세요, 하- 하- 하…….」

맑은 微風이 흔들리고 걷기에 좋은 날씨였다. 미에꼬(美枝子)는 무까이(向井)의 팔에 깊숙이 팔을 걸고 가슴을 내어 미는 듯한 모습으로 若干 팔자 걸음걸이를 한다. 키도 비슷하고 男子와 女子가 反對的인 服裝을 하고서 서로가 몸을 찰싹 붙이고 걷고 있었으므로 젊은이들은 놀랍고 부러운 듯

한 눈으로 두 사람을 바라보았으며 中年의 女人들 中에는 微笑를 띠우면서 일부러 뒤돌아보는 사람도 있었다. 勞務者들을 태운 트럭과도 마주쳐 지나갔는데 모두가 일제히 두 사람을 보는 것뿐으로 한마디도 野卑스런 揶揄(야유)도 없었다. 라고 하는 것은 활짝 트인 하늘아래 茂盛한 가로수 거리를 걸어가고 있는 이 두 사람의 꼭 끼고 있는 모습은 너무나도 잘 어울리는 한 폭의 그림처럼 보였기 때문이리라……. 그러나 그것은 다만 겉보기 뿐으로서 적어도 무까이·다쓰오(向井達夫)는 지나치는 사람들의 注目을 받는데 對하여 內心 부끄러움을 禁치 못했을 것이다. 그것을 아는지 미에꼬(美枝子)는 장난 끼 듬뿍 어린 微笑를 띠우면서 더욱 더 팔짱을 꼭 끼웠다.

「수즙어하지 말아요. 괜찮아요. 보고 있는 사람은 내가 누나이고 當身은 두 살 아래쯤 되는 同生이라고 생각 할 테니까.」

「쓸데없는 말 작작 하라 구. 팔을 빼어요. 거북스러워 못살겠다. 너 香水를 뿌리고 왔구나. 샤넬 5번인가, 냄새가 그만인데.」

미에꼬(美枝子)는 팔을 헐겁게 해 주었다.

「샤넬을 아는 걸 보니 제법 奇特한데.」

「우리 집에도 마마나 누이가 있어. 내게도 조금 뿌려줘 봐. 검둥이를 안고 있었더니 누리누리 개 냄새가 난다.」

「O·K」

미에꼬(美枝子)는 핸드백에서 香水甁을 꺼내어 무까이(向井)의 등이나 가슴에 세게 뿌려 주었다. 무까이(向井)는 코를 벌름 거리면서 좋아라 했다.

「……나 오늘밤 내 房에서의 혼자의 時間을 즐거이 기다리고 있단다.」

「왜-」

「너의 作品을 읽을 수 있으니까. 하는 것은 너라 하는 人間을 보다 깊게 알게 될 것 같은 즐거움 이란다.」

「마음대로 하사이다. 그렇지만 하룻밤에 80枚과 400枚의 作品을 全部 읽어 치우는 그런 讀書는 그만 둬. 저널리스트(Journalist＝新聞, 雜誌等의 編輯者, 記者, 寄稿者.)에게는 斜讀이라하는, 册을 비스듬히 들고서 한번에 3, 4行씩 읽어 치우는 方法도 있다곤 하지만…….그리고 또 다른 곳은 그냥 넘기고 섹쓰에 關한 描寫나 記述만을 主로 읽는 사람도 있겠지?.」

「내가 그럴 거라고 말하고 싶겠지. 걱정 無. 난 될 수 있는 한 너라 하는 人間에게 조금이나마 도움이 되고 싶은 氣分이야…….」

「信用하고 있다 구.」

電鐵驛에 到着하자 때 맞춰 急行 電車가 들어왔다. 車 內에는 비어 있어 힘들지 않고 앉을 수가 있었다. 特히 두 사람의 周圍는 비어있고 바로 앞 座席에는 무명 끈으로 졸라 맨 큰 보따리를 옆에 두고서 七十歲 程度의 할머니가 앉아 있

사랑을 색칠하는 사람들 上·280

었다. 작은 몸집이었으나 白髮을 端正히 묶었고 얼굴은 주름 투성이지만 눈에는 光彩가 있어 아직도 生氣가 있으며 그렇게 밉살스럽지 않은 얼굴이었다. 나이가 들어서 그런 얼굴이 되는 것은 生涯를 빈틈없이 살아 온 人間임에 틀림없겠다.
할머니는 두 사람이 앞 座席에 앉은 그때부터 머뭇거림도 없이 두 사람을 힐끔 힐끔 바라보고 있다. 그러면서도 豫想대로 失禮되는 일이라고 생각했는지 視線을 딴 곳으로 슬쩍 돌리곤 했지만 무언가 마음에 거리끼는 點이라도 있는지 얼굴을 또다시 이쪽으로 돌려 두 사람을 훑어보고 있다. 惡意라고는 찾아 볼 수도 없지만 무언가 홀리고 있는 듯한 느낌이었다. 무까이(向井)도 미에꼬(美枝子)도 相對가 어딘가 아는 사이가 아닌가 하고 생각하기도 했다. 그러는 中에 할머니는 일어서서 車體의 動搖에 몸을 맡기면서 두 사람의 곁으로 다가와 미에꼬(美枝子) 앞에 늘어뜨려진 팔걸이를 붙잡고 東北 사투리의 팽팽한 어린애 같은 목소리로,
「저- 若干 마음에 꺼림칙한 게 있어서 그러는데 물어봐도 좋겠는지……. 當身들 두 분은 或是 아가씨들이 아니요?.」
「네. 이 사람, 저의 同生이세요.」
「인마!-. 할머니, 어째서 저를 계집애라고 생각하십니까?.」
하고 무까이(向井)는 火가 난 듯이 抗議했다.
할머니는 唐惶도 하지 않고,
「목소리를 듣고 보니 틀림없는 男子인데……. 붉은 셔츠를 입고 리본이 달린 이쪽 아가씨의 모자와 똑 같은 것을 쓰

고 얼굴도 눈꼬리가 쳐져있어 얌전해 보이고, 이것 보게! 香水냄새도 나는데. 난 틀림없이 아가씨라고 생각했지. 얼굴은 若干 검은 편이긴 하지만…… 정말 男子겠지…….」
할머니는 주름살의 검지 손가락을 세우고 確認해 보려는 듯이 무까이·다쓰오(向井達夫)의 사타구니를 쿡 찔러보았다.
무까이(向井)는 할머니의 손을 치고서 벌떡 일어나,
「뭐-뭘 하시는 거 에요, 할머니! 그런 失禮되는 짓을 하시면 警察에 넘겨 버리겠어요.」
「여봐요, 그렇게 火내지 말아요. 비로소 男子라는 것을 알았으니까요. 도쿄에선 男子도 붉은 셔츠를 입고 香水도 뿌리고 다니는구먼.」
할머니는 疑心이 풀려 滿足스런 表情으로 自己 자리로 돌아갔다. 그 사이 미에꼬(美枝子)는 너무 우스워 자지러지고 말았다. 목구멍이 찢어지는 것이 아닌가할 程度였다.
그리고선 너무 感動하여 무까이(向井)의 어깨를 두 번이나 두들겼다. 무까이(向井)는 아무 말도 하지 못하고 어이없는 찡그린 表情을 하고 있다. 그러한 動機 때문에 아끼다(秋田)에서 長女의 媤家가 있는 요코하마(橫浜)에서 2泊하고 그로부터 이노슈(井の頭)線의 요다(代田)에 있는 次女가 사는 곳에 가는 中이라는 할머니는 두 사람과 胸襟(흉금)을 털어놓을 수 있는 사이가 되어버렸다. 疎脫(소탈)하고 元氣 가득한, 사람을 따르게 하는 할머니였다.
電車가 시부야(澁谷)驛에 到着하자 미에꼬(美枝子)는,

「할머니, 이노슈(井の頭)線을 타는 곳까지는 제법 걸어야하니까 짐 꾸러미는 이 분에게 들리세요. 저희들이 홈까지 바래다 드리겠어요.」
「그거 고맙군. 도쿄는 危險한 곳이라 紙匣이나 짐꾸러미를 操心해야 된다고, 子息이나 딸들의 注意를 듣고 왔지만 이 아가씨같이 보이는 男子는 그런 나쁜짓은 하지않겠지….」
이렇게 하는 말이 너무나 깔끔했기 때문에 무까이(向井)로서는 나이 많은 사람을 相對로 火를 낼 수도 없고 繼續해서 혀만 차거나 한쪽 발로 板子를 쿵- 하고 밟거나 했다.
미에꼬(美枝子)는 그것도 모르는 척,
「이 사람에게는 若干 그러한 쭵性이 없는 것은 아닙니다만 오늘만은 제가 곁에서 지켜보고 있으니까 염려 없습니다. ‥‥무까이(向井)君, 할머니의 짐 꾸러미를 얼른 들어요.」
무까이(向井)는 火를 참기라도 하는 듯 찡그린 얼굴로 미에꼬(美枝子)를 흘겨보면서 할머니의 짐 꾸러미를 오른쪽 어깨에 들어 올려 階段을 오르락내리락 하며 이노슈(井の頭)線의 홈까지 걸어갔다. 꾸러미 안에는 떡이라도 들어 있는지 무까이(向井)의 온 얼굴에는 땀방울이 송골송골 맺혀 있다. 그리고 때때로 미에꼬(美枝子)쪽을 怨望스러운 눈초리로 흘겨보곤 했다.
電車가 떠나는 것을 보고서 두 사람은 터미널 빌딩 쪽으로 돌아왔다. 미에꼬(美枝子)는 이제 겨우 생각나는 듯한 態度로 웃으며,

「그런 퉁-퉁- 부어있는 얼굴, 하지 말기요, 무까이(向井)君. "德은 혼자가 아니니라. 반드시 그 이웃이 있느니라." 나이 많은 사람에게 人情을 보여 준 것만큼의 報答은 뭔가 꼭 있으리라 생각되네.」

「없기만 해 봐라. 네게 辨償 시킬 테니. 그렇다 하더라도 他人의 일이라 해서 웃거나 비웃거나 놀리거나…, 정말 괘씸한 녀석이야, 너 말이다.」

不平을 吐해놓은 무까이(向井)는 미에꼬(美枝子)의 엉덩이를 손바닥으로 찰싹 때렸다. 이것 또한 結局에는 미에꼬(美枝子)를 한 번 더 자지러지게 만든 것뿐이었다. 웃음이 끝나고 미에꼬(美枝子)는 검지손가락을 들어 보이면서,

「그 할머니, 이런 손가락 끝으로 무까이(向井)君의 雌(자),雄(웅)을 鑑別 했단 말이지. 人間도 그 程度까지 되어 버리면 무엇을 하더라도 싫다는 느낌이 들지 않는 거구나. 아, 재미있었다. 德澤으로 壽命이 二, 三年 더 延長된 氣分이다. 當身도 本心으로는 그렇게 不快했던 것은 아니겠지?.」

「火를 내어도 所用없지 뭐야. 네게만 어느 程度 火를 내고 있었지. 너와 함께 있으면 언제나 좋은 일 이라곤 없다니까…‥.」

하고 무까이(向井)는 不滿스럽게 말했다.

「自身의 奢侈 때문이 아니겠어요?. 女性의 領域을 侵犯한 디자인이나 色彩, 衣服, 더구나 香水 등은 이 後로는 絶對로 쓰지 마시기를. 너무 웃었더니 목구멍이 타는구나. 무

언가 좀 마시지 않을 래?」
　두 사람은 터미널에 있는 데파트의 食堂으로 들어가서 미에꼬(美枝子)는 레몬스카슈를, 무까이(向井)는 麥酒를 마셨다. 조금 있자니 무까이(向井)의 氣分도 가라앉았는지 무까이(向井)는 氣分 좋은 表情으로,
　「너무 疏脫한 할머니였다. 若干이나마 힘이 되어 드려서 뒷맛이 개운하군. 나 말이야, 이 붉은 티셔츠, 當分間 벗지 않을 거야. 리본이 달려있는 이 밀짚모자도……」
　「Please. 그 代身 또다시 어느 곳에서 雌雄의 鑑別을 받지 않도록 操心 하는 거 잊지 말거라.」
하면서 미에꼬(美枝子)는 검지를 들어 올려 周圍의 사람들에게 周圍를 끌 程度로 웃어댔다.
　「체- 아주 멋대가리 없는 子息이로군. 그런 弄談은 한번 外는 通用 안 되는 法이야.」
　「그렇지만 난 生後 두 번째라면 섭섭할 程度로 아까 番의 일이 재미 있었는 걸. 只今부터라도 두세 번 程度는 이 일로 웃어야겠지. 最高로 재미있었다고 하는……」
하니까 이번에는 다쓰오(達夫)가 옆 사람이 놀랄 程度로 웃어 대었다.
　「정말이야! 재미있었다. 아주 죽고 싶을 程度로 말야……. 나로서도 그런 재미있는 일은 난생 처음이라니깐…….」
　미에꼬(美枝子)는 눈을 반짝 빛내면서,
　「結局 當身도 웃고 말았군. 잘 됐지 뭐야……. 잘 됐어. 웃는

것이 正答이구말구. 다쓰오(達夫)氏, 그 어느 날 어느 때에 偶然히 부닥친 異常야릇하고 웃음에 담뿍 휩싸인 人生의 한 場面을 祝福하는 意味에서 우리 握手 해요.」
「내가 암놈인가 수ㅅ놈인가 鑑別한 그 할머니가 極樂行 버스의 特別席에 앉기를 빌면서……」
무까이(向井)가 테이블위로 손을 내밀자 미에꼬(美枝子)는 그 손을 꼭 쥐어 自身의 턱밑部分으로 끌고 가서 목에 꼭끼웠다. 무까이(向井)는 周圍를 둘러보면서 若干 발갛게 되었다. 그리고 內心으로 그 어떤 境遇에는 男子보다 女子가 더 強하다는 世上의 話題가 事實이었군 하고 생각하기도 했다.
어느새 計算은 미에꼬(美枝子)가 끝내고 두 사람은 엘리베이터로 地下鐵의 홈으로 내려 왔다. 여기의 電車도 비어 있었다. 여태까지의 일로 因해서 若干 疲困함을 느낀 두 사람은 電車 안에서는 한마디도 하지 않고 나란히 앉아 있었다. 긴좌(銀座) 사정목(四町目)에서 내려 밝은 地上으로 올라 왔다. 좀 誇張해서 말 한다면 여기는 日本의 中心地인 도쿄의 또 한 中心地이므로 언제 와 보아도 사람들의 움직임이 끊어질 사이도 없이 煩雜(번잡)하고 自動車도 끊임없이 열을 지어 있다. 무까이(向井)와 미에꼬(美枝子) 같은 젊은 층은 주머니 事情이 許諾하는 한 여기에 나오면 무어라 말 할 수 없는 活氣에 넘치는 氣分이 되고 만다.
미에꼬(美枝子)는 마루노우찌(丸の內)쪽을 向해서 천천히 걸어가면서,

「무까이(向井)君, 빠-나 나이트·클럽에 이따금씩 들린 일이 있어?」

「寄稿家들과 만나기 爲해서 가끔 갈 때도 있으나 別로 재미도 야릇함도 없어. 女子들의 서비스라고 하지만 너희들과 같이 있을 때가 몇 倍나 더 즐거웠단다. 그곳에선 마음이 턱 놓이는 것이라곤 에로틱한 行動이나 이야기밖엔 아무것도 없으니깐. 그 點, 우리들은 四年間이나 學校에서 元氣 潑剌(발랄)하고 머리도 뛰어난 아가씨들에게 너무나도 甚하게 酷使 當해왔기 때문에 若干 低俗한 그런 社會의 女子들의 서비스에는 只今 새롭게 興味도 느끼지 않아. 動物的인 意味로서의 女子냄새에 嘔逆질이 날 程度로 닦여온 德分이겠지……. 特히 넌 그 中에 代表的인 심술쟁이였으니까.」

「只今 말 하는 것에는 誇張이 없네. ……난 말이야, 좋아하는 男子일수록 그렇게 待하고 싶었는 걸. 虐待 한다는 것과는 意味가 틀려요. 當身도 眞짜로는 虐待 當했다고 생각하지 않는 주제에. 그러나 男子란 모두 그렇게 되니까 마마의 商店도 일로 繁昌하는거지 뭐.」

「그렇다면 自然히 새로운 生活方法이 튀어 나오지. 人間은 누구나 살 權利를 가지고 있으니까…….」

두 사람은 두 번째 모퉁이를 돌아 다시 왼쪽으로 꺾어서 三區域쯤 걸어갔다.

「여기야.」

그 어느 곳에도 사이가 狹小한 和·洋의 料理店이 4, 5 棟 나란히 서있는 가운데 英國風의 잘 꾸며진 빠-가 있고 히라카나(日本어의 초서)로 『키고리』라 새겨져있는 두터운 看板이 門 앞에 걸려있다. 작은 窓이 달려있는 무거운 門을 열고 들어서자 어둑어둑한 內部에는 벌써 螢光燈이 켜져 있다. 구석은 意外로 깊숙하고 바로 맞은편에는 깨끗한 나무 막대기를 예닐곱 個 붙여 놓은 카운터가 있고 마루에는 깨끗한, 디자인의 色깔도 豊盛한 테이블과 椅子가 7, 8 組 깨끗이 놓여 있다. 窓 사이는 오브제 手法으로 꽃꽂이를 해 놓았고, 壁의 곳곳에는 『세간티니』의 山의 그림만의 複寫가 3, 4 장 걸려있어 淡白하고 調和를 이루고 있는 홀이었다.
只今 막 室內의 整理가 끝난 듯 카운터 앞에서는 기모노 모습의 젊은 웨이트레스 두 사람이 앉아서 夕刊新聞을 읽고있고 見習 少年 바-텐더(Batender)는 술병들이 나란히 얹혀져 있는 선반을 淸掃하고 있다.
「어머!, 어서 오세요, 미에꼬(美枝子)氏…….」
新聞을 읽고 있던 웨이트레스 한 사람이 소리를 지르자 두 사람 다 같이 미에꼬(美枝子)와 무까이(向井) 쪽으로 好奇心에 찬 視線을 보냈다.
「엄마는……?.」
「房에 계세요. 當身이 오실게라고 말씀 하셨어요.」
「그래요. 엄마는 또 잊어버린 것 때문이세요. 같이 온 이사람, 저의 女同生이에요. "처음 뵙겠습니다." 하고 人事하거라, 다쓰꼬.」
미에꼬(美枝子)의 말솜씨가 너무도 沈着했기에 처음에는 세 사람 모두 놀랬다는 듯이 무까이(向井)를 힐끔힐끔 바라보았으나 얼른 弄談이라는 것을 알고선 킥킥 웃었다.
얼떨떨하고 익숙지 못한 世界이므로 무까이(向井)는 火가 치미는 듯한 얼굴로 힐끔 미에꼬(美枝子)를 흘겨볼 뿐이다. 미에꼬(美枝子)는 앞서서 새로 달아 낸 층층대를 밟고서 階段위의 二層으로 되어있는 房 앞에서 노크했다.
「미에꼬(美枝子)지, 들어 와.」
미에꼬(美枝子)는 門을 열었다. 그 房은 옆 建物에 찰싹 붙어있는 事務室 겸 休憩室로 꾸며져 있다. 좁고 긴 窓이 하나 있을 뿐, 꽉 눌려 찌그러진 것처럼 낮은 天頂의 房이었다. 한쪽 구석에는 金庫, 壁에 붙어있는 休息用 寢臺 代身의 긴 安樂椅子, 그리고 窓門으로 向해서는 只今 유끼꼬(雪子)가 앉아있는 테이블과 椅子, 글라디올러스를 꽂아 놓은 꽃병, 고호(Gogh Vincrnt van＝네델랜드의 화가) 跳開橋(도개교＝城郭등에 平素에는 매달아 두었다가 有事時에만 내려 걸치는 다리) 와 측백나무의 複製그림, 작은 그림이 두셋, 좁아 답답할 程度인데도 제대로 多情스럽게 걸려있고 天頂도 壁도 거품무늬로 칠해져 있다. 螢光燈이 밝게 켜져 있어 여기만은 아침도 낮도 없는 밤만이 存在하는 世界처럼 느껴졌다.
「마마, 무까이(向井)氏와 같이 왔어요.」
「어머나!.」

유끼꼬(雪子)는 펜을 놓고서 椅子를 휙 돌리며 일어섰다. 무까이(向井)는 過去 두세 번 만난 적이 있지만 只今 그 女와 눈이 마주친 瞬間 미에꼬(美枝子)를 낳은 사람으로서 相當히 年歲가 위지만 검은 눈동자에는 精氣가 흐르고 살결은 脂肪質이 豊富한, 몸가짐도 端正한 이 女性이 혼자 살고 있다는 것은 自然에 違背되는 行爲다 라는 實感을 언뜻 강하게 느꼈다.

「오래간 만이로군요, 무까이(向井)氏. 오늘 밤 亦是 미에꼬(美枝子)에게 귀가 번쩍 띠일 좋은 消息을 가지고 오셨다고 들었어요. 너무 感謝해요. 어서 앉으세요.」

유끼꼬(雪子)에게 人事를 하고 무까이(向井)는 自己 스스로 椅子를 끌고 와서 앉았다.

「전 職業上 미에꼬(美枝子)氏를 訪問한 것 밖에 特別히 한 것도 없습니다.」

무까이(向井)는 椅子에 걸터앉았지만 미에꼬(美枝子)는 제멋대로 긴 安樂椅子에 푹석 앉았다. 유끼꼬(雪子)는 테이블 앞의 椅子에 앉은 그대로였으니까 세 사람은 모두가 自然스러운 모습으로 서로를 向했다.

「무까이(向井)氏, 이 밤만이 存在하는 房은 마마의 事務室이자 아래의 女子들이 頭痛이 났을 때의 休憩所로서 男性 禁止 區域이에요.」

「그렇겠지. 그렇게 듣고 보니 大學時節 우리들 敎室의 냄새가 나는군. 그리워지기도 하지만 오랫동안 있으면 女性이

放出하는 一酸化炭素에 中毒되고 말겠다.」

「未安해요. 긴좌(銀座) 틈새에서 살게 되면 웬만한 大 會社가 아니면 壅塞(옹색)한 삶을 免할 수가 없어요. 그러나 나에겐 愛着이 깊은 곳이라오. 終戰 後에도 밤만이 繼續되는, 永遠히 햇빛이 비치지 않는 이 房에서 나의 女性 한창 때의 數十年을 보냈으니까요. 미에꼬(美枝子), 印鑑圖章은?.」

「가지고 왔어요.」

미에꼬(美枝子)는 핸드·백에서 봉지에 싼 가죽케이스의 圖章을 꺼내어 유끼꼬(雪子)에게 건네었다.

「自身은 아직도 젊어 있다고 생각하지만 이거 나이 탓인지 이렇게 貴重한 것을 잊게끔 되어서야 원……」

유끼꼬(雪子)는 혼잣말로 중얼거리면서 房 구석에 놓여있는 金庫 門을 익숙하게 열고 印鑑을 집어넣었다.

「무까이(向井)氏는 會社일, 재미있나요?」

「그저 그래요. 入社 初頭부터 미에꼬(美枝子)氏 같은 美人 訪問도 할 수 있고 册床 앞에서 주판알을 튀기거나 帳簿를 뒤적이는 것 보다야 재미있죠. 活動이 많으니까요.」

「失禮 같지만 月給은 얼마나……」

「諸 手當을 합쳐서 손에 쥐는 것이 二萬円 程度 일까요.」

「제법 좋은 程度네요. 그리고 貯蓄은……」

「어머니께서 一萬円 가지고 가셔서 貯金 해 주십니다. 失禮 같습니다만 只今 一層에서 夕刊을 읽고 있는 女人들의 月

收는 大略 얼마 程度 인가요?.」
「사람 나름이겠지만 十萬円 程度 일까. 젊음과 몸을 내세우는 職業이니까요. 그런데도 돈은 남지 않고 늘상 죽는 소리들이에요. 特別한 파트론(Patron＝기둥서방)이라도 있는 사람은 別途 이겠지만……」
하니까 미에꼬(美枝子)가 옆에서 입을 열었다.
「마마 自身은 몇 푼이나 남아요?.」
「미에꼬(美枝子)는 처음으로 그런 것을 묻는구나.」
하고 유끼꼬(雪子)는 殊常쩍게 중얼거린다.
「諸 雜費를 除外하고 實際로 남는 것이 二, 三十 萬円 程度 일까. 不渡가 나지 않는다면 若干 오른 다만 서도……」
「但只 그것 뿐?.」
「바보 같은 子息이로군. 넌 돈이 하늘에서 그냥 굴러 떨어지는 줄 알았더냐?. 나 같은 秀才가 一個月 勞動하여 얻는 報酬가 아까도 말했지만 단 돈 二萬 円이야.」
미에꼬(美枝子)는 무까이(向井)의 말에는 귀도 기울이지 않고 덧붙여,
「난 적어도 百萬 円 이나 그 以上쯤 들어온다고 생각하고 怯이 나서 묻지를 못했는데.」
「어째서 무섭지, 미에꼬(美枝子)?.」
「파트론이 몇인가 있겠지 하고 생각도 해 보고요.」
「小說을 쓴다는 애가 그만한 것을 무서워해서 어떡 허지. 너 같은 사람은 나를 마마로서도 보고 그리고 하나의 女

子로서도 봐야만 해. 그러한 複眼을 가지고 있지 않으면 안 되지 않니?.」

유끼꼬(雪子)는 微笑를 띠우면서 무까이(向井)를 힐끗 쳐다보면서,

「너도 貴重한 質問을 할 때에는 언제나 第 三者가 옆에 있을 때 하는구나.」

「惡趣味입니다. 틀림없어요, 이 아가씨는……」

하고 무까이(向井)도 그 말에 贊成한다.

「小心해서 그래요. 혼자서는 對答을 듣는 것이 두렵기 때문이에요.」

「파트론이 몇쯤 있다고 생각해 주렴. 그리고 覺悟가 서면 이젠 그 以上으로 놀랄 일은 없어 질 테니까.」

「信用할 수 없어요. 마마는 때때로 僞惡家 흉내를 내니까요. 特히 딸인 제게 對해서요. 그러나 그것으로서 난 도리어 人間으로서 單調로운 音이 아니고 하모니(Harmony＝調和)的인 性格으로 키워졌다고 생각해요. 不協和音이 많다는 것은 自身으로서는 認定하고 있지만……」

「僞惡家 흉내라고?. 괜한 소릴…. 마마는 다만 아버지가 없는, 술집 마담의 딸이라는 身分을 이따금씩 일깨워 주기 爲함 때문이란다. 네가 그러한 境遇에 스포일(Spoil＝버릇 없이 되는것)되지 않게끔 말이다.」

「나, 스포일 되어 있나요, 무까이(向井)氏?.」

「아 아니, 影響은 받고 있지만 때 묻지 않았어. 난 그것에

「까지에도 벗을 擇해 사귀고 있다고 自負하니까.」
「親舊로서 사귀는 程度로는 재미있지만 마누라로서는 어림도 없다는 — 그런 選擇法이겠지?.」
「글쎄다. 그럴는지도 모르지. 우선 너 自身도 나에 對해서 友情 以上의 感情을 가지고 있지 않는 주제에…‥.」
「그도 그렇네. 同生 같은 氣分이 들어요. 그러나 이 同生은 愛人이 있어 벌써 베드에서 서로 안고 있다니깐. 若干 징그러운 氣分이 들긴 하지만…‥.」
「어머나…‥. 무까이(向井)氏는 어린애 같은 모습을 하고서 벌써 그렇게 되었나요?.」
하고 유끼꼬(雪子)는 놀랐다는 表情을 지으면서 무까이·다쓰오(向井達夫)의 얼굴을 새롭게 고쳐보는 것이다. 무까이(向井)는 머리를 긁적거리면서 미에꼬(美枝子)쪽을 힐끔 노려보면서,
「뭐라 말씀 드리기 부끄럽네요. 어떻게 되다 보니…‥. 너, 너무 떠버리지 마.」
「수줍어 할 必要 없다구. 난 當身을 어린애로부터 貫祿을 부쳐 올려 드리려고 마마에게 들려 드린 것뿐이라 구.」
「정말 무까이(向井)氏, 그 이야기를 듣고 보니 當身이 급작히 어른답게 보이누 만요.」
「母女가 사람을 얼려 태우는군요. 정말 이 집에는 그 딸에 그 어머니야. 母親께 여쭈어 봐도 괜찮겠습니까?.」
「亦是 파트론 問題?.」

「전 肉親이 아니니깐 그런 問題에는 興味도 關心도 없습니다. 아니 若干 있긴 하네요. 그런데 只今 듣고 싶은 것은 母親의 오늘의 服裝, 너무나 멋있게 보이므로 뭐라 하는 천으로 어떻게 지은 건지 가르쳐 줍시사 하는 겁니다.」
유끼꼬(雪子)는 하얀 이를 들어 내어놓으면서 후-후-후- 하고 웃었다.
「오늘은 特別한 用務가 있어서 어느 사람과 만나기 때문에 若干 華麗하게 꾸미고 나왔어요. 이 옷감은 두터운 윳동 쥐색바탕에 軟草綠, 엷은 靑色, 크림 茶色의 三段色실의 에바(繪羽=큰 무늬가 있는 日本 女人의 덧옷. 夫人의 外出服) 모양으로 물들인 것, 띠는 회색 감에 철(鐵)色과 베-쥬로서 꽃 모양으로 짠 나고야(名古屋)式 오비, 띠끈은 보라색 無地에 金실을 한 가닥 넣은 것……. 어울리나요?.」
「뭐가 뭔지 듣는 대로 잊어버리고 말아요. 머리는 두텁게 부풀어 있고 몸맵시는 날씬하며 정말 어울려요, 母親께서는……. 미에꼬(美枝子)는 母親程度의 나이가 되면 形便없이 綃羅(초라)하게 보이리라 생각되네요.」
「미에꼬(美枝子)에겐 안 됐지만 고마워요, 무까이(向井)氏. 報答하는 건 아니지만 當身의 그 華麗한 리본의 스트로해트, 붉은 셔츠에 쥐색의 바지, 아주 썩 어울려요. 그리고 當身의 얼굴, 適當히 눈꼬리가 쳐져있어 매우 得을 보고 있어요.」
「시시해요, 서로 마주 보고 치켜 주면서……. 鬱火痛(울화

통)이 터지려고 한다니깐. 마마에게 "붉은 셔츠를 입은 무까이(向井)君과 커다란 짐꾸러미를 안고 있는 시골 할머니의 검지손가락"이라는 童話를 들려 드리겠습니다.」

무까이(向井)는 唐慌해서 발갛게 되어 "그만 둬 그만, 미에꼬(美枝子)" 하고 말리는 것을 無視하고 미에꼬(美枝子)는 그 童話(?)를 재미있게 엮어 들려주었다. 小說을 쓰고 있는 만큼 描寫力이 豐富한 이야기였으므로 途中에서 유끼꼬(雪子)는 몸을 뒤틀면서 허리를 움켜쥐고 높은 소리로 웃어 대었다. 웃고 있는 유끼꼬(雪子) 自身은 검은 그늘에 휩싸여 十 數年 만에‥‥아니 몇 十 年의 삶 가운데 이러한 티 하나 없는 즐거움을 언제 맛보았던가하고 생각되기도 하여 웃으면서 눈물을 흘리기까지 했다.

反面 무까이(向井)는 퉁 퉁 부어올라,

「그만들 하세요. 母親까지도 저의 사타구니를 힐끔거리네요. 손가락으로 누르거나 하면 輕犯罪法으로 告訴 할테니까요‥‥‥.」

유끼꼬(雪子)는 얼굴 表情을 흐리면서 또다시 소리 내어 웃었다.

「罪悚해요, 미에꼬(美枝子)가 떠벌린 部分까지 빌겠어요. 미에꼬(美枝子), 그런 이야기 絕對로 다른 사람들에게 해선 안 돼.」

「싫어요. 이런 티 하나 없는 재미있는 童話(?), 찾아볼 래야 어디에도 없어요. 전 只今 부터래도 두세 번 누구엔가에게 들려주지 않고서는 마음이 가라앉지 않아요. 무까이(向井)君, 나쁘게 생각하지 말기, 그렇지⋯⋯」

「마음대로 해 버려.」

「事實은 火도 내지 않는 주제에⋯⋯. 네, 마마. 저희들 이렇게 하여 그 할머니와 알게 되어 무거운 짐 꾸러미를 들어다 드리고—勿論 무까이(向井)君이 했지만—이노슈(井の頭)線홈까지 바래다 드린 德分에 그 後로는 매우 爽快한 氣分이 되었어요. 하느님으로부터는 과자 한個 程度 받을 수 있는 善行을 했다는 그런 氣分으로서 말이에요.」

유끼꼬(雪子)는 時計를 보면서,

「그렇구나. 멀리 계신 하느님 代身 내가 너희들에게 저녁을 한턱 쓰겠다. 그러나 食事하기엔 좀 이르니까 아트·시아트(Art Theater=藝術小劇場)에서 한 時間 程度 外國映畫 『夜行 列車』라는 것이 上映되고 있으니 그것을 먼저 보도록 해요. 무까이(向井)氏, 괜찮겠죠?.」

「좋습니다. ⋯⋯人生의 모든 것을 全部 알고 있는 中年 女性인데도 알 것도 같고. 알 수 없는 것도 같은 줄거리가 많은 藝術映畫에도 興味가 있으십니까?.」

「가끔요. 줄거리가 너무 通俗的인 映畫 等을 보고 있으면 때로는 까닭을 알 수 없는, 머리가 무거워지는 映畫를 보고 싶어져요. 人生이란 무언가 常識的인 道理가 通하리라고는 할 수 없는 複雜한 一面도 가지고 있는 것이겠죠.」

그러니까 미에꼬(美枝子)는 얼마간의 熱意가 느껴질 程度의

語調로,

「난, 마마의 그러한 一面에 感心하고 있어요. 집에서도 理解하는지 어떤지는 모르겠으나 저의 冊꽂이에서 샤르트르나 카프카의 小說類를 뽑아내어 時間 가는 줄도 모르고 읽고 계세요. 어느만큼 理解를 하고 있는지는 모르겠으나……. 事實 나 自身은 그런 傾向의 小說은 理解가 잘 되지 않거든요. 하기는 머리를 딱딱하게 하지 않고 새로운 것을 받아들이려는 듯이 언제나 마음을 부드럽게 해 주는 效果는 있다고 생각해요. 大槪 마마程度의 나이가 되면 男子건 女子건 그때까지 얻은 常識이나 體驗을 토대로 能熟하게 이 世上을 헤쳐 나가겠지만 새로운 思想을 받아들이려는 率直性 내지 有緣性을 잃고 있어요. 結論的으로 말해서 마마께서는 只今 부터래도 新鮮하고 純粹하며 情熱的인 戀愛를 할 수 있는 사람이라고 생각해요. ……어떠세요!.」

유끼꼬(雪子)는 眞摯한 表情으로 꿰뚫듯이 미에꼬(美枝子)를 바라보면서,

「고맙구나. 마마가 그러한 人間이 되고 싶다고 願하고 있는 것을 理解해 주어서……. 마마는 戀愛도 할 거야, 꼭. 뭐라 해도 네가 學校를 卒業했으니까 나의 行動半徑도 그것만큼 넓어진 氣分이 드는 요즈음 이란다……. 넌 恒常 第三者가 있는 곳에서 마마가 따끔할 程度로 묻는 習性이 있지만 나도 오늘 만큼은 무까이(向井)氏가 있는 앞에서

떳떳하게 이야기 하고 싶은 것이 있단다. 그건, 넌 어떻게 생각하고 있는지 모르겠다만 마마는 너의 파파와 헤어진 이 後 只今까지 한 番도 男子와 接觸한 적이 없단다. 넌 믿을 수 있겠느냐? 어떻게 생각하고 있지?.」
「여러 가지 面에서 갈피를 못 잡을 때가 많았어요. 마마는 魅力 있는 中年의 女性이겠다, 商業이 商業이겠다, 男子親舊가 있더래도 할 수 없지. 아니 있는 것이 틀림없을 거야. 오랫동안 난 그렇게 생각했어요. 그런데 마마도 알고 계시겠지만 내가 이따금씩 파파를 만나 옛날이야기를 하거나 하는 中에 마마에 對한 생각이 달라졌어요. 마마는 離婚 이래 男子親舊 한 분 없이 살아 오셨다고 고쳐 생각하게끔 되었어요.」
「왜? 내가 너에對한 道義的, 倫理的인 責任을 느끼고서?.」
「그거야, 그런 點도 若干 있는지는 모르겠으나 마마들이 離婚한 것은 할머니와 마마가 아버지를 가운데 두고 性格上 어떻게 하더라도 妥協될 수 없었기 때문이었죠. 그리하여 그 할머니는 아버지를 낳은 後 男便과 死別하고 아버지의 成長을 하나의 樂으로 삼으면서 이웃에서 母子相姦이라는 좋지 못한 所聞까지 날 程度로 母子가 서로 密着된 生活을 한, 오랫동안 깨끗한 未亡人 生活을 지켜 왔던 거예요. 한편 離婚한 마마의 가슴 속에서는 그 點에 있어서도 할머니에게 조금이라도 지고 싶지 않다는 復讐에 恰似한 決意가 半은 無意識的인 狀態에서 뿌리를 내리고 있어 그것이 마마의 生活을 쭈-욱 繼續시켜 왔다 一, 전 이렇게 생각 하게끔 되었어요. 只今도 그렇게 생각하고 있구요, 앞으로도 그렇게 생각할 것입니다. 그렇다 하더래도 말괄량이 계집애인 제겐 마마가 貞婦의 거울이다, 라고 하는 感謝, 感激의 氣分은 깨끗이 없지만……. 아니 그런대로 融通의 利가 없는 그런 외고집 같은 흉내를 내지 않아도 좋으련만, 첫째 無男獨女인 제겐 낡아빠진, 父母에게 孝誠을 한다는 奇特한 마음이라곤 없는데도……, 하고 생각하기도 해요.」

「大略 네가 感知한 그대로다. 그리고 난 나대로 "아- 나는 젊어있다. 아무것도 생각하지 말고 適當하게 男子親舊도 사귀고 마음이나 몸도 즐기면서 살아가도 좋으련만……" 요즈음에 와서는 그렇게 생각 하게끔 되었단다. 무까이(向井)氏, 프라이베트한 이야기를 해서 失禮가 많았어요.」

「그렇지도 않습니다. 當身들의 過去의 일에 對해선 언젠가 들은 적도 있고 난 두 분의 이야기를 行者가 瀑布水를 맞고 있는 듯한 氣分으로 듣고 있습니다. ……그리고 제가 바로 只今 느낀 것은 미에꼬(美枝子)氏가 제멋대로 뇌까리고 있다손 치더라도 不孝한 것이 아니고 母親께서 지나친 말씀을 하셨다 해도 人間으로서 조금도 어긋난 곳이 없다 一 는 그러한 것입니다.」

무까이(向井)의 語調에는 操心하면서도 消極的이긴 하지만 그것만큼 眞實性이 內包된 稀微한 熱意가 뒷받침하고 있었다.

「고마워요, 무까이(向井)氏. 이로서 여러분의 氣分이 좋아졌으니까 이때 나가죠. 자― 나갑시다.」

유끼꼬(雪子)는 다시 金庫에서 印鑑을 꺼내어 自己 핸드·백 속에 넣었다.

그 사이에 무까이(向井)는 會社에 電話하여 目的한대로 資料는 入手했으나 그에 隨伴되는 일 때문에 오늘은 會社에 들어가지 않는다고 傳했다.

아래層으로 내려오니까 女從業員이 한 사람 더 늘어 세 사람이었다. 유끼꼬(雪子)는 그 中 한 사람을 불러 무언가를 시키고 있다. 그리고서 세 사람은 걸어서 쓰키야橋(スキヤ橋)近方에 있는 N劇場 地下의 아트·시어트에로 들어갔다. 유끼꼬(雪子)가 時間을 計算하고 있었기 때문인지 着席하고부터 채 五分도 되지 않아서 映畫가 始作되었다.

폴란드의 이에지·카와레로윗치 監督이 演出한 『夜行列車』라는 映畫였다. 男子, 女子, 중, 늙은이, 젊은이, 機關手, 女車掌 등의 夜行列車에 타고 있는 사람들은 各各의 個性을 제 各其 나타내면서 거리낌 없이 行動한다.

그러는 中에 이 列車에 夫人을 죽이고 逃亡친 男子가 타고 있다는 것이 드러나 十六 號室의 醫師가 犯人으로 誤認 받고 途中에서 탄 警察들에게 붙잡힌다. 그 後에 眞犯이 따로 있다는 것이 알려져 追擊 當한 犯人은 列車를 急停車시켜 窓門유리를 깨트리고 들판으로 逃亡치지만 警察이나 乘客들에게 包圍되어 마을의 墓地에서 붙잡히고 만다. 夜行列車는 또다시 움직여 終着驛에 닿는다. 犯人으로 誤認 받은 醫師도, 젊은 戀人을 떨쳐버리고 逃亡하는 같은 房의 身分도 알 수 없는 女子도, 얌전한 夫人도, 나치(Nazi=前의 獨逸의 국가社會黨員) 收容所에 갇혀 있을 때의 恐怖 때문에 列車의 二段 베드에서는 잠을 잘 수가 없다는 中年 男子도, 神은 결코 重犯罪人은 容恕하지 않는다고 떠버리는 카돌릭의 信者도, 모두 여기서 下車한다. 발가벗고 寢臺에 파묻혀있던 젊은 夫婦도 女車掌으로부터 注意를 받고 唐惶해서 부리나케 일어나 몸 治裝을 하면서 下車準備를 서두른다. 但只 이것 뿐의 줄거리였으나 映畵에서는 乘客들의 움직임을 通해서 그곳에 그러한 區分된 짧은 人生의 때의 흐름이 있었다고 하는 것을 確實히 느끼게 하는 그 무엇이 있었다. ……自身의 作品도 그려져 있는 그러한 反應이 뒷받침 해 주었으면 좋으련만ㅡ. 유끼꼬(雪子)도 무까이(向井)도 確實한 感想을 털어내어 놓을 수가 없는데도 미에꼬(美枝子)만은 그 映畵에서 가슴속 깊이 파고드는 하나의 感銘을 받아 드렸다.

周圍는 벌써 黃昏에 물들여 가고 있었다. 거리에 흘러넘치는 人波, 自動車의 끝이 없는 흐름, 그리고 때맞춰 明滅하는 네온싸인ㅡ. 찬란한 밤의 世界가 始作되고 있는 것이다.

「오늘 밤, 너희들에겐 처음의 經驗이 되겠지만 신바시(新橋)의 오차야(요리점 이름)에 데리고 가려한다. 마마의 男子親舊도 約束되어 있으니까. 眞짜 그인 親舊일 뿐이야.」

「신바시(新橋)의 料亭―, 와― 신난다. 어떤 親舊분이 오시더래도 마음에 걸릴 턱이 없어요. 그렇지, 무까이(向井)君…..」

「응, 난 맨 처음의 經驗이다. 많은 게이샤(藝者＝기생)들에게 둘러싸이더라도 沈着하게 참고 있기爲해서 걸으면서도 深呼吸을 하면서 간단다.」

「어머나, 게이샤도 오는 거 에요?.」

「오겠지. 그런 座席에는 서비스하는 게이샤들이없으면 쓸쓸해진단다.」

「그런데 母親. 先輩들의 이야기를 들으니 그런 곳에서 노는 것은 돈이 많이 들므로 壅塞(옹색)할 뿐, 빠-나 술집에 가면 값도 싸고 더욱 달콤한 재미를 볼 수 있다고 하던데요.」

「그야, 그럴는지도 모르지. 그러니까 一流 料亭에서는 옛날처럼 혼자서 노는 사람은 거의 없어지고 社用族 뿐이세요. 그래서 얼굴에 自身이 있는 젊은 게이샤(妓生)들은 몸이 自由로운 빠-나 캬바레(나이트클럽)로 轉向하는 사람이 많아요.」

쇼와(昭和)거리를 지나 신바시(新橋) 演舞場 앞의 좁다란 길로 접어 들었다. 兩 옆에는 좁기는 하지만 豪華롭게 꾸민 料亭이 나란히 서 있고 門 앞에는 屋號를 넣은 看板燈이 켜져 있다. 검은 板子壁엔 검은 高級 自家用車들이 꼭 붙어 세워져 있다.

유끼꼬(雪子)는 『하루노야(春の屋)』라고 看板燈이 걸려있는 작지만 깨끗하게 느껴지는 집으로 들어가 玄關의 유리門을 밀었다. 그러자 깨끗하게 端正한 몸차림의 두 사람의 中年 夫人이 나와서,

「어머나, 마담 아니세요. 오랫동안 뵙지 못했네요. 집의 主人할머니께서도 쓸쓸해하시고 늘 말씀하셨어요. 主人마님, 主人마님……」

한 사람의 夫人이 이렇게 부르면서 안으로 들어갔다고 하는 瞬間 白髮의 머리를 端正하게 다듬고 검으스레 하고 시원스럽게 보이는 單衣에 여름 띠를 단단히 맨 몸집이 작고 고양이 등같이 若干 굽어 둥글게 보이는 할머니가 나왔다. 얼굴은 血色이 좋고 번지르르하지만 이(齒)라곤 온통 빠지고 없어 입은 작고 어두컴컴한 구멍 같았다. 그러나 險한 世上을 살아온 貫祿이 있어 그 느낌이 나쁘지 않았다.

主人은 아장아장 유끼꼬(雪子) 곁으로 걸어와서 야위어 보이는 가냘픈 손으로 유끼꼬(雪子)의 손을 붙들고,

「잘 와 주었어요, 유끼꼬(雪子)氏. 난 每日같이 기다리고 있었지. 누구요, 같이 온 분들은……」

「딸하고 딸 親舊 분이세요.」

「보이와 걸이 바꾸어 입은 듯한 색깔의 옷을 입고서……. 요즈음의 流行인가, 何如間 두 분 다 어서 오세요. 암……, 내 房에서 쉬어요. 야사끼(矢崎)氏도 아직 보이지 않으니까.」

고양이등의 할머니는 좁다란 廊下를 두 번 꺾어 돌아 깨끗이 整頓 되어 있는 다다미 넉張 半의 房으로 세 사람을 案內했다. 바로 앞에는 옆집의 담이다. 작은 庭園이 보이고 房의 壁에는 샤미센(三昧線＝日本 固有의 音樂에 使用하는 세 개의 줄이 있는 絃樂器＝三絃琴)이 걸려 있으며 房 구석에는 佛像畵를 붙인 두절접이 屛風, 마루 사이에는 오뚜기와 푸른 陶瓷器의 火爐가 놓여 져 있다. 窓門의 장지에 붙어있는 작은 冊床, 房 가운데에는 테이블이 있고 어느 것이고 간에 흔하디흔한 붉은 色으로 칠해져 있다.

테이블을 가운데로 하여 네 사람이 앉자 主人 할머니는 若干 푸른色이 비치는 눈으로 무까이(向井)를 바라보면서,

「마담에게 이런 큰 애기가 있었다는 것은 미처 몰랐구려. 이름이 뭐라 하나?.」

「어머, 할머니. 저의 애는 계집애 쪽이에요. 이쪽은 딸애의 親舊이구요.」

「아, 그래. 난 요즈음에 와서 눈에 띄게 멍청해져서 今方 들은 것도 잊어버리고 말아요. 시시한 것은 생각 않기로 해서 오래 사는지는 모르겠지만……. 이 계집애란 말이지…….」

하고 고양이등의 主人 할머니는 미에꼬(美枝子)를 뚫어져라 바라보았다.

「이 애가 當身의 따님?. 그러고 보니 꼭 닮았군. 이봐요, 외고집쟁이지, 너도 엄마 닮아서…….」

「무까이(向井)氏, 나 뭐라 對答하면 좋죠?.」
「두 倍 程度 외고집쟁이라고 말씀 드려.」
從業員이 葉茶, 과자 등을 테이블위에 올려놓았다. 할머니는 미에꼬(美枝子)와 무까이(向井)의 얼굴을 물끄러미 바라보면서 이(齒)하나 없는 입을 우물우물 움직이며,
「너희들, 벌써 함께 넨네(잠자리) 했겠지?.」
「아니에요. 아직 넨네 하지 않았어요. 무까이(向井)君에겐 내가 아닌 愛人이 있어 그이와 함께 넨네 한 것 같아요.」
「어이…너…어이.」
무까이(向井)는 테이블 밑으로 미에꼬(美枝子)의 허벅지를 꼬집었다. 할머니는 구부러진 목을 펴는듯하면서,
「내가 처음으로 男便과 넨네 한 것은 열다섯 살 때였지. 그 때는 主人이 勸하는 男便을 어떻게 해서도 避할 수가 없게끔 되어 있었단다. 나의 男便은 證券會社 분으로 五十歲 程度의 튼튼한 사람이었다. 배가 툭 튀어나온 氣分派로서 나를 人形처럼 사랑해 주면서 斑指(가락지)나 衣服등을 좋아 하는 대로 사 주셨지. 한 五年동안 같이 살던 중 男便은 腦溢血로 卒倒하여 死亡했으며 나 같은 사람에게 最初로 몸을 許諾한 사람이라고 불쌍하게 생각해서 뒷바라지까지 해주셨으므로 그에 報答하는 뜻으로 난 只今까지도 그 命日에는 香을 피우고 모시고 있단다. 아- 그렇지, 그렇지. 그 男便은 좋은 사람이었지만 잠자리에서 제멋대로 방귀를 끼는 習性이 있었지. 난 처음 한두 번은 숨이

사랑을 색칠하는 사람들 上·306

막혀 죽을 것 같았단다. 그러나 男子 분들에게는 女子와 달라 날것 안날 것 場所를 가리지 않아도 좋은 權利가 있으니까……. 음, 무까이(向井)氏라 했던가. 當身도 辭讓할 것 없이 이 자리에서 팡 팡 뀌어 대어도 좋아요.」

킥 킥 웃음소리가 들렸지만 누구도 눈살을 찌푸리는 사람은 없었다. 고양이등의 할머니의 이야기 하시는 모습이나 말씨, 態度나 表情 等에서 人生의 險波를 自身의 뜻대로 흘려보내면서 終着點 가까이 到着한 사람의 老鍊하고 쑥-빠진 素朴한 멋이 느껴졌기 때문이었으리라. 불리어진 무까이·다쓰오(向井達夫)는 妙하게 義理를 느끼면서,

「저- 할머니. 모처럼의 好意입니다만 전 할 수 없습니다. 그렇게 했다간 이 사람에게 모가지를 비틀려 죽게 될 테니까요.」

하면서 턱 끝으로 미에꼬(美枝子)를 가리켰다. 할머니는 무까이(向井)에게 불리어진 것을 못 들은 체 하고서,

「처음 男便과 死別하고 이리저리 여덟名 程度의 男便……. 유끼꼬(雪子)氏 나의 男便 數가 여덟명 이 틀림없겠죠.」

「할머닌 그때그때 아홉 名이 되었다가 여섯 名도 되었다가 하지만 그때그때의 숫자가 틀림없으니까 아무려면 어때요.」

「그렇지, 그렇지. 그것과 比較해서 當身은 헤어진 男便밖에 男子를 모르고 술도 한 방울 하지도 않으면서 그것도 술집 마담 生活을 繼續해 왔다. 그렇다고 해서 난 當身이 나

보다 훌륭하다고 생각하지 않아요. 이만한 나이가되면 이런 삶도 저런 삶도 거의 피장파장이 되고 만다니까요. 떨어지면 같은 골짜기의 물……. 이것을 西洋 俗談으로 말하자면, "모든 길은 런던(London)으로 通한다" 이겠지.」

「할머니 若干 틀려요. "모든 길은 로마(Roma)로 通한다." 입니다.」

하고 미에꼬(美枝子)가 말했다. 白髮의 할머니는 固執을 부리듯이 머리를 흔들면서,

「아니지. 나의 길은 런던이란다. 너는 "로마"든지 "마로"든지 가고 싶은 대로 가려 무나……. 나의 세 번째의 男便은 런던의 銀行 支店長을 지내고 있었으니깐…….」

「저어- 할머니께선 어린애를 낳지 않으셨던가요?.」

하고 미에꼬(美枝子)는 침을 꿀꺽 삼키면서 물었다.

「응, 낳아보지 못했지. 젊었었을 때 病이 들어 子宮을 摘出해버렸단다. 手術이 끝나자 醫師 先生님이 유리瓶 안에 넣어져있는 둥글둥글한 복숭아色의 살덩이를 보여 주면서 이것이 當身의 子宮이라고 말했을 때 난 엉엉하고 울어버렸단다. 半은 女子를 잃어버렸다는 氣分이었으니까. 參考가 될 것 같아서 젊은 너희들에게 일러두지만, 女子란 子宮을 摘出하더래도 男女의 性生活에는 支障이 없는 거란다. 부처님은 아주 人情이 많아서 人間의 몸을 그렇게 만들어 주셨단다……. 南無阿弥陀仏(나무아미타불, 南無阿弥陀仏.」

할머니는 주름투성이의 가냘픈 손을 合掌하고 石燈籠의 燈이 켜져 있는 庭園쪽을 向하여 合掌했다.
「그러니까 結局 이 집은 할머니 代에서 끊어지고 마는 셈이 되는군요?.」
하고 미에꼬(美枝子)가 質問을 繼續했다.
「그건 아니란다. 養子, 養女를 두어 只今은 그네들이 이 집을 지키고 있단다. 이 집은 德澤으로 나와 젊은 夫婦와의 關係가 順調롭게 되어 나가고 있단다. 요즈음의 이 世上에는 있어서는 안 될 일들이 많이 일어나고 있지. 眞짜 肉親인데도 父母 子息 間에 버릇없는 짓거리들을 하는 例가 적지 않게 있으니까. 옛날말로 말하자면 피로서 피를 씻는 집 騷動이라는것 말이다. 이 近處에서도 그런 所聞이 떠도는 집이 하나 있었지. 그 집을 생각해보면 우리 집은 三人三態로서 서로가 若干씩의 讓步를 하게 되니까 只今까지는 별 탈 없이 매우 사이좋게 지내고 있단다. 이 世上에는 말이다, 좋아야만 할 일이 그것만큼 있지 않거나 나빠야만 할 일들이 意外로 아무렇지도 않거나 그러한 뒤죽박죽인 境遇가 수도 없이 많은 거지…. 자- 미에꼬(美枝子)야 다음 質問은…?.」
고양이등의 할머니는 미에꼬(美枝子)의 心中을 꿰뚫어 보는 것처럼 自身이 먼저 質問을 재촉한다. 미에꼬(美枝子)는 若干 唐惶한 듯한 表情으로 얼굴을 붉히면서,
「그럼, 저- 할머니께 여태껏 살아오시면서 第一 幸福했다고

느낀 것은…….」

「그거야, 미에꼬(美枝子). 뻔한 일이지만, 열다섯 살 때 證券會社 분을 男便으로 섬기고 병아리로부터 堂堂한 암탉(게이샤=妓生)이 되었을 때란다. 가슴 털이 유달리 짙은 분이었지. 잠자리 속에서는 未熟한 계집애인 나를 깨물어 죽일 듯이 귀여워 해 주셨지. 그런데 毒가스만 피우지 않는다면 뭐라 말 할 수 없는 분이었지만…….」

「幸福했었다는 것은 병아리로부터 堂堂한 게이샤로 되었다는 것입니까?. 아니라면 처음으로 男子에게 안겨 性을 눈뜨게 되었다는 것입니까?.」

「오호라, 아주 細密하게 묻는구나. 내가 도둑이고 너희가 巡査(巡警)같구나……. 그러나 어느 쪽이 幸福했느냐 고는 꼭 집어 하나를 擇할 수가 없단다. 두 쪽이 合쳐 한 켤레가 되겠지. "幸福이란 꼬아놓은 새끼줄이라." 아- 이것으로는 若干 意味가 다르겠구나. 너는 女子니까 내가 어느 쪽을 擇해서 幸福했다고 하면 洽足하겠냐?.」

나이가 많기 때문에 띄엄띄엄 이야기 하고 있는 것 같지만 할머니의 말씨는 分明히 相對方의 心中을 드려다 보면서 疑惑에 答하고 있는 것이다.

「그렇게 물으신다면 저로선 알 수가 없어요. 亦是 分離해서 생각하는 것은 잘못이라 생각되네요. 그리고 덧붙여 여쭈어 보겠습니다만, 第一 不幸 했었다고 생각하신 때는…?.」

「내겐 不幸했었다고 느낀 때는 한 번도 없었단다. 언제나 좋은 일 뿐이라서……. 이것도 모두 믿음의 德이겠지. 南無阿彌陀佛!, 南無阿彌陀佛!.」

하고 할머니는 또다시 庭園 쪽을 向하여 손을 合掌하시는 것이다.

미에꼬(美枝子)는 멋들어지게 한 대 얻어먹었다고 생각했다. 健忘症이 있다는 것도 事實 같고 주름투성이에 휩싸인 눈동자도 푸르스름하게 가물거리고는 있지만 이 고양이등의 할머니의 心은 아직도 確實하게 맑아 있었다.

이미 이러한 世上을 겪고 이렇게 年歲를 잡수신 할머니는 이 日本의 社會에서 永遠히 사라지고 말겠지. 이렇게 생각하니까 文學의 世界에서 無數한 人間型을 캐내고 싶은 意欲을 가슴속에 감추고 있는 미에꼬(美枝子)는 아깝고 탐이 나는 듯이 할머니의 人間의 實體에 부딪쳐 보고 싶은 것이다. 그런데 그 바램은 어떻게 되어서 할머니에게 한 대 얻어먹은 셈이 되어버리고 말았다.

무까이·다쓰오(向井達夫)도 미에꼬(美枝子) 程度까지는 못되더라도 只今까지 만나 본 일도 없는 普通이 넘는 이 할머니의 人生에 興味를 일으켜 미에꼬(美枝子)와 할머니 사이의 一問一答을 머리를 쥐어짜면서 謹聽(근청)하고 있는 것이다.

人間을 만드는 것은 피와 살이 아니라 環境이다.— 左翼에 물든 學生들이 흔히 이런 말투를 떠벌리고 있지만 只今 그 見本을 눈앞에 놓고 보고 있는 듯한 느낌이 들었다.

生涯에 第一 幸福했었다는 것은 肉體的으로도 未熟한 열

다섯살 때 가슴털이 짙은 五十餘歲의 證券氏를 書房님으로 섬기면서 男女의 交換을 했던 때였다고 躊躇함도 없고, 거침도 없이 이야기 해 버리는 老女, 그리고 特히 不幸했었다고 하는 때는 生涯 한 번도 없었다고 하는 老女, 또한 사람이 있는 자리에서도 男子들이 毒가스를 소리높이 發散시켜도 無妨하다는 權利를 公認하는 老女—그곳에는 野弧禪(야호선＝自己만 깨달은 듯이 혼자 잘 난체 하는 사람)같은 거드름쟁이 냄새가 若干 풍기지 않는 것은 아니지만 何如間 自身들과는 完全히 다른 鑄型에 넣어서 만들어 낸 人間이라는 것을 認定치 않을 수 없었다. 그리고 그것은 그런 대로의 好感을 가질 수 있는 人間의 하나의 타입이었다.

따라서 무까이(向井)가 하나 더 언뜻 느껴본 것은 고양이등의 할머니가 유끼꼬(雪子)는 술 한 방울 마시지 않고 한 사람의 男子도 相對하지 않고서 술집(빠-)마담을 해 왔다고 말한 것이다. 그 點에서도 할머니의 말은 싸인 보다도 아 아니 印鑑圖章보다도 더 사람을 信用하게 하는 힘을 가지고 있다는 것이다.

暫間동안 沈默이 흐르고 난 後 미에꼬(美枝子)가 또다시 입을 열었다.

「할머니. 하나 더 여쭈어 봐도 괜찮으시겠어요?」

「네-네. 얼마든지, 마음대로……」

미에꼬(美枝子)는 어머니가 自己만을 바라보고 있다는 것을 모르는 척 하면서 明快하게,

「할머니께서는 죽는다는 것이 무섭지 않으세요?.」

「죽는다—? 뭐가 무섭지?. 이 世上은 말이다, 나이 順序대로 죽어가지 않는다면 人間이 너무 넘치지 않을까?. 그리고 永永 죽지 않는다면 중들도, 醫師도, 葬儀社도 살 수가 없게 되겠지. 난 저 世上에서 마중만 오는 날이면 아무런 未練없이 폭삭 죽어 주겠다. 난 親戚도 緣者도 없고 있다 해도 何十年來音信不通(하십년래음신불통) 이지. 그리하여 죽게 되면 養子 夫婦가 義理로서도 울어주겠지…. 유끼꼬(雪子)氏 當身도 울어 줄게고….」

「할머니. 저도 울어 드릴는지 몰라요. 오늘 처음 만나 뵈었지만….」

하고 미에꼬(美枝子)는 無心코 아니 오히려 어떤 切實함을 느낄 程度의 語調로 말했다.

「그거 고맙구나. 葬禮式에는 틀림없이 만두를 만들어 여러분께 나누어 드릴 테니깐.」

「글쎄요, 전 단 飮食에는 별로 興味는 없으나 즐거이 기다리겠습니다.」

이렇게 말하고서 미에꼬(美枝子)는 唐惶해서 손바닥으로 입을 틀어막았다.

「미에꼬(美枝子)….!.」

하고 유끼꼬(雪子)는 얼굴을 굳히면서 쓸데없이 떠버리고 있는 계집애를 흘겨보았다.

「괜찮아요, 유끼꼬(雪子)氏. 나의 葬禮式의 만두를 먹는 것을 只今부터 기쁘게 여기고 있는 사람이 있다는 것을 생각하니까 죽는 것에도 하나의 보람이 있는 것처럼 느껴지는구먼. 이 아이는 當身과 닮아서 마음이 確實한 아가씨야.」

「무까이(向井)氏는 무엇을 느끼고 있나요?.」

하고 미에꼬(美枝子)가 물었다.

「글쎄다……. 할머니가 사라지고 나면 이 世上에는 그 代用品으로는 메꿀 수 없는 작은 구멍이 뻥 뚫어지리라는 氣分이 드는데.」

고양이등의 할머니는 주름투성이의 눈으로 暫時 무까이(向井)의 얼굴을 바라보면서,

「아주 좋은 말 해 주었다. 고맙다. 요즈음은 大本山(=總本山의 아래에 있어 같은 宗旨의 末寺를 통할하는 큰 절)의 중들도 人品이 떨어져서 너희들처럼 늙은이들의 氣分을 알아주지 못한단다. 헤에- 뻥하고 작은 구멍이랬지, 다른 代用品으로는 메꿀 수 없는 구멍 말이지……. 南無阿弥陀仏!, 南無阿弥陀仏!.」

할머니는 다시 兩손을 합쳐 어둑한 庭園구석의 한곳에 合掌했다. 보고 있는 미에꼬(美枝子)에게는 할머니가 合掌하는 곳에는 어느 곳이건 향내 범벅인 鬼神이 있을 것이라는 氣分이 들었다. 무까이(向井)는 若干 躊躇躊躇(주저주저)하고 있었으나 침을 삼키고서 유끼꼬(雪子)를 向해서,

「전 여러분의 이야기를 듣고 있자니 內容의 좋고 나쁨에는

關係없이 結局에는 무어라 말 할 수없는 쓸쓸한 氣分이 되어버려요. 異常하구나하고 생각해 보니까 몹시 배가 고파 있다는 것을 알아내었습니다. 전 어렸을 때부터 배가 고프면 空然히 짜증 스럽고 쓸쓸해지는 習性이 있습니다……. 저녁밥 아직 멀었습니까?」

「어머 머, 엉큼스런 者를 끌고 와서 나까지도 부끄럽네요. 그런데 그렇게 듣고 보니 나도 배가 고프군요. 난 배가 고프면 쓸쓸해지지는 않지만 사람을 물어뜯고 싶어져요.」

「食人種의 血統이겠지. 앗, 罪悚합니다, 어머니-.」

「千萬에요. 나이가 들고 보니 젊을 때의 元氣와는 因緣이 멀어지고 젊은이들의 食慾에 關해서도 깜빡 잊어버리곤 해요…… 未安해요. 二層에서 곧 食事해요…… 主人님, 맛 있는 料理를 조금씩 보다는 量을 많이 해서 가져와 주십시요…….」

「에- 나까지도 멍청해져서…….」

할머니는 무릎 近處의 벨을 눌러 從業員을 부르자 세 사람을 二層 房으로 案內했다. 房에는 손때 묻은 붉은 칠을 한 테이블을 가운데로 方席이 넉장 깔려 있었다.

세 사람은 누구도 먼저 말 한 것도 아닌데 座席을 끌어당겨 테이블을 둘러싸고 앉았다.

「그 할머니, 人間文化財처럼 느껴지는군요. 나쁜 意味로서가아니라 새에도 짐승에도 漸漸 그 數가 줄어들어 滅種되어 가고 있는 種類가 있다지만 그런 型의 人間도 드디어는 全滅되어 버리겠지. 只今쯤에는 멍청하게 혼자 앉아 있겠다. 奇奇妙妙한 할머니라니까. 母親께서는 오랫동안 사귀어 오셨던가요?.」

「아니야. 요 五, 六年 程度. 난 但只 나와 마음이 通하는 할머니라고 믿고 사귀어 왔지만 當身들과 이야기 하고 있는 것을 옆에서 듣고 있자니 내가 내 마음대로 좋아하고 있었다는 것이 아니고 相對가 그 사람대로 人間이 되어 있다는 것이 納得되었어요.」

「이름이 무어라고 하지요?.」

「글세다……. 다께무라·요네(竹村よね)였던가…….」

「어이, 미에애기. 넌 그 할머니의 집에 每日 찾아와서 옛날 이야기를 송두리째 들어 두는 거야. 그리고「요네女史 一代記」를 써 보면 어때?. 若干 苦心해서 硏究하면 낡아 빠진 素材에서 意外로 좋은 作品을 얻을 수 있을 것 같은 豫感이 드는군. 暫間, 너 눈빛을 보니까 벌써 넌 그런 野望을 불태우고 있었구나……. 어머니, 미에꼬(美枝子)氏는 이런 눈매를 하고 있던 때가 第一 예쁘게 보일 때에요. 學窓時節 전 이런 눈매를 받고선 머리가 핑 돌아 卒倒할 것 같은 때가 몇 번인가 있었으니까요. 動物의 世界에서도 무언가 먹이를 노리는 그때의 表情이나 姿態가 第一 健康하고 멋있을 때라니까요…….」

「아주 멋들어진 發言을 하는군요. 내가 魅力的이라고 말했으니까 若干은 辭讓하겠지만 當身 오늘 서포터를 차고 왔겠지.」

체-체-, 하고 무까이(向井)는 테이블을 두 번씩이나 내려치고서는,

「그 問題에 對해서는 벌써 몇 번째 말했잖니?. 只수부터는 밥 먹을 때니까 입맛 떨어지게 하는 卑劣한 이야기는 그만 두는 게 어때…….」

「뭐라는 게지?, 서포터 라는 것.」

하고 유끼꼬(雪子)는 싱긋싱긋 웃으면서 물었다.

「노-코멘트!(No Comment) 노-코멘트!」

무까이(向井)는 興感스럽게 오른 팔을 휘두르면서 그 손으로 미에꼬(美枝子)의 머리를 쥐고 흔들었다. 미에꼬(美枝子)는 抵抗도 하지 않고 아-하-하-하- 하고 웃었다. 飮食들이 날라져 왔다. 準備가 이미 되어 있었는지 여러 가지 料理가 제 時間에 맞춰 차례차례로 食卓위에 옮겨졌다. 무까이(向井)는 테이블에 찰싹 붙어 앉아, 미에꼬(美枝子)는 소리도 내지 않고, 그러나 두 사람 다 똑같은 速度로 접시나 대접 等을 비우고 있었다. 그것과 步調를 맞추기 爲해서 유끼꼬(雪子)도 熱心히 먹었으나 結局에는 半 程度 남기지 않을 수가 없었다. 그러나 그 程度로서도 유끼꼬(雪子)의 胃에는 아주 適當한 分量이기도 했다. 이렇게 젊은이들의 먹는 모습을 바라보고 있자니 유끼꼬(雪子)는 只今 自己의 年齡도 若干의 옛날로 되돌아가는 듯한 錯覺을 어쩔 수 없었다.

「무까이(向井)씨도 미에꼬(美枝子)도 좀 천천히 먹 거라.

밥통이 놀라 나자빠지겠다야.」
「아니요, 어머니. 飮食의 맛 프러스 스피드, 그렇지 않는다면 飮食을 먹었다는 氣分이 나지 않을걸랑요.」
「그렇지만 "뱃속도 몸의 한 部分"이라고 하는데 自身의 內臟器官을 自身이 傷하게 하는 無理는 하지 않는 便이 좋아요.」
「저도 어머니程度 나이를 먹으면 子息들에게 그렇게 가르치겠어요. 부러우시거든 어머니. 저희들처럼 잡숴 보세요. 꼭 끌어당겨 速度를 쬐끔 부쳐서 잡수시는 거 最高로 맛있을 거 에요. 그렇지, 미에 애기.」
「난 그렇지 않거든요. 當身이 乞食兒童처럼 보이지 않게 步調를 맞춰 먹어 주었지만 이젠 그렇게 할 수 없게 되었어요. 이제부터는 천천히 먹을래요.」
階段을 오르는 발자국 소리와 男子와 女子의 말소리가 들렸다. 유끼꼬(雪子)는 젓가락을 놓고서 일어섰다. 그때 入口의 屛風(병풍) 뒤로부터 從業員에게 案內되어 白髮이긴 하지만 몸맵시가 端正하고 단단하여 五十代로 보일 程度의 紳士가 들어왔다. 엷은 茶色의 나비넥타이를 매고 上衣는 한쪽 팔에 걸쳐져 있다. 파나마 帽子는 從業員이 들고 있다.

　　※파나마(Panama 帽子＝파나마 풀의 섬유를 잘게 쪼개어 햐얗게 바랜 것을 짜서 만든 여름 帽子. 넓은 뜻으로는 파나마 풀과 비슷한 섬유로 만든 모자를 이름.) ※

「아-, 좀 늦었지요. 未安합니다. 젊은 親舊들은?.」
男子는 빈자리에 털썩 주저앉아 물수건으로 얼굴을 닦는다.
― 하야마·가스꼬(葉山和子)의 큰아버지로서 가스꼬(和子)도 아사누마·이찌로(淺沼一郞)도 그곳에서 勤務하고 있는 K貿易會社의 社長인 야사끼·쇼지로(矢崎庄二朗)氏였다.

「네-, 딸애인 미에꼬(美枝子)와 同窓生인 무까이·다쓰오(向井達夫)氏에요. 때마침 付託한 것이 있어서 여기까지 왔어요. 심부름 값으로 點心을 먹이고 있는 中입니다.」

「좋아, 좋아, 나도 紹介하지. 야사끼·쇼지로(矢崎庄二朗)라 한다네. 하야마·가스꼬(葉山和子)의 큰아버지도 되지. 미에꼬(美枝子)의 마마와는 한 五, 六年 동안 사귀어 왔는데 서로 親舊사이 이지.」

「미에꼬(美枝子)라 합니다.」

「무까이·다쓰오(向井達夫) 입니다. 付託드리겠슴니다.」

무까이(向井)는 입 가득히 飮食을 넣고 있었기 때문에 이름을 말하는데 若干 時間이 걸렸다. 미에꼬(美枝子)는 "親舊사이 이지" 하고 말하는 야사끼(矢崎)의 語調에서 어머니 유끼꼬(雪子)와는 적어도 只今까지에는 깨끗한 關係다, 라고 하는 것을 銳利하게 直感했다.

同時에 야사끼·쇼지로(矢崎庄二朗)가 中年 女性에게 있어서는 매우 魅力的인 男性이라는 것도 함께…….

「난 宴會를 끝내고 왔으니까 먹을 것은 그만 두고 위스키나 가져와요.」

하고 從業員에게 付託하고,

「미에꼬(美枝子)氏는 當然한 일이지만 어머니완 너무 닮았어.」

「네, 어머니 한 분 손에서 키워졌으니까 그럭저럭 그렇게 되어버렸는가 봐요……. 어째서 마마께서는 왜? 가스꼬(和子) 큰아버지와 사귀고 있다는 것을 말씀해 주시지 않으셨어요?.」

「네게 쓸데없는 마음을 쓰이고 싶지 않다고 생각했기 때문이란다. 예를 들면 가스꼬(和子)氏에 對해서 쓸데없는 劣等感을 품는다든가 하는…….」

「야사끼(矢崎)아저씨는 가스꼬(和子)에게 우리 엄마와 사귀고 있다는 것을 이야기 하셨나요?.」

「아 아니, 난 어른이고 조카에게 내가 하고 있는 일에 對하여 일일이 報告할 義務도 없어. 한편으로 萬一 가스꼬(和子)에게 그것을 말하면 마마께서 只今 말씀하신대로 가스꼬(和子) 쪽에서도 네게 무언가 꺼림칙한 생각을 가지게 될 것도 같고…….」

「아저씨, 한 가지 더 여쭤 봐도 괜찮으시겠어요?.」

미에꼬(美枝子)의 살같이 빠른 質問에는 그 어떤 深刻한 힘이 도사리고 있다. 누구에게도 그렇게 느껴졌는지 座席의 雰圍氣는 갑자기 緊張되었다. 야사끼(矢崎)氏는 익숙한 솜씨로 물수건으로 얼굴이나 손을 씻으면서,

「음, 미에꼬(美枝子). 座席에 앉자마자 나를 罪人取扱하지

말기를……. 위스키라도 마실 수 있는 時間이래도 좀 줘야지.」

「罪悚합니다. 전 이 사람 멋있구나하고 생각하면 찰싹 달라붙어 짧은 時間에 될 수 있는 한 많은 것을 알고 싶기 때문에 그만…….」

「고맙구면.」

하고 야사끼(矢崎)는 물에 탄 위스키를 천천히 마시면서,

「그러면 質問을 받아볼거나.」

「야사끼(矢崎)아저씨와 마마가 交際하고 있다는 것을 아저씨의 夫人께서는 알고 계십니까?.」

「아암, 알고 말고. 노부꼬(信子)를 ― 우리 집사람의 이름이지만 ― 너댓 番『키고리』에 데리고 가서 서로 이야기를 나누기도 했으니까…….」

「夫人께선 뭐라고 말씀 하셨는지요?.」

「分別 있고 좋으신 분이다. 나도 男子라면 夫人 以外의 그런 타입의 女子 親舊를 가지고 싶다고 하더구먼.」

「嫉妬心 없이?.」

「勿論 嫉妬心 없이. 그건 우리들 夫婦에겐 相對의 어느 程度의 自由를 束縛하지 않는 만큼의 信賴感이 있다는 點도 있고 그리고 뭐라 해도 노부꼬(信子)가 마마의 人格을 認定했다는 點도 있는 게지.」

「女子 둘과 男子 하나와의 사이에 그렇게 깨끗하고 爽快한 關係가 存在할 수 있을까요-?. 무까이(向井)君은 어떻게

생각하는 거니?.」
「말에 따라선 "그렇구나"라고 納得이 됨직도 하지만 어째서 그렇게 느꼈냐고 다그쳐 묻는다면 自身이 없는데.」
야사끼(矢崎)氏는 부드러운 微笑를 띠우면서,
「자네들은 正直해서 좋아. 자—나와 유끼꼬(雪子) 氏와 若干은 異常하게 생각해도 좋아…‥.」
「그렇게 말씀하시니깐 이번엔 그렇지 않는 氣分이 들고…‥. 모르겠어요. 마마는 어떠세요?.」
하고 미에꼬(美枝子)는 이번에는 槍끝을 유끼꼬(雪子)에게로 向했다.
「나 말이냐?. 야사끼(矢崎)氏 참 좋아해요. 만날때 마다 가슴이 두근두근하지. 너희들을 데리고 오지 않았어야 했을 것을…‥.」
그렇게 말하고서 유끼꼬(雪子)는 異常야릇한 웃음을 웃었다. 그러자 무까이(向井)가 곁에서 입을 열었다.
「어이, 미에 애기. 너 이젠 先輩님들을 審問하는 것 그만 둬. …‥난 너무 氣分이 좋아.」
「나도 그래.」
「자— 이것으로 좋지 않으세요. 미에 애기가 슬쩍 슬쩍 失禮 되는 것을 여쭈어 본 것에 對해서는 同伴者인 제가 통틀어 謝過드리겠습니다. 미에 애기는 입버릇만큼 나쁜 人間이 아닙니다.」
「아니야. 입버릇은 나쁘지만 나를 納得시켰다네. 오늘은 말이야⋯⋯. 자네들은 무슨 일로⋯⋯.」
「그건-.」
하고 무까이(向井)는 自身의 職業과 今日 미에꼬(美枝子)를 訪問하게 된 用件을 말하고,
「⋯⋯그러니까 母親께서 一流 料亭에서 저녁을 한턱 사 주시겠다고 하시기에 질질 끌려왔습니다. 또 한분 오실 거라고 말씀하셨습니다만 아저씨에 對해선 一言半句도 없으시더군요.」
「음, 미에꼬(美枝子)의 作品이 審査에 通過되도록 빌겠네. 이것만은 커넥션(Connection=연줄)이 듣지 않는 實力의 世界겠지만 내가 받았던 미에꼬(美枝子)의 첫 印象에서는 틀림없이 패스(Pass)하리라는 마음이 든다네.」
「어째서 그런 생각이⋯⋯.」
하고 미에꼬(美枝子)는 생각 없이 嚴肅(엄숙)한 얼굴로 물었다.
「曰, 말하기 困難해. 當選 된다면 祝賀 파-티는 내가 一切의 經費를 負擔하겠네. 그런데 이따금 우리 會社에서는 外國係의 여러 人事를 招請해서 파-티를 열지만 그때마다 유끼꼬(雪子)氏는 部下들을 데리고 와서 호스테스役을 맡아 주었는데 그에 報答하는 意味도 包含해서 나에게 祝賀 파-티의 全 費用을 씌워주기 바라네.」
「贊成입니다.」
하고 무까이(向井)가 明確하게 말했다.

「저희들뿐이라면 돈·카스(豚·Cutlet)에 麥酒 程度의 宴會밖
 엔 되지 못할 테니까요. 그리고 한 가지 더 付託을 드릴 말
 씀이 있습니다. 萬一 落選하면 그때엔 落選 慰勞 파-티를
 열어 주시기를 바랍니다만…….」
야사끼·쇼지로(矢崎庄二朗)는 큰 소리로, 女子들은 허물없이
털어놓은 사귐이 깊은 肉聲으로, 일제히 웃어대었다.
「넘어졌을 때 얼른 일어나야지, 하는 手段이로군. 좋아, 그
 條件도 받아 드리지…….」
「마마와 마음이 通하시는 男子란 亦是나 그 통이 다르시군
 요. 앞으로도 繼續 付託드리겠습니다.」
무까이(向井)는 躊躇함도 없이 손을 내밀어 야사끼(矢崎)의
손을 付託한다.
「아닐세, 나야말로 付託하네.」
하고 야사끼(矢崎)氏도 拘碍없이 무까이(向井)와 握手했다.
무까이(向井)의 손이 온통 휩싸일 程度로 두툼한 큰 손바닥
이었다.
「미에 애기 너도 야사끼(矢崎)氏와 握手 해.」
미에꼬(美枝子)는 躊躇躊躇 오른 손을 테이블위로 내어밀었
다. 야사끼(矢崎)는 따사하고 두터운 손바닥 속으로 그것을
집어넣고서,
「야아. 처음이네. 너와 마마에게선 언제나 젊음으로 되돌아
 가는데 도움만 받을 뿐이라네. 그 냄새, 눈의 반짝임, 살결
 의 色깔, 그리고 거짓 없는말 等을 맡게 하거나 듣게 하

거나 보여주어서 매우 기쁘게 생각한다네. 付託하겠네.」
「아니에요. 아저씨야말로 언제나 마마에게 元氣를 일깨워 주셔서…….」
미에꼬(美枝子)는 自己 쪽에서도 相對의 손을 쥐면서 暫時 동안 놓지 않았다. 눈과 눈을 마주 치면서……. 하니까 어머니에게서 받은 피가 움직이기 始作했음인지 그女에겐 어머니가 이 精力的이고 品位있는 白髮의 老紳士를 信賴하고 있다는 氣分을 새삼스럽게 알 수 있을 것 같은 마음이 들었다.
「미에꼬(美枝子), 언제까지 그렇게 하고 있으면 야사끼(矢崎)氏가 거북스러워 할 텐데. 이제 그만 놓아 드리려무나.」
「네 아저씨, 마마가 嫉妬하고 계시니까 이제 그만 해요.」
「넌 쓸데없는 말만 지껄이는 子息이야. 女子들 中에 이런 型의 얼굴을 한 子息이 父母에 對한 不孝의 샘플이라고 데파트의 쇼·윈도우에 한 一週日程度 大衆 앞에 그 標本으로 세워두고 싶을 程度다.」
「그렇게 되면 큰 일이 일어나고 말아요. 交通整理 하는데도 魂이 날거고, 프로포-즈의 便紙가 산더미처럼 밀어 닥칠 테니까.」
모두가 웃고 말았다. 유끼꼬(雪子)는 이 네 사람의 座席이 싱겁고 거북스러운 데도 이 거북스러운 空氣를 適當히 뒤흔들어 즐거운 雰圍氣로 進行시켜 나가는 무까이(向井)의 솜씨에 感歎을 禁치 못했다. 技巧的인 것이 아니고 率直하고

따스한 마음이 뒷받침하고 있기 때문이다. 갑자기 야사끼(矢崎)氏가 氣分이라도 바꾸려는 語調로,

「아, 자네들, 아사누마·이찌로(淺沼一郞)와는 親한 사이들인가?.」

「그렇게 親하다고는 할 수 없지만 四年 間을 함께 살아왔기 때문에 "야-" "이 子息-" 程度의 말로서 通하고 있습니다만 그 子息에게 무슨 일이라도 있었습니까?.」

「아니, 좀 後에 그를 아메리카로 出張을 보내려고 생각하고 있었네만 그에겐 同居하고 있으며 곧 아이가 태어 날 夫人과 戶籍上의 夫人이 될 수있도록 가스꼬(和子)를 通해서 說得을 시키고 있는 中이라네. 두 분 모두 내어쫓긴 분풀이로 內緣關係로서 밀고 나가려고 하고 있지만, 그런데 會社에서는 그 夫人에게 月給을 傳해줄 까닭이 없게 된단 말이야……. 大略 두 분 다 納得이 된듯하여, 곧 結婚式이 있을 것 같다네. 이제껏 사귀어 왔으니까 그렇게 不自然스럽지 않다면 자네들도 結婚式에 參席해 주는 게 어때. 簡略한 誓約式 같은 程度이지만 말일세.」

「가고 말굽쇼.. 그렇지 미에꼬(美枝子).」

「그럼요. 즐거이…….」

「그 子息, 벌써 아버지가 된단 말이지. 若干 빠르다고는 생각되지만…….」

무까이(向井)는 무어라 말 할 수 없는 한숨을 쉬었다.

「그렇지도 않아. 獨身者가 怠慢하다는 것은 아니지만 男子

의 境遇 家庭을 가지게 되면 일하는 폼(Form)이 달라져 오는 걸세. 反對로 夫人社員은 家庭을 가지고 애들까지 낳게 된다면 하는 수 없이 그쪽으로 마음이 쏠리게 마련이야. …. 그런데 아사누마(淺沼)의 語學 實力은 普通이 아니지. 내 會社의 顧問으로 있는 아메리카人이 自己들의 實力보다는 그의 英語가 오서-독스(Orthodox＝正統的인) 하다고 感心할 程度이니까. 그리고 일하는 폼(Form)도 아주 敏捷(민첩) 하다니까…..」

무까이(向井)는 그렇게 말하는 야사끼(矢崎)氏에게 위스키를 따르면서,

「社長님, 大槪 저희들 크라스는 男女 모두 秀才들 뿐이었습니다. 그렇지, 미에꼬(美枝子)…..」

「글쎄요….. 當身 自身은 秀才라고 생각하세요?.」

「나야, 除外라 하더라도 너나 하야마·가스꼬(葉山和子)는 앞뒤를 다툰 女流 秀才였다는 것은 틀림없는 事實 아니니.」

「음, 가스꼬(和子)가…..」

하고 야사끼(矢崎)氏는 고개를 끄덕거리고선,

「내 조카래서 자랑하는 건 아니지만 그 子息 쓸만한 계집애라고 생각하지. 미에꼬(美枝子)氏가 그애 라이벌(Rival)이라하니 미에꼬(美枝子)氏에게도 敬意를 表해 두겠네.」

「라이벌 이라고 하지만 가스꼬(和子)氏와 저와는 性質이 完全히 다르니까 같은 자(尺)로서 잰다는 건 無理라 생각

해요. 자라 온 環境도 온통 다르니까요⋯⋯. 앗, 마마, 마음에 두지 마세요.」

「마음에 두지 않는단다. 난 나대로 世界 第一의 엄마라고 自負하고 있으니까⋯⋯. 자- 무까이(向井)氏와 미에꼬(美枝子)는 이제 돌아가요. 우리들은 이제부터 若干의 用談이 있으니까⋯⋯.」

「車를 準備하겠네, 車를⋯⋯. 두 사람 다 自己 집 까지만 실어다 놓으면 車를 돌려 보내버려도 좋으니까⋯⋯.」

무까이(向井)와 미에꼬(美枝子)는 鄭重하게 人事를 드리고 座席에서 아래로 내려 왔다. 유끼꼬(雪子)가 玄關까지 따라 나와서 두 사람을 배웅했다. 門 앞에는 뒷면이 넓은 아메리카式 高級車가 기다리고 있었다. 미에꼬(美枝子)는 母親을 야사끼(矢崎)氏와의 자리에 남겨 두는 것에 조금도 異常스런 氣分을 느끼지 않고서 車에 올랐다.

「마마가 돌아오실 때 까지 자지 않고 기둘리겠어요.」

「좋을 대로. 마마도 언제나처럼 그 時間에 돌아 갈 테니까⋯⋯.」

車가 움직이기 始作했다.

「야사끼(矢崎)氏, 훌륭한 紳士지.」

「當身도 그렇게 생각이 드는 거니?.」

「印鑑, 어디다 쓸려는 것일까?.」

「뭔가 마마가 商業을 바꾸려는 것으로 그 일 때문에 야사끼(矢崎)氏의 도움을 받는 것 같애.」

「무슨 商業으로 바꾸려는 것일까?.」
「빠-를 그만 두고 빌딩이나 아파-트를 세워보려는가 봐.」
「大 贊成이다. 빠-란 밤만의 장사겠다, 마음도 몸도 모르는 사이에 衰弱해 갈 테니까.」
「아마도 그것을 念頭에 두고 있는 것 같아, 꼭-.」
「오늘은 眞짜 즐거운 하루였다.」
「집에 到着하는 대로 나의 原稿를 읽을 거니?.」
「음-, 오늘은 短篇 쪽만-.」

꽤나 時間이 늦었기 때문에 自動車는 信號燈에도 거의 걸리지 않고 爽快하게 거리를 달렸다. 메구로(目黑)에 닿았다. 무까이(向井)는 메가마(目蒲)線의 驛 앞에서 車를 멈추게 했다. 그곳에서 왼편으로 꺾어지면 住宅街가 나온다. 그 住宅街에 무까이(向井)의 집이 있다.

「자-, 잘 가요. 後에 마마에게도 安寧히…….」

무까이(向井)가 步道에 내려서서 그렇게 말하자 미에꼬(美枝子)는 車窓을 활짝 열어젖히고선 검지손가락을 눈에 띄게 들어 올리면서 그것으로 무까이(向井)에게 敬禮의 흉내를 내었다.

「安寧히 무까이(向井)君.」

「짜아식!……運轉手 아저씨, 이 車를 무엇에다 부닥뜨려 뒷座席의 손님이 모가지 뼈가 부러지도록 해 주세요.」

自動車는 꽉 쥔 주먹을 휘두르는 무까이(向井)를 뒤로하고 겐노쓰케(權之助)의 비탈길을 미끄러져 내려갔다. - 그즈음

신바시(新橋)의 料亭 하루노야(春の屋)의 二層에서는 야사끼(矢崎)와 유끼꼬(雪子)가 마주앉아 用件을 相議하고 있다. 벌써부터 야사끼(矢崎)는 알-콜을 그만 두고 두 분 다 葉茶에 비스켓을 깨물고 있다. 用談이라 하는 것은 유끼꼬(雪子)가 年齡이나 將來를 생각해서 긴좌(銀座)의 빠-를 整理하고 都心에서 若干 떨어진 住宅家에 高級 아파-트를 세워 보려고 하는 것이다. 『키고리』의 權利金, 地代, 그 外 가지고 있는 株券 等을 處理하면 銀行에서 돈을 빌리지 않아도 그의 商業을 바꾸는 것에 支障이 없겠으나 亦是 女子 혼자 正面에 나서서 일하는 것은 不安하기 때문에 그 一切를 야사끼·쇼지로(矢崎庄二朗)에게 依賴하는 것이었다. 야사끼(矢崎)는 快히 그것을 承諾하고 재빠르게 일을 進行 시키고 있었다. 오늘 미에꼬(美枝子)가 가지고 온 印鑑圖章도 實은 그일 때문 이였다. 一絲不亂의 用談이 끝나자 유끼꼬(雪子)는,

「夫人께선 요즈음 健康이 어떠세요?」

「음, 漸漸 衰弱해가니 난 內心 걱정이 되어서……」

「이런 말씀 드려서 火를 내실는지 모르겠습니다만 當身께선 健康하시지만 寢室의 生活이 圓滿치 못하여 그것이 夫人에게 影響을 미치고 있는 것이 아닐는지요?」

「當身의 豫測이 틀림없는 듯하지만 亦是 틀렸소, 내가 그런 男子라면 衰弱한 마누라에 拘碍됨이 없이 콜·걸이라도 불러 마음을 풀어 볼 수도 있겠지.」

「罪悚해요. 전 只今까지 그런 生活이 없었으므로 偏見으로

多少間 異常하게도 그런 點에 너무 치우쳐 버렸는지도 모르겠어요.」
「설마 그럴라 구요……. 난 그런 意味에서도 當身에 어울리는 男便을, 하고 마음에 두고 있지만……」
「付託드려 마지않겠습니다.」
「當身의……, 그 程度의 몸이라면 그야말로 아직 튼튼한 男便이 좋겠죠.」
하고 야사끼(矢崎)는 正色을 하고 말했다.
「아무래도 좋아요. 갈지 않은 칼은 녹이 쓴다고 했던가요. 갈고 닦을 程度의 몸은 못된다고 생각 합니다만……」
「아니, 날카롭게 날이 서 있다고도 생각할 수 있겠죠.」
「싫어요, 陰凶스런 말씀은. 이젠 그만두자 구요..
…… 實은, 전 쩔쩔매고 있는 일이 있어요.」
「뭐죠, 그건?.」
「夫人에 關한 일이세요.」
「집에서……. 노부꼬(信子)가 무언가 일을 저질렀습니까?. 當身에게 失言 같은 거 있을 턱이 없을 텐데……」
「아니에요. 그런 것이 아닙니다. 두 세 차례 電話가 걸려와서는 몸 狀態가 漸漸 나빠지니까 쓸쓸하다고 집으로 놀러와 달래요. 단, 當分間 야사끼(矢崎)氏에겐 祕密로 하는 것이 좋겠지만, 이렇게 말씀 하세요. 그러니까 이러한 것을 當身 에게 말씀드리는 것이 夫人을 背信하는 것 같아 괴로워요……. 그런데 미에꼬(美枝子)도 만나고 싶다고 같이 데리고 오라는 말씀이세요….」

이렇게 말하고 유끼꼬(雪子)는 無意識的으로 깊은 한숨을 내어 쉬는 것이다. 무언가 눈에 보이지 않는 무거운 것이라도 등에 짊어지고 있는 듯이…., 야사끼(矢崎)도 沈痛한 얼굴모습으로,

「노부꼬(信子)가 그랬다고…. 몸 形便이 나쁘면 人間 누구라도 쓸쓸해지겠지만 왜? 내게 秘密로 해 두라는 걸까?. 그런 氣分을 알 수가 없군. 當身은 어떻게 생각하나요?.」

「글쎄요…. 전 立場上, 商業上, 或은 夫人께서는 내가 當身과 사귀고 있다는 것에 亦是 무언가 마음 꺼림칙하게 생각하고 있는 것이 아닌가 하고 생각하기도 했어요. 健康하실 때의 夫人의 氣分에는 아무것도 아닌 것이 마음과 몸이 衰弱해 지면 갑자기 마음에 걸리게 되는 거 아니겠어요….」

「그건 아냐! 틀림없이 그런 건 아니야!.」

야사끼(矢崎)는 無意識的으로 꾸부려 쥐고 있는 가운데 손가락으로 토닥토닥 테이블을 두들겼다.

「난 몇 十 年을 그와 함께 살아 왔으니까 그의 人間됨에 對해서는 當身보다 몇 十 倍는 더 잘 알고 있어요.」

「그러나, 야사끼(矢崎)氏. 物件이나 人間의 올바른 姿勢는 適當한 거리를 두고 보는 便이 훨씬 더 잘 보이는 境遇도 있는 것 아닐까요?.」

유끼꼬(雪子)가 反駁(반박)하는 狀態에서 본다면 그것이 그

女에게 있어서는 어느程度 負擔(부담)을 느끼고 있다는 것을 나타내고 있는 것이다.
「그…그야, 그런 境遇도 있을는지 모르지.」
하고 야사끼(矢崎)는 거짓말을 하는 것처럼 더듬거리면서 말했다. 틀림없이 夫婦라 하는 것은 一生 너무 가까운 位置에서 살아오는 것이므로 서로의 것을 송두리째 알고 있다고 믿는 것이지만 그런데 - 새로운 어떤 重大한 時期에 當해서는 男便이, 아내가 어떠한 人間 이었든가 客觀的으로는 把握(파악)하기 힘든 때가 많은 것이다. 相對가 急速度로 自身에게서 멀어져 十年 以上을 같이 살아온 서로 間인데도 男便이, 아내가 아닌 어떤 人間 이었든가 전혀 알지 못한 사람처럼 空虛感에 휘말려 들어가는 것은 그렇게 珍貴한 것도 아니었다.

한그루의 나무로서 "즉 男便으로서, 아내로서"는 相對를 每日 보고 있지만 하나의 숲으로서 "즉 各各 男女 제 各其의 個性을 具備한 人間으로서"는 相對를 보지 못하는 境遇가 많은 것이다. 더구나 그런 절름발이格인 서로의 關係를 自覺하는 것은 夫婦間에 그 어떤 危機가 가까워지고 있을 때에 많은 것이지만……. 바로 只今 야사끼·쇼지로(矢崎庄二朗)는 아내인 노부(信子)가 왜? 自己에게 祕密로 유끼꼬(雪子)와 미에꼬(美枝子)를 만나고 싶어 하는가하는 노부꼬(信子)의 氣分을 송두리째 붙잡아 보는 것이 不可能한, 焦燥하고 不安한 氣分에 사로잡혔다.

지난달에 받은 胃潰瘍 手術은 매우 結果가 좋았는데도 몸은 漸漸 衰弱해 가고만 있는 노부꼬(信子), 只今은 이런 노부꼬(信子)의 氣分이 自己로부터 數千萬里도 더 떨어진 곳에 있는 것 같아서 야사끼(矢崎)는 空虛한 焦燥感을 禁할 수 없었다.

只今에사 생각해 보면 오늘 밤 유끼꼬(雪子)의 이야기를 듣기 以前부터—노부꼬(信子)의 衰弱함이 눈에 띠일 때부터— 夫婦 사이에는 若干씩 빈틈이 생겨져 왔고 그것을 無意識中에 自身도 느끼고 있었다는 것은 틀림없는 事實이리라……그렇지 않다면 유끼꼬(雪子)의 그러한 報告에서 이렇게 强한 쇼크를 받을 理가 없다. 그리고 유끼꼬(雪子) 自身이 노부꼬(信子)의 아무렇지도 않은 電話에 너무 負擔을 느끼고 있는 것도 異常하다…….

暫時 동안 沈默이 흐르고 난 後에 야사끼(矢崎)는 목구멍에 걸린 기침을 한두 번 하고나서,.

「何如튼 유끼꼬(雪子)氏, 한번쯤 노부꼬(信子)를 찾아가주지 않겠소?. 두 분이 만나서 當身에게 不快感을 주는 일은 絶對로 없을 거요. 當身은 아까 노부꼬(信子)가 몸이나 神經이 衰弱해 있으니까 우리들 사이를 꺼림칙하게 생각하고 있는 것은 아닌가하고 말했지만 그것만은 絶對로 當身의 지나친 생각이오. 그런 좁은 마음의 所有者가 아니죠……. 첫째, 나도 當身과의 交際에서 노부꼬(信子)에 對해서 꺼림칙하다는 氣分이 이程度만큼이라도 있었던가요?.」

하고 야사끼는 오른쪽의 큰 엄지로 새끼손가락 끝을 재어 보이는 것 같이 해 보였다.
「있었다고는 생각하지 않아요. 그러나 그것에는 夫人의 寬大한 理解 밑에서 — 라는 條件이 붙어요. 저라면 男便이 그러한 女子親舊를 사귀고 있다면 男便의 얼굴을 쥐어뜯거나 適當한 道具로 男便의 머리통을 두들겨 놓겠어요……. 전 氣分이 앞서서 夫人께 응석을 부리고 있다고 생각해요. 저 뿐만이 아니죠. 當身도 夫人께서 다른 男子와, 當身과 나와의 程度로, 親한 親舊로 사귀고 있다고 한다면 틀림없이 不快하게 여기리라 생각 되어요…….」
「理由로서는 틀림없겠지. 그러나 우리들은 日本의 歷史의 흐름의 한 時期에 태어나 있으며, 男子와 女子의 境遇를 全部 같은 자(尺)로서 재어 본다는 것은 形式的으로서 無理가 있는 것이 아닐 까요……. 내 親舊 夫婦의 이야기이지만 호텔에 夫婦가 함께 사람을 만나러 갔대요. 돌아 올 때 玄關 入口로 나오니까 外國人 男女가 많이 있어 차례차례로 車를 타겠지만 勿論 레이디·퍼스트로서 반드시 女人을 먼저 태우더랍니다. 내 親舊는 몇 번이고 外國 旅行을 한 사람으로서 그러한 에치켓 程度는 잘 알고 있고 또한 外國人이 많이 보고 있는 앞이라서 自己들의 車가 到着했을 때 躊躇 망설이는 듯한 낮은 목소리로 "여보, 오늘은 當身이 먼저 타구려" 하고 夫人께 말했다고 했어요. 하니까 每事에 숨김없는 性質의 人物인 夫人은 큰 소리로 "파파, 氣分 좋지 않는 말씀 그만 두세요. 언제나처럼 當身이 먼저 타세요" 하고 말 하는 데는 親舊는 몸에도 어울리지 않는 원숭이 모습처럼 하고서 큰 부끄러움을 느꼈다고 이야기 하고서는 서로 웃었다오. 何如間 그러한 것이 日本의 男女關係의 現實이지요. 이와 마찬가지로 내가 萬一 노부꼬(信子)에게 "當身도 나와 유끼꼬(雪子)氏 처럼 親한 男子親舊를 사귀어도 좋소" 하고 勸한다면 노부꼬(信子)는 "파파, 當身 얼빠진 말씀 작작 하세요. 當身은 여러 가지로 會合이 많은 一家의 主人으로서 난 一家를 지키는 主婦세요." 하고 反駁(반박)함에 틀림없소.…… 日本 男女關係의 現實의 段階에 있어서 난 當身과 나의 사귐에 對하여 노부꼬(信子)는 勿論 子息들에게 對해서도—全部 出嫁하여 즈그들대로 獨立해 살고 있지만—良心의 呵責을 느끼지 않는다고 分明히 말 할 수 있다오. 깨끗한 辨明을 하는 것 같지만 正直한 이야기로 난 當身에 對하여 섹쓰의 妄想을 품었거나 하는 일은 盟誓코 한 번도 없었소. 當身은 나보다 그 以上이겠지만…….」
그렇게 말은 하고 있지만 무언가 空虛한 느낌이 들었다. 特히 마지막 말은 서먹서먹하고 너무 다듬어진 色彩가 濃厚하다. 人間의 心理란 그림자가 있고 한 층 더 複雜한 內容의 것일 뿐인데도…….
「하지만 전 當身과 달라 獨身 — 한번은 夫婦生活을 經驗한 獨身者이므로 머릿속에는 여러 가지 妄想이 거미줄처럼 겹겹이 쳐져 있는 것 같아요. 自己 自身은 모른 척 시치미를 뚝-따고 있을 뿐이겠습니다만.」
야사끼(矢崎)氏는 그 어떤 생각에 휘말려 들어가는 듯 유끼꼬(雪子)의 이야기에는 귀도 기우리지 않고 深刻한 表情을 짓고 있다. 옆집의 料亭에서는 샤미센에 맞추어 노래를 부르고 있는 男子 목소리가 들려왔다. 서툴지만 本人은 滿足스러운 듯한 未熟한 노래 솜씨였다..
「그런데 노부꼬(信子)가 내겐 祕密로 當身과 만나고 싶어 하는 氣分을 알게 되었소. 그녀는 외로움을 느끼고 있는 거요. 몸도 衰弱하고 神經도 衰弱하여 늘 곁에 있는 내가 아닌 —男子가 아닌— 누군가 信賴할 수 있는 同性의 女人과 이 世上의 여러 가지 일들을 이야기 하고 싶다는 거요. 그러는 것이 精神을 쉬는 것도 되겠고, 그러한 心境이 아닌가하고 생각 되오 만…..」
「그렇게 말씀하시니깐 그런 것 같기도 하네요. 같은 섹쓰를 갖고 있는 者와 함께 모든 것을 잊어버리고 이것저것 이야기 하고 싶어 하는 그 외로움. 人間은 아니 女子란 特히 그러한 寂寞感(적막감)에 빠지는 것이 때때로 있음직한 일이 아니겠어요. 자- 전 이번에 夫人께서 외롭다는 말씀을 마음껏 받아 드려 夫人을 찾아뵙는 것으로 하겠어요. 이렇게 마음이 定해지고 보니 夫人을 背反하고서 이런 일을 當身님께 이야기 하는 것이 아니었다고 생각 드네요. 이것을 아셨다면 夫人께선 놀라서 그런 人間이었더라면 와 달라고 하는 것이 아니었는데 하고 後悔하시겠지요. 전 眞짜 믿을 수 없는 人間이네요……」
「그거야 틀림없이 이야기가 없었는 게 좋았는지도 모르지. 그러나 人間 누구라도 一週日에 하나나 둘 程度 後悔할 씨(種)를 낳는 法이요……. 정말로 짧은 時日 內에 노부꼬(信子)를 만나 주시구려. 이렇게 말해서 當身처럼 後悔할는지도 모르겠으나 어떻게 해도 나에겐 노부꼬(信子)의 衰弱함이 但只 그것 만으로만 끝나지 않을 것이라는 豫感에 마음을 걷잡을 수가 없소.」
「그렇게 말씀 하시는 것은?」
「죽는 것이 아닌가하는 氣分이 이따금 휩쓸어 온다오. 지난 달에 끝난 胃潰瘍 手術은 醫師도 本人도 結果가 좋다고 말하지만 그것과는 다른, 生命을 앗아가는 病菌이 노부꼬(信子)의 몸 어딘가에 집을 짓고 있지 않은가하고 생각할 때가 있어요.」
「너무 지나친 생각이 아닐는지요?」
「아 아니, 요즈음 같이 있을 때 이야기하는 中에도 후딱 그녀는 가여운 듯한 눈매로 물끄러미 나의 얼굴을 쳐다보고 있을 때가 있지요. 죽어가는 人間이 뒤에 처져 남는 人間에게 애처로움을 느낀다. ……그러한 心理, 있을法한 일이니까요…….」
「알 것 같기도 하고, 모를 것 같기도 하고……. 그러나 夫人의 境遇가 바로 그것이라고는 생각지 않습니다만 但只 걱정만 하고 계실 때가 아니라 病院에서 精密檢査를 받아 보시는 게 어떠세요?.」

「그것도 했지요. 그 胃潰瘍 手術을 執刀한 外科醫는 그女와 親分이 있는 분으로 名醫라 해도 過言이 아닐 程度라오. 그이가 病院內의 各科에 付託하여 여러 部分을 檢査 시켰는데 何等의 異常이 없다고 해요.」

「亦是 當身의 생각이 지나친 것이에요. 當身께서도 更年期에 접어들어 會社 일로 지쳐서 神經이 疲困한 것 아닐까요?.」

「그렇다면 얼마나 多幸이겠습니까만, 何如間 나를 애처로운 듯이 바라보는 그女의 푸른 눈빛을 받는다는 것은 어쩔 수 없는 寂寞感(적막감)을 느끼게 한다오.」

「전 夫婦生活이라는 것을 시어머니의 謹嚴한 눈초리 下에 監視 當하면서 그것도 짧은 期間 經驗했을 뿐이니까 몸이 衰弱해있는 夫人께서 몸이 튼튼한 當身을 애처롭게 본다는 그 氣分 한 곳만이 알기 어렵기는 합니다만 何如튼 찾아뵙도록 하겠어요.」

「그렇게 해 주구려. 언제쯤 가주겠소?.」

「글쎄요. 夫人께서 近間 가루이자와(輕井澤)의 別莊으로 가신다니 그곳에서 찾아뵙지요. 조용한 環境에서 천천히 이야기를 나눌 수 있으니까요.」

「노부꼬(信子)에게 그렇게 일러두겠소. 좋으시다면 미에꼬(美枝子)도 함께 데리고 가 주세요.」

「그 애는 그 애대로 意地가 있으니까 本人이 가겠다고 한다면 데리고 가겠어요.」
「아아…, 자 그럼 『키고리』에 가서 다시 마셔볼거나?.」
「自動車보다 천천히 걸어가고 싶어요.」
「그거 좋소. 運轉手에게 그 駐車場에 車를 세워 놓도록 일러 둘 테니까….」
「그리고 미에꼬(美枝子)와 무까이(向井)와 여기서 저녁을 먹었으니까 그들 분 까지도 야사끼(矢崎)氏에게 付託 드리겠어요. 이곳 座席으로 오기에 앞서 전 主人 할머니 房에서 暫時 동안 이야기 하면서 놀았지만 젊은 두 애들은 이러한 世界에서 그러한 一生을 보낸 할머니와 같은 사람과 만난 적이 없으니까 할머니의 됨됨을 아주 神奇하게 여기고 여러 가지를 여쭈어 봤어요. 요즈음의 젊은 애들이란 두려움과 버릇을 모른다니까요.」
「아니요. 틀림없이 요네꼬氏 같은 타입의 人間은 두 번다시 나타나지 않겠지. 品位가 있다고는 할 수는 없지만 人間文化財라는 느낌이야…. 그런데 젊은 애들은 요네꼬氏에게 무엇을 묻던가요?.」
「只今까지의 生活에서 가장 기뻤던 일은 무엇이었냐 고 묻겠죠. 그러니까 요네꼬氏는 躊躇하는 氣色도 없이 "아직 달걀이었던 열다섯 살 때 50살의 證券氏를 書房님으로 받아 드릴 때"라고 確實하게 對答 하는 거 있죠. 젊은 애들은 次元이 다른 世界의 사람을 보는 것 같이 어안이 벙벙

해 있었습니다. "단 그 男便은 돈이 많아서 무엇이든지 사 주시더라는 것, 가슴털이 짙고 몸매도 좋은 분이었으나 잠자리 속에서 방귀를 터트리는 習性이 있어 몇 번인가 窒息할 것 같았다."라는 解說이 붙어 있었으므로 그 애들은 漸漸 벙벙해 지다가 結局엔 웃어 자지러지고 말았어요.」

「음, 물기를 적당히 뽑아 매끈하게 잘 다듬어 놓은 늙은이라오, 요네꼬氏는……」

「그리고 젊은 애들은 繼續해서 할머니가 第一 不幸했다고 생각하는 것은 무엇이었냐고 물으니까, 요네꼬氏는 시치미를 뚝 따고서 난 不幸했다고 생각한 때는 한 번도 없었다고 말씀 하시는 거 있죠.」

「그 나이쯤 되면 그러한 生活信條로서 닦아 온 사람들의 一種의 精神主義 - 맹랑한 哲學이 들어 있는 듯 하죠. 그러나 달라져 있다는 것은 요네꼬氏도 結局은 한 사람의 當然한 人間이 라는 겁니다. 戰爭 前의 일이지만 내가 大學生일 때 只今과는 다른 謹嚴한 彈壓下의 左翼運動이 매우 무르익어 "環境이 意識을 決定한다"라는 標語가 크게 나돌고 있었다오. 요네꼬氏의 境遇 그것이 眞實이라는 것을 證明하고도 남음이 있겠으나 決定한다고 했더라도 그곳에는 스스로의 限界가 있는 것이지요. 난 그즈음 小心한 中間派의 學生으로서 急進派의 學生들로부터 늘 "日本은 只今 革命이 進行 中에 있다는 것을 모르는가!. 萬一 그것이 實現되어 지는 날이면 너희들 같은 발뺌派 子息들은 맨 먼저 모가지가 달아 날거다." 等等의 脅迫도 當했죠. 그때에는 아직 나 自身도 觀念過剩의 나이였으므로 "環境이 意識을 決定한다."라는 標語의 共產主義가 새어 들어오면 그 人間은 나와는 전혀 다른 人間이 된다고 하는 생각을 하게끔 되었다오. 例를 들면 戰爭이 있더라도 그러한 나라의 軍隊는 掠奪(약탈)이나 行悖(행패)等을 하지 않는다. 平和로운 社會가 되면 男子들은 돈이나 權力을 貪내고 女子들은 奢侈나 하는 그와 같은 일은 없어진다. 윗자리에서 嚴한 權力으로 다루지 않는다고 하더래도 그러한 나라에는 抽象繪畵나 前衛音樂이나 自國의 恥部를 파헤치는 小說 등은 出現하지 않는다. 첫째 그러한 나라에서는 恥部라는 것이 없는 것이다……그러한 나의 幼稚하고 觀念的인 解析은 이번의 戰中, 戰後의 共產主義 國家의 存在를 보고서 너무나도 輕薄하고 皮相的인 것이었다는 것을 알게 되었어요. 그건 相對가 잘못된 行動을 했다는 것이 아니고 저희들의 事物을 생각하는데도 中心이 없었다고 하는 것을 如實히 證明 했다오. 그러니까 "環境이 意識을 決定한다."라고 해도 그것에는 스스로의 限定이 있는 것입니다. 그러한 見解에서 본다면 요네꼬라 해서 若干은 다르다고 하겠지만 普通의 人間과 그렇게 다른 點이 없지요……. 한편 學生時節에 "革命이 進行 中이라는 것을 모르는가." "너희들 같은 不參者들은 맨 먼저 모가지다."라고 저희들을 威脅한 左翼學生들은 日本이 그런 主義로 달라지지 않더라도 옛날 그들이 떠벌린 言論에 對하여 責任을 느끼는 良心도 없이 그런 事實과는 因緣을 끊거나 變함없이 그때 그때의 社會의 形便에 알맞은 進步的(?)인 演說을 吐하고 있는 겁니다. - 그러고 보면 그와 같은 사람들을 非難할 수 있는 權利도 나에겐 없다는 뜻이오. 왜냐하면 左翼의 看板은 걸지 않았지만 나도 그들에게 뒤떨어지지 않는 卑俗하고 輕率하여 "革命"이라든가, "목을 비튼다."라는 脅迫 文句를 듣고서는 내일이라도 그것이 닥쳐오지 않을까 하고 內心 어떨떨 해 있었으니깐 요…….요컨대 人間이라 하는 것은 環境 그것에 따라서 鷄冠(계관=닭 벼슬)의 色깔이 多少 다를는지도 모르나 環境에 影響을 받지 않는 人間의 本質이라고 하는 것도 強하게 뿌리를 내리고 있는 存在라고 생각하죠.」

야사끼(矢崎)는 無意識中에 漸漸 熱을 올려 단숨에 말하였다. 現在에도 社會가 조금이라도 더 살기 좋게 되기를 바란다는 年齡相應의 情熱을 야사끼(矢崎)는 只今에도 잊지 않고 있었다.

유끼꼬(雪子)로서도 어떻게 된 셈인지 야사끼(矢崎)가 年長者 같은 多情스런 情熱을 품으면서 吐해내는 人生論을 듣는 것이 즐거웠다. 혼자 사는 自身의 周邊에 움푹 뚫어진 구멍을 야사끼(矢崎)의 充實함만이 메꾸어 줄 뿐이라는 믿음직스러운 氣分이 드는 것을 어쩔 수 없었다. 왜냐하면 이런 때의 야사끼(矢崎)의 말은 元氣 潑剌한 脈이 있어 生生하게 살아 있기 때문이었다.

「그렇지만 저의 環境은 저의 意識을 어떤 式으로 決定을 내릴는지요?.」

「男子는 모두가 이리처럼 보인다. 그리고 그 한 마리가 여기에도 있다. 아-하,하,하…….」

「싫어요. 그렇다면 제가 너무 가엾게 되지 않아요?.」

「未安, 未安. 자- 그럼 當身의 둥우리로 가 볼거나?.」

두 사람은 고양이등의 할머니와 從業員들의 배웅을 받으면서 하루노야(春の屋)의 門을 나섰다. 야사끼(矢崎)氏는 自家用을 『키고리』에 가까운 駐車場에 먼저 보내고 두 사람은 천천히 어둠이 짙게 깔려있는 거리를 걸어갔다.

칙구지(築地)에서 유락구정(有樂町)까지의 道路에는 아직도 사람도 車의 往來도 別로 보이지 않고 네온싸인만이 視線이 내닫는 먼 하늘에 虛無的인 點滅을 되풀이 하면서 보내고 있다. 야사끼(矢崎)는 유끼꼬(雪子)의 허리에 팔을 두르고 별로 마음에도 없는 歌謠曲의 丹楓놀이를 읊조리고 있다.

♪ 흐르는 歲月을 재촉하여
　　俗世에 살아 오늘이로구나.
　　먼 산 白雲이 첩첩인데
　　無情한 오막 집의 쓸쓸함이여,
　　누구도 모르누나 가을이 옴을….♪

突然히 유끼꼬(雪子)가 말했다.
「야사끼(矢崎)氏, 그 呻吟소리 그만 두세요.」
「呻吟 소리라고?. 惶悚하군요. 서툴러 귀를 더럽혔다면 未安한데.」
「그런 것이 아니에요……. 조금도 마음이 없이 읊어 가니까 當身의 가슴속이 텅텅 비어 쓸쓸함만이 가득 채워져 있음을 보여 주는 것 같아서 그래요.」
「듣고 보니 그런 것 같이 느껴지는구먼.」
「夫人 일을 생각하고 계시나요?.」
「생각한다고 하는 것 보다 그에 關한 것이 事業 그 外의 時間에는 온통 머릿속을 掩襲(엄습)하여 멍청해 버릴 것 같아요.」
그리고선 두 사람은 沈默속으로 빠져 들었다. 유끼꼬(雪子)가 야사끼(矢崎)의 가슴속이 쓸쓸함만으로 가득 채워져 있다고 한 것은 自己 自身도 亦是 외롭기 때문이다. 야사끼(矢崎)의 夫人인 노부꼬(信子)가 야사끼(矢崎)氏에겐 祕密로 하고 두 사람 끼리만 만나고 싶다고 했다. 그것이 유끼꼬(雪子)의 어깨를 무겁게 누르고 있는 것이다. 만나서 어떤 이야기가 오갈는지는 모르겠으나 自身이 業體를 바꾸려 하고 있는 요즈음, 그리고 或是 딸애인 미에꼬(美枝子)가 女流 作家로서 出世할 수 있는 幸運을 붙잡을는지도 모르는 이때, 그것들과 함께 自身의 身上에도 그 어떤 重大한 찬스가 찾아올 것 같은 不安, 焦燥, 쓸쓸함, 얼떨떨한 氣分이 自身을 支

配하고 있는 것이다.
하느님이시여! 그것이 무엇인지는 모르겠으나 周圍의 어느 누구에게도 害를 끼치지 않는 것이 되옵기를 빌겠습니다.

結婚 · 出産

어느 日曜日 午後 한 時. 아사누마·이찌로(淺沼一郞)와 에이꼬(榮子)는 하야마·가스꼬(葉山和子)의 周旋으로 요다(代田)에 있는 A派의 작은 敎會에서 急히 結婚式을 올리게 되었다. 參席하는 사람이라곤 하야마·가스꼬(葉山和子), 노사까·다까오(野坂孝雄), 무까이·다쓰오(向井達夫), 이시다·미에꼬(石田美枝子), 기무라·겐고(木村健五)(只今은 一流 나이트·클럽에서 專屬 歌手로 人氣 上昇 中에 있다.) 이 다섯 사람의 同窓生들 뿐으로 新郞·新婦의 親戚이라고는 한 사람도 보이지 않는다. 親戚이 도쿄에 없는 것은 아니지만 에이꼬(榮子)의 固執으로 한군데도 通報를 하지 않았던 것이다. 그러나 오늘의 結婚式의 遑急(황급)함은 敎會에서 式이 끝나는 대로 에이꼬(榮子)는 다까오(孝雄)의 父親이 經營하고 있는 病院에 入院하기로 되어 있다는 것이다. 요 二, 三日 前부터 가벼운 陣痛을 느끼고 있는 에이꼬(榮子)는 出産부터 하고 몸이 恢復 되는대로 結婚式을 올리자는 計劃이었으나, 그렇게 한다면 일處理가 뒤죽박죽이 되어버린다는 가스꼬(和子)

나 노사까(野坂)나 무까이(向井)의 意見을 쫓아서 節次를 될 수 있는 한 最大로 省略한 結婚式을 올리고서 스라이딩·세이프 程度의 呼吸으로 病院에 入院하기로 順序를 定했다.
第一 먼저 敎會로 달려 온 것은 하야마·가스꼬(葉山和子)였지만 와서 보니 困難한 事態가 일어났다는 것을 알았다. 라는 것은 오늘 있을 式의 主禮를 맡아 주겠다던 牧師가 새벽쯤 해서 北國(나라의 北쪽)의 故鄕에 살고 계셨던 父親께서 돌아가셨다는 電報를 받고 夫人과 함께 故鄕으로 가버렸다는 것이다. 집을 지키고 있는 牧師 夫人의 女同生으로서 洋裁學院의 舍監 兼 主任敎師를 하고 있는 시마다·도리꼬(島田登里子)라 하는 키가 크고 眼鏡을 낀 女丈夫 타입의 女子는,
「그 때문에, 하야마·가스꼬(葉山和子)氏. 여기와 親分이 있는 몇몇 牧師들에게 電話를 해 보았으나 工巧롭게도 모두 바빠서 못 나오시겠다는 겁니다.」
「困難한데요. 어떻게 하면 좋죠?.」
「困難할 것 까지는 없어요. 이렇게 된 바에야 代身해서 主禮를 봐 드리겠어요. 나의 信仰心은 두텁지는 못하다 하더라도 要는 新郞·新婦가 神聖한 마음으로 하느님 앞에서 夫婦의 誓約을 하면 되는 것이니까요.」
「좋아요. 그럼 先生님께 付託드리겠습니다.」
가스꼬(和子)는 서투른 主禮에게 若干은 不安感을 가졌으나 그러나 시마다·도리꼬(島田登里子)氏의 튼튼하고 믿음직스러운 모습을 보고서는 이런 분이시라면 맡겨 보아도 좋다는

생각이 들었다. 暫時 後 모두 모였다. 新郞·新婦를 爲始해서 모여 있는 사람은 모두가 平服이었다. 禮服을 가지고 있는 者도 있었으나 新郞·新婦를 爲해서 辭讓한 것이다. 에이꼬(榮子)는 只今이라도 터져 나올듯한 腹部를 소매 없는 어린 애들 옷 같은 흰 세-타로서 감추었고(감출 것 까지는 없었는데도) 얼굴色마저도 蒼白하고 呼吸하기도 괴로운 듯이 보였다.

同窓生들이 祝賀의 뜻으로 가지고 온 물건은 共同費用으로 산 크기가 普通인 웨딩·케이크 外에 양말, 넥타이, 꽃, 쉐-타 等等 가지각색이다. 이시다·미에꼬(石田美枝子)의 프레젠트만은 若干 비꼬는 듯한 것으로 애기用 속옷을 내어 놓았다.

會堂은 簡潔한 建物로서 벤치가 二十餘個 놓여있고 百名 程度면 꽉 채워질 程度의 크기였다. 階段의 구석진 壁에는 十字架위에 크리스도의 像이 걸려있고 앞에는 段이 높은 說敎臺, 왼쪽에는 꽃을 꽂아둔 대나무로 만든 꽃병, 그리고 오른 쪽에는 中型의 낡은 올갠이 놓여있다.

窓門은 오른쪽으로만 있고 이것도 활짝 열려져있어 여러 色의 華麗한 따리아가 太陽을 담뿍 받고서 이곳저곳에 화알짝 피어있는 것이 한눈에 들어나 보였다.

모두가 모인 것을 보고서 一旦 구석 쪽으로 들어갔던 牧師 夫人의 女同生인 시마다·도리꼬(島田登里子)氏는 푸르고 質이 좋은 원피스 위에 牧師의 흰 禮服을 걸치고 堂堂한 모습으로 나타났다.

「新郞·新婦는 내 앞에 나란히 서 주십시오.」
에이꼬(榮子)는 아사누마(淺沼)의 부축을 받으면서 무거운 몸을 일으켜 說敎臺앞에 나란히 섰다.
도리꼬(登里子)女史는 기침을 한번 하고나서,
「只今부터 아사누마·이찌로(淺沼一郞)氏와 기무라·에이꼬(木村榮子)氏의 結婚式을 擧行 하겠습니다만 아까에도 말씀 드린바와 같이 메시야마(飯山)牧師 夫妻는 不在中이므로 집을 지키고 있는 메시야마(飯山)의 妻弟, 卽 花園 洋裁學院의 舍監 兼 主任敎師인 나, 시마다·도리꼬(島田登里子)가 代身하여 이 結婚式을 祝福 드리겠습니다. 나로 말하자면 信仰心도 엷은 人間이고 新婦의 몸의 形便도 參酌해서 될 수 있는 한 簡略하고 實質的인 式을 올리고 싶다고 생각합니다. 그럼 먼저 祈禱(기도)를.」
도리꼬(登里子) 女史는 바이블(Bible)을 넘겨 祈禱文을 읽어 갔다.
「- 하늘에 계신 우리 아버지시여 이름을 거룩하게 하옵시며 뜻이 하늘에서 이룬 것 같이 땅에서도 이루어 지이다. 오늘 날 우리에게 日用할 糧食을 주옵시고 우리가 우리에게 罪 지은 者를 赦(사)하여 주신 것같이 우리 罪를 赦하여 주옵시고 우리를 試驗에 들지 말게 하옵시고 다만 惡에서 求하옵소서. 大槪 나라의 權勢와 榮光이 아버지에게 永遠히 있아옵나이다. 아-멘.」
큰 소리로 祈禱한다는 것보다 朗讀하고 있는 듯한 느낌이었

다. 모두 머리를 드니까 한 사람 한 사람 얼굴을 바라다 보고난 後에,
「이번엔 讚美歌를 부르겠습니다만 누구든 올갠을 탈줄 아는 사람이라도 계십니까?」
「있습니다. 어이-겐 애기 네가 타라. 단 여긴 말이야 너의 職場인 나이트·클럽과는 다른 곳이니까 讚美歌를 째즈式으로 눌렀다가는 큰일이야.」
「알았어, 내가 타지.」
하고 기무라·겐고(木村健五)는 일어서서 壇上의 올갠 있는데로 걸어갔다.
「그럼, 여러분. 讚美歌 569番을 부르겠어요.」
올갠이 最初의 一節을 타니까 모두 소리를 합쳐 불렀다.

☺ 오늘 모여 讚美함은 兄弟 姉妹 즐거움
거룩하신 主 뜻대로 婚姻禮式 行하세.
新郞 新婦 이 두 사람 한 몸 되기 願하며
온 집안이 하나 되고 한 뜻되게 하소서. ☺

在學時節 混聲合唱을 해 왔고 또한 本職의 기무라·겐고(木村健五)가 리드하고 있으므로 合唱은 沈着하고 훌륭하게 끝났다. 四節까지 끝나니까 도리꼬(登里子) 女史는 肥大한 에이꼬(榮子)의 몸에 눈을 돌리고서,
「여러분, 新婦의 狀態를 보더라도 오늘밤 안으로 慶事가 있

을 듯 하니까 앞질러서 『誕生日』의 노래도 불러 둡시다. 네, 그럼 讚美歌 426번을 불러 주세요.」
올갠이 울리고 合唱이 始作되었다. 이 노래를 모르는 노사까(野坂)와 무까이(向井)는 모두의 노래에 合쳐 입만 벌름벌름 움직였다.

☺ *明朗하게 産聲을 지르면서*
　　저 먼 앞날을 모르는 듯
　　모든 것은 다 반짝인다고만
　　생각할 뿐인 이 날 이 瞬間을……☺

이 노래를 좋아하는 가스꼬(和子)는 눈물을 흘릴듯한 實感을 느끼면서 부르고 있었다. 노래가 끝나자 그때까지 서 있지를 못하고 몸을 左右로 뒤 틀거나 구부리거나 하고 있던 에이꼬(榮子)가 "우-우-"하고 낮은 呻吟을 吐하면서 뒷 벤치로 가까스로 가서 椅子의 등에 한손을 집고 괴로운 듯이 헐떡거렸다.
아사누마(淺沼)는 얼굴이 蒼白하게 되어서 곁으로 달려가,
「에이꼬(榮子), 왜 그러지?. 벌써 낳는 건 아니겠지. 그렇다면 밖에 세워 둔 車로 노사까(野坂) 病院으로 가자꾸나. 어이, 에이꼬(榮子).」
모두 에이꼬(榮子)의 곁으로 다가가서 웅성웅성 했다. 그러나 도리꼬(登里子) 女史는 說敎臺를 꽝하고 두드리고서는,

「여러분! 그렇게 웅성거리는 거 아냐요. 난 여섯 애를 낳아서 한 놈도 잃지 않고 키워 놓았어요. 내가 보는 見解로서는 에이꼬(榮子)氏의 出產은 아직도 4, 5 時間 뒤의 일이에요. 只今은 가벼운 陣痛이니까 곧 없어져요. 자- 여러분, 제자리로 돌아가 주세요. 에이꼬(榮子)氏만은 그대로도 좋아요. 苦痛이 끝나거든 아사누마(淺沼)氏와 나란히 서 주도록……. 뭡니까, 敬虔(경건)한 式場에서 웅성거리고 있는 것은.」

도리꼬(登里子) 女史의 말은 소리가 높은 것뿐만이 아니고 花園 洋裁學院 舍監 兼 主任敎師라는 貫祿이 있어 모두를 安心시키기에 充分했다. 그 迫力이 姙產婦인 에이꼬(榮子)氏에게도 미쳤는지 그녀는 다시 아사누마(淺沼)와 나란히 說敎臺 앞에 섰다. 도리꼬(登里子) 女史는 다시 한 번 기침을 하고나서 眼鏡너머로 이사누마(淺)와 에이꼬(榮子)를 내려다보았다.

「그럼, 只今부터 誓約을 하겠습니다. 아사누마·이찌로(淺沼 一郞)氏, 當身은 기무라·에이꼬(木村榮子)氏로 하여금 하느님이 定하신 夫婦의 通情을 맺는 것을 誓約합니까?.」

「誓約합니다.」

「보너스가 나온다면 明細書의 數字를 지우고서 外上 술값을 갚는 等等 나쁜 일을 行하지 않을 것을 誓約합니까?.」

「誓約합니다.」

「女性을 生理的으로, 또한 家庭을 지키면서 넓은 世界의 바람을 쐬지 못하므로 이따금씩은 히스테릭하게 됩니다. 그 때 에이꼬(榮子)氏가 當身의 얼굴을 할키거나 머리통을 때려도 當身은 報復的으로 男性의 暴力을 行事하지 않겠다고 誓約합니까?.」

「誓約합니다.」

아사누마(淺沼)는 핸커치로 이마의 땀을 누르면서 코가 납작하게 차례차례로 誓約을 했다. 아 아니, 誓約을 當하고 있는 것이다. 도리꼬(登里子) 女史가 要求하는 誓約은 深遠高尙한 神의 攝理와는 距離가 먼 것인지는 모른다.

그 代身 來日부터래도 實行하지 않으면 안 되는 實用性 있는 것뿐이다. 서투른 총이라도 마구 쏘면 맞는 때가 있다지만 若干 서툴기는 하지만 도리꼬(登里子) 女史는 鐵砲의 名手이기도 했다. 別로 깊이 생각지도 않는 듯이 차례차례로 誓約의 型式을 빌려 現 日本의 夫婦關係의 삐뚤어짐을 들어내어 놓았다. 잔뜩 緊張되어 꼿꼿하게 서있는 아사누마·이찌로(淺沼一郞)는 에이꼬(榮子)의 몸이 걱정되어 半은 건성으로, 無抵抗으로 誓約에 任해 있지만 노사까·다까오(野坂孝雄), 무까이·다쓰오(向井達夫), 올갠 앞의 기무라·겐고(木村楗五)들은 "아- 내 結婚式이 아니어서 千萬多幸이다!." 하고 슬쩍 가슴을 쓰다듬어 내리고 있었다.‥‥

도리꼬(登里子) 女史의 鐵砲는 다시 繼續되었다.

「아사누마(淺沼)氏, 當身은 餘暇가 있을 때 부엌에서 접시 等을 씻는 家事를 돕는 것을 誓約합니까?.」

「誓約합니다.」

「女性은 아름답게 꾸미지 않으면 안 되므로 그에따라 기모노나 高級 衣類品, 액세서리 등은 값도 비싸니까 服裝費에 對해서는 夫人이 2, 當身은 1의 配當으로 하겠다는 것을 誓約합니까?.」

「誓約합니다.」

「그럼 마지막으로 될 수 있는 한 夫人이 要求할때에만 夫婦關係를 하고 當身이 盲目的으로 貪婪(탐람)한 欲求에 따르지 않을 것을 誓約합니까?.」

「誓約합니다.」

「그럼 아사누마·이찌로(淺沼一郞)氏 以上 말한 여려가지 誓約을 머릿속에 새겨두고 잊지 마시기를 -. 그럼 이것으로 誓約式 아니 結婚式을 끝내겠습니다.」

휴- 하는 한숨이 場內에 흘러 퍼졌다.

「그럼 웨딩·링(Wedding·Ring)을…..」

아사누마(淺沼)가 포켓에서 링 箱子를 내어주니까 도리꼬(登里子) 主禮는 그것을 받아서 綠色의 돌이 박혀있는 金가락지를 自身의 손바닥위에 올려놓거나 窓門의 밝은 빛에 비추어 보거나 하면서 品質 鑑定을 끝내고서,

「아사누마(淺沼)氏, 이 斑指 얼마에 사셨죠?.」

「네, 三千 八百円 입니다.」

「但只 三千 八百円-?. 當身은 한 平生 苦樂을 함께할 夫人에게 이런 싸구려 斑指로서 사랑의 證據로 삼으려 했던가

요. 왜(?) 當身의 포켓을 全部 털어놓지 못하였습니까?.」
「네, 전 無理를 해서래도 좀 더 高級品을 하려 했습니다만 에이꼬(榮子)가 只今부터는 家用이 많이 들 테니까 그 程度의 斑指로서 滿足한다고 했습니다.」
「에이꼬(榮子)氏 그것이 事實입니까?.」
「네, 틀림없습니다.」
「알겠습니다. 그럼 只今은 이 金斑指로서 웨딩·링으로 認定하지만 將來 當身의 月給이 오르거든 다이아몬드 나 上等의 오빠루가 들은 斑指를 사 줄 것을 誓約합니까?, 아사누마(淺沼)氏.」
「네, 誓約합니다.」
「저-, 저의 私事를 말씀 드리겠습니다만……」
도리꼬(登里子) 女史는 自身의 무명지를 들어 보이면서,
「이것은 저의 웨딩·링입니다. 只今도 이만큼 질이 좋은 眞珠는 찾아볼 수도 없습니다. 저희들은 戀愛結婚이었습니다만 전 어느 날 둘이서 긴좌(銀座)를 데이트하고 있을 때 어느 貴金屬 商店의 쇼 윈도우에 展示되어있던 이 斑指를 보고 홀딱 반해서 萬一 그 斑指를 웨딩·링으로 해주지 않는다면 當身과는 結婚하지 않겠다고 휘앙세(Fiance=프)를 들볶았어요. 저를 世界 第一의 美人이라고 믿고 있던 휘앙세는…… 여러분, 異常한 눈초리로 저를 보지 마시기를. 世界 第一의 美人이라 하는 것은 只今의 제가 아닙니다. 아 아니, 只今의 저라도 同年輩의 女性들 中에서는 魅

사랑을 색칠하는 사람들 上·356

力的인 存在라고 생각합니다만 22歲 때의 저는 휘앙세의 表現을 빌리자면 내가 있는 곳에는 언제나 黃金빛의 테두리가 처져 번쩍이고 있다고 하는 것입니다……. 이만. 에-에-. 뭐라 했지요?, 그렇지, 그렇지. 웨딩·링 이야기였지. 저의 휘앙세는 非常한 머리 計算을 끝내고서 쇼 윈도우의 斑指를 사가지고 웨딩·링으로서 보내왔어요. 結婚한 後에 저희들은 이 世上 普遍的인 生活을 하면서 여러 가지 苦生도 했으며 때로는 來日의 쌀값에도 걱정할 때가 있었습니다.

그런 때에는 난 이 斑指를 두세 번 典當鋪에 가지고 갔습니다만 物件이 너무 高級品이었으므로 相當한 돈을 빌려주었습니다. 그 德澤으로 저희들은 몇 번이나 危機를 謀免했던 것입니다. 그러나 오늘날의 物價指數로는 三千八百円의 金斑指로서는 典當鋪에서는 千円 程度도 빌려주지 않습니다. 그러나 에이꼬(榮子)氏가 그것을 主張했다하니까 이 斑指는 아사누마(淺沼)氏의 眞心과 愛情이 넘쳐흐르는 걸로 하겠습니다. 에이꼬(榮子)氏, 손가락을.」

도리꼬(登里子) 女史는 金斑指를 거친 호흡을 하고 있는 에이꼬(榮子)의 무명지에 끼워 주었다. 그리고서 아사누마(淺沼)에게 말했다.

「當身, 新婦 에이꼬(榮子)氏의 이마에 가볍게 키스해 주세요.」

아사누마(淺沼)는 肥大한 에이꼬(榮子)의 몸에 兩팔을 두르고 이마에 가벼운 소리가 나는 키스를 했다. 그러자 에이꼬(榮子)가 또다시 억지로 참는 듯한 呻吟소리를 내며 비틀거리듯이 뒷 벤치로 가서 털썩 주저앉아 몸을 뒤틀었다. 하야마·가스꼬(葉山和子)와 이시다·미에꼬(石田美枝子)는 걱정이 되는 듯이 兩 곁으로 다가왔다. 이번에는 아이를 여섯이나 나아서 여섯 모두 無事히 키워 놓았다는 시마다·도리꼬(島田登里子)氏도 걱정된다는 듯한 視線을 보내면서,

「아직까지는 괜찮아요. 에이꼬(榮子)氏, 그 程度의 陣痛의 괴로움으로 人間이 태어나도록 하느님은 女子의 生理를 달콤하게 만들지는 않았어요……. 그럼 無事히 式도 끝났으니 나부터 感謝의 祈禱를 올리겠습니다.

"하늘에 계신 偉大한 아버지시여, 아사누마·이찌로(淺沼一郞)氏와 기무라·에이꼬(木村榮子)의 結婚式을 아무 탈 없이 끝나게 해주신 當身의 깊은 恩惠에 感謝드리옵나이다. 저 시마다·도리꼬(島田登里子)는 服裝學院의 敎師로서 偉大하신 하느님에 對하여 信仰心도 얕고 當身의 앞에서 神聖한 結婚式을 主禮할 資格도 없는 人間이옵니다. 말하자면 雇用된 마담 ─ 앗─ 偉大하신 아버지시여, 저의 失言을 容恕해 주십시오. 그러나 전 오늘의 結婚式에 任해서 聖書에 쓰여 있는 當身의 한없이 깊은 마음을 오늘 바로 只今의 日本社會의 男女關係, 夫婦關係에 適用하여 率直明快하게 여러 가지 誓約을 내 세웠던 것입니다. 제가 要求한 誓約이 新郞 측에 많았다는 것은 그것 때문이었으며 저의

家庭에 있어서 恒常 男便을 方席위에 앉혀 놓는 習性에서 나온 것이라고 誤解하지 마시기를 빕니다. 하늘에 계신 偉大하신 아버지시여, 오늘 제가 資格도 없으면서 雇用된 마담 - 卽 雇用된 牧師로서 神聖한 結婚式을 主禮하는데 任해서는 正直하게 말씀드려 미세스 "세끼와끼(關脇=일본 씨름꾼의 계급의 하나)"- 이것은 生徒들이 제게 붙인 別名입니다만- 인 저도 內心 그 任務를 다할 것인가 어떨 것인가 어 떨떨 해 있었습니다. 그것을 偉大하신 하느님의 惠澤에 힘입어 大過없이 式을 끝내게 한 것을 마음속에서부터 感謝드리는 것이옵니다. 사랑으로 합친 젊은 두 분을 맺어준 바로 只今의 저의 心境을 꾸밈없이 말씀드리자면 "한판 끝났다." 하는 區劃이 確實한 爽快한 것이었습니다. 하늘에 계신 偉大하신 아버지시여!, 그 이름 거룩 하옵시기를……, 아 멘.」

모두 머리를 숙이고 沈默을 지키고 있으니까 도리꼬(登里子) 女史는 不滿 섞인 말투로 나무랬다.

「왜들 모른척하고 앉아있는 거죠. 當身들도 나와 함께 "아 멘"하고 合唱하는 거 에요. "아-멘 始作".」

「아멘!.」

「아멘!.」

唐惶한 參席者들은 계면쩍게 낮은 목소리로 "아-멘"을 提唱했다. 도리꼬(登里子) 女史는 階段을 내려와서 벤치에 웅크리고 있는 에이꼬(榮子)의 곁으로 다가와서 腹部에 손을 얹

어 보기도 하면서,

「괜찮으세요, 에이꼬(榮子)氏. 제가 본 見解보다 좀 빠르게 될 것 같아요. 좀 더 式을 빨리 끝내고 싶었지만 將來의 當身을 爲해서라고 생각하고 빠트림 없이 여려가지 誓約을 내 세웠던 것이었으므로… 이 程度로도 좋습니다만 옆 房의 웨딩·케이크에 칼을 넣을 만큼의 元氣가 있는지요?.」

「네-.」

하고 이마에 구슬땀을 흘리고 있는 에이꼬(榮子)는 참으면서 끄덕거렸다.

그리하여 하야마·가스꼬(葉山和子)와 이시다·미에꼬(石田美枝子)에게 兩 허리를 부축 當해서 일어서서 비틀거리면서 옆 房으로 갔다. 그곳에는 하얀 크로스를 입힌 긴 테이블이 놓여 있고 그 위에 웨딩·케이크와 사람 수 만큼의 커피 盞이 놓여있다. 그 周圍에는 季節의 꽃들을 꽂은 꽃병들을 알맞게 꾸며 놓았다.

테이블 앞에서 가스꼬(和子)와 미에꼬(美枝子)는 에이꼬(榮子)의 몸에서 떨어져 나와 男便인 아사누마(淺沼)에게 引繼했다. 아사누마(淺沼)는 에이꼬(榮子)를 부축하고 두 사람이 웨딩·케이크에 칼을 넣었다. 이것을 보고 있던 主禮役의 시마다·도리꼬(島田登里子)女史가 기침이 나는 듯한 목소리로,

「자아-이로써 萬事 O·K 입니다. 에이꼬(榮子)氏는 보기에 두 세 時間 以內에 出産이 있을듯하니 只今 바로 待機中

인 自動車로 病院으로 가 주세요.- 에이꼬(榮子)氏 마음 다잡아먹어야 해요.」

「네.」

하고 에이꼬(榮子)는 腹部를 누르고 얼굴을 찡그리며,

「하야마(葉山)氏와 이시다(石田)氏는 저와 함께 가 주세요. 그리고 時間 오래 끌지 않으면 産室에서 저와 함께 있어 줘요. 女子가 애를 낳는다고 하는 것은 어떤 式의 動物的인 現狀인가 冷靜하게 지켜봐 주세요. 그만한 勇氣는 두 분에게는 갖고 있겠죠?.」

가스꼬(和子)와 미에꼬(美枝子)는 一瞬 얼굴을 마주 쳐다보고서는 그리고서 承諾했다. 가스꼬(和子)는 兩볼 近處가 굳어지고 큰 몸뚱이를 움츠리는 것이 눈에 띠었다.

「이찌로(一郞), 當身은 와서는 안 돼요. 여기에서 아파-트로 곧장 돌아가서 出産이 끝날 때까지 기다려 주세요.」

「그래 그렇게 하지. 에이꼬(榮子), 그렇게 急해?. 난 어디 있을는지 아직 모르지만 한 時間 사이를 두고 病院으로 電話해서 經過를 묻기로 하지.」

「자아-, 빨리…….」

도리꼬(登里子) 女史로부터 재촉을 받으면서 가스꼬(和子)와 미에꼬(美枝子)는 에이꼬(榮子)의 兩 허리를 부축하여 밖으로 나왔다. 아사누마(淺沼)는 勿論 男子들도, 도리꼬(登里子) 女史도 그 뒤를 따랐다. 밖은 무더웠지만 微風이 있어 참을 만 했다.

에이꼬(榮子)를 가운데 태우고 가스꼬(和子)와 미에꼬(美枝子)가 나란히 兩쪽 座席으로 들어갔다. 노사까·다까오(野坂孝雄)는 窓門으로 고개를 드리 밀고서,

「미에꼬(美枝子)君은 出産의 場面을 冷靜하고 淡淡한 態度로 눈도 깜빡하지 않고 지켜보고 있겠지만 가스꼬(和子)君은 貧血을 일으켜 넘어질 것 같아 걱정이 된다. 이시다(石田)君, 그러한 意味에서 하야마(葉山)君에게도 눈을 돌리도록 해 줘야겠어.」

「내가 冷血漢 ─ 아 아니 漢은 男子니까 冷血女란 뜻이죠. 네, 네, 注意하겠습니다.」

車가 움직이려 하니까 거친 호흡을 하면서 뒷座席에 기대어 눈을 감고 있던 에이꼬(榮子)가 몸을 무겁게 일으켜,

「이찌로(一郞)…….」

하고 若干 흐린 語調로 불렀다.

「뭐야, 왜 그래.」

아사누마(淺沼)가 唐惶해서 앞으로 나가니까 에이꼬(榮子)는 푸른 靜脈이 돋아나 보이는 발가숭이 팔을 내밀어 아사누마(淺沼)의 손을 꽉 쥐고서,

「當身, 걱정할 것 없어요 …..저요, 훌륭하게 튼튼한 애기를 낳을 테니까요. 當身과 꼭 닮은……. 雇用된 牧師인 시마다(島田) 先生님 여러 가지로 精神을 써 주셔서 感謝합니다. ….運轉手氏, 이젠 갑시다.」

大型인 검은色의 車는 조용히 미끄러지기 始作했다. 모두는

暫時 동안 그것을 배웅해 주고서 室內로 들어왔다.
「자- 그럼 祝賀의 케잌이나 커피를 듭시다. 에- 이 분.」
도리꼬(登里子)氏는 男子들을 휘둘러보고서는 무까이·다쓰오(向井達夫)를 指摘면서,
「자, 부엌에 가서 커피 넣는 것을 좀 도와주세요.」
「쳇- 내 얼굴은 누구든지 가볍게 付託하게끔 되어져있는 모양이지.」
무까이(向井)는 마음속으로 그런 쓰잘데없는 不平을 두털거리면서 도리꼬(登里子)氏를 따라 부엌으로 갔다. 그리고서 몸도 날렵하게 커피를 넣는 걸 도와주었다. 暫時 後 파-티가 始作되었다.
「여러분, 왜 그렇게 멍청하게 앉아만 있죠?. 저의 司會 모습은……?.」
도리꼬(登里子)氏는 입을 크게 벌리고서 포-크에 꽂혀있는 케잌을 밀어 넣으면서 물었다.
노사까(野坂)는 벙글벙글 웃으면서,
「實質的이고 率直해서 좋았다고 생각합니다. 어이!, 아사누(淺沼). 너 몇 個나 하느님 앞에서 誓約 했는지 記憶 하겠냐?.」
「그렇게 많았었나?. 난 에이꼬(榮子)가 걱정이 되어서 半은 朦朧(몽롱)한 狀態에서 誓約을 했지만 例를 들어 大略 어떤 것을 誓約 했었나?. 나 말 이야.」
「믿을 수없는 사람이로군요. 當身이라는 사람. 남은 머리를

짜 내면서 適切한 誓約을 이것저것 생각해 내었는데…..」
하고 도리꼬(登里子)氏는 아사누마(淺沼)를 흘겨보았다.
하니까 무까이(向井)가 옆에서,

「괜찮아, 아사누마(淺沼). 시마다(島田) 先生님은 여려가지 誓約을 네 앞에 내어 놓았지만 그 要點을 한가지로 묶어 보자면 에이꼬(榮子)氏의 엉덩이에 짓눌려서 一生을 살아 가야 한다는 것이다. 그렇지, 기무라(木村), 노사까(野坂) 그렇지 않니?.」

「바로 그거다. 난 머리를 숙이고 神妙하게 듣고 있었지만 어찌된 셈인지 시마다(島田) 先生님의 司會 모습은 全的 으로 女性 쪽에 기울어져 있다고 생각했단다. ….正直하게 말하자면 난 그 많은 誓約에 抵抗을 느껴 올갠 앞에 앉아 있음을 機會로 『찰스톤』이라도 演奏해서 式을 妨害하 고픈 程度의 心情이었다. 그런데 漸漸 冷情해져서 듣고 보 니 시마다(島田) 先生님이 내세운 誓約은 하나 하나 當然 하여 結局에는 나도 共感을 느끼게 되어 버렸단다. 다만 自身의 結婚式에는 絶對로 시마다(島田) 先生님께 主禮付 託은 하지 않겠다고 決心했지만…. 다만 異常스러워서 견 딜 수가 없었던 것은 神聖한 儀式中에 왜? "雇用된 마담" 이라는 立場의 말을 두 번씩이나 입에 올렸는지 하는 것 이야. 그거 眞짜 興味가 있었다니까…..」

기무라·겐고(木村健五)는 커피를 홀쩍이면서 率直하게 도리 꼬(登里子) 女史에게 물었다. 率直해 있는 것만큼 惡意를 느낄 수가 없었지만…‥.

「아-, 그건 저의 失言 이었어요. 實은 二, 三日 前에 먼 일 가뻘 되는 어떤 未亡人을 시부야(澁谷)의 一流 빠-의 雇用마담으로 周旋해 주느라고 바쁘게 돌아 다녔기 때문에 그만…‥, 난 付託받은 일에 對해서는 온 마음을 다하는 人間이라고 善意로 생각해 주십시오. - 그런데 正直하게 말씀 드립니다만 平素부터 난 男子敎祖, 男子弟子들에 依하여 쓰여 졌다고 생각하는 聖書, 論語, 코오란, 佛經 等等에 對하여 어느 것을 莫論하고 男性中心의 냄새가 나누나 하고 懷疑心을 품고 있었습니다. 난 聖書는 이따금 주워 읽거나 했고, 論語는 때때로 가볍게, 코오란이나 佛典은 한 番도 읽어 본 적이 없지만 그 하나하나를 들쳐보면 코오란은 一夫多妻를 認定하고 있으니까 읽지 않더라도 落第에요. 聖書에 對해서 말한다면 코린드 前書七章의 첫머리에 "男子는 女子와 接觸하지 않는 것이 善한 것이니라."고 먼저 女子를 男子의 求道心의 妨害物 取扱을 하고 있죠. 그 뒤篇에는 "나는 婚姻하지 않는 자나 寡婦에게 이르노라. 萬一 나와함께 하려는 者는 너희들을 爲해 좋을 것이니라. 그러나 萬一 스스로를 抑制 할 수 없다면 婚姻할 뿐이로다. 婚姻 한다는 것은 가슴을 태우는 것 보다는 낳느니라." 하고 結婚을 온통 消極的인 立場에서 걱정하고 있어요. 萬一 그것이 肉體가 다음 世代의 子孫을 生產하는 構造로 되어있는 女性敎祖, 女性弟子들에 依해서 쓰여 졌다면 絶對로 結婚을 否定하는 말은 그女들의 입에서는 나오지 않았으리라 생각하죠. "男子는 女子와 接하지 않는 것이 善한 것이다."라고요. 아이를 낳아야하는 肉體的, 心理的 構造를 가진 女性이라는 實感에서 너무 동떨어진 獨斷이며, 그 밑에 限없는 女性輕視의 觀念이 드려다 보이고 있어요. 聖書가 偉大한 膳物이라는 것은 認定하지만 마음에 걸리는 것은 그것이 男性 中心主義的으로 쓰여 있다는 것으로 많은 젊은 女生徒들에게 洋裁뿐만이 아니고 女子의 살아가는 길까지도 가르치고 있는 花園 洋裁學院의 敎師인 나로서는 그 點 多少 不滿이 없지 않을 수가 없습니다. 어흠.」

男子들은 시마다·도리꼬(島田登里子) 女史가 但只 外觀이 큰 것뿐만이 아니고 腦髓(뇌수)도, 內臟(내장)도 充實해있는 一種의 傑作物이라는 것을 認定하지 않을 수 없었다.

母系家族의 族長으로서의 知慧와 實行力을 兼備한 人間이다. 도리꼬(登里子) 女史의 辯論은 臨時變通의 輕率한 것이 아니고 깊은 물이 흘러가듯 充實感으로 繼續 이어져 갔다.

「그리고 論語로 말할 것 같으면 그것도 바이블과 같이 弟子는 全部가 男子들 뿐, 『도꾸가와(德川) 幕府』는 自己 집의 安泰를 爲해서 論語를 中心으로 한 儒敎를 國民道德의 規範으로 定했습니다만 그로 因해 태어난 謹嚴한 男尊女卑의 風習은 戰後 오늘의 社會에도 뿌리도 강하게 뒤를 끌면서 남겨져 있는 것은 여러분도 認定하고 있겠죠.

그리고 佛敎. 난 어렵기 때문에 經은 한 番도 읽어본 적이 없지만 佛敎에 關聯된 이야기— 例를 들어 친란성인(親鸞聖人)이 젊었었을 때 女子 일 때문에 여러 가지 試鍊에 부딪혔으며 그것을 克復하여 드디어 有名한 스님이 되었다는 것이에요. 또한 다른 册에서는 옛날의 印度에서는 王이나 富者는 第二, 第三의 夫人을 거느리고 있었다는 것은 佛典에도 쓰여 있다고 했고, 코오란 程度는 못 되더라도 그것도 女性의 立場 에서 본다면 默視할 수없는 것이지요.」

「아 아니, 그렇다고 본다면 舊約聖書에서도 男子 아담의 갈비뼈로 女子인 이브가 만들어 졌는데 그 이브가 뱀의 誘惑에 빠져 知慧의 사과를 먹고 아담에게도 먹인다. 그로 因해서 人類를 墮落시켰다. 그런 이야기가 있잖습니까.」

「바로 그거요. 기무라(木村)氏, 當身은 올갠이나 타고 째즈만 부르는 줄 알았는데 女性의 立場도 理解하고 있군요.」
하니까 무까이·다쓰오(向井達夫)도 끌려 들어가듯 한마디 거들었다.

「요 전번 날 이시다·미에꼬(石田美枝子)의 집을 訪問하여 이야기 하던 중에 古事記의 例로서 이사나기, 이사나미 두 神이 제 各各의 "될 대로 되고, 되고 남은 곳"을 "될 대로 되고, 되지 않는 곳"에 합쳐 나라를 만드는 이야기가 나왔었지. 그때엔 쎅스가 古典에서는 밝고 大凡하게 取扱되어 있다는 이야기였지만 집에 돌아가서 옛날에 사 두었던

册을 찾아 그 部分을 고쳐 읽어보니까 夫婦의 盟誓를 하고 寢室에 들어가고부터 女子인 이자나미의 命이 "이렇게 親切한 사나이" 卽 "사랑하는 男便" 좀 더 現代風으로 말하자면 "오오- 마이 다알링" 하고 먼저 불렀겠지. 그러니까 이사나기의 命도 "사랑하는 아내여" 하고 부르며 夫婦의 關係를 했다는 거야. 그런데 그 境遇 女子가 먼저 "오오!-마이 다알링" 하고 부르는 것은 天地의 理法에 違背되는 것으로서 이자나미의 命은 히루꼬(水蛭子)라 하는 畸形兒를 낳아 갈대로 만든 배에 태워 바다로 떠내려 보냈다는 거야. 現代醫學의 用語에서 본다면 流産이라는 것이 되겠지. 그곳에서 두 神은 "오오!- 마이 다알링" 하고 順序를 바꾸어서 아사나기의 命이 먼저 하고나서 行하니까 이번에는 차례차례로 健康한 子息들을 낳았다고 했단다……」

「넌센스(Nonsense)的인 이야기지. 온통 "오오!- 마이 다알링"을 어느 쪽이 먼저 말했던지 間에 男女의 關係 그것에는 변함이 없지 않는가. 그것은 古事記의 暗通者 『히에다·노아레(穆田阿禮)』나 그것을 編纂(편찬)한 天武天王이 男性이라는 것뿐이 아니고 儒敎나 佛敎가 日本의 國民道德의 規範이 되기 以前부터 日本에서도 男尊女卑의 思想이 있었다고 하는 것을 나타내고 있는 것이지.

그런데 아사누마(淺沼), 너의 집에선 어느 쪽이 먼저 "오오-! 마이 다알링" 하고 말하지?. 古事記 式으로 생각하면 에이꼬(榮子)氏가 저렇게 튼튼하게 出產하려 하는 것을 보면 音讀은 늘 상 너라는 것이 되는 거야.」
「그거야⋯⋯, 그⋯⋯⋯.」
무까이(向井)의 말이 抽象論에서 어느 틈에 具體的으로 바뀌어져 버렸으므로 아사누마(淺沼)는 가슴 언저리를 銳利한 칼에라도 찔린 것처럼 어리둥절해 했다. 그러자 그때까지도 별로 말을 하지 않고 있던 노사까(野坂)가 갈팡질팡 하고 있는 아사누마(淺沼)에게 한술 더 덧붙였다.
「어이, 아사누마(淺沼). 우리들은 只今 Y 談을 하고 있는 것이 아냐. 眞實을 探究하고 있는 거야⋯⋯.」
아사누마(淺沼)는 맥없이,
「알아요, 알겠다니 까. 처음에는 내 쪽에서 부르는 때가 많았지만 익숙해지니까 反對로 되는 境遇가 더 많았지⋯⋯.」
「나에게도 마찬가지야. 난 아직 結婚도 하지 않았지만 이제부터 한 一年만 있으면 結婚할 휘앙세가 있는데, 二年間 夫婦와 같은 關係를 해 온 後에는 틀림없이 그女가 먼저 "오오- 마이 다알링" 하고 부르는 거야. 아이를 낳지 않으면 안 되는 女子의 生理로서 오히려 그렇게 되는 것이 當然하지 않을까.」
하니까 째즈 歌手 기무라·겐고(木村健五)가 一代 決心한 듯한 語調로 發言을 한다.
「시마다(島田) 先生님 宅에서는 어떻습니까?.」
「어머나, 머리가 나쁜 사람들. 나 오늘의 司會하는 모습과 여섯 애를 낳아 여섯 모두 고스란히 健康하게 키워 놓았다고 말 한 것과 現在의 웨딩·케잌을 먹는 모습, 커피를 마시는 모습 등을 본다면 그런 質問을 한다는 것은 바보라 해도 좋겠죠……. 난 夫婦의 베드 生活을 무척 좋아 해요.」

그 對答으로서 室內는 시원스럽게 通風이 된 듯한 맑은 氣分이 되었다. 노사까·다까오(野坂孝雄)는 女傑이라 할 수도 있는 시마다·도리꼬(島田登里子) 女史에게 微笑를 보내면서,

「저희들이 大學 二年때 男女 性科學의 古典이라 하는 『반디·베르데』의 『完全한 結婚』을 男子學生만이 서로 돌려가며 읽은 적이 있습니다. 그 册에서는 醫學的인 敍述로서 노곤한 어깨의 疲勞를 풀어 드리기 爲해서 이겠죠. 『間奏曲』이라는 題目으로 古代나 現代의 哲學家, 文學家, 思想家 等의 섹쓰에 關한 片言雙句(한두마디의 짧은 글)가 集錄되어있는 章이 三篇程度 있고 그 中에 『바르자크』의 말로서 "가장 貞節한 아내는 또한 가장 性慾的인 아내다."라는 一句가 쓰여져 있었습니다만 전 오랫동안 그 말을 생각해 놓고선 목구멍에 무언가 걸려 있는 듯한 것을 느꼈습니다.」

「그런 引用句가 있었던가. 난 눈에 핏발을 세우면서 全的으로 男女의 交涉의 方法이 있는 곳만을 읽었으므로—라고 하는 것은 그 册은 豫想을 뒤엎고 참다운 生理學의 敍述로 가득 채워져 있었기 때문에 읽자마자 머리에서 發散되

어버리고 말았기에 뒤에는 아무것도 남지 않았지만…‥. 『바르자크』가 뭐라 했다고……?. 한 번 더 말해 봐.」
「"가장 貞節한 아내는 또한 가장 性慾的인 아내다." 라고 했단다. 그런데 性慾이라는 것을 우리는 오랫동안 그것은 健全한 人間의 健全한 生理인데도 비뚤어지게 깨끗하지 못한 것이라고 들어왔던 거야. 그러니까 貞節이란 觀念과 性慾的이라는 觀念을 하나로 뭉쳐 생각하는 것이 不可能했었지. 때때로 어떤 機會가 있어 생각해 보았지만 그 말이 물 위의 기름처럼 생각되어 納得이 되지 않았단다. 그런데……, 오늘……, 바로 只今……‥.」
노사까·다까오(野坂孝雄)는 이렇게 말하면서 若干 마음을 安定시키기라도 하려는 듯이 먹고 마시고 해서 滿足感을 가지고 굵직한 팔을 들어 올려 가슴 언저리에서 팔짱을 끼고 물끄러미 이쪽을 보고 있는 시마다·도리꼬(島田登里子) 女史와 슬쩍 눈을 마주치면서,
「『바르자크』의 그 말이 健全하고 틀림없는 夫婦關係를 表現하고 있다고 믿게 되었다. 먼저 시마다(島田) 先生님께서 하신 말씀의 그 印象이 겹겹으로 쌓여 "貞節하고 性慾的인 아내" 라고 하는 것은 이런 사람을 두고 하는 말이라는 것을 直感했단다. 閃光이 번쩍하는 것같이 瞬間的인 刹那에 알게 되었단다. …… 시마다(島田) 先生님, 제가 失禮되는 말씀을 한 것인가요?.」
시마다·도리꼬(島田登里子) 女史는 팔짱을 낀 그대로 沈着하

게.

「아니요. 榮光으로 생각합니다. 그런데 客觀的으로는 나라는 女子는 『바르자크』의 그 말에 "該當치 않는다 해도 그렇게 멀지는 않다." 程度의 곳에 있는지도 모르죠. 좋은 말씀 해 주셨어요. 저의 服裝學院 上級生들에게 그 말을 가르쳐 주겠어요. 人間의 머릿속에도 밝은 곳과 어두운 곳이 있어 그 밝은 곳에서 섹쓰의 問題를 생각하라 고…….」

노사까(野坂)의 分明한 發言에서 시마다·도리꼬(島田登里子)라는 女性에 對해서 性慾的이라는 말을 드러내어놓아도 조금도 失禮되는 말이 아니라는 氣分으로 쏠리는 것은 무까이(向井)도, 기무라(木村)도, 아사누마(淺沼)도 率直하게 느꼈다. 何如튼 間에 대단하고 시원시원한 女傑이다.

「그리고 아까 제가 말한, 여러분들도 贊成했지만, 聖書나, 論語나 코오란이나 佛典 等에 描寫된 男尊女卑의 觀念 ─ 그것들은 完全한 男女同權의 立場에서는 어떻게 是正되면 좋겠는가, 난 이것은 博士學位論文의 主題로서도 값어치 있는 問題라고 생각합니다만……. 여러분 中에 누군가 硏究해 볼 마음 없으세요……?.」

「글쎄요. 그건 男子에겐 無理한 要求입니다. 男子에겐 無意識的으로 自身들의 領有地를 지켜 나가려는 意志가 움직이고 있을 테니까요. 그것은 女性側에서 硏究하여 訂正을 要求하는 길밖에는 道理가 없다고 생각합니다만…….」

노사까(野坂)가 이렇게 말하는 사이에 저 건너편 廊下에서

電話 벨이 울려왔다.
「낳았다!, 꼭……낳았을 거야!. 그때부터 두 時間이 지났으니까…….」
하고 중얼거리면서 아사누마(淺沼)는 門을 열고서 건너편 廊下의 電話가 있는 곳으로 뛰어갔다.
「네, 네, 아사누마(淺沼)입니다. ……낳았다!. 사내가……. 母子 모두 異常 없음! 에이꼬(榮子)는-?. 쉬고 있고. 생각보단 제법 가벼운 順產이라고! 先生님께서! …… 두 時間 前에 結婚式을 올렸다고 하니까…… 깜짝 놀라시더라고…… 女子가 牧師인데도 그렇게 常識이 없는 사람이었냐고…… 깜짝 놀랐다고 …… 아 아니, 훌륭한 분입니다, 여섯 애기를 낳아 한 사람도 잃지 않고 健康하게 키운 사람입니다. 產婦의 潮水의 狀態를 알고 있었겠죠. 그분自身도 司會 後에 "스라이딩·세이프(Sliding·Safe)"라는 狀態가 되겠다고 했습니다. 野球와 出產을 범벅으로 생각해서는 困難하다구요?. 이곳이 더욱 더 嚴肅(엄숙)합니다. ……네 그렇지요. ……네 좋으신 분입니다. 『바르자크』왈 "가장 貞節한 아내는 또한 가장 性慾的인 아내다." 네에, 곧 달려 가겠습니다……. 저 한 번 더…… 五體滿足, 體重 3 키로, 고추도 제자리에 正確하게 잘 달려 있다 구요. 感謝합니다. 感謝합니다!. 곧 가겠습니다…….」
아사누마(淺沼)는 춤을 추는 듯한 발걸음으로 房으로 돌아왔다.

「祝福합니다.」

「젊은 아버지 祝賀한다.」

「사내여서 좋았다. 사내란 계집애의 갈비뼈로 만든 것이 아니었으니까…….」

노사까(野坂), 무까이(向井), 기무라(木村)는 멍청해있는 아사누마·이찌로(淺沼一郞)의 어깨를 두드리거나 손을 붙잡거나 하면서 마음껏 祝福해주었다.

「시마다(島田) 先生님, 정말 고맙습니다. 오래오래 마음 조리며 焦燥하게 기다리는 것보다 스라이딩·세이프해서 多幸입니다.」

「自慢하는 건 아니지만 女子가 어린애를 낳는 것에 對해서는 베테랑(Veteran)이니까요. 그러니까 재빠르게 誕生日 노래까지 불러두지 않았나요.」

갑자기 노사까(野坂)가 물었다.

「어이, 아사누마(淺沼). 넌 電話를 하면서 제법 영문 모를 應答을 하고 있었는데 報告者는 누구야?. 이시다(石田)君이냐?. 아니면 하야마(葉山)君이냐?.」

「아 아니, 하나다·야스꼬(花田ヤス子)라는 看護師였어. 胎兒가 膣口에서 밀고 나오려는 瞬間 産室에서 見學하고 있던 이시다(石田)君은 腦貧血을 이르켜 卒倒하여 只今 病室에서 쉬고 있단다. 하야마(葉山)君은 곁에서 돕고 있다는 거야. 너의 걱정이 온통 뒤바뀌어진 셈이다.」

「뭐라꼬, 미에꼬(美枝子)가 卒倒했다고?. 卒業式때와 똑 같구나. 사람은 外觀과는 다르다는 것이 事實이군. 그 子息, 意外로 神經이 弱質인데. 그리고 常識家인 가스꼬(和子) 便이 反對로 心臟이 강하고 말이지. 생각지 못할 일이로군.」
이렇게 말한 것은 무까이·다쓰오(向井達夫)였다. 그리고 노사까(野坂)도 기무라(木村)도 아사누마(淺沼)도 무까이(向井)의 말에서 하야마·가스꼬(葉山和子)나 이시다·미에꼬(石田美枝子)의 性格을 보다 깊이 파헤쳐 보여 주었다는 氣分이 들었다.
「無理가 아닙니다. 사타구니를 열고 擴大된 妊婦의 膣口에서 피와 粘液으로 휩싸인 胎兒가 검은 털이 난 머리를 먼저 밀고 나오니까요. 男子들 일지라도……?.」
하고 도리꼬(登里子) 女史는 男子들의 얼굴을 휘둘러보면서 마지막 視線을 무까이(向井)에게 멈추고선,
「當身이었다면 틀림없이 失身하리라는 것은 定해진 事實이에요.」
무까이(向井)는 若干 興奮된 목소리로,
「어째서 나만을 어포인트멘트(Appointment(指名)합니까?. 커피를 넣는데 도와달라고 어포인트멘트 하더니 이번에는 産室에서 腦貧血을 일으키는 假定人物로서도 나를 指名한다. 재미없다 구요.」
도리꼬(登里子) 女史는 빙긋빙긋 웃으면서,
「當身의 仁德의 德分이겠죠.」
「그렇 구 말구요. 어이, 무까이(向井). 너 말이야, 女性에게

어포인트멘트 되어 火낼 거 까진 없지 않나……. 자-, 아사누마(淺沼)의 精神이 제 精神이 아닐 테니까 내 車로 노사까(野坂)의 아버지 病院으로 빨리 가자구나. 난 오늘 밤에 부를 새로운 노래 準備때문에 이만 돌아가야 하니까……. 좋다면 모두들 내가 있는 나이트·클럽에 오지 않을래?. 가까운 메밀국수집에서 튀김이나 고기白飯 程度면 그렇게 돈도 들지 않을 테니까…….」

기무라(木村) 뒤를 따라 모두 일어섰다. 그리고 시마다·도리꼬(島田登里子) 女史에게 제 各其 鄭重한 人事를 드렸다. 도리꼬(登里子) 女史는 언제 準備했는지 흰 종이상자에 웨딩·케이크의 남은 것을 재빠르게 주워 담으면서 그 動作과는 完全히 다른 沈着한 語調로,

「아-, 아사누마(淺沼)氏. 當身 興奮해서 잊어버렸는지는 모르겠으나 오늘의 會場費, 司會費로서 三千円 程度 敎會에 獻金해 주십시오. 普通은 좀 더 高額을 獻金합니다만 난 雇用된 마담, 어 머머! 이젠 고치지 않겠어요— 이니까 그만큼 값을 내린 셈이 됩니다만…….」

아사누마(淺沼)는 唐惶해서 上衣 안주머니에서 불룩한 封套를 끄집어내어 도리꼬(登里子) 女史에게 건네주었다.

「事實 적은 돈이지만 저희들의 뜻이니까…….」

도리꼬(登里子) 女史는 封套에 길게 쓴 글씨를 보고서,

「一金 五千円 也라. 이건 너무 많아요. 亦是 三千円만 받겠습니다.」

封套를 여니까 그 안에는 새 百円券 紙幣가 두텁게 다발로 묶음이 되어 들어 있었다. 도리꼬(登里子) 女史는 익숙한 솜씨로 그 百円券 紙幣를 二千円, 三千円으로 나누어서 二千円을 아사누마(淺沼)에게 돌려주면서,

「오늘밤 기무라(木村)氏의 나이트·클럽에서 祝杯를 든다고 했으니 그 費用으로 쓰세요……. 그리고 이것은 全的으로 다른 이야기입니다만 저의 花園洋裁學院에는 人品이 좋은 그래머(Glamour)한 계집애들이 가뜩 있으며 여러분들도 좋은 분들이라 생각되니까 걸·프렌드가 必要하신 분은 언제든지 紹介해 드리겠습니다.」

하니까 무까이(向井)가 한 대 쏘아 붙이는 듯한 氣勢로 히죽 웃으면서,

「只今까진 저희들에게는 必要 없습니다.」

「어머, 一流大學을 卒業한 여러분에게 우리學校의 바늘잽이들을 붙여 주려고 해서 罪悚千萬이로소이다.」

하고 도리꼬(登里子) 女史는 잔뜩 부어오른 모습으로 무까이(向井)를 흘겨보았다. 무까이(向井)는 목을 움츠렸으나 亦是 웃고 말았다.

「그럼 여러분, 各各의 곳으로 돌아가 주세요. 저도 익숙지 못한 일로서 疲困하므로 두 다리를 쭈욱 뻗고 休息하고 싶어요. 職責이 아닌 내게 惶恐하게도 生涯에 한번뿐인 結婚式의 主禮를 맡게 해 주셔서 이 感激은 永遠히 지워지지 않을 것입니다. 아사누마(淺沼)氏부터 한 사람씩 握手

나 하고 헤어집시다.」

그女의 뜻에 따라 男子들은 차례차례로 도리꼬(登里子) 女史와 握手를 交換했다.

노사까(野坂)의 順番이 되자, 노사까(野坂)가,

「앗-, 전『반·디·베르데』의『完全한 結婚』의 『間奏曲』에 있었던 또 하나의 말을 只今 막 생각해 내었어요. 그것은『괴테』의 말이지만 "훌륭한 男便을 가진 夫人은 즐겁게 사람의 얼굴을 훔쳐보는 法"이라는 것입니다. 읽을 當時에는 시시하다 라는 程度로밖에 생각지 않았으나 只今에사 그 아무렇게나 한 말의 깊은 妙味를 알게 되었습니다. 先生님…….」

「고마워요. 男便에게 들려주면 틀림없이 기뻐할 거 에요. 當身에게 그 代價를 드리겠어요.」

도리꼬(登里子) 女史는 등을 펴고서 兩손으로 다까오(孝雄)의 머리를 쥐고 뺨에다 키스를 했다. 낮에 먹은 것인가 이 "가장 貞節하고 즐겁게 사람의 얼굴을 훔쳐보는 法"의 내놓은 숨에는 다꾸앙의 냄새가 隱隱히 섞여 있었다.

네 사람의 男子들은 敎會를 나섰다. 기무라(木村)는 먼저 會社에 가야하므로 車를 親友들에게 맡기고 택시를 잡으러 오른편쪽으로 걸어갔고 노사까(野坂), 아사누마(淺沼), 무까이(向井)는 기무라(木村)의 車로 오기구보찌(荻窪)에 있는 노사까(野坂) 病院으로 달렸다. 運轉席에는 노사까·다까오(野坂孝雄)가 앉았다. 달리는 車中에서 아사누마(淺沼)는 自身

이 아니고 他人에게 묻듯이, 혼잣말로 중얼거리고 있다.

「틀림없이 사내애라 했겠다. 母子 모두 健康하다고 했지. 틀림없겠지?.」

그러는 아사누마(淺沼)에게 무까이(向井)가 불을 당겼다.

「짜-아식, 精神 차려. 아버지가 된 子息! 電話는 너 自身이 받은 거 아냐?. 도리꼬(登里子) 女史의 말을 빌리자면 精神 바싹 차려야 한단 말이야.」

아사누마(淺沼)는 이마에 흐르는 구슬땀을 연방 씻으면서,

「아-아니, 에이꼬(榮子)가 괴로워했겠지 하고 생각하니⋯⋯, 어쨌든 3킬로(Kilogram)의 애기가 몸에서 나왔다고 했으니까⋯⋯.」

「그代身, 넌 도리꼬(登里子) 女史가 提案한 한다스(Dozen) 以上의 誓約을 全部 O·K 했으니까 피장파장이야.」

「난 에이꼬(榮子)의 陣痛과 出産의 苦痛을 생각하면 自身이 男子로 태어난 것이 惶悚하게 생각 될 따름이다⋯⋯.」

「아버지氏, 첫날부터 若干 얼이 빠져 있네요. 페미니스트, 휴머니스트로서 그點 만으로도 레이디·퍼스트의 아메리카에로 出張 보내는데 제격이다⋯⋯. 그러나 이와 같이 女性에 對해서 굽실거리는 者가 많게 되면 그 被害는 日本 全 男性에게 미치게 되니까 適當히 해 나가기 바란다.」

노사까(野坂)는 킬킬 웃으면서 아사누마(淺沼)와 무까이(向井)의 酬酌(수작)을 들으면서 핸들을 잡고 있다. 暫時 동안 沈默이 흘렀다. 그 사이 無心코 생각에 잠겨있던 아사누마

(淺沼)는 緊張된 語調로,

「男子가 있고 女子가 있어 그 中에 두 사람이 알게 되어 드디어는 사랑하게 되고 그리고서 다음 代를 이어갈 子息을 낳게 된다. ― 實際로 멋있는 일이다.」

무까이(向井)는 斷念한 듯이 아사누마(淺沼)의 옆얼굴을 바라보면서,

「어이, 건달 아버지. 感激도 適當히 하라구. 노사까(野坂) 病院에는 精神科는 없었던가?..」

「없지만 가벼운 症狀이라면 治療 할 수 있지.」

다까오(孝雄)는 結局 큰 소리로 웃고 말았다. 무까이(向井)도 웃고 아사누마(淺沼)도 義理로서 웃으며 우는 듯한 表情을 지었다.

드디어 車는 노사까(野坂) 病院에 닿았다. 다까오(孝雄)는 앞서서 활짝 열린 病院의 玄關으로 向했다. 그 正面의 廊下를 이곳의 勤務歷이 오래고 코가 납작하고 입술이 두텁고 뺨이 불그스레하며 눈이 무엇에 놀란 듯이 크고 동그란 例의 하나다·야스꼬(花田ヤス子)看護員이 지나가고 있다.

다까오(孝雄)는 그녀를 불러 세워,

「어이, 하나다(花田)君, 이것이냐?.」

엄지와 검지로 둥글게 만들어 보였다. 萬事 멋있게 잘 되어 가고 있느냐는 信號다. 하나다·야스꼬(花田ヤス子)도 빙긋이 웃으며 두 개의 손가락으로 동그랗게 해 보이면서 모두를 맞이했다.

「아사누마(淺沼)氏는 이리로 오세요. 夫人께선 이제껏 쉬시다가 조금 前에 눈을 뜬 것 같아요. 健康하세요. 하야마(葉山)氏와 이시다(石田)氏는 母室에서 서로 이야기하고 있어요.」

아사누마(淺沼)는 왼편의 病室에로, 다까오(孝雄)와 무까이(向井)는 母室로 通하는 긴 廊下에로 각각 헤어졌다. 하나다·야스꼬(花田ヤス子)는 아사누마(淺沼)를 가운데 廊下의 오른쪽에 있는 第一 구석진 房으로 案內하여 暫時 노크를 하고선 門을 열고 안으로 들어갔다. 좁은 房이지만 庭園에 接해있는 밝고 壁도 天頂도 寢臺의 鐵骨도 全部가 하얀色으로서 淸潔하고 安定感이 들었다. 그 때문인지 寢臺옆의 작은 테이블에 놓여있는 꽃병에 꽂혀있는 칸나, 크라디올러스, 몬도부레치고 等의 色彩나 활짝 핀 모양이 무엇보다 두드러지게 보였다. 寢臺에 누워있는 에이꼬(榮子)는 머리가 풀어 헤쳐져 있고, 兩 볼이 홀쭉하게 보였으며 눈언저리에는 거무스레한 흔적이 나타나 보였다. 아사누마(淺沼)의 모습을 確認하자 蒼白한 팔을 毛布에서 빼내어 쉰 목소리로 "이찌로(一郞)"하고 불렀다. 아사누마(淺沼)는 달려가서 에이꼬(榮子)의 팔을 兩손으로 붙들고 이마나 뺨에 繼續해서 가벼운 키스를 해 주었다.

「잘했다, 잘했어 에이꼬(榮子)!.」

그리고서 精神을 가다듬고,

「애기는-?.」

에이꼬(榮子)는 아사누마(淺沼)가 미처 보지 못했던 옆에 나란히 놓여있는 작은 寢臺에로 얼굴을 돌렸다.

「그곳에 자고 있지만 아직은 보지 않는 것이 좋아요. 動物의 새끼 같아서 人間 같지 않으니까요.」

「弄談이 아냐. 當身이 낳은 子息이야.」

아사누마(淺沼)는 에이꼬(榮子)의 寢臺의 머리맡을 돌아 옆의 작은 寢臺를 드려다 보았다. 그곳에는 淸潔한 흰 産衣에 휩싸인 빨간 애기가 눈을 꼭 감고서 길쭉하고 미끈미끈한 얼굴만을 공기를 쏘이면서 소리도 없이 잠잠하게 눕혀져 있었다. 아사누마(淺沼)는 마음이 서늘했다.

이렇게 첫눈에 볼품없는 胎兒 ― 아직은 그렇게 부르는 것이 適當한 것 같다 ― 가 귀엽고 天眞爛漫한 아가로 키워지게 될 것인가, 或은 畸形兒는 아닌지, 하는 그러한 그의 不安을 내쫓아 버리게 한 것은 에이꼬(榮子)나 看護師인 하나다·야스꼬(花田ヤス子)나 하얀 消毒衣를 입은 出張 看護師들의 沈着한 行動들이었다.

「귀엽구나, 에이꼬(榮子). 當身을 꼭 닮았어.」

아사누마(淺沼)는 安心을 시키듯 말하고서 寢臺 곁으로 돌아왔다.

「내게 電話를 주셨던 분은····?」

「저에요. 하나다·야스꼬(花田ヤス子)라 합니다.」

「에이꼬(榮子)의 出産은 무거웠던 가요, 가벼웠던 가요?」

「그거야 가벼운 便이었어요. 出産이란 普通일이 아니니까

出産의 뒤ㅅ바라지는 옆 産婦人科의 先生님께 付託 하였지만 그 先生님이 깜짝 놀란 일이 하나 있었습니다.」
하니까 寢臺의 에이꼬(榮子)가 蒼白한 얼굴에 軟弱한 微笑를 띠우면서,
「하나다(花田)氏. 그 이야기는 그만 둬줘요. 부끄럽 잖아요.」
「女性의 生理에 關한 이야기가 아니라면 듣고 싶군요, 하나다(花田)氏⋯⋯. 우리들은 세 時間 前부터 明確한 夫婦란 말씀이야, 에이꼬(榮子).」
「그렇지만⋯⋯.」
하고 에이꼬(榮子)는 躊躇하고 있다가,
「좋아요, 하나다(花田)氏. 말씀 하세요.」
그렇게 말하고선 에이꼬(榮子)는 毛布를 끌어당겨 얼굴을 가리었다. 하나다(花田) 看護師는 재미있다는 듯이 그 모양을 바라보다가,
「이러해요, 아사누마(淺沼)氏. 日本의 夫人들은 오랜 忍從의 生活에 익숙해 왔으므로 出産 때에도 참을성 있게 누구든지 어느 程度는 呻吟을 하거나 외치거나 하지만 그렇게 極端으로 理性을 잃는 일은 없습니다. 그런데 當身의 夫人께선 陣痛이 올 즈음해서 온 病院이 떠들썩하게 큰 소리로 "괴로워, 아파, 이찌로(一郞)" 하고 울면서 외치지 않겠어요?. 이찌로(一郞)란 當身의 姓銜(성함)이겠죠?. 德澤으로 入院중인 患者들은 모두 쇼크(Shock)를 받아서 발이 自由

로운 患者는 엿보려고 廊下로 나오게 되었어요. 付託 받고 온 專門醫인 요시무라(吉村) 先生도 깜짝 놀라시면서,
―조금만 참으세요. 뭐에요. 예부터 몇 千萬人도 더 되는 女子들이 참아온 苦痛일 뿐이요. 救急車같은 騷亂스런 소리를 지르는 것은 내가 取扱한 사람들 中에는 當身이 처음이요.―
그렇게 말씀 하시면서 夫人의 高喊소리가 最高潮에 달했을 때 고무장갑을 빼고서 뺨에다 찰싹 一發을 먹여 주더군요. 그러는 暫時 後 싱거울 程度로 胎兒가 밀고 나왔습니다. 뒷 處理가 끝나고 한숨 돌리는 사이에 夫人께선 確實한 語調로,
―여러분 매우 고맙습니다……. 요시무라(吉村)先生님, 제가 第一 괴로워하고 있을 때 先生님에게서 한 대 얻어맞은 것 같은 생각이 드는데 그건 저의 幻想이었습니까?. 그렇잖으면 實際로 있었던 일입니까?.―
―아- 난 當身의 뺨을 한 대 갈겼다오.―
―盛大하게 울며 외치는 産婦는 뺨을 때려 주는 것이라고 醫科大學의 敎科書에 쓰여 있었던가요?.―
―그거야, 그·産科學의 應用篇에 쓰여 있는 것도 같고 그렇지 않은 것도 같고……, 하여간 當身은 別난 사람이오. 소리치는 것도 대단했지만 胎兒를 分娩한 後의 元氣 恢復도 참으로 스피디(Speedy)하오……. 當身은 原來 强한 사람이오. 當身처럼 辭讓도 없이 큰 高喊을 지르는 것은

小心한 사람에겐 있을 수 없소. 何如튼 난. 이 나이까지 千名 以上의 産婦를 받아 왔지만 當身처럼 騷亂을 일으켰고 分娩 後에는 언제 그런 일이 있었느냐는 것처럼 모른 체 하는 사람도 처음이요……. 애기는 틀림없이 튼튼하게 키워 질 겁니다.―

요시무라(吉村) 先生님은 그렇게 말씀 하시고 最後로,

―이런 爽快한 經驗을 한 적이 없지.―

하고 氣分 洽足(흡족)해 하시면서 돌아갔습니다. 夫人 報告가 끝났으니까 얼굴을 내어놓으시죠.」

에이꼬(榮子)는 毛布를 내리고 부끄럽다는 듯이 얼굴을 내어 놓았다.

「未安해요, 이찌로(一郞). 나도 참을성이 없어 病院의 여러분께 面目이 없습니다. 그러나 그때에는 動物的으로 되어 버려 마음 놓고 외치는 便이 自然스럽고 이롭다고 생각했기 때문에……. 저― 난 苦痛이 最高潮일때 이찌로(一郞)와 나와 똑같이 사랑의 陶醉속에 빠졌으면서도 女子인 나만이 어째서 이러한 괴로움을 當하지 않으면 안 되는가 하고 瞬間的으로 强烈한 憎惡心을 當身에게 느꼈었어요. ……後에 그것을 하나다(花田)氏에게 이야기 했더니 "그런 憎惡心은 쉬 잊어져 버리고 둘째, 셋째, 또다시 어린애가 慾心 나게 되는 겁니다." 하고 말하더군요. 나, 自身 벌써 그렇게 되어 지고 말았어요……. 女子란 眞짜 바보처럼 느껴지는군요.」

아사누마(淺沼)는 이번에도 寢臺 곁으로 다가가서 에이꼬(榮子)의 蒼白한 손을 잡고서,

「假令 그것이 어리석은 일이라 할지라도 그건 女子만이 가질 수 있는 神聖한 어리석음이라 생각 된다네.」

곁들어 하나다(花田)氏도,

「그렇게도 말할 수 있고 科學的으로는 本能的인 어리석음이라고도 말할 수 있지 않을는지요……」

「아-, 이시다·미에꼬(石田美枝子)가 여기서 쓰러졌다고 했지.」

「전, 朦朧(몽롱)해져서 몰랐지만 뒤에 들었어요. 나의 마지막 陣痛이 始作되자 消毒衣와 마스크를 하고서 無理하게 産室에 드려 보내지게 된 두 사람은 들어오자마자 이 房에서 逃亡치려하기에 난 남아있는 理性의 最後의 한 방울을 짜내어서 "이 房에서 逃亡칠 程度의 小心者들이라면 當身들과 絕交에요." 하고 외친 것 까지는 記憶해요. 그 뒤는 朦朧해져서 아무것도 몰라요.」

「뭣 때문에 두 사람을 이 産室에 머물게 하고 싶었나?.…… 나로서는 納得하기 힘든 心理로군.」

「好意에요! 同志愛죠…… 自身들이 女子라는 自覺을 感傷的이 아닌 嚴肅(엄숙)하고 現實的으로 붙잡아 달라는 거 에요.」

「그러니까 하야마(葉山)君이 아닌 이시다(石田)君이 쓰러졌다……. 意外로군…….」

「그래요. 人間의 本來의 性格이란 생각지 않는 사이에 나타나는 것이네요. 전 豫想이 빗나간 두 분 다 그대로 좋아요.」

그때 하나다(花田) 看護師의 注意가 있었다.

「아사누마(淺沼)氏, 이야기는 그쯤 해 두시고 夫人을 좀 더 쉬게 해 주세요.」

「그러세요. 난 이시다(石田)君을 좀 봐야겠어. 모두 모여 있을 테니까……」

「付託하겠어요, 이찌로(一郞)!. 나 敎會에서 當身이 하느님 앞에서 誓約한 것 全部를 記憶하고 있어요. 한 타스도 넘게 誓約 하셨죠. 後에 노-트에 正確하게 적어놓을 래요.」

「마음대로 하구려.」

하고 아사누마(淺沼)는 苦笑를 禁치 못하면서 病室을 나왔다. 아사누마(淺沼)는 이젠 完全히 沈着해져서 그리고 얼마간 개운한 氣分으로 가운데 廊下에서 母室쪽으로 걸어가자 途中에서 하나다(花田) 看護師가 뒤따라 왔다.

「아사누마(淺沼)氏.」

하고 부르면서 暫間 周圍를 휘 둘러 보더니 발 돋음을 하고서 아사누마(淺沼)의 귀에다 입을 대고 속삭이듯이,

「當身 夫人은 아까도 말했지만 辭讓도 없이 病院의 온 建物을 뒤흔들어 놓을 程度의 悲鳴을 질러 이 病院의 歷史에 하나의 記錄을 세웠지만 人間의 頭腦란 異常한 때에 異常한 것을 생각하게 되는 것으로 난. 그 自身의 苦痛 以

外의 것에는 하나도 마음 꺼림칙하게 생각지도 않는 夫人은 當身과의 사랑의 行爲에 陶醉되어 있을 때도 아무것에도 拘碍받지 않고 歡喜의 노래를 부르는 것이 아닌가 하고 후딱 생각 키워졌어요. 그렇죠?, 아사누마(淺沼)氏….」
아사누마(淺沼)는 발갛게 달아올라 어쩔 줄 몰라 했다.
「아- 아 아니, 그- 그런 것은 저-, 사람에게 묻거나 하는 性質의 말이 아니라고 생각 하는데요……」
하나다·야스꼬(花田ヤス子)는 善意에 넘치는 表情으로 아사누마(淺沼)를 쳐다보면서,
「當身은 거짓말을 못하시는 분이군요.…… 夫人이 退院 하실 때까지는 제가 責任지고 돌보아 드릴테니 安心 하세요. 그리고 白髮이 될 때까지 夫婦 서로 사이좋게……. 그럼 親舊분들이 계시는 곳에 다녀오세요.」
하나다·야스꼬(花田ヤス子)는 아사누마(淺沼)의 등을 살짝 밀면서 自身도 그 옆의 病室로 들어갔다. 이사누마(淺沼)는 또다시 이마를 톡톡 두드리면서 긴 廊下를 걸어가자니 爽快한 웃음소리와 이야기 소리가 들려오는 것으로서 親舊들이 있는 곳을 今方 알 수 있었다. 그곳은 庭園에 接해있는 다다미 열장 程度의 넓은 房으로 이시다·미에꼬(石田美枝子), 하야마·가스꼬(葉山和子), 무까이·다쓰오(向井達夫), 노사까·다까오(野坂孝雄) 들이 다다미 위에나 窓門턱의 제멋대로의 場所에 제멋대로의 姿態로 앉아 있었다. 쥬-스나 麥酒컵이 各各의 앞에 놓여있다. 아사누마(淺沼)도 窓門턱에 걸터앉아 두

다리를 내려뜨렸다.

「야-, 어떻게 되었어, 아사누마(淺沼)?. 安心했겠지. 에이꼬(榮子)氏, 健康하더냐?.」

하고 무까이(向井)가 물었다.

「응, 弱하긴 하지만 意識은 確實해 있더군. 敎會에서의 結婚式에서 내가 한 誓約을 전부 노-트에 적어 놓겠다고 으름장을 놓더라. 그 程度로 元氣가 確實해 있었지.」

「가엾게스리……. 너의 一生은 家庭生活에 限해서만이 그 誓約으로서 이미 完全히 決定되어진 것이야. 방석역할이 눈에 선 하다 야. 애기는……?」

「아직은 動物的 段階를 벗어나자 못했어. 에이꼬(榮子)에겐 當身을 쏙 빼닮았다."고 安心을 시켜두었지만 서도…….」

하니까 이번엔 이시다·미에꼬(石田美枝子)가 입을 열어,

「出産때의 前 後의 事實을 들었나요?.」

「아-, 들었구말구. 네가 나둥그러졌다는 이야기까지도…….」

「하나는 에이꼬(榮子)氏의 責任이세요. 너무 큰 소리를 지르는 바람에 저의 神經이 먼저 壓迫 當해버렸지 뭐에요.」

「에이꼬(榮子)는 未安해하고 있지만 너와 같은 義理가 强하고 親舊中에 나둥그러질 사람이 한 사람이라도 있어 잘 되었지 뭐냐……. 그러나 하나다(花田)라는 看護師에게서 에이꼬(榮子)의 아우성치는 모습과 病院 開業 以來의 歷史的인 한 瞬間이었다고 듣고서 부끄러워 혼났지 뭐냐.」

「眞짜.」

하고 이번에는 가스꼬(和子)가 맞장구를 쳤다.
「人間의 몸뚱이에서 그러한 宏壯한 高喊소리가 나온다는 것에 난 깜짝 놀랐지 뭐에요. 그러고 웬 지는 모르겠지만 나도 出產의 그때에는 그러리라고 생각 했어요.」
「그야 제 마음대로겠지만 이젠 우리 病院에서는 제발이다. 다른 患者들에게 惡 影響을 끼칠 테니까.」
「심술쟁이.」
아사누마(淺沼)는 흐트러진 머리카락을 손가락으로 쓸어 올리고 손바닥으로 이마의 땀을 씻으면서,
「누가 마시던 것인지는 모르겠으나 나 목이 마르니까 이것 마시겠다.」
하고 그곳에 놓여있는 노란 오렌지 쥬-스가 남아있는 컵과 보라색의 그레이프 쥬-스의 마시다 남은 컵을 차례차례로 들어 단숨에 마셔버렸다. 노사까(野坂)가 눈썹을 치켜 올리면서,
「치워, 아사누마(淺沼). 깨끗한 것이 테이블위에 잔뜩 있잖나.」
「괜찮아. 너희들 누군가가 입에 대었기로서니 무슨 대순가. 오늘의 나에겐 깨끗지 못하다는 느낌은 쬐끔도 없어. ……너희들의 厚意에 對하여 感謝한 마음으로 꽉 차있단다. ……只今의 나에겐 너희들의 厚意에 對하여 物質的인 報答을 할 수 있는 힘이라곤 전혀 없는 形便이고……. 그렇지. 바로 조금 前에 經驗한 것이지만 人間의 連想의 心理라

하는 것은 어떤 式으로 作用하는 것인지 그 實例를 하나 들어 들려주겠다. 그건, 하나다·야스꼬(花田ヤス子)라 하는 看護師가 있잖나. 에이꼬(榮子)가 出産할 때 이 病院에 있어서 歷史的인 大 騷動을 일으켰지만 胎兒가 나오자마자 언제 그런 일이 있었느냐는 듯이 거짓말처럼 元氣를 灰馥했다고…. 그러한 産婦의 狀態를 보고 들은 하나다(花田)氏는, 當身 夫人은 베드에서 當身과 사랑의 行爲에 陶醉되었을 때에도 소프라노로서 그 드높은 歡喜의 노래를 부르는 것이 아닌가— 하고 聯想(=聯想)을 일으켰다는 것이야. 廊下에서 나를 붙들고 "그렇지 않으세요?." 하고 귀에 입을 대고서 묻는 것이 아니겠나. 必然性이 있는 것도 같고, 없는 것도 같은 微妙한 聯想(=聯想)이라고 생각했지 뭐야, 나 혼자서 말이야….」

「흠-, 넌 뭐라고 對答했는데….?」

하고 노사까(野坂)가 미에꼬(美枝子)나 가스꼬(和子)의 存在를 마음에 두고서 물었다.

「그런 것은 함부로 묻는 것이 아닙니다- 하고 嚴肅하게 對答했지.」

「그것으로 저절로 肯定의 對答이 되어 버렸군요.…… 무까이(向井)氏에게는 어떠세요.」

이번의 質問者는 何如튼 젊은 女性인 이시다·미에꼬(石田美枝子)였으므로 놀라지 않을 수 없었다.

「그런 거 묻는 것이 아닙니다. 特히 어린애는.」

무까이(向井)는 兩어깨를 치켜 올리면서 威嚴을 보이려는 듯이 말했다. 窓門 쪽 저편에서 발자국 소리가 들리고 사람의 모습이 보였다. 다까오(孝雄)는 마마라는 것을 알고서,

「마마, 暫間 들려주세요. 우리 病院을 地震처럼 뒤흔들어 놓은 産婦의 男便인 아사누마(淺沼)君이 여기 와 있습니다.」

「어머나, 그래요……」

灰色 毛織의 單衣를 입은 사또꼬(里子)가 부엌에서 입던 앞치마를 벗으면서 房으로 들어왔다. 庭園에서 꽃밭 손질을 하고 있었는지 꼭 묶은 머리위에 핑크色의 꽃잎이 한 장 얹혀져 있다.

아사누마(淺沼)는 唐惶스럽게 端正히 무릎을 꿇고 兩손을 짚으며,

「母親이십니까. 이번에 무어라 말씀 드릴 수 없는 너무나 큰 惠澤을 입어 정말 고맙습니다.」

하고 아주 鄭重하게 머리를 숙였다. 이런 古風의 禮節이 三年에 한 번쯤은 있을는지.

「아 아니, 아사누마(淺沼)氏. 여긴 말하자면 商業이니까요. 感謝는 우리가 해야죠. 손님은 그 쪽 이니까. 우리야 말로 在學中 다까오(孝雄)가 여러가지로 폐를 끼쳐서……. 順産을 祝賀 드려요.」

「네-, 그것이 病院 開業 以來의 騷動 끝에 順産인듯해서……. 저의 平素의 됨됨이 나쁘기 때문에……」

「그거, 오래간만에 들어보는 옳은 말이다. 人間이란 平素의 됨됨이에 따르는 法이라서…….」

하고 무까이(向井)가 辭讓도 없이 말했다.

「그렇게 말하는 무까이(向井)氏도 놓아 키워진 축이 아니던가요?.」

미에꼬(美枝子)는 거리낌 없이 다리 포갬을 하고서 이렇게 쏘아 붙인 뒤에 모르는 척,

「어머, 아주머니. 머리에 핑크色 꽃잎이 한 장 붙어 있네요.」

미에꼬(美枝子)는 사또꼬(里子)의 머리에서 작은 꽃잎을 집어 들고 잠깐 비춰 보더니 입에 넣고 오물오물 삼켜 버렸다. 하는 폼이 너무나 自然스러워 누구하나 異常스럽게 여기는 사람이 없었다.

사또꼬(里子)는 방긋방긋 웃으면서,

「夫婦間의 圓滿함이라 했지만 只今 이시다(石田)氏가 말한 것과 같이 처음에는 男便이 아내를 가다듬는 것처럼 보이지만 긴 歲月을 通해서 흘러온 結果를 보면 夫人 쪽에서 男便을 가다듬는 境遇가 훨씬 많지않을까 생각하는데요.」

「마마의 體驗에 의한 結果인가요?.」

하고 다까오(孝雄)가 조금도 틈을 주지 않고 되물었다. 사또꼬(里子)는 머뭇거리는 氣色도 없이,

「어린애인 너에겐 어떻게 보이지?.」

「그야, 파파가 完全히 꼭 쥐어져 있겠죠. 겉으로는 파파가

난 몇 千里 달렸다, 몇 萬里 달렸다고 뽐내거나 큰 소리치지만 實은 마마라 하는 佛像의 손바닥 안에서 이곳저곳 쫓아 다니는 것 같아요. 若干 지나친 表現인지는 모르겠지만……. 그렇죠, 마마.」
「그렇게 생각해도 하는 수 없겠지, 다까오(孝雄).」
하고 사또꼬는 다까오(孝雄) 뿐만이 아닌 모두의 얼굴을 微笑로서 바라보면서,
「너의 表現 그대로 말하자면 파파가 奔走(분주)하게 뛰어돌고 있다고 하는 내 손바닥이 언제나 淸潔하고 따스한 피가 흐르고 있다고 한다면 支障이 없겠지……. 女子란 恒常 操心하면서 辭讓하고 消極的인 態度로 살아가도록 만들어져 있으므로 무언가 得이 되는 일이 없고서야……. 가스꼬(和子)氏나 미에꼬(美枝子)氏는 어떻게 생각하나요?.」
「結果는 아주머님께서 말씀하신 그대로 될는지는 모르겠으나 저희들은 "언젠가"라든가 "모르는 사이에"라는 消極的인 行動이 아니고 結婚한 그날부터 人間的으로 男便과 對等한 아내의 位置를 獲得(획득)하려 합니다. 미에꼬(美枝子)氏도 贊成이죠?.」
「勿論이죠. 아사누마(淺沼)氏는 그렇지 않았지만 男子란 夫人이 出産의 괴로움에 빠져 있을 때 밖에서 빠찡꼬를 튕기고 있거나 撞球를 치거나 하는 너무나 아니꼬운 一面도 가지고 있는 存在들이니까요.」
모두 웃고 말았다. 미에꼬(美枝子)는 이야기를 繼續하며,

「아주머니, 아사누마(淺沼)君은 저희들에게 未安하다고 말하지만 저희들의 조그마한 厚意에 너무 지나칠 程度로 報答하는 것이에요……. 그것은 物質的인 것이 아니고 精神的, 心理的인 것으로서 人間의 머릿속의 聯想作用에 對한 하나의 重大한 發見을 저희들에게 實證으로 보여 주었어요…….」

「聯想作用 이라는 것은…….」

「앗, 마마.」

하고 다까오(孝雄)는 唐惶해서 미에꼬(美枝子)의 입을 틀어 막았다.

「그것을 들으면 이번에는 마마가 腦貧血을 일으켜 氣絶할 테니까 듣지 않는 便이 좋아요……. 요즈음은, 마마. 젊은 애들은 나이 많은 분들이 듣고 놀라 까무러칠 程度의 人生의 眞實을 가뜩 쥐고 있으니까요…….」

「네, 네. 마마는 退却해요. 그러나 다까오(孝雄). 너희들이 쥐고 있는 眞實이라는 것이 옛날이야기 속에 있는 것처럼 여우에 홀린 男子가 大福떡이라고 생각하고 生後 처음으로 所重하게 움켜쥐고 있다가 날이 새고 나서 보니까 말똥이었다고 하는 것이 아니기를 빌겠다……. 여러분, 그럼 천천히…….」

사또꼬(里子)는 다까오(孝雄)나 親舊들이 正體는 알 수 없는 것이지만 무언가 알맹이 있는 이야기를 하고 있는 것 같아서 滿足感을 가지고 저쪽으로 사라져 갔다.

「어이-」

하고 무까이(向井)가 말했다.

「아사누마(淺沼)는 여기에 남고 우리 네 사람은 기무라(木村)의 나이트·클럽에 가지 않을래. 아무튼 自動車를 돌려줘야만 하니까. 그런데 모두 所持金은-? 난 千七百円.」

「난 千円 紙幣가 두 장, 百円 銀貨가 6, 7個」

「난 千 百円……, 미에꼬(美枝子) 너는?.」

「난 八千円 程度 있어요.」

「뭐야! 빈둥빈둥 노는 子息이 용돈은 第一 많이 가졌군. 그거 全部 다 써도 되는 돈이냐?.」

「마음대로……. 아무튼 내 용돈은 일하고 있는 當身들 누구에게라도 不勞所得일테니까요.」

「그렇지, 그렇지. 安心했다……. 그럼 나가 볼거나. 기무라(木村)가 가르쳐 준대로 나이트·클럽 近處에서 배를 좀 채우고 가자꾸나. 아사누마(淺沼)는 夫人의 病室에서 꾸-욱 쳐 박혀 있는 거다. 聯想 作用이 아닌 色다른 人生의 眞實을 붙잡을는지도 모를 테니까.」

무까이(向井)의 말대로 모두 일어섰다. 아사누마(淺沼)는 病室 쪽으로 가고 노사까(野坂), 무까이(向井), 가스꼬(和子), 미에꼬(美枝子) 들은 밖으로 나와서 집 앞에 세워둔 기무라(木村)의 自動車에 올랐다. 運轉席에는 亦是 노사까·다까오(野坂孝雄)가 앉았다.

普通 날이었다면 이맘때쯤은 러쉬·아워 이지만 日曜日이라서

거리는 比較的 閑散해 있었다. 午後부터 結婚·出產 — 이것만은 男子들은 報告를 들은 것뿐이었지만 —, 의 重大事에 直面한 뒤라서 넷 모두 疲勞해 있었기 때문에 車中에서는 모두가 멍청한 表情들로서 沈默만이 흘렀다.
가스꼬(和子)와 미에꼬(美枝子)들 女子들의 머릿속에는 動物의 암컷으로밖에 생각이 들지 않았던 에이꼬(榮子)의 生生한 出產의 情景이 惡夢처럼 끈적끈적한 四肢를 마음껏 내뻗고 찰싹 달라붙는 것이었다. 女子라는 것의 最大 限界를 나타내어 보인 모습이었다.
가엾음, 싫음, 더럽고, 부끄럽고, 그러나 最高로 嚴肅한……, 그러한 感情을 全部 合쳐서 녹여 하나의 眞實로 만들어 놓은 듯한 생각이었다. 아 아니, 생각뿐만이 아니고 두 사람 모두 下腹部의 周圍가 근질근질, 찌릿찌릿 하고 아픈 듯한 刺戟을 느꼈던 것이다. 胎兒가 母體에서 빠져 나오는 瞬間 神經質的인 미에꼬(美枝子)는 最初에 이 世上의 空氣를 쐰 自己 自身의 原始의 모습을 보게 되어 氣絶해 버렸다. 常識家인 가스꼬(和子)는 그 쇼크를 참고 견디어 내었던 것이다. 그런 姿勢로 出產의 現場을 目擊한 사람의 느낌에는 多少의 相異點은 있지만 共通으로 느낀 점은 自身이 女子라 하는 것에 조금도 後悔感을 느끼지 않았던 것이다. 라고 하는 것 보다 女子라 하는 것의 實感을 보다 더 强하게 느꼈던 것이다.
自動車는 록꾸혼기(六本木)의 交叉點을 지났다. 그 周圍에는

地下鐵의 工事를 하는 中인지 트럭이나 鐵材등이 道路위에 너절하게 널려있어 무언가 殺伐(살벌)한 느낌이 들었다.
긴 여름날도 어둠에 휩싸여 가고 여기저기에선 네온싸인이 明滅하고 있지만 아직도 먼 하늘에는 밝음이 조금 남아있는 때문인지 네온의 明滅이 異常하리만치 脈없이 드러나 보였다.
네 사람은 車를 뒤편의 駐車場에 넣어두고 近處의 中華料理 食堂으로 가서 제 各其 라면, 볶은 밥, 만두, 잡채우동 等을 注文했다. 갑자기 하야마·가스꼬(葉山和子)가 입을 열었다.
「노사까(野坂)氏, 放送局에서는 어떤 일을 하고 있나요?.」
「平凡한 部署지. 營業部에 들어갔어. 勤務는 午前 아홉時 半 부터 午後 다섯 時까지. 月給은 二萬円 程度, 實은 디렉터(Director＝演出家)의 일에 魅力을 느끼고 그곳에 들어가려고 했었는데 여러 가지 생각한 結果 平凡한 營業部로 돌려달라고 했던 거야⋯⋯. 그쪽이 내 適性에 맞는 것도 같고⋯⋯.」
「디렉터란 演出인가 뭔가를 하는 데죠. 재미있을 것 같네요.」
하고 미에꼬(美枝子)는 노사까(野坂)가 그것이 되지 않았다는 것을 언짢게 여기듯이 말했다.
「그렇지. 치-흐(Chief＝팀장)를 爲始해서 十名 以內의 디렉터로서 演劇이나 音樂프로等을 演出하는 거야. 그 사람들에게는 事物을 創造하는 즐거움, 만들어 내어놓는 것의 反

應이 곧 눈앞에 反映된다는 自負心을 가지고 있지. 일치고는 若干은 魅力이 있는 일이야. 한편으론 탈렌트(Talent) 같은 예쁜 계집애들과 사귈 수 있는 찬스도 얼마든지 있고 말이야. 그러나 有能한 탈렌트인만큼 舞臺나 映畵나 다른 放送局과 서로 契約을 맺고 있으니까 한 가지 일을 끝내려면 如干 많은 時間과 精神이 쓰이는 게 아냐. 디렉터의 勞動時間은 하루 十四, 五時間이 普通이지. 이런 苛酷한 勞動은 다른 곳에서는 찾아볼 수도 없을 게야. 그 代身 特別 手當이 나오니까 나보다 一萬円 程度 더 받기는 하지만 일 自體가 不規則的이니까 돈 쓰는 곳도 많고 언제나 피-피- 하고 있는 거야. 이시다(石田)君은 作家 志望이고 "物을 創造하는 즐거움"을 爲해서 日常의 生活을 懷生시키고 마는 그러한 것을 잘 알고 있으리라 생각하지만⋯. 이름이 알려진 作家라 할지라도 創作한다, 하지 않으면 안 된다, 하는 그러한 氣分이나 責任感에 쫓겨 家庭生活을 뒤죽박죽으로 만든 사람을 찾아보는 것은 그렇게 어려운 일은 아닌 것 같더라⋯. 디렉터들도 作家의 境遇만큼 深刻하지는 않지만 普通意味의 家庭生活은 도저히 될 理가 없을 것 같애⋯」

노사까(野坂)의 말투에는 아직도 完全히 디렉터 志望의 未練을 斷念한 것이 아닌 듯 그것을 뒤집어 놓은 듯한 情熱 같은 것을 느끼게 했다.

무까이(向井)가 저널리스트(Journalist) 같은 觸覺을 움직여,

「實時間 十四, 五時間은 人道 問題야. 그건 어쩔 수 없는 것인 가?」

「그렇지도 않지. 簡單한거야. 돈이지. 디렉터나 스튜디오(Studio)나 專屬 탈렌트를 불리면 勞働基準法에 準하는 時間으로도 完全 解決할 수 있지. 다만 그렇게 되면 企業으로서 成立이 不可能 해진다는 거지. 只今 段階에서는 말이야……. 農民과 매 한가지, 가난한 나라의 宿命이야……. 나의 生活法의 모토는 "기름지게 그리고 끈기 있게"라는 것이다. 그러니까 난 이른 아침에 집을 나와 저녁에 돌아간다는 그 月給쟁이의 平凡한 길을 擇한 것이다.」

가스꼬(和子)는 疑心스러운 듯이 다까오(孝雄)의 얼굴을 正面으로 바라보며,

「젊디젊은 當身이 어째서 "기름지게 그리고 끈기있게"라는 保守的인 處世法을 몸에 익히고 있을까요……?. 믿을 수 없는 이야기에요.」

「나에겐 그 處世術이 반드시 保守的인 것만이 아니야. 그렇지……, 내가 그러한 信念을 품게 된 動機는 다른데도 여러가지 理由가 있겠지만 自身이 생각한 것은 럭비의 合宿訓鍊 德澤이었다. 三學年 마지막 즈음 鍊習中에 關節을 삐어 그로因해 部員을 그만 두었지만 난 試合만을 보고 있어도 스피디하고 活潑해서 어떤 意味에선 華麗하게도 보이는 것이지만 그 試合에 對備하는 鍊習이라는 것은 먼지투성이, 땀투성이로서 다만 强忍한 忍耐心과 끈기 以外의 것은

아무것도 없어. 그리하여 그러한 嚴한 合宿訓鍊을 몇 번이고 되풀이 하는 中에 난 人生이라 하는 것은 이러한 呼吸 속에서 살아 나가는 것뿐이라고 생각 하게끔 되었단다. 文學的 才能이 缺乏(결핍)한 나는 그것을 "기름지게 그리고 끈기 있게" - 라는 自己類의 서투른 모토로 내세워 生活의 信念으로 삼고 只今까지 버텨 왔단다. 表現은 멋대가리 없지만 나는 그러는 가운데에 積極的으로 精神을 가다듬어 보려는 것이다.」

「알 것도 같네요. 어째서 알 것 같으냐고요?. 난 그 反對의 삶을 하고 싶다고 생각했기 때문이에요.」

하고 이시다·미에꼬(石田美枝子)는 强하게 反駁(반박)이라도 하듯이 말했다.

「萬一 내가 쓰는 것을 世上이 認定만 해 준다면 난 生命의 불꽃을 漸漸 더 세게 태우면서 自身의 作品에 쏟아 붙겠어요. 生命이 흘러넘치는 作品을 쓰기 爲해서는 結婚을 네 번도 다섯 번도 고쳐 할지도 모르겠으며 누군가 妻子 있는 男子와 心中未遂의 스캔들을 일으킬는지도 몰라요. 그리고 그런 生活로서 나이 많은 사람들보다 더 빨리 肉體도 精神도 消耗되어 結局에는 멍청한 廢人과 같은 存在로 되어버릴 것 같은 氣分이 들어요. 그러한 生活이라도 後世에 오래오래 色이 바래지지 않는 作品을 4, 5篇 程度라도 남길 수만 있다면 아무런 後悔도 없어요…. 毒도 藥도 되지 않는 作品을 수두룩하게 쓰면서 平和로운 家庭

에서 오래오래 사느니 보다야 훨씬 價値있는 삶이라고 생각되거든요……」

그러자 가스꼬(和子)가 깊은 意味의 微笑를 띠우면서 미에꼬(美枝子)를 쳐다보며 겉으로 만의 否定하는 意味의 머리를 흔들면서,

「난 아니라고 믿어요. 미에꼬(美枝子)氏도 머릿속에서만은 그렇게 奔放하게 無軌道的인 生活의 이메지를 吐해내고 있지만 作家가 되었다고 하더라도 實生活에도 意外로 豊盛하고 平凡하지 않을까 생각해요. 結婚은 말 한 대로 한 번으로 滿足할까 어떨까 는 危險千萬의 氣分이 안 드는 것은 아니지만……. 그렇다고 하더라도 미에꼬(美枝子)氏만이 그렇게 되리라고 斷定할 必要도 없는 것이고요…….」

「어머나, 가스꼬(和子)氏는 나의 正體를 그런 式으로 보아 왔던가요?」

미에꼬(美枝子)는 발갛게 되어서 허둥거리는 모습으로 對하는것이다. 노사까·다까오(野坂孝雄)는 미에꼬(美枝子)의 어깨를 툭툭 치면서 무뚝뚝하지만 好感이 가득한 語調로,

「나도 가스꼬(和子)氏의 意見에 贊同한다. 넌 머릿속에서나 作品에서는 無禮한 非行 女性으로서 天方地軸으로 휘둘러 댈는지는 모르겠으나 實生活에 있어서는 이대로 健實한 人間이라 생각 해. 그렇지 않다면 넌 只今까지 몇 名인지도 모르게 愛人을 사귀어 敢히 말하지만 處女가 아닐는지 도 모르는 것이야.」

미에꼬(美枝子)는 蒼白하게 되면서 몸을 움츠렸다. 그 움츠림은 목소리에도 反映되듯이,

「失禮되는 말 작작 하세요. 난 處女라고 하는 거 아무런 價值도 認定치 않아요. 그것을 慾心내는 이리들에게 언제라도 휘파람을 불면서 줘 버리겠어요. 當身에게라도, 무까이(向井)에게라도.」

말이라 하는 것 정말 異常한 것이다. 表面的인 意味와는 正反對의 것을 相對方으로 하여금 强한 印象을 받게 하는 때가 있다. 只今의 미에꼬(美枝子)의 發言이 바로 그것이었다. 무까이(向井)는 눈을 휘둥그레 뜨고서는,

「그런 것에서 히스테리(Hysteria)를 일으키지 마. 參考로 하나 더 묻겠는데 하야마(葉山), 너도 處女의 意義를 認定치 않는 축이가?.」

「글쎄요, 別로 생각해 본 일도 없지만 그것이 貴重한 것이라든가 寶物이라고는 생각지 않지만 그렇다고 해서 함부로 가볍게 取扱하고 싶지도 않아요. 미에꼬(美枝子)氏, 未安해요. 當身의 氣分에 거슬리는 말을 해서……」

「이젠 괜찮아요, 히스테리가 끝났으니까요.…… 人間이란 自身에 對해서 미처 생각지도 못한 것을 듣거나 하면 너무 기쁘거나 火가 나는가 봐요. 産室에서 腦貧血을 일으켜 나둥그러진 나에게 無軌道的인 奔放한 生活을 할 수 있는 精力이 있을 까닭이 없잖아요. 내가 얼마나 낡아빠진 感傷的인 人間인가 確實하게 하는 證據를 말해 볼까요. 나에

게 戀愛經驗이 없다는 것은 마마가 빠-의 마담이니까 딸마저 墮落 했구나, —그렇게 보이는 것이 두려워 졌다는 것이 그 큰 原因의 하나에요. 쓸데없이 周圍를 마음에 두고 있는 거겠죠. 또 하나의 理由로는 나를 無我中으로 끌어들일 男性과 아직 만나본적이 없다는 거 에요.」

그렇게 말하고선 미에꼬(美枝子)는 노사까(野坂)와 무까이(向井)에게 날름 혓바닥을 내밀어 보였다.

「변변찮은 同窓生으로서 罪悚千萬이 올시다⋯⋯. 어이, 노사까(野坂). 내게는 그럴 資格이 없으니까 너 좀 퍼부어 주란 말이다. "내가 戀愛를 하지 않는 것은 나를 無我中으로 끌어당기는 계집애를 만나지 못했다."고⋯⋯」

「아니 그런 게 아냐. 난 우리들 크라스에는 눈앞의 두 분을 爲始해서 優秀한 女子들이 많았다고 생각하지⋯⋯. 그러나 나의 境遇에 있어서는 스포츠로 情熱을 消耗시키고 있었으며, 敎室에 充滿해있는 女性 體臭를 每日 맡는 것 만으로서도 그때의 바란스가 取해져 있었으니까 特定한 한 사람의 女性을 탐낼 程度 情熱이 남아있지 않았다는 것도 되겠지⋯⋯. 이야기가 若干 露骨的으로 흐르는 것 같지만 實은 바로 그것이야⋯⋯.」

노사까·다까오(野坂孝雄)는 라면의 국물을 훌훌 마시면서 이야기를 繼續했다.

「⋯⋯ 이야기가 若干 빗나가지만 運動部의 親舊들에게 붉은 旗를 휘두르는 作者라곤 한 사람도 없었다. 運動을 함으로서 젊은 情熱을 消耗시키고 있었기 때문에 다른 일에 눈 돌릴 餘裕가 없기 때문이야. 우리들은 붉은 旗의 進步派들에게 運動部子息들은 反動이라고 언제나 손가락질을 當하는 거야. 그런데 나의 立場에서 그네들의 움직임을 바라본다면 思想과 信念으로서 熱烈한 運動을 하고 있는 것일까, 아니라면 젊은 情熱의 排出口로서 여차 여차하고 움직이고 있는 것일까, 두 개의 要素를 比較해 본다면 後者가 더 큰 比重을 차지하고 있는 것처럼 생각이 든단 말이야. 그것이 全部 思想이 뒷받침하는 行動이었다면 戰前부터 學生들의 政治運動이 무르익었으며 그러니까 現在의 日本은 온통 다른 國家, 社會로 發展하지 않으면 안 되었다고 생각했던 거야. 나의 在學時節에도 붉은 旗 團體의 行進에 體育部의 團員이 뛰어들어 妨害를 놓은 일이 있었단다. 나도 그 中의 하나지만 그러나 우리들이 그러한 行動을 한 動機는 忠君愛國思想이 아니면 資本主義 走狗로서 꼭 두각시처럼 추고 있었던 것이 아니었어. 스포츠로서 過剩情熱을 發散시키고 있어 머릿속은 텅텅 비어 있지만 하여튼 中庸을 擇하고 있던 우리들의 境遇에서 본다면 이런 붉은 旗의 行進은 獨斷的이고 輕率하다는 생각이 떠올라 — 勿論 眞實性이 濃厚한 要素가 그 中心이 되어 있었겠지만 — 잠자코 보아 넘길 수가 없었던 氣分이었단다. 그들이 國家를 爲해서 行動하고 있다고 한다면 우리들도 똑같은 純粹한 氣分으로 妨害를 놓았던 거야⋯⋯. 何如튼 붉은 旗는 進步, 體育部는 反動, 이러한 粗雜한 團體를 하고 있대서야 學生의 政治運動은 크게 成長할 수 없다고 생각 하지…. 무까이(向井), 넌   어떻게 생각했던 거야?.」
하나 남은 만두를 씹고 있던 무까이·다쓰오(向井達夫)는 唐惶해서 씹고 있던 것을 삼키고서,
「나 말이냐…. 난 卒業式 後의 送別 파-티에서 告白한 것 그대로 너무 많은 女學生들의 精神的 肉體的 壓迫에 抵抗해서 自身이 中性化 되지 않도록 눈물을 머금을 程度의 努力을 競走하는데 온 精神을 빼앗겨 버렸으므로 國家·社會에까지 생각 할 마음의 餘裕가 없었단다. 國民으로서는 責任 있는 大學生의 立場에 서 있으면서도 自身의 일에만 熱中해 있어서 참으로 罪悚스럽다고 생각 했었다. 이 모든 것을 모두 합쳐 너희들게 謝過한다.」
「거짓말 그만 해요. 當身이 第一 즐거운 듯이 우리들 사이를 헤엄치고 다녔잖아요. 노-트를 빌린다, 초코렛을 半으로 나눈다, 커피 값 支拂은 언제나 우리들한테만 맡긴다, …. 난 도시락 반찬을 몇 번이나 빼앗겼는지 그 數도 모르겠어요…. 아침 學校에서 얼굴을 마주치면 첫 人事로 "어이, 오늘 도시락 반찬은 뭐지?"….그러나 그리워요. 只今 생각해 보면….」
가스꼬(和子)의 옛날(?) 이야기로서 모두는 눈을 가늘게 뜨고서 웃어 대었다. 學窓時節 敎室에 함께 있는 듯한 錯覺을 어쩔 수 없었다.

「자-, 그럼 기무라(木村)氏에게로 가 볼까요. 여긴 내가 쏘
  겠어요.」
하고 이시다·미에꼬(石田美枝子)가 일어섰다. 새 담배에 가스 라이터로 불을 붙여 문 무까이(向井)는 푸-하고 煙氣를 내 뿜으면서,
「人事는 않겠다. 만두나 라면 等을 먹여 놓구선 한턱 쓰겠
  다고……. 잘도 말씀 하시는군.」
「未安해요.」
「한턱 낸 子息에게 謝過까지 받고, 이 氣分 나쁘지는 않은
  데.」
네 사람은 中華料理店을 나와서 電車ㅅ길을 따라 다마리이께(溜池)쪽으로 내려갔다. 그리고 途中에서 오른 쪽으로 꺾어 왼쪽으로 돌아서 나이트·클럽 불루·문(Blue Moon) 앞에 섰다. 흰 壁 사이사이에 彫刻한 茶色의 나무를 세운 窓은 작고 큰 箱子같은 外貌의 建物이었다. 키가 큰 나무를 심은 花盆을 세워 둔 入口에는 흰 유니폼을 입은 案內員이 두 사람 서 있고 네 사람이 到着하자마자 유리門을 열어 주었다. 室內는 넓고 촛대型의 電球를 켜놓은 客席의 테이블에는 男女客이 食事를 하고 있다. 正面 구석에 舞臺가 있고 14, 5人의 밴드가 演奏를 하고 있으며 그 앞의 물방울 모양의 照明이 빙글빙글 돌고 있는 어둑어둑한 플로어(Floor)에는 7, 8 組의 男女들이 서로의 相對를 붙잡고 춤을 추고 있다. 어둑어둑 하였으므로 서로 안고 있는 男女의 모습은 映畫에서처럼

窓門에 비치는 그림자 처럼 보였다.

한눈에 보아도 豪華로운 設計로서 적어도 라면이나 만두로서 배를 채우는 건달들이 들어갈 곳이 아닌 것 같다. 넷이 入口 쪽에서 서성거리고 있으니까 검은 유니폼의 中年의 責任者 같은 男子가 곁으로 다가와서,

「失禮합니다만 기무라·겐고(木村健五)氏의 親舊분들이십니까?.」

「그런데요.」

하고 노사까·다까오(野坂孝雄)가 이런 곳에는 每日처럼 다닌다는 투의 거드름을 피우면서 對答했다. 그러나 사람의 表情이나 身體는 거짓말을 못하는 것으로서 노사까(野坂)가 그렇게 함으로서 그네들은 이런 나이트·클럽에는 格이 다른 크라스의 젊은이 들이라는 것을 나타내는데 不過했다.

「이리로 오십시오. 기무라(木村)氏의 付託으로 여러분의 座席이 리서브(Reserve=豫約)되어 있습니다.」

案內員은 客席의 한가운데쯤의 테이블로 네 사람을 案內했다.

「저- 기무라(木村)氏가 여러분에게 定食을 내어 드리라고 付託하셨는데요. 마실 것은 좋아 하시는 걸로……. 하고 말씀 하셨습니다.」

그렇게 말 하고서 若干 躊躇躊躇하는 態度로,

「저- 기무라(木村)氏가 꼭 이렇게 말씀 드리라고 하셨기에 말씀 드리겠습니다……. "내 親舊들은 男子들은 人品이 좋

지 못하고 데데한 놈이 둘, 女子는 제법 쓸만한 사람이 두 사람, 모두 네 사람이니까 隨時 隨時로 入口 쪽을 注意해 보면 今方 알 수 있다."고 말씀 하시더군요……. 未安합니다, 여러분.」

가스꼬(和子)와 미에꼬(美枝子)는 마주보고 웃었다.

「案內員氏, 當身 謝過할 必要 없으세요……. 男子 들은 人品이 좋지 못한 사람임에 틀림없으니까요.」

案內員은 손을 맞붙잡고 "에 헤 헤 헤"하고 웃었다. 무까이(向井)는 興奮된 모습으로 ― 이 男子는 간단히 興奮하고 간단히 氣分을 바꾸는 習性이 있지만 ―,

「기무라(木村) 이 子息, 나중에 노래할 때 고무風船을 터트려줄까 부다. 案內員氏 이 近處에 장난감商店이라도 없나요?.」

그런 일이 있었기 때문에 네 사람은 나이트·클럽의 雰圍氣에 재빠르게 휩싸일 수가 있었다. 노사까(野坂)와 무까이(向井)는 물을 탄 위스키를, 가스꼬(和子)와 미에꼬(美枝子)는 가벼운 葡萄酒를 마셨다. 定食도 오토볼에서 始作해서 차례차례로 날라져 왔다.

「이럴 줄 알았더라면 라면 등을 먹는 게 아니었는데…….」

「眞짜.」

그렇게 중얼거리면서도 男子도 女子도 定食을 깨끗이 먹어 치워 버렸다.

마지막으로 커피를 날라 왔을 때 이시다·미에꼬(石田美枝子)

는 千円 紙幣를 한 장 꺼내어 從業員에게 팁으로 내밀었다.
男子들이 食事後 한 대 피우고 나서 네 사람은 프로어로 나가서 서로서로 相對를 바꾸어 가면서 스텝(Step)을 밟았다.
「에이꼬(榮子)氏는 只今 어떻게 하고 있을까?.」
「누워서 쉬고 있거나 아사누마(淺沼)에게 수프를 떠받아 마시거나 하고 있겠지.」
「出産에 立會하여 난 틀림없이 네가 腦貧血을 일으켰으리라 생각했는데 이시다(石田)君과 反對로 되었다는 것은 意外였단다.」
「난 事物의 느낌이 鈍한 편이라서 그랬는가 봐.」
「鈍하다고 해도 出産의 情景을 바로 보고서 어떤 느낌이 들었지?.」
「에이꼬(榮子)氏가 當身 父親 病院의 歷史의 하나의 紀元을 그려 놓은 듯한 엄청난 陣痛의 아우성을 지르면서 몸으로부터 닥터의 손으로 胎兒가 빠져 나올 때까지 내가 느낀 것이라곤 但只 "어머!, 어머!, 어머!" 라는 理由도 모르는 驚異(경이)의 念의 連續(연속)뿐이었어요. 出産의 始末이 全部 끝났을 때 겨우 하나의 形體로 變한 생각이 머릿속에 떠올랐어요.」
「그게 뭔데.」
「나의 몸에서도 그러한 生理現象이 일어나도 좋다는 强한 肯定의 信念이었어.」
「넌 바로 말해서 훌륭한, 元氣 旺盛한 女性이다.」

노사까(野坂)는 이렇게 속삭이며 안고 추고 있는 가스꼬(和子)의 몸을 自己 쪽으로 세게 끌어당겼다. 뺨과 뺨이 맞닿을 듯 가스꼬(和子)의 끌어올린 머리가 몇 番이고 다까오(孝雄)의 뺨이나 코를 간질였다. 빙글빙글 돌고 있는 물방울型의 照明燈이 두 사람에게 恍惚한 貧血을 일으켜 줄 것 같았다.

무까이(向井)와 미에꼬(美枝子)도 즐겁게 추고 있다. 그냥이라도 무까이(向井) 측이 키가 낮은데다가 오늘의 미에꼬(美枝子)는 하이·힐을 신고 있으므로 두 사람의 對照는 유머스럽게 눈에 띠었지만 무까이(向井)는 動作이 敏捷한 便이므로 適當하게 相對를 리드하면서 品位도 멋들어지게 추고 있다. 그런데 미에꼬(美枝子) 便에서는 마음에 걸린다고 생각했는지,

「다쓰오(達夫)氏, 當身과 휘앙세는 어느 쪽이 키가 큰가요?」

「正味는 똑같이 1메터 50센치 程度지. 그런데 女子는 머리를 끌어올리는 方法이 있잖냐. 그녀가 말이야, 내 귀에다 속삭여 주더군. "다쓰오(達夫)氏 나 말예요, 一生동안 하이·힐을 신지 않을께요." 하고⋯⋯. 그 氣分 눈물이 나올 듯이 기쁘더군. 그런데 말이야, 우린 오래오래 사귀어 왔으니까 이따금 다툴 때도 있단다.」

「아직 家庭도 가지고 있지 않는 주제들에 그렇게 너무 울리지 말아요.」

「좋지 뭐니. 처음부터 體面이나 操心 없는 生活에 익숙해지게 될 테니까…….」

「그리고 싸움을 하고 나서는 어떻게 하죠?.」

「다음 만날 때에는 그女는 特別히 맞춘 듯한 굽이 높은 하이·힐을 신고 五層 塔 비슷하게 머리를 끌어 올리고선 나타나는 거야.」

「根性이 있는 분이군요. 當身 말이에요, 멕시코사람들이 쓰는 솜부레로(Sombrero="스"스페인 인. 멕시코人이 쓰는 챙이 넓은 모자) 라는 帽子를 아나요?. 챙이 넓고 끝이 뾰족한 帽子, 그것을 쓰고 나가면 되잖아요.」

「바보 같은 소릴. 그런데 말이야, 그때에는 女子란 겉으로는 아름답게 보이지만 實은 心術이 가득한 얌체族이로구나 하고 火가 끓어오르지만 若干 時間이 흐르고 나니까 그러한 根性을 가진 女子이니까 安心하고 家庭을 맡길 수 있지 않을까 하는 氣分이들더라 구.」

「재미있어. 當身도 그리고 그女도 꼭 오래오래 사실 분들이야.」

「어이, 미에公.」

「왜 그래요?.」

「이렇게 하여 땐스 할 때 男子는 女子를 안은 自身의 손을 어느 곳까지 내려뜨려도 괜찮은 거니?.」

「그거야 사귐의 程度에 따라 다르겠지. 當身의 그女와 출 때에는 엉덩이 全體를 쓰다듬어도 相關 없겠지. 그렇지만 나와의 境遇에 그렇게 한다면 當身의 뺨을 갈겨 주겠어. 어째서 그런 엉뚱한 疑問을 하는 거지?」

「내가 키가 낮은 까닭에 女子가 하이·힐을 신고 있으면 自然히 相對의 몸에 손을 두를 때 할수없이 엉덩이 近處가 아니면 若干 그 위에 손이 가고 만단 말이야. 그러면 안된다고 생각하고서 相對의 몸에 손을 올려놓으면 이쪽은 큰 나무에 매달려있는 매미처럼 꼴상 사나운 모습이 되고 말거든. 한편으로는 코끝이나 턱이 相對의 가슴의 隆起에 부닥치면 氣分 그만인데! 하고 생각한 적도 있지만 서도……」

「엉큼스럽긴……. 내게도 "그만인데!" 하는 氣分을 훔쳐가는 것 싫단 말이야.」

「吝嗇(인색)하게 굴지 마. 넌 길에서 오가는 많은 男子들이 "저 계집애, 멋있는데." 하고 생각하는 것을 拒否할 셈이냐?. 그렇다고 말한다면 넌 僞善者야.」

「좋아요. 내 엉덩이에 손을 얹거나 가슴팍에다 턱이나 코끝을 쳐 박아도 좋아요.」

두 組의 男女는 마음이 通하는 이야기를 주고받으며 때때로 相對를 바꾸어 가면서 춤을 繼續했다. 젊은이들에게는 疲勞가 올 틈이 없다. 얼마나 즐거운 重勞動이랴!.

그러는 사이에 쇼(Show)가 始作된다는 아나운서가 있자 네 사람은 自己들 座席으로 돌아왔다. 舞臺에는 검은 턱시이도우(Tuxedo＝뉴우요오크의 Tuxedo Park에 있던 社交클럽의 이름에서 由來= 男子의 夜間用 略式 禮服. 燕尾服 代用으로 입는다.)
風의 옷을 입은 기무라·겐고(木村健五)가 나타났다.
다리가 길고 胴體가 짧아 판에 박혀있는 듯한 맵시도 좋은 모습이다.
拍手가 일었다. 기무라(木村)는 商業上의 微笑를 띠우면서 客席의 이곳저곳에 人事를 한다. 그리고 긴 코-드가 달려있는 마이크를 들고서 舞臺에서, 프로어에서, 혹은 客席으로 들어와서,『센트루이스·부르스』『스타다스트』『세시봉』『섬머·타임』『둘이서 커피를』 等等 只今에는 輕音樂의 古典에 屬해있는 노래만을 6, 7 曲 연달아 불렀다.
誇張이 지나친 제스츄어도 없고 부르는 모습도 오소독스하지만 故鄕인 나고야(名古屋)에서 小學, 中學, 高校를 通해서 敎會의 聖歌隊에서 活躍하고 있었다는 기무라(木村)의 바리톤(Baritone)은 聲量이 豐富하고 洗鍊되어 있어 나타났다가는 곧 사라져 버리는 인스턴트(Instant) 歌手의 냄새가 없고 흐뭇하게 觀客들을 滿足시키는 魅力을 풍기고 있다.
노래 다음은 댄싱 클럽의 出演이다. 豊盛한 拍手를 받으면서 舞臺를 내려오는 기무라(木村)는 客席의 이곳저곳에서 낯익은 손님들과 이야기를 나누거나 어느 곳에서는 목에 번쩍번쩍 하는 네크·레이스(Neck·Lace)를 걸은 中年 女性의 손등에 키스를 하거나 하면서 넷이 앉아있는 테이블로 왔다. 그리고 옆 座席의 빈 걸상을 끌어당겨 親舊들 사이에 끼어 앉았다.

「잘 와 주었다. 或是 오지 않으리라 고도 생각했단다.」
「오고말고. 人品이 좋지 못한 男子 두 놈과 제법 쓸만한 女子 두 사람과 같이 말이야.」
무까이(向井)가 재빠르게 비꼬았다.
기무라(木村)는 웃으면서,
「案內員이 그렇게 말하던가?.」
「惶悚해서 어쩔 줄 모르면서 그렇게 말하더라. 노사까(野坂)와 나를 人品이 나쁘다고 한 것은 누구에게 들어봐도 良心의 呵責 없이는 말 못할 것일 테니까⋯⋯. 男子와 女子를 바꿔치기 하면 몰라도⋯⋯.」
「내 노래 어때?.」
「멋있던데요.」
하고 이번에는 미에꼬(美枝子)가 對答했다.
「聲量이 豊富하고 매너(Manner)가 멋있었으며 完全히 音符를 읽을 줄 아는 사람의 노래라고 하는 安定感이 있어 너무 좋았어요.」
「고마워. 무엇 때문인지는 모르겠으나 내 노래는 20세 前後의 젊은 層에게는 뭔가 不足한 感을 주는 것 같고 흔히 中年들 層에 人氣가 있단다.」
가스꼬(和子)가 惡意없는 눈매로 기무라(木村)를 쳐다보면서,
「기무라(木村)氏는 只今처럼 女性 팬의 손에 언제나 키스해 주나요?.」

「때에 따라서지. 장사의 한 部分이니까. 아까의 마담은 服飾品會社의 社長님이셔. 그러한 사람이나 빠-의 마담들에게서 옷이나 時計나 구두 등을 프레센트로 받지만 固執투성이처럼 모두 돌려 보내버리지. 그쪽에선 나를 어떻게 해야겠다는 吝嗇(인색)한 마음이 없다는 것을 알고서도 말이다. 그리고 난 일이 끝나면 곧장 아파-트로 돌아 가 버리지. 술을 마시고 싶을 때에는 親舊들과 마시지만 팬과 同席하는 일은 絶對로 하지 않아. 그것 때문에 처음에는 저 子息 건방진 子息이로군, 驕慢(교만) 하구나, 等等 評判이 좋지 않았을 때도 있었지만 요즈음에 와서는 저 子息은 頑固투성이인 괴짜라고 通해져 버렸단다. 그거야 나도 藝能人의 한사람에 틀림없지만 내가 될 수 있는 대로 그런 냄새에 물들지 않으려고 마음 다잡아먹고 있는 거란다……. 그렇지, 大學 四年間의 生活에서 내가 얻은 것의 總決算은 사람도 먼저 人間이 되지 않으면 안 된다는 것, 그리고 제 各各 職能人으로서 存在할 뿐이다. ― 그 信念 하나로 뭉쳐 놓은 것 같애.」

「훌륭한 同窓生을 갖게 된 것, 너무 기뻐요.」

하고 가스꼬(和子)는 눈을 빛내면서 爽快한 語調로,

「그것을 나의 將來에 비추어 말한다면 난 먼저 人間, 女子로 되지 않으면 안 된다. 그리고 아내로서 主婦로서 어머니로서 만이 存在할 뿐이다. 이렇게 되겠지.」

하니까 미에꼬(美枝子)가 奇妙한 微笑를 띠우면서,

「萬一 내가 作家가 되었다고 치고⋯, 作家의 삶 가운데는 自身이 心血을 기울인 作品을 쓰기 爲해서는 自身이 常識的인 人間이라는 것을 放棄(방기)하는 삶을 하는 者도 있어요. 作品이 人間을 먹어 치우는 셈이지.」
「넌 그런 삶을 肯定하고 있는 셈인가?.」
「肯定은 하지 않더라도 藝術家인 境遇 너무 責할 수 없다는 氣分이 되는군요. 더구나 그런 類의 僞善者는 아니꼽고 賤해서 보고 듣기에도 逆겹기는 하지만⋯⋯.」
프로어에는 華麗한 照明을 받으면서 14, 5 名의 땐서들이 춤을 추고 있다. 네 사람 아니 기무라(木村)가 끼어 있으니까 다섯의 눈은 그곳으로 向하고 있다지만 그러나 마음만은 서로의 이야기에 휩싸여 있다.
기무라(木村)가 잠깐 자리를 떴다고 생각하자 곧 되돌아와서,
「갑자기 마음에 걸리길 래 病院의 아사누마(淺沼)에게 電話했더니 아사누마(淺沼) 子息, 아직도 에이꼬(榮子)氏곁에 늘어붙어 "後產도 無事히 끝났으니 安心해 주게⋯. 南洋인가 아프리카의 土人 中에는 女子가 出產을 할 때 主人은 若干 떨어진 곳에서 出產이 끝날 때 까지 陣痛의 괴로움의 擬態(의태)를 行하고 있다지만 그런 心理를 알 것 같은 氣分이 든다 네-" 라고 變함없는 뜨거운 主人役을 發揮하고 있더군.」
가스꼬(和子)는 兩손을 꼭 쥐고서,

「多幸이군요. 에이꼬(榮子)氏의 經過가 順調로워서⋯⋯. 그런데요, 後產, 後產 하고들 흔히들 말하고 있지만 醫學的으로 어떤 것을 말하는가요?. 어린애 뒤에 女子 몸에서 무엇이 나오는 건가요?.」

「두 손 번쩍 들었습니다. 自身의 몸뚱이의 것을 아무것도 모르는 주제에 結婚까지 하려 한다니까⋯⋯. 이시다(石田), 넌 알고 있겠지. 어이, 仔細히 좀 가르쳐 줘라.」

「무까이(向井)君, 그렇게 말하지만 내가 알고 있는 건 槪念뿐으로 實은 知識으로는 아직 아 직 멀었다 구. 난 習作할 때 內容이 確實치 않는 말이 튀어 나오면 단번에 事典을 펴고 斟酌이 近似한 先入觀을 가지고 있는 가 없는 가 照査해 보기로 되어 있단다. 그렇게 해서 얻은 知識에서는 胎兒가 나오고 난 後에는 只今까지 胎兒에게 營養分을 供給해 주고 있던 胎盤이라는 것이 不必要하게되어 그것이 自然히 母體에서 떨어져 몸 밖으로 摘出 내지는 排出되어진다. 이것이 곧 後產, 醫學用語 로서는 『낫 하·게브르트』라고 해. 男子들도 夫人을 사랑하려면 이런 程度의 知識은 常識的으로 배워두지 않으면 안 돼. 무까이(向井)君, 어떻게 생각해?.」

「그렇게 생각 되누만. 오늘밤은 할 수 없이 女性에게 리드 當하게끔 되어있는 밤이로군. 하야마(葉山)君도 무언가 高說을 吐해 보시라 구요.」

「난 아무것도 없어요. 미에꼬(美枝子)氏 만큼 博學치 못하거든. ― 이 말 거짓 없이 말하는 거야. 미에꼬(美枝子)氏 ― 아-, 하나 생각나는 게 있다. 男子들이 2學年때에 『반·디·베르데』의 『完全한 結婚』을 돌려가며 읽은 적이 있지. 난 그때 컨닝해서 무까이(向井) 氏에게서 이틀간 빌려 보았거든요.」
「무까이(向井) 너, 女子에게 너무 厚하게 놀았었군, 짜아식.」
하고 노사까(野坂)가 꾸짖듯이 말했다. 무까이(向井)는 머리를 긁적거린다.
「그 册, 豫想 外로 어려워서 읽고 난 後 곧 잊어버렸지만 『間奏曲』에 引用되어있는 짧고 귀여운 詩를 하나만 記憶해 두었어요. "야코브·캇스"라 하는 17世紀의 홀랜드의 有名한 市民詩人의 作品이야.

♫ 家畜은 모두 큰 놈이건 작은 놈이건
바다의 고기떼도 모두
숲속의 작은 새들도 모두
때가 되면 모두 짝이 되어
둘이 되어 있습니다.
어째서 나만이 외홀로 쓸쓸할까요. ♫

틀림없이 이런 詩였어요.」
「흠」

하고 무까이(向井)가 끄덕거렸다.

「아까 적에 敎會의 結婚式 後의 파-티에서도 『完全한 結婚』이야기를 노사까(野坂)가 들고 나왔지만 사람 제 各其 읽는 法이 틀리는군.」

「뭐가 틀리죠, 무까이(向井)氏?.」

하고 미에꼬(美枝子)가 묻는다.

「아 아니, 노사까(野坂)는 『間奏曲』中에서 "가장 貞節한 아내는 또한 가장 性慾的인 아내다." 라는 바르자크의 말이나 "훌륭한 男便을 가진 夫人은 즐겁게 사람의 얼굴을 엿보는 法"이란 괴테의 말 등을 逆說的인 것까지는 아니더래도 찌르르하게 藥效가 듣는 듯한 引用을 했지만 가스꼬(和子)氏는 純眞하게 若干은 센치한 詩를 引用했단 말이야……」

하니까 옆에서 기무라(木村)·겐고(木村健五)가 鉛筆과 懷中手帖을 꺼내어 若干 서두르는 모습으로,

「하야마(葉山)君, 只今의 詩, 얻고 싶어……. 말을 若干 고쳐 作曲해서 불러보고 싶어졌다. 한 番 더 천천히 읊어봐 줘. 내게도 『完全한 結婚』이 돌아 왔지만 그런 詩, 있는 줄도 몰랐지 뭐니. 하야마(葉山)君 付託 해. 한 番 더 천천히…」

가스꼬(和子)는 手帖 위를 달리는 기무라(木村)의 손가락 끝을 지켜보면서 천천히 야코브의 詩를 읊조렸다.

♪ 家畜은 모두 큰 놈이건 작은 놈이건……♪

기무라(木村)는 手帖을 上衣 포켓에 넣으면서,

「야아- 고맙다. 마음에 드는 曲이 되어 처음 부를때 또다시 너희들을 빠짐없이 招待 할 테다.」

「너 말이야, 모두를 떨쳐 버리고 슬쩍 有名하게 되어서…」

「그렇지만, 무까이(向井). 우리들 世界의 有名이라는 것은 아침에 활짝 꽃이 피었다가 저녁에는 아무도 모르게 져 버리는, 그렇게 되어버리는 것이 大部分이야…‥.」

「只今부터 그 程度의 覺悟를 가지고 있으면 좀처럼 사라지지 않으리라 생각 해…‥. 이시다(石田)君 무엇을 그렇게 深刻하게 생각하고 있는거야. 沈痛한 모습을 하고서…‥.」

하면서 노사까(野坂)가 마주 앉아 있는 이시다·미에꼬(美枝子)에게 목소리를 보냈다. 미에꼬(美枝子)는 깜짝 놀라는 表情으로,

「가스꼬(和子)氏가 읊은 아까의 詩, 나쁘잖게 아름다웠지만 끝節의 "어째서 나만이 외홀로 쓸쓸할까." 하는 대목이 어느 사이에 가슴 깊숙히를 찔러 와서 그만…‥.」

모두 조용해 졌다. 孤獨하다는 것은 누구에게도 變함없이 存在하지만 미에꼬(美枝子)의 그것은 親舊들 가운데서도 보다 깊고 보다 동떨어져 있다는 것을 새삼스럽게 느끼게 되었던 것이다. 노사까(野坂)는 따스한 눈으로 미에꼬(美枝子)를 바라보며,

「미에꼬(美枝子)야!, 孤獨이 깊은 만큼 그것을 메꾸는 것을 붙잡았을 때의 즐거움은 그보다 더 크리라 생각한다.」

「고마워요.」
스테이지 위의 壁에 걸려있는 큰 壁時計가 12 時를 가르치고 있다. 이젠 徐徐히 이 나이트·클럽도 끝나겠지…….
이곳에는 없는 아사누마(淺沼) 夫妻를 包含해서 젊고 健全한 友情에 變함없는 祝福 있으라.

【以上 上卷 끝.】

【下卷으로 繼續】

附 錄

즐거운
【漢子工夫】

　이 부록에는 이 책에 사용된 한자를 항목별로 분류해서 수록해 놓았다. 그러므로 책을 읽다가 모르는 한자가 나오면 옥편이 필요 없이 부록을 보면 항목별로 한자를 찾을 수가 있다. 한자를 익히면서 독서를 즐길 수 있도록 이 책을 편찬했다.

♣ 七人의 사무라이

【聯】연할연	【輛】수레양	【連】연할연	【到】이를도
【着】부딪칠착	【制】금할제	【裝】꾸밀장	【端】끝단
【護】역성들호	【荒】거칠황	【蕪】거칠무	【薔】장미화장
【薇】고비미	【華】빛날화	【麗】고울여	【印】인인
【象】코끼리상	【卒】군사졸	【緩】더딜완	【慢】게으를만
【秩】차례질	【序】차례서	【廣】너를광	【場】마당장
【徐】천천이서	【擔】짐담	【當】마땅할당	【巡】돌순
【警】경계할경	【整】정제할정	【餘】남을여	【級】등급급
【順】순할순	【刷】문지를살	【配】짝배	【付】붙일부
【所】바소	【持】가질지	【旗】기기	【揭】들게
【揚】들날릴양	【科】과정과	【教】가르칠교	【建】세울건
【編】책편편	【滿】찰만	【臭】썩을취	【壓】누를압
【倒】엎드러질도	【脫】벗을탈	【落】떨어질낙	【結】맺을결
【局】판국	【映】비칠영	【監】볼감	【督】거느릴독
【題】글제제	【侍】모실시	【武】호반무	【特】특별특
【廊】월랑낭	【急】급할급	【敬】공경경	【禮】예도예
【齊】다스릴제	【擧】들거	【變】변할변	【雙】쌍쌍
【歎】탄식탄	【聲】소리성	【優】넉넉우	【賞】상줄상
【造】지을조	【洗】씻을세	【練】마전할연	【微】작을미
【笑】웃을소	【淨】맑을정	【潔】맑을결	【奢】사치할사
【劣】용렬할렬	【格】격식격	【引】이끌인	【姿】맵시자

【勢】권세세　　【孃】아씨양　　【競】다툴경　　【爭】다툴쟁
【亦】또역　　　【是】이시　　　【褐】털베갈　　【銳】날샐예
【適】마칠적　　【深】깊을심　　【聞】들을문　　【趣】뜻취
【嘲】조롱조　　【弄】희롱할농　【瞬】눈끔적일순【便】편할편
【孟】맏맹　　　【浪】물결낭　　【穩】편안할온　【婚】혼인혼
【志】뜻지　　　【製】지을제　　【沈】잠길침　　【質】질박할지
【魅】도깨비매　【熱】더울열　　【醉】취할취　　【被】이불피
【虐】모질학　　【待】기다릴대　【淫】음난할음　【亂】어지러울난
【狂】미칠광　　【傾】기우러질경【訣】비결결　　【泰】클태
【類】종류유　　【講】강론할강　【堂】집당　　　【豫】먼저예
【鍊】쇠불릴연　【習】익힐습　　【指】손가락지　【定】정할정
【構】지을구　　【團】둥글단　　【唱】부를창　　【隊】떼대
【置】둘치　　　【豊】풍년풍　　【盛】성할성　　【係】이을계
【裳】치마상　　【或】혹혹　　　【演】흐를연　　【奏】아뢸주
【陳】진진　　　【賓】손빈　　　【韻】운운　　　【振】떨칠진
【鈍】둔할둔　　【濁】흐릴탁　　【辭】말씀사　　【授】줄수
【與】더불여　　【經】글경　　　【濟】건늘제　　【醫】의원의
【勝】이길승　　【勿】말물　　　【論】의논논　　【步】걸을보
【壇】단단　　　【職】벼슬직　　【情】뜻정　　　【性】성품성
【努】힘쓸노　　【境】지경경　　【傳】전할전　　【握】쥘악
【勇】날랠용　　【敢】구태감　　【施】놓을시　　【當】마땅할당
【取】취할취　　【雜】섞일잡　　【起】일어날기　【融】화할융

【騷】 소동할소	【症】 병증세증	【幼】 어릴유	【稚】 어릴치
【觀】 볼관	【輕】 가벼울경	【蔑】 없을멸	【根】 뿌리근
【醜】 미울추	【裏】 옷속이	【妙】 묘할묘	【誠】 정성성
【運】 운수운	【搬】 운반할반	【若】 젊을약	【干】 방패간
【測】 맑을측	【剩】 남을잉	【極】 가운데극	【嚴】 엄할엄
【確】 확실확	【擧】 들거	【動】 움직일동	【集】 모을집
【僚】 동관료	【膽】 담담	【激】 급할격	【燈】 등등
【味】 맛미	【尙】 오히려상	【淸】 맑을청	【說】 베풀설
【扱】 걷을흡	【持】 가질지	【皮】 가죽피	【膚】 피부부
【要】 구할요	【視】 볼시	【孤】 홀로고	【獨】 홀로독
【負】 질부	【放】 놓을방	【送】 보낼송	【就】 나갈취
【職】 벼슬직	【景】 볕경	【應】 응할응	【試】 시험시
【證】 증거증	【據】 웅거할거	【錯】 섞일착	【頓】 굳을둔
【齒】 이치	【屬】 부치속	【讓】 사양양	【認】 알인
【傷】 상할상	【能】 능할능	【熟】 익을숙	【斷】 끈을단
【標】 표할	【圓】 둥글원	【資】 재물자	【慾】 거염욕
【復】 돌아올복	【限】 한정한	【悲】 슬플비	【刻】 사길각
【噴】 꾸짖을분	【云】 이를운	【刺】 찌를자	【戟】 창극
【困】 인할인	【窮】 궁진할궁	【離】 떠날이	【漸】 점점점
【歪】 비뚤어질의	【絡】 연락할낙	【請】 청할청	【級】 등급급
【切】 끊을절	【容】 얼굴용	【貌】 모양모	【詳】 자세상
【細】 가늘세	【妄】 망년될망	【擇】 가릴택	【卽】 곧즉

【搖】흔들요　　【模】본뜰모【樣】소리변할양【抗】항거할항
【議】의논의　　【衛】호위할위【塞】변방새　【展】펼전
【般】일반반【養】기를양　　【淡】말씀담　【威】위험위
【驗】증험할험【側】곁측　　【影】그림자영【響】소리울림향
【暴】드러날폭【宏】클굉　　【壯】장할장　【槪】대강개
【諸】몯은제　【評】평론할평【價】값가　　【稱】일컬을칭
【贊】도울찬　【偏】치우칠편【頗】자못파　【籍】문서적
【奔】분주할분【走】달아날주【支】지탱할지【柱】기둥주
【依】의지할의【非】아닐비　【難】어려울난【純】순전할순
【粹】순전할수【誤】그릇할오【朗】달밝을낭【虛】빌허
【倍】갑절배　【惟】생각할유【泌】물필　　【危】위태할위
【險】험할험　【敵】원수적　【親】친할친　【待】기다릴대
【鎭】누를진　【靜】고요정　【種】종류종　【作】지을작
【貫】꿰일관　【衝】충돌할충【羞】음식수　【恥】욕될치
【則】법측　　【接】연할접　【觸】받을촉　【娼】창녀창
【改】고칠개　【賣】팔매　　【婦】며느리부【範】법범
【圍】에울위　【限】한정한　【該】그해　　【終】마침종
【構】지을구　【且】또차　　【段】조각단　【階】섬돌계
【專】전일할전【創】다칠창　【驅】몰구　　【退】물러갈퇴
【敗】패할패　【荊】가시형　【棘】가시성극【克】이길극
【將】장수장　【宣】베풀선　【誇】자랑할과【張】버릴장
【嘔】토할구　【逆】거스릴역【紹】이을소　【識】알식

【開】열개　　【拓】열척　　【唐】당나라당　【突】빠를돌
【堅】굳을견　【睦】친목할목　【恒】항상항　　【謙】겸손할겸
【憫】불상할민　【惘】설심할망　【甁】병병　　　【眩】현황할현
【惑】의심할혹　【揶】농할야　　【揄】이끌유　　【拔】뺄발
【群】무리군　　【抑】누를억　　【制】금할제　　【役】부릴역
【割】벨할　　　【效】본받을효　【衛】모실위　　【從】쫓을종
【恐】두려울공　【妻】안해처　　【晩】저물만　　【餐】물만밥손
【括】헤아릴괄　【弧】홀로고　　【低】굽힐저　【勤】부지런할근
【消】꺼질소　　【費】비용비　　【拒】막을거　　【絶】끊을절
【考】상고고　　【淑】맑을숙　　【恩】은혜은　　【惠】어질혜
【兼】겸할겸　　【備】갖출비　　【察】살필찰　　【肯】즐길긍
【施】놓을시　　【頂】이마정　　【晳】분석할석　【怒】성낼노
【陰】음기음　　【鬱】답답울　　【効】공효효　　【妊】애밸임
【娠】아이밸신　【侮】업신여길묘【辱】욕될욕　　【掩】걷을엄
【襲】인할습　　【憤】분할분　　【慨】씻을개　【蹉】미끄러질차
【跌】어긋날질　【倦】게으를권　【怠】게으를태　【封】봉할봉
【航】배항　　　【簿】문서부　　【解】풀해　　　【散】헤어질산
【歡】기뻐할환　【創】다칠창　　【緋】붉은빛비　【緞】신뒤축하
【掌】손바닥장　【匣】궤갑　　　【癡】어리석을치【銜】재갈함
【劑】약지을제　【鰐】악어악　　【幣】돈폐　　　【錢】돈전
【休】쉬일휴　　【澈】물맑을철　【底】이를지　　【推】밀퇴
【庶】뭇서　　　【斜】빗길사　　【札】편지찰　　【繡】수놓을수

♣ 그 女人

【規】 법규	【周】 두루주	【材】 재목재	【招】 구할초
【鐘】 쇠북종	【假】 거짓가	【量】 헤아릴양	【泊】 쉴박
【厚】 두터울후	【摘】 딸적	【孔】 구멍공	【雀】 참새작
【率】 거느릴솔	【哲】 밝을철	【粧】 분단장할장	【轉】 구를전
【速】 빠를속	【註】 주낼주	【釋】 놓을석	【免】 면할면
【支】 지탱할지	【柱】 기둥주	【許】 허락허	【暫】 잠간잠
【弊】 해질폐	【擊】 칠격	【得】 얻을득	【殺】 죽일살
【膳】 반찬선	【受】 받을수	【綃】 생초초	【羅】 버릴나
【操】 잡을조	【誘】 달랠유	【寧】 편한영	【血】 피혈
【混】 흐릴혼	【約】 맺을약	【插】 꽂을삽	【豪】 호걸호
【雰】 안개분	【疑】 의심낼의	【秀】 빼낼수	【窓】 창창
【盞】 잔잔	【計】 셀계	【劃】 새길모	【謀】 꾀모
【沙】 모래사	【汰】 씻을태	【蒸】 찔증	【獸】 짐승수
【爲】 할위	【滅】 멸할멸	【葡】 포도포	【萄】 포도도
【稀】 드물희	【秋】 가을추	【犯】 범할범	【索】 수색색
【唯】 오직유	【憶】 생각할억	【悔】 뉘우칠회	【鄕】 시골향
【愁】 근심수	【破】 깨질파	【媒】 중매매	【際】 지음제
【執】 잡을집	【裕】 느러질유	【納】 들일납	【甚】 심할심
【敏】 민첩할민	【拜】 절배	【浮】 뜰부	【辨】 분별할변
【玲】 옥소리영	【瓏】 환할농	【柔】 유할유	【顧】 돌아볼고

【廬】풀집여　【懇】정성간　【薦】천거할천　【隔】멀격
【妓】기생기　【追】좇을추　【露】이슬노　【怪】괴이할괴
【謠】노래요　【誓】맹세서　【瓮】오지그릇자【藝】재주예
【陶】질그릇도

♣ 노사까(野坂)집의 사람들.

【診】볼진　　【療】병고칠요　【漆】옷칠　　【攝】기록할섭
【晶】맑을정　【鮮】빛날선　　【障】막힐장【亢】목항
【辯】말잘할변【曖】날흐릴애　【契】계약할계【肝】간간
【祿】복녹녹　【腕】팔완　　　【恕】용서서　【粗】약간조
【童】아이동　【悅】기뻐할열　【喊】고함지를함【獄】우리옥
【庫】곳집고　【附】붙일부　　【隨】좇을수　【蓋】덮을개
【璧】옥벽　　【迫】핍박할박　【耗】털실모　【逸】편안일
【蔑】대껍질멸【怖】두려워할포【擁】안을옹　【該】그해
【詭】속일궤　【峰】산봉우리봉【禦】그칠어　【怨】원망할원
【慊】앙심먹을겸

♣ 女 性 素 描

【捷】이길첩　【貿】무역할무【易】바꿀역　【旺】왕성할왕
【躍】뛸약　【缺】깨질결　【狡】교활할교　【猾】교활할활
【裁】판결할재【髓】골수　【喩】효유할유　【胎】삼태

【賦】부세부 【斑】아롱질반 【壞】무너질괴 【廢】페할폐
【悖】거스를패 【震】진동할진 【慘】슬플참 【騰】날등
【槍】창창 【壅】막을옹 【凡】무릇범 【惱】번뇌뇌

어느 찬스(Chance)

【掘】팔굴 【驚】놀랠경 【隨】버틸타 【鑑】겨울감
【扮】잡을분 【簇】모일족 【償】갚을상 【瀑】폭포폭
【禪】중선

♣ 結婚 · 出産

【旋】돌이킬선 【誕】탄생할탄 【儒】선비유 【墮】떨어질타
【膣】보자질 【粘】차질점 【獻】드릴헌 【爛】찬란할란
【漫】흩어질만 【娩】순산할만 【撞】칠당 【却】물리칠각
【閑】문지방한 【狗】개구

以上 上卷 끝.
下卷으로 繫屬

사랑을 色칠하는 사람들(上)

初版發行 : 2000년 10월 15일
再版發行 : 2024년 03월 30일 증보판
著 者 : 이시사까 요지로(石坂洋次郎)
譯 者 : 曺 信 鎬
發行人 : 曺 信 鎬
發行處 : 德逸미디어
登 錄 : 2000년 2월 16일 제 13-1033호
發行處 住所 : 서울 영등포구 63로 40,
 라이프오피스텔 1410호
登 錄 : 제 134-2033호(2005,2,15)
ISBN : 978-89-951459-1-3 (2권)
ISBN : 978-89-951459-1-9
電 話 : (02) 786-4787 / 4788.
팩 스 : (02) 786-4786.
H/P : (010) 5270-9505.
 값 : 20,000.원

* 著者와 相議하여 印紙를 省略하였습니다.
* 잘못된 冊은 卽時 바꿔 드립니다.
* 不許複製를 嚴禁합니다..